A BIBLIOTECA
DEBAIXO DA CIDADE

Adelino Timóteo

DGLAB

Edição apoiada pela DGLAB -
Direção-Geral do Livro, dos Arquivos e das Bibliotecas

A pedido do autor, o uso do português foi mantido tal qual na edição original moçambicana.

Edição: Felipe Damorim e Leonardo Garzaro
Assistente Editorial: Leticia Rodrigues
Notas: Leticia Rodrigues
Arte: Vinicius Oliveira e Silvia Andrade
Revisão: Miriam de Carvalho Abões
Preparação: Ana Helena Oliveira e Lígia Garzaro

Esta capa foi criada com os recursos de Freepik.com

Dados Internacionais de Catalogação na Publicação (CIP)
(Câmara Brasileira do Livro, SP, Brasil)

T585b

Timóteo, Adelino

A biblioteca debaixo da cidade / Adelino Timóteo. – Santo André - SP: Rua do Sabão, 2023.

448 p.; 14 X 21 cm

ISBN 978-65-81462-20-8
1. Romance. 2. Literatura em língua portuguesa. I. Timóteo, Adelino. II. Título.

CDD A869.93

Índice para catálogo sistemático
I. Romance : Literatura em língua portuguesa
Elaborada por Bibliotecária Janaina Ramos – CRB-8/9166

Editora Rua do Sabão
Rua da Fonte, 275 sala 62B - 09040-270 - Santo André, SP.

www.editoraruadosabao.com.br
facebook.com/editoraruadosabao
instagram.com/editoraruadosabao
twitter.com/edit_ruadosabao
youtube.com/editoraruadosabao
pinterest.com/editorarua
tiktok.com/@editoraruadosabao

A BIBLIOTECA
DEBAIXO DA CIDADE

Adelino Timóteo

Prefácio

É com grata alegria que recebi o convite para prefaciar o romance brilhante, provocador e instigante do premiado escritor moçambicano Adelino Timóteo. Uma vez mais, o autor presenteia seus leitores com uma obra que aglutina delicadeza poética com toques sutis de denúncia histórico-social e convite à reflexão. Ao leitor que percorre as páginas de *A Biblioteca debaixo da Cidade*, é oferecida, em prosa fluída e cativante, "toda a carga de antídotos que compartimentam as diferentes dimensões de existência e ansiedade", nos dizeres do próprio Timóteo sobre o papel da arte, em geral, e da literatura, em particular.

Nesse novo romance, que nasce da aproximação misteriosa e sensual de Laurentino Carambola, autor errante, e de Suzana, esposa do enigmático Mendes dos Remédios, ficção e história caminham de mãos dadas, por meio de uma narrativa permeada por descrições poéticas e precisas de pessoas e lugares históricos. Os narradores — há muitas vozes que contam ao leitor suas aventuras e deslocamentos — conduzem seus leitores a uma viagem no tempo e ao passeio pelas ruas da Beira e de Portugal. Por meio de personagens emblemáticas, uma série de fios ficcionais desconexos são, no decorrer da diegese, alinhavados, e o resultado é uma narrativa engenhosamente elaborada e que prende a atenção do leitor do início ao surpreendente fim. O desvelamento dessas histórias individuais funde-se e revela-se em histórias socioculturais. Não somente a divisão das seções do livro em datas, mas a recuperação de episódios da vida dos escritores "fantasmas" da biblioteca escondida, leva o leitorado a um passado colonial em diálogo com a contemporaneidade. Uma gama de escritores é, antropofágica e ironicamente, invocada da tradição, e permeada pela cor local moçambicana. A esses se junta Carambola e, por que não dizer, também o alter ego de Adelino Timóteo, para um entrecruzamento com a modernidade e a vindoura pós-libertação moçambicana.

Diante dos olhos do leitor apresentam-se o entrecruzamento de povos e culturas, suas dores, suas alegrias, e aquilo que é próprio de cada um. Passado, presente e futuro "se abraçam" nesse labirinto ficcional, e o fio de Ariadne (que no caso deste romance são muitos) conduzem o leitor a uma prosa que supera o tempo e o espaço geográfico, sem, contudo, extrair o nosso olhar das ruas, casas, comércios beirense e português. Para o leitor do além-mar, como essa que vos escreve, trata-se ainda do desvelamento de locais distantes geograficamente, mas aproximados pela Diáspora e passados coloniais.

Aos leitores ruminantes, para usar um termo do autor brasileiro Machado de Assis, que empresta nome a uma das personagens do romance de Adelino, é posto o enigma a ser desvendado a cada narração ofertada pelas personagens do livro. As obras e vidas dos autores apresentados, tidas pelo governo imperial como transgressoras, são o mote e a chave para que o mistério seja investigado, ao mesmo tempo em que se configuram como espaço de debate e informação para — ao gosto pós-moderno — empreender uma revisão histórica, sem, contudo, ser panfletário. É no externo internalizado, nos dizeres do mestre Antonio Candido, que o romance de Adelino Timóteo se coloca, entre tantos outros atributos que ao leitor é dado a descobrir, como questionamento poético da dita história oficial.

O segredo de Susana apresentado pela vida do marido Mendes dos Remédios traz personagens ilustres e outros comuns, em sua humanidade e intimidade, para uma trama elaborada com maestria por meio da metalinguagem: a narrativa apresenta a combinação de gêneros como cartas, poemas, páginas de diários; reflete sobre o fazer poético, sobre as funções e repercussões de um livro em sua materialidade; e lida brilhantemente com a intertextualidade. A prosa ainda combina um tom de realismo ao gosto do século XIX a um estilo contemporâneo, o que faz de Adelino Timóteo um autor que enobrece a literatura de seu país, avança suas fronteiras geográficas e se coloca ao lado de grandes nomes da literatura do tempo presente. Sua ficção que transita entre o local e o mundial bem revela o que declara Antonio Candido quando escreve que "embora filha do mundo, a obra é um mundo". Adelino oferece-nos em *A Biblioteca debaixo da Cidade* o prazer recalibrado que grandes obras literárias em si encerram. Uma leitura, portanto, obrigatória, fundamental e amplamente prazerosa.

Carla A. Ferreira[1]

1 Carla A. Ferreira é docente da Universidade Federal de São Carlos, Brasil.

A vocação de vida de um vagabundo

Naquele dia abandonei a minha casa do Campo de Ourique, sem nenhum arrependimento. Caminhava decididamente para frente, olhando na mesma direcção e para trás, por cima dos ombros, com suspeita de que a minha mulher, inconformada, me estivesse a seguir.

Era uma madrugada aziaga[2] e choviam raios de estrelas por todo o lado e as folhas secas chamuscadas pelo vento lastravam-se aos tropeções sobre os meus calçados e gabardina[3] molhados. Foi no Jardim de São Pedro, com forte cheiro a rosas, que me tropecei com vultos e silhuetas, escondidos entre a vegetação. Eram fantasmas altos e elegantes. Uma circunstante,[4] que adivinhou o meu estado de pânico e perturbação, quase me atropelou com a sua voz doce. Me disse que a frequência dos fantasmas era normal por aquelas paragens.

Dias depois, ao me ver sentado num banco daquele mesmo jardim aquela senhora acercou-se de mim, estranhando a minha opção limite de vida. Ela pareceu-me conhecer de algum lugar. Me disse ser absurdo aquela mudança do comodismo que a existência me proporcionava, ao me transformar num sem-abrigo, numa almapenada, entre aqueles fantasmas, que disputavam com outros sem tectos uma meia dúzia de

2 Que traz consigo a ideia de mau agouro, azar, má sorte; azarento.

3 Espécie de sobretudo para a proteção da chuva e do frio.

4 Que presencia um evento ou acontecimento (como espectador ou participante).

jardins, também os contentores de lixo, com cães vadios, ratos e gatos.

Muitos daqueles meus pares sem abrigos, ao escalarem, aí ganhavam mais um escalão de vida. Sem embargo, terá sido no Jardim de São Pedro de Alcântara onde me habilitei a aprendiz do tempo. Adquiri a mais alta qualificação, doutorando-me em enamoramentos. Muito do que eu sabia aprendi aí, como quem o capta dos livros e dos bancos da escola. Ao fim de cinquenta e oito anos, não podia ser pior. Naquele Jardim, numa colina, com um parapeito donde se via uma das árvores da Penha da França, com folhas outonais, e mais ainda, barcos na franja costeira, em dias menos gris, inaugurei mais um capítulo de vital importância, onde eu era ainda virgem mundano. Eu me lembrava. Nos primeiros dias em São Pedro de Alcântara não se passara absolutamente nada, na minha vida de lobo estepário.[5] Pelas manhãs o jardim estava quase que entregue ao abandono da bicharada, com gente silenciosa a guardar distância de mim. Pelas noites e até à madrugada a atmosfera ensombrava-se de fantasmas e aquela mulher, que me parecia, dava-se perfeitamente com eles.

Naquele outono, o sol coalhava fugazmente as ramas das árvores sem copas, sem folhas. Os cinco fantasmas mais se pareciam a árvores. Alguns eram homens calvos, esguios e elegantes. Os cinco fantasmas passavam horas a fio a ler despojos de jornais, chamuscadas folhas soltas de livros triviais, que aí se acumulavam, embaladas pelo sopro de preguiçosos ventos, que caminhavam descalços pela estrada. Devido ao ócio, a mim, cedo me chegara o enfado, para

---

5 O lobo-da-estepe, também conhecido como lobo do Mar Cáspio, é uma subespécie do lobo-cinzento nativo das estepes do Mar Cáspio. Em geografia física e botânica, estepe é uma formação vegetal de planície com poucas árvores, composta por herbáceas e pequenos bosques, apresentam clima frio e seco.

mudar os meus hábitos. Adoptei um cachorro vadio, que me viria a cobrir o vazio existencial, levando-me a evadir da rotina.

Ninguém nos ligava nenhuma. Por carência desmedida, uma cria de gato aproximou-se-nos, e eu o acolhi como um membro mais da minha família. Na minha existência solitária, fui-me distanciando dos vizinhos das cercanias, que aparentemente não me conheciam de lado nenhum, enquanto manifestavam medo de se me aproximar. Alguns se interrogavam tentando desvendar quem seria esse vagabundo, de olhar vago, que à busca de mantimentos o viam passar de uma ponta a outra, todo andrajoso e descuidado, com a barba de mil dias por aparar, que lhe crescia de forma descontrolada, debaixo do queixo. Era tudo silêncio.

Sou um homem alto. Sonhador. Frágil. Caixotesco.[6] Em boa verdade, chamo-me Laurentino Carambola. Domino as diversas áreas de saber. Não sou fácil de colocar numa prateleira: escritor, historiador, detective particular, filósofo, jornalista, guionista de banda desenhada[7] e editor.

Era lusco-fusco,[8] quando os fantasmas começavam a visitar o jardim. O sol bordado de um brilho de grinaldas languescia[9] pelo céu, escondendo o que eu há muito precisava de descobrir. Neste dia, em desespero, aquela mesma mulher desceu do prédio das redondezas e acorreu ao meu encontro, buscando meu apoio e solidariedade. Eu estava sentado num banco corrido, predilecto, do mesmo jardim. Aparentemente abstraído ou reflexivo parecia aguardar por alguém com quem marcara um compromisso, quando ela lançou um grito lancinante e de aflição:

"Meu marido vai morrer." — Com maior intimidade me disse ela de chofre e olhando-me por cima dos ombros.

Chuviscava. De súbito, com aquele olhar vago que saía de outra parte do mundo, eu examinei-a com total indiferença, tal que parecia acentuar ainda mais o meu aspecto desagradável e o caos dos fantasmas que envolviam a minha volta. Desdenhava a rolha de uma

---

6 Ingênuo, romântico; utópico.

7 Responsável pela elaboração de roteiros de histórias em quadrinhos.

8 Momento de transição entre o dia e a noite; crepúsculo vespertino; o anoitecer.

9 Tornar-se lânguido; perder as forças; enfraquecer.

história prestes a saltar-me, até então desconhecida do mundo, mas com um transfundo[10] inacreditável.

Ela estava nua, desde a ponta dos dedos dos pés até à raiz dos cabelos. Apressou-se a contar-me, para se desembaraçar da tristeza que lhe ensombrava e da imperdoável descompostura ética, a sua monstruosa falta de depilação, que por certo, pareciam gerar pudor e horror em mim. Continuou inalando passivamente o cheirete que eu exalava:

"Desculpe, tenho algo a contar-lhe."

Perguntei-lhe eu, sem fazer caso dela, com o corpo todo ao léu, o que havia naquela aflição. Deplorou-me ela, com ironia, que, desafortunadamente, o narrador que me devia contar o episódio, quase ao pé da letra, perdeu a memória, e em seu lugar lá estava ela, a coeva[11] guardiã da sua obra. Todo apegado dentro de mim e altivo lhe disse eu: "Conheço as mulheres que desfilaram por este jardim, interpelando-me, pois, com os mais bizarros e aberrantes pretextos, a esconderem o assédio."

Sei que não lhe faltou a vontade de me dar um safanão. Ela me demoveu da casmurrice,[12] dizendo-me que não se tratava ela senão de uma despretensiosa mulher. Implorou-me que me deixasse transmitir a sua história. Em que isso tinha a ver com ela se encontrar nua, perguntei-lhe eu, desdenhando-lhe, supondo-lhe uma adúltera ou uma daquelas prostitutas de Carlos Onetti.[13] Insistiu-me que a sua estória era a daqueles fantasmas, que me interessaria, porque a tinha

---

10 Espalhar, difundir, propagar.

11 Aquela que tem a mesma idade, contemporânea.

12 Dissuadir da teimosia.

13 Juan Carlos Onetti foi um romancista e contista uruguaio considerado não só o escritor mais importante que teve a literatura de seu país, mas um dos maiores criadores de ficção em espanhol do século XX.

escrito o seu marido há muitos anos. Para chamar a minha atenção deplorou que, não obstante, a história que desejava viesse à luz era tão desconhecida como a dos fantasmas que me rodeavam. Sustentou ainda, tentando resguardar a intimidade, cruzando as pernas e protegendo o peito com as mãos, para os quais eu dava indícios de estar visivelmente a leste e desfocado. Este vagabundo não é sequer um homem tratável, disse ela cá para os seus botões. Vive num mar de suspeitas. Crê-me uma espia.

Eu me mostrava de todo incorruptível e ensimesmado. No que lhe parecia erótico, a comer salsichões à mão, directamente de um frasco de conservas.

Foi só o princípio.

A muito custo ela conseguiu demover-me. Eu ajudei-a a levá-lo em braços e a descê-lo pelas escadas. Mendes dos Remédios era o seu agónico,[14] senão já defunto esposo. Cerca das três da tarde, num táxi, abalámo-nos[15] para o Hospital da CUF, não sei se para socorrer a um extinto ou a um corpo que parecia não ter esperança de vir a cobrar alguma existência.

Na CUF, depois de uma longa e impaciente espera cá fora, aguardando notícias da triagem do morto, ela me depositou algumas moedas na mão, para que, querendo, me dispusesse a partir à vontade. Recusei--as. Lendo-me pelos olhos, ela adivinhara que eu cobrava o resto dos fragmentos da história. Uma maré humana de serventes me abrira a passagem, como que a convidar-me para que deixasse o lugar, para devolver o ar puro ao lugar. Contra a expectativa, no mesmo instante, duas mulheres que me reconheceram saltaram para mim, causando respingo de espanto.

---

14 Que está ou se encontra em agonia.

15 Partimos.

Talvez tivesse sido demasiado apêgo aos detalhes, por parte daquela mulher, que me levara a não lhe fazer caso. Ao contrário, eu enfocara as minhas atenções nas duas intrusas senhoras, que me cumprimentaram muito efusivamente, embaraçando os serventes do hospital, enfermos e acompanhantes, pois que àqueles resultava de pouca fé que tivesse alguma dignidade para merecer as honras de duas damas. Uma das duas senhoras que me interpelara fora a minha secretária na Editorial Além-Mar. Chamava-se Ana Soares, que com uma voz inaudível, senão mesmo apagada, resguardada da outra, me introduziu à amiga, depois de me solicitar, num sussurro, com um delicado "c'o licença".

"Laurentino Carambola, há séculos que estamos-lhe procurando."

"Parecem confundidas, há séculos que eu desisti desse nome." — Respondi eu visivelmente espantado pela tamanha e inesperada coincidência do momento.

"Procuramos-lhe em todos os lugares possíveis e imaginários, até que lhe perdemos o rasto." — Ana Soares falava com uma voz aturdida.

"Diga, Ana, muito rapidamente, o que pretendem de mim? Não posso deixar a minha companhia pendurada e só por muito tempo. Isso é impróprio de um cavalheiro." — Eu tinha a cabeça alvoroçada, fruto de demasiada ingestão de álcool, na noite anterior.

"O Laurentino abandonou a casa, a família, a mulher e a filha. Abandonou o trabalho. Todos os dias há leitores, como a Cristina, aqui ao meu lado, que lhe buscam, para que lhes autografe os seus livros."

"Ana Soares, preciso de preservar a minha intimidade. Meus livros já não me interessam. A família também, se for por dinheiro, já vive dos meus direitos autorais."

Estávamos num espaço sóbrio e limpo. Cristina abriu a sua pasta de couro e de lá sacou uma dúzia de títulos da autoria do ilustre autor, que aguardavam por suas dedicatórias. Estendeu-mos, com uma lista de pessoas que o solicitavam. Com uma lapiseira "Parker", o autor assinou-os muito frenética e discretamente, todo resguardado e evitando expor a sua identidade à Suzana.

Eu desejava que ela me tomasse simplesmente como um vagabundo sem pouso, sem onde cair morto, que gostava de um cão e do seu gato, que dia após dia ao local atraía ciosos gatos gordos, que disputavam as calçadas e diversos jardins, onde encontrassem abrigo certo e tranquilo de seus lares. Eu andava nisto há já algum tempo. Já passara pelo menos por doze freguesias lisboetas, passando de jardim a jardim. Poucos me adivinhariam as causas. Um pouco antes daquelas duas se afastarem, da recepção chamaram a Suzana e informaram-na:

"A senhora pode ir para casa! O seu marido vai ficar internado sob cuidados intensivos, com poucas probabilidades de sobreviver. Está em coma irreversível."

Tomámos um táxi na Avenida Infante Santo e partimos de volta, entre os prédios da cidade. As silhuetas dos fantasmas voltaram a oscilar como luzes nocturnas. O tráfego era limitado. Pelo caminho ela não sabia como seguir contando a sua estória, pois parecia perturbada pelos fantasmas que nos seguiam, brilhantes como vaga-lumes. Eu me apercebi do estado de bloqueio dela.

Naturalmente, eu não lhe iria dizer imediatamente que naquela conversa com as duas senhoras se escapou a minha verdadeira identidade. Guardou o silêncio, para me ouvir falar. Em verdade, eu não fazia tanto caso dela. Nos meus pensamentos perpassava algo como que aquela mulher era tonta, que se propusera a buscar por um escritor renomado, para afrontar as barreiras de publicar ou se deitar comigo, por capricho e fantasia de apenas me ter na sua cama.

As nossas diferenças sociais e biológicas eram iniludíveis, mas não desejava que lhe ocorresse a ideia de que eu tinha entre mãos uma daquelas "historietas de amor, de flores e mariposas". Inesperadamente, como se ela tivesse lido os meus pensamentos, recuperei o ânimo. Mostrei alguma desenvoltura, para começar a falar de mim. Das minhas ausências do país por três dúzias de vezes, por todo o mundo, por dever de ofício. Numa delas eu visitara Agadir e Alcácer-de-Quibir. Através de uma agência noticiosa fictícia, como correspondente único, desde aí eu escrevera para jornais e revistas, histórias místicas e fantasiosas sobre mortos-viventes, só para alimentar a curiosidade dos meus leitores. Quem os quiser encontrar, disse-lhe, bastaria consultar os jornais *O Século, O Jornal do Incrível, O Crime, O Diabo,* entre outros.

Contei-lhe que amassei muito dinheiro, também com os livros que paralelamente fui escrevendo. Quando estava no auge da fama desvelaram-se os meus segredos, que tudo quanto escrevera era mentira. Que as entrevistas que eu concedera sobre uma das personagens dos meus romances policiais, Celine, que eu testificara que fora assassinada aos meus olhos, no meu apartamento de Campo de Ourique, não passaria de uma invencionice. Desde daí caí no ridículo e nada me restara, senão me esconder atrás da barba que me encobria o rosto e a imundície que me deixava com a pele negra, inacessível. Tudo passou a cair-me em cima, as dívidas, uma acção de providência de alimentos, intentada por minha amante, uma jovem vinte anos mais nova do que eu, com a idade da minha filha mais nova, que reclamava a co-propriedade da editora. Para sobreviver fantasiei entrevistas inéditas e exclusivas de famosos, igualmente denunciadas. A minha fonte de estórias secou, foi quando me mudei para a rua, habilitando-me a esta nova profissão: vagabundo.

De repente, enquanto o carro seguia no seu movimento uniforme, rectilíneo, detive-me. Fiz uma ligeira pausa, e, olhando os fantasmas que continuava a observar pelo pára-brisa, disse-lhe:

"Não é difícil contar uma história. Difícil é ter algo que desperte interesse, depois de se ler livros bons, como *A biblioteca debaixo da cidade*, de Grossman Lenn. Foi uma estória que me causou pavor de um dia voltar a escrever, porque me sinto vazio por dentro. A inspiração secou. Publiquei com nome real *A dama nua morta no meu apartamento* — se não for demasiada a coincidência a senhora me desculpa, todo o título de livro com esse ousado arrebatamento, mesmo de fraca qualidade, vende — e tantos outros como *Numa tarde crua mataram uma cotovia*, que preencheram essa trilogia."

"O Carambola conserva uma idade jovial para tanta experiência." — Disse ela.

"A arte de escrever aprende-se com a prática, como um camponês que trabalha na roça e prevê os ciclos de chuva e seca, antes de se lançar à sementeira. É como faz agora o taxista conduzindo a cem a hora, entre os labirintos da cidade e fazendo conexão entre parques de estacionamento, praças, rotundas e centros comerciais, também esquivando os fantasmas, para não atropelá-los."

"O que conduzir tem a ver com o escrever? Não compreendo, como também não compreendo porquê há que se ocupar dos mortos-vivos."

"A destreza ao volante, que torna o condutor um maestro por experiência própria e com o poder de domínio dos ângulos de visão, que dribla, mantém a tensão e ilumina a estrada, ilumina os tempos, por onde vamos passando, até chegar ao destino."

Eu caçoei.

Evidentemente, porque estávamos em presença de uma pessoa estranha, limitei-me nas palavras. Não falei das minhas diferentes identidades, que ocultavam os meus mais de cem passaportes. Não falei que troquei forçosamente de diferentes jardins porque se tornaram obsessão única de uma leitora, que me encontrando e me reconhecendo, convidou-me a me instalar no seu luxuoso apartamento de Cascais e me convenceu a fazer-me passar por um hipotético repórter anti-chinês, que escrevia desde a separatista Taiwan. Pode ter sido ela a denunciar-me, atrás de um nome anónimo, depois da falência da relação. Eu não falei disso, mas cria que agora que me encontrara com a Ana Soares abria-se um campo para novas hostilidades contra mim, da parte da minha antiga mulher, da minha filha e demais pessoas que me passariam a localizar, a partir dos dados do registo do morto e dos fantasmas que com ele conviviam. Igualmente omiti que, aquando do meu abandono do apartamento familiar, os grandes jornais, incluso *O Século*, chamavam a efeméride, na primeira página, com a minha foto.

Neste caso, em vez dos lugares-comuns e adjectivos de circunstância, o que despertara a atenção, logo no título, era a referência às "crises de consciência" que toda a vida me dilaceraram como escritor e, ainda, a interrogação de uma alma sempre disputada por Deus e o Diabo, a Celine, cujo cadáver, para o espanto de todos, nunca fora visto, nem nunca fora reclamado por quem de direito. Omitindo tudo isso realçava e enaltecia o mistério deliberadamente esquecido. Os meus seguidores desejavam um Carambola mais desmistificador, dificuldade com que eu me debatia, ingloriamente, sem capacidade de reinventar-me.

À chegada ao Jardim São Pedro de Alcântara o taxista parou o carro. Descemos. Antes de nos despedirmos, ela deplorou que eu tivesse tido pouco interesse em ouvir-lhe. Que no hospital se limitara a dispor os ouvidos, para acompanhar a minha conversa com as duas senhoras intrusas, que me interpelaram. Eu lhe segurei pela mão e dela me acerquei. Ela sentiu despertar pela primeira vez os pássaros do coração e borboletas no estômago, que há séculos adormeciam dentro da sua alma. Não teve coragem de me repelir, pedir que lhe soltasse os dedos.

Bem pensava ela, eram os meus dedos tão suaves e tão delicados, que qualquer mulher haveria de sonhar de tê-los, de tocarem no seu corpo, a atravessarem-no como pequenas pás escavadoras, na areia branca da luxuriante praia do corpo.

"Ao fim e ao cabo, este início promete ser uma viagem ao passado." — Pensou ela cá consigo, enquanto nos dirigíamos pelo passeio da mesma rua, em direcção à sua casa, sempre observados de soslaio por cinco fantasmas. À ilharga,[16] um quarteto de polícias também nos olhava com curiosidade. Não estavam acostumados a ver um vagabundo de mãos dadas com uma respeitável e bela mulher.

Naquela noite, sentados comodamente num sofá, bebemos os dois muitos vinhos, pois aquele calor acolhedor, cortante e seco convidara-nos a tomá-lo. Aquela diligente mulher falou demasiado dela própria e de Mendes dos Remédios, como se eventualmente, desejasse afastar as teias de aranha que lhe cobriam o céu-da-boca, depois de tantos anos de silêncio, como um nó, como uma formação de cúmulos nimbos.

---

16 Ao lado.

Mas ela não rompeu imediatamente o gelo, mesmo com as minhas mãos entre as suas, pequenas, como o seu corpo, mãos como de um bebé, lisas, sedutoras e viciantes, no contacto, que lhe desempoeirava a solidão de cerca de uma década.

Ela via o mundo à roda. Começou por dar voltas, pôs-me a tomar banho. Na banheira, uma massa de quase uma tonelada de sebo entupira a canalização e esgotara a água do viaduto. Quando irrompeu na mesma casa de banho eu estava nu, de pau feito. Depois de me desinfectar com um vaporoso perfume, ofereceu-me as roupas inéditas do morto, a cheirarem à lixívia[17] e a amaciador. Até aqui não lhe reconheci no rosto nenhum sinal de embaraço. Foi na quinta garrafa que ela começou por descerrar a cortina, por detrás da qual se ocultava um mundo, como também as partes mais sombrias de si, do marido, que os expuseram na biblioteca debaixo da cidade, como um telhado de vidro.

Sem pestanejar, abriu a caixa de Pandora. Lacrimejava quando pôs a discorrer o fio da meada, contando a motivação porque fizera as malas e viera embora de Moçambique. As suas memórias divagaram por aquela habitação de cinco assoalhadas, entre quatro paredes, no meio de fantasmas que nos seguiam, caixotes e poeira, onde se refugiavam, sem quase nunca saírem, há já alguns anos.

---

17 Água sanitária.

Parte I

Um princípio de um fim
Ano de 1938

1

Na Rua Consiglieri Ennes, de noite e de dia, as zorras não paravam.

Na Beira Terrace, um edifício do Clube dos Ingleses, havia uma sapataria de elite, onde dois rapazolas e amigos de infância, que eu tão bem conhecia, costumavam fazer os seus deveres escolares, tutelados por um preceptor, que se evadia dos seus misteres, para contemplar a vida agitada cá na estrada e nos passeios. Um dos rapazolas chamava-se Mendes dos Remédios e o outro José da Boavida Conforme Esperatudo. O primeiro filho de Dom Botão, o segundo de um zelador de cemitérios, que morava no subúrbio do Miquejo, com casas de lata, para lá do lado oeste da Avenida Centro Comercial, numa área pantanosa, com matope,[18] onde a cidade deixou de crescer. A família Dom Botão tinha o seu imóvel nesta privilegiada Avenida Centro Comercial, no bairro balnear do Estoril, da elite europeia. Mendes dos Remédios e o amigo eram alunos geniais. Reviam rapidamente as lições e saíam para um passeio pela cidade, naquela azáfama[19] de zorras, eléctricos e autocarros, que a punham em rebuliço.

Muitos dos passeios de Mendes dos Remédios começavam numa livraria mesmo oposta à sapataria. Mendes dos Remédios tinha particular interesse e curiosidade pelos descobrimentos, desde que a matéria fora introduzida, de forma geral, no Ciclo Preparatório Baltazar Rebelo de Sousa. Agora aprofunda-

18 Lama; lodo.

19 Intensa atividade e confusão; atrapalhação.

va-a, enquanto o outro falava do seu entusiasmo pelo militarismo, teatro, desportos motorizados e náuticos. Durante as visitas à "Livraria Manuel Pessoa & Alice", Esperatudo mostrava-se todo espetado a um canto, à espera que o amigo fizesse uma descoberta, visto que aquele lia avidamente e depois lhe comentava, durante os seus intervalos de lanche.

"Esperatudo, tu sabias que a cidade da Beira originalmente chamava-se Chiveve?" — Começara Mendes, um dia, depois de pedir uma chávena de chá e uma torrada espectacular, que tanto adorava.

"Não sabia, não." — Assim respondia o amigo, sempre à espera de tirar nabos da púcara.

"Chiveve é aquele rio que a bordeia, cheio de vida."

"Conta-me logo a história."

"Resumidamente, por um decreto real vindo de Lisboa a Beira foi elevada à categoria de cidade."

"Remédios, disseram-me que há aqui na Beira parte da família real portuguesa."

"Esperatudo, essa é outra estória. Falemos disso noutra altura."

"Tu levas muitos anos de avanço na pesquisa de história. Agradeço-te por partilhares comigo."

"É, um dia meu pai me falou de cinco grandes escritores nossos, destas terras."

"Mas ainda não existe uma nação."

"Pelo menos há um imaginário desta nação e estou a trabalhar decididamente nos perfis literários destas personalidades, destes fantasmas, que um dia serão enaltecidos."

"Temos que ter cuidado ao tratarmos desse tema."

Assim falaram neste dia. Sem embargo, o tema passou a ser recorrente nas conversas de ambos. Vinte anos depois, Esperatudo voltou-se ao amigo, falando do mesmo assunto, em surdina: "Lembras-te que umas vezes falámos de nação? Quero-te dizer um segredo."

"Que segredo? Não me digas que a Lourdes Fonseca já te deu o sim?"

"Já me deu o sim, mas o segredo não é esse: amanhã eu vou à clandestinidade."

Fernando Emiliano, tal como se chamava o preceptor daqueles dois rapazes, indignara-se, porque durante os meses seguintes, Esperatudo deixou de atender às lições. Embora os pais daquele não o abonassem, Dom Botão assumira o encargo, porque o tomara como mais um "adoptado" da família. Fernando o procurou naquele subúrbio. Inácio da Boavida Conforme Esperatudo, pai daquele, limitara-se a encolher os ombros, dizendo-lhe, redondamente, desconhecer do paradeiro do filho. A Inácio Esperatudo chamaram-no à sede da PIDE, na Rua Dom Francisco Barreto, n.º 249. O interrogatório foi cruel. Mesmo assim não deixou escapar nenhuma confissão. No Liceu Pêro de Anaia, em surdina, comentava-se já que Esperatudo se escapara para juntar-se a um dos movimentos nacionalistas, fora do país. Entretanto, aos longos dos tempos Mendes dos Remédios continuou a dedicar a fundo às suas pesquisas, com as parcas economias provindas da Sapataria em que trabalhava sazonalmente. Andou solitário pela cidade, remexendo na secção dos Livros Proibidos, da biblioteca, sita na Rua Correia de Brito, n.º 32. Também tratou de remexer em escombros e até à última pedra e areia, para reconstituição da vasta galeria de perfis literários daqueles fantasmas.

"A história saiu no *Notícias da Beira*, com o deslumbrante título, 'Escritores de uma nação vindoura'. Foi um marco de vendas." — Suzana contou a Carambola. Suzana sabia-o, a visita clandestina, à posteriori, de Esperatudo, devera-se ao impacto daquela história. Num restaurante sobre as dunas do mar, onde se derramavam ondas alaranjadas, Mendes dos Remédios e Esperatudo voltaram-se a encontrar. Esperatudo convidou Mendes dos Remédios a aprimorar o trabalho, para apresentá-lo na Sociedade dos Autores, em Lourenço Marques, numa data oportuna. O amigo sabia o que isto queria dizer. Mendes dos Remédios ignorava que entrava num capítulo que mudaria para sempre a sua vida.

Esperatudo, de sorriso aberto, olhar traquino e inteligente, acreditava no futuro com optimismo. Presidia agora a velha *Comissão dos Preparativos da Independência*. O movimento independentista levava já um trabalho de avanço na preparação daquela efeméride. Embora a dois anos do início da guerra civil, os preparativos dos festejos se adiantavam já no tempo.

"Precisamos só dos perfis literários de míticos personagens, para reforçar o imaginário da construção da nossa identidade." — Disse-lhe o Espertudo, que passara a entrar e sair clandestinamente, da cidade.

"Dá-me um tempo." — Pediu Mendes dos Remédios, ao despedir-se do amigo.

Pedro Pessoa, o maior bibliófilo de que há memória na província ultramarina, lera o referido artigo, por isso convidou Mendes dos Remédios a conversar com ele, a aprimorá-lo, com subsídios adicionais que lhe iria oferecer. Desde essa conversa, os laços de Pedro Pessoa e Mendes dos Remédios estreitaram-se e os dois tornaram-se cúmplices. Por alturas em que Mendes dos Remédios estudava no sétimo ano, já Pedro Pessoa tinha exemplares muito cotados e alguns colegas falavam-lhe das insignes[20] qualidades deste bibliófilo.

---

20 Ilustres, notáveis; distintas.

Ao fim deste episódio, manifestamente alegre, Suzana pediu-me que me deixasse estar aí tranquilo, no sofá. Ela passou a aparar-me delicadamente as unhas, o que pensei fosse, eventualmente, uma parte do jogo das preliminares, pois que para as mulheres, pensava eu, mais do que para os homens, tal se tomava como um imprescindível afrodisíaco.

É imprescindível o asseio. Estávamos postados de frente, um para o outro, na sala de estar. Eu sentia a respiração ofegante, entrecortada, dela, que subia com o odor forte do seu sexo. O ar que nos envolvia tremia. O que me excitava. A mulher usava uma minissaia. Mostrava-se visivelmente enternecida. Como eu.

"O que acontecerá nesta casa, se, diferentemente da catástrofe de Alcácer-de-Quibir, em que morreu Dom Sebastião, o morto aparecer e me encontrar vestido em seus pijamas de seda?" — Perguntei-a.

Ela, sem fazer pausa, continuou a divagar pela estória do marido, ao qual endeusava, embora, no entanto, se deixasse tocar por minhas estranhas mãos, delicadas, que lhe percorriam as coxas, com um perturbável calor, debaixo do vestido terylene,[21] como também o peito ainda túrgido, por cima do decote. Sem se perturbar, a mulher seguiu o seu fio de memória.

21 Fio ou fibra sintética de poliéster de origem inglesa que se fabricam tecidos leves muito utilizados em vestuário.

Parte II

A biblioteca debaixo da cidade
Ano de 1939

2

No princípio era um anjo e depois o anjo fez-se estrela.

Curiosamente, o episódio me levou a uma peregrinação espiritual pela biblioteca debaixo da cidade, com uma riquíssima e vasta colecção de Livros Proibidos, também a referida frase emblemática, que abria um novo capítulo da minha intimidade com os cinco fantasmas, cujas identidades escondidas Mendes dos Remédios tentava desvendar. Pedro Pessoa ajudava Mendes dos Remédios na sua inusitada curiosidade de fazer a caminhada olhando para trás, falando do neto Fernão Pessoa e seus colegas de escrita. Falando com Pedro Pessoa, sentiu-se aquele ambientado no navio *Infante de Sagres*, com um exagerado entusiasmo, como uma criança.

Todo mundo sabe que Pedro Pessoa, moreno, abigodado, é um grande e excelente bibliófilo. Reúne um acervo importante e rico da "Geração Realismo Tropical", de que faziam parte os cinco renomados fantasmas. Um pouco antes da sua morte, Pedro Pessoa foi donatário da sua ingente[22] documentação à Câmara Municipal da Beira. A única condição que ele impôs era que, passados cem anos, se pusesse à luz o que ele catalogou "A Casa dos Pessoa", salvaguardando o nome desta nobre família. Construir aquele acervo foi um trabalho que lhe custara muitas horas de labor,[23] investimento de meio século, com fundos

22 Enorme; desmedido.

23 Trabalho.

do seu bolso. É um legado de uma dimensão incomparável, sem concorrência no mundo, demais a mais porque se centra nos fantasmas de cinco autores da Beira, entre os quais o referido parente seu, um ilustre poeta, tímido e calmo, conhecido pelo seu excentricismo, também nos excessos com que se manobrava no escuro, para cuidar da sua intimidade.

Conta Pedro Pessoa que naquele dia aziago, o frágil poeta viajava no *Infante de Sagres*, debaixo de uma falsa identidade. Aquele Pessoa lutava com a imagem de êxito e contra gente com pretensão de elogiar a sua graciosidade e eco popular. O que não lhe interessava.

O brilhante poeta é citado como tendo adoptado um trato cavalheiresco, apesar de seus temores e a obsessão à morte, com o navio em risco de naufragar, pois lhes sobreveio a tormenta diabólica do vento leste, das monções. Temeroso da morte, numa transparência sem igual, deixou cair a máscara daquele ser misógino e misterioso, que o expôs como uma criatura humana comum, que amava e sofria, fustigado por fantasmas produzidos por sua delirante imaginação.

O poeta Pessoa saiu do incógnito e discreto. Naquela espécie de suplício em que se encontrava o barco, tomado por um maremoto, a ganhar água e espuma branca por todos os lados, pensava ele, era chegado o momento de sair da prateleira e partilhar dos mistérios da sua vida. Entre morrer com os seus segredos e deixá-los para que no futuro a humanidade tratasse deles, ele escolheu a segunda hipótese, pondo ordem nas coisas, para evitar futuras interpretações erróneas.

Ele se despiu ao Pedro que o acompanhava espiritualmente, porque lhe faltava tempo e paz para escrever.

A cabeça da genealogia dos Pessoa, que ele pretendera fosse salva para posterior conhecimento, contava com a sua original linhagem, que apesar de dispersa por outras famílias, começara na "Casa dos Pessoa", localizada, historicamente, num pequeno quarteirão, Rua Correia de Brito, n.º 32, na Beira. É uma das casas mais solitárias, localizada quase num lugar ermo. A "Casa dos Pessoa", embora em ruínas, conserva na sua fachada frontal um escudo. Está do lado oposto à Igreja Ortodoxa Grega. Construída entre 1900 e 1920, serviu de berço do poeta, que viu aí a luz do mundo, pelos braços de Glória de Jesus Mascarenhas, uma comadrona, que o arrancou das entranhas de Dona Alice. O símbolo totémico da "Casa dos Pessoa" é um homem caminhando em passadas geométricas, o que pretende encaixar outros membros colaterais e fantasmas da mesma família. O falecido Pedro Pessoa ainda vive aí junto da esposa, Mathilde Braun. Naquelas assombradas ruínas, a caírem em destroços, tem coisa que a mantém de pé. O rasto da casa que aqui se descreve pode ser visto numa fotografia antiga, porque dela não resta senão destroços, mais umas passadas fortes e obscuras, que acompanham os ruídos dos gonzos.[24] Já Mendes dos Remédios a visitou muitas vezes. Um dia, enquanto o Pedro o arrastava, sem grande esforço, por uma cave,[25] com labirintos entre estanterias com livros, como uma montanha-russa, o visitante esperou que ele lhe desse a novidade.

"Aqui se encontram vidas perdidas e tempos empoeirados, que precisam de ser recuperados e decantados." — Disse-lhe o Pedro, para espantar o medo que aquela atmosfera fechada e fantasmagórica causava no seu hóspede, com risos de interpostas terceiras pessoas invisíveis, cujos rostos se oculta-

24 Designação de dobradiça; peça ou artefato feito em metal e sobre o qual o batente (porta ou janela) pode ser girado ou movimentado.

25 A cave corresponde, em arquitetura, a um ou mais andares que se encontram abaixo do piso térreo, ou seja, no subsolo.

vam debaixo do chão que aquele pisava. Ele fez uma pausa, depois prosseguiu, numa voz cordial e baixa: "Não temas, Mendes dos Remédios. Uma biblioteca é como um dinossauro, uma cobra pré-histórica, com uma costela compartimentada em várias prateleiras, onde adormecem muitos interessantes e impressionantes passados e futuros, que precisam de ser despertados por ti."

O outro não lhe disse nada. Ele continuou com o seu fio de meada: "Quando eras criança, os teus pais trouxeram-te para aqui nesta biblioteca, muitas vezes."

"Lembro-me, Pedro, neste piso eu corria entre escaparates de livros, como quem brincasse nos carrinhos eléctricos do carrossel."

"Quando entras numa biblioteca, na idade adulta, deves transformá-la num carrossel, da mesma forma, na relação com os livros, como se os teus pais te levassem continuamente para aí, embora sem fazer barulho. Nunca te esqueças que dentro dos livros há as mesmas atracções, as mesmas sensações dos mesmos brinquedos e das mesmas companhias amigas, que te maravilharam na infância, a vida de quem os escreve; com as mesmas vozes, com as alegrias e tristezas de quem os lê, com o mesmo timbre de verdade de quem os presencia."

"Que companhias, Pedro?" — Perguntou-lhe o Remédios, com um sorriso tímido.

"Quando abres um livro, todas as companhias adormecidas, de todas as idades, acordam de muito longe, com o rumor das suas vozes, como a dos cavalitos em que te montavas, em miúdo. Estou-te a falar dos teus avôs, bisavôs, fantasmas de escritores mortos e até seus familiares, amigos e parentes, que não deixarão de ser cativantes, aquelas vidas sentadas ao teu lado e que se ligam à tua, aquelas companhias sem as quais a tua vida seria distinta e correspondem exactamente o teu retracto e o da tua alma."

Aproveitara Mendes dos Remédios todo um dia a ouvir a mesma persistente, sábia e amiga voz de Pedro Pessoa. Com a mesma afabilidade e delicadeza na voz, o tão solícito e prestamónico[26] Pedro mostrara-lhe a documentação autêntica de Fernão, que ele caracterizara, misteriosamente, como o primeiro fantasma. Pedro Pessoa ainda lhe exibiu as cópias da cédula de nascimento e do original da certidão baptismal do poeta, a primeira assinada pelo remoto conservador Diogo Neto.

Naquela casa de madeira e zinco, entre frangipanis, brincos-de-princesa, polipódios, gerânios e lianas, vive-se tão em paz. Tanto que na verdade o tempo permanece calmo e tangencialmente parado, protegido dos seus predadores, dentro das prateleiras dos livros, que parecem crias pré-históricas, cujas vozes ressoam em diálogo nos vãos dos sótãos e desvãos dos tectos escancarados, arrastando os fantasmas buscados por todos os lados.

Mendes dos Remédios contou-me como Pedro o transformou no seu confidente particular, limando suavemente todas as suas dúvidas. Composto o *puzzle*[27] do primeiro fantasma, prosseguiu ele com várias das suas atormentadas sombras. O anfitrião já tinha para aí uns cem anos, mas gozando da vida como qualquer invencível morto. Ofereceu-lhe cordialmente um dos assentos da sua ampla sala de estar, cheia de nuvens de poeira e teias de aranha. Não dispensou um memorável serviço de café, com biscoitos de limão. Pedro, que não se desliga do seu cigarro sempre aceso, descreve-

26 Prestativo.

27 Quebra-cabeça.

-se como membro da linhagem pura desta nobre família, que erguera um grande património imobiliário, em honra aos Pessoas, por todo o império, que lhes servisse de pousada. Também, para dar cobertura à sua profissão de livreiro-viajante, por toda antiga província de Moçambique. Ele ainda viaja pelo mundo, a lugares de que ninguém nunca ouviu antes falar e regressa cheio de amigos, livros proibidos, impressões e experiências. Não obstante um extinto, uma vez interpelado por Mendes dos Remédios, confessara-lhe, com um optimismo lúcido: "Recebi cá muita gente, Mendes dos Remédios, que procurava conhecer mais sobre o poeta do meu clã e os seus contemporâneos. Todos esses são a sombra dos fantasmas que te acompanharão até ao fim dessa história. Atenta-te porque tu és um jovem mais decidido em arregaçar mangas deste estudo de dimensão sociológica e antropológica."

O bom do Pedro era essa pessoa modesta, que desde esta casa, com profissionalismo e sentimentalismo, fazia mover o mundo, por dentro e por fora, com incomensurável cultura e discrição, fazendo do seu legado um autêntico e imprescindível manual de sobrevivência, fundamental contra a indiferença, talvez a chave da receita da sua secreta longevidade. A Mendes dos Remédios contou ainda ele, que antes de este evento acontecer tinha mantido um sepulcral silêncio de mais de cinquenta anos, entre quatro paredes daquela casa. Atearam-lhe posteriormente com fogo posto. Ao tempo a casa encontrava-se boa e intacta, à disposição do casal e do seu descendente Ângelo Pessoa. Sobre este, fora maquetizador e impressor do "Notícias da Beira", da propriedade do bispado local.

Nas horas vagas, Ângelo abria as portas da biblioteca a leitores ávidos e viciados em histórias góticas e medievais, como a dos fantasmas que modificaram o mundo ao seu redor. Algumas pessoas geralmente informadas fazem fé de que Ângelo fora demais optimista em manter esse tipo de ousadia, que levara posteriormente àquele incêndio infernal, que estendeu-se por oito dias e oito noites sem debelá-lo. Conta-se que um dia, no crepúsculo da tarde, diante à formosa "Casa dos Pessoas", se deteve um carro. Dele saltou um homem gordo, de barriga avantajada e casquete[28] enterrado até ao nariz. Interpelou o guarda desarmado se aí vivia alguém, tendo este, com olhar cansado, respondido negativamente:

"Trabalho aqui há mais de vinte anos e nunca vi a ninguém."

"Quem te paga os ordenados?"

"Ninguém." — Disse o guarda. Nos seus olhos acrescentavam a solidão de longos anos.

"Porquê não abdicas desse trabalho, se ninguém te paga?"

"Porque todos os dias, os donos da casa, que nunca vi, me enchem a mesa com comida, me dão roupas e sabão e sítio para mim e minha família morar. Sirvo os fantasmas dessa família. Não encontrei ainda emprego melhor que este." — Respondeu o guarda com a voz quebrada pela emoção.

Naquele exacto instante, Ferreira Raposo ordenou a dois dos seus subordinados que lhe acompanhavam, que incendiassem a casa, porque os livros que lá havia eram ameaçadores e incentivavam à revolta. Ele ficou contemplando extasiado o incêndio e a beber festivamente uma bazuca[29] da cerveja "Manica". As fumarentas nuvens tingiram o céu de negro e avançavam contra o vento das monções. A isto seguiu-se posteriormente o extermínio dos seus rivais.

28 Espécie de boné flexível, sem abas, muitas vezes usado como complemento de uniforme; barrete, carapuça.

29 Garrafa de cerveja de 550 ml.

Miraculosamente salvaram-se todos os livros, embora conste uma e outra testemunha que dizem tê-los tomado para si e criaram outras colecções de Livros Proibidos, em miniatura, nos sótãos das suas casas, com toda a discrição possível. Não obstante aquele incêndio que a destruíra, o imaginário da biblioteca continua um magnânimo edifício e atrai ainda os viajantes pela majestosidade do seu pórtico, os vastos subterrâneos, com amostras de mármore, que conservam solidez e elegância, debaixo de uma claridade soturna.

Ângelo, que vivera até os primórdios dos anos 70, passara a editor de um suplemento recreativo, onde se publicavam difíceis crucigramas,[30] palavras cruzadas e quebra-cabeças. De aspecto andrajoso, neste último jornal Ângelo tinha o seu gabinete de editor, com uma biblioteca caótica, roubada da herança familiar e jornais esparsos pelo chão. Consta que, para construir uma base social de convivência, baseada na mesma biblioteca, fundou o *Círculo de Leitores*, a que se lhe juntaram o seu colega Castelo Branco e amigo Dom Botão. Ângelo comia palavras às três refeições, como sopa de letras, arroz e vegetais, por isso depois de longo tempo as folhas de jornais que lhe passavam pelas mãos estavam limpas, como se saíssem novinhas em folha, da fábrica, sem uma única palavra. Consta que viria a morrer de cancro vocabular, porque conhecia todas as palavras do mundo e não fazia questão de as partilhar com ninguém, senão com a sua intimidade, que há muito o deixaram solitário, em exílio interior. O seu espírito ainda hoje vagabundeia por aquele gabinete de serviço, para o qual entra e sai, mesmo sem dispor de chave.

---

30 Jogo de palavras.

Pedro Pessoa mantém activo o "Círculo de Leitores". Todavia, fora em miúdo que Mendes dos Remédios ouvira o pai e o sogro falarem deste poupado homem, do seu *Círculo de Leitores* e da *Colecção dos Livros Proibidos*, de que viria a pertencer.

Pedro confidenciara a Mendes dos Remédios que tem-se dedicado a reconstruí-la, discretamente aos olhos dos vivos, lá vão anos, pois que a um morto não resulta fácil prover fundos e aprovisionar materiais, contanto isso pressupõe alugar camionetas e básculas,[31] comprar toros[32] e cerrar, contratar operários, para fazerem a casquilharia,[33] o soalho[34] e a cobertura, de novo. Pedro não confessou contar com poupanças que caibam para a empreitada, mas toda a cidade é unânime que é um dos mais antigos nobres e aristocratas dela, que empresta dinheiro aos mais afligidos, incluindo ao Estado, sem nenhuma taxa de esforço. Naquele dia, ele revelara a Mendes dos Remédios que logo que termine a empreitada dará uma festa, com a presença de todos os parentes e conhecidos. Espantado, perguntou-lhe o Mendes dos Remédios:

"O poeta Fernão Pessoa também?"

"Sem dúvidas que sim."

"O escritor Dom Caixote também?"

"Este será infalível, como outros escritores seus contemporâneos."

"Como será, se estão mortos?"

---

31 Tipo de carroçaria de certos camiões, assente em mecanismo elevatório próprio, que permite uma acentuada inclinação de um dos lados, de modo a facilitar o despejamento da carga transportada.

32 Segmento de tronco de árvore.

33 Peça destinada a absorver atrito.

34 Pavimento de madeira; assoalho.

"Os mortos nunca morrem, de verdade. Aos meus mortos acordo-os com uma bebida ou pílula de antimónio."[35]

"É verdade?"

"Sim, eles vegetam por todo o lado. Mas guarda esse segredo para si. Não gosto nunca que me tomem como dogmático, porque isso, no lugar de diminuir, aumenta os problemas e não nos ajuda a recompor-nos dos ventos das destruições."

Noutro dia, escreveu Mendes dos Remédios que na vizinhança desta casa, naquela rua estreita, diferente das demais daquela cidade buliçosa e de amplas avenidas, também morara o segundo e um dos mais buscados fantasmas, Olívio de Eça Quiróz. Este criou-se na casa da ingénua Orquídea Mendes de Quiróz. Eram ambos primos. Orquídea era a primeira e única grande paixão de Fernão. Olívio era autor de "Os Medalhões da Cidade dos Jacarandás". Deste fantasma pouco sabia-se, senão que se apaixonara por uma rapariga chamada Genoveva. Olívio movia-se no escuro.

Mendes dos Remédios contou-me que enquanto se dirigia para a porta de saída, pelos labirintos de livros, cada vez mais impressionado com aquela intacta secção de livros proibidos, perfeitamente catalogada e com tudo muito bem-disposto nas suas prateleiras, Pedro deteve-o.

"Volta mais vezes." — Disse-lhe.

"Como voltar, se leio agora aquela discreta placa que ladra com o distintivo em latim: *Collectiõn Librorum Prohibitorum*?"

---

35 Antimônio é um semimetal encontrado em duas formas: forma metálica, de cor prateada e brilhante e quebradiça, e na forma não-metálica, um pó de cor cinza.

"Já em miúdo entravas e podes continuar a entrar sempre aqui. Esta placa é para enganar a Polícia."

"Vou pensar. Temo muito."

"Se tiveres receio de cá entrares encontramo-nos no Café Novo Lar, que está numa cave, na Praça do Município, n.º 34."

"E como saberás quando eu lá for?"

"Tenho alguém que sempre me comunica da presença de amigos imprescindíveis. Eu vou descrever-te à mesma pessoa, que tratará do resto."

O velho justificou ainda aquela limitação no seu acesso como resultando do perigo e iminente receio de as máquinas de consciência, destruírem-na. Disse também que isso o levara a ser rígido. Ele recordou que ouvira o Olívio de Eça comentar uma vez com o Fernão, todo abatido e consternado:

— "A mim tentaram impingir que há livros proibidos, mas tenho a seguinte convicção: Nenhum livro infectará pela sua maldição a humanidade, a não ser que tal pensamento seja de incrédulos e ignorantes que servirão disso para cometer barbaridades."

— "Crês tu nisso?"

— "Os livros a que o mundo chama imorais, mais do que o serem, mostram ao mundo o seu opróbio.[36] Literalmente. O homem ignorante assustado suporta-se no grande efeito destes livros para evocar a sua mentira e destrói sonhos."

— "É por isso que nunca mais voltaste à nossa casa?"

— "Claro que não foi por isso. Foi o espírito de Tári que me apareceu pelo caminho e vi um anjo vestido de branco."

— "Os anjos não têm sexo."

— "No caso, sim. O Rei Zing Ombe, destas terras, através dos seus médiuns, evocou-o. Falou-me ao ou-

36 Desonra; afronta.

vido e eu fiquei sabendo do nome desse anjo por quem me apaixonei."

— "E podes-me dizer como ela se chama?"

— "Como to revelarei se tu nunca me falaste dos teus amores? É uma mulher, um anjo, que interessará a todos, nem que seja daqui a cem anos."

Estas foram as últimas palavras de Pedro, antes de ele e a mulher desaparecerem na escuridão, maravilhados e deixando-se ver apenas pelas silhuetas, que retractavam toda uma boa disposição. Mendes dos Remédios levou consigo um livro que Pedro lhe emprestara.

Quando Mendes dos Remédios abriu a primeira página do Diário de Orquídea sentiu-se transposto à intimidade de dois seres que se amavam e serviam daquela cave, para a privacidade dos seus namoros. Mendes dos Remédios sentiu-se ainda transposto para uma relação de dois adolescentes, a um tempo não tão distante daquele, evidentes sinais de que eventualmente a dona do diário e o namorado se encontravam vivos. Continuou a folhear e depreendeu-se com Orquídea num exercício de interpretação do primeiro poema que ele lhe escrevera, ainda um puritano rapaz, lembrando-se ademais dos jogos que faziam, correndo entre livros e jogando à cabra-cega, naquele esconderijo, que somava quilómetros de prateleiras debaixo de vários quarteirões da baixa desta cidade, com uma temperatura de vinte graus. Mendes dos Remédios mostrou-se enternecido porque descobriu algo que ele queria para si e a Suzana. Juntos, naquela cumplicidade, a descobrirem-se e a sentirem como era lindo amar entre livros, onde estava todo o saber desconhecido das outras vidas e deles próprios, vozes que usavam as outras palavras, para amarem como eles, desfrutando do mesmo sabor e prazer. Para Fernão e Orquídea, aquele mundo clandestino era uma conquista, por isso tentaram estabelecer um pacto, dentro da sua ingenuidade.

— "E se tudo entre nós falhar?" — Um dia, Orquídea perguntou-o de súbito, a meia voz.

— "Não vejo hipótese nenhuma de fracasso onde há duas pessoas que se amam de verdade."

— "Não um falhanço[37] como um fim da impossibilidade de manter a estabilidade, mas o da insustentabilidade do que pode traduzir-se num fracasso de beleza de não podermos ser quem amamos, uma só alma, um só coração."

— "Oh, Orquídea! Por vezes deliras!" — Suspirou Fernão lançando uma indiscreta risota que acordou os mortos da sua família. Logo sintetizou: — "Desde sempre ama-se a combater... Onde não se combate, o amor estrangula-se e esfarela-se no ar."

Ela fixou nele as pupilas sagazes, abraçou-o, apertando os braços contra o seu corpo. Falou logo a seguir:

— "Penso muitas vezes nisso. Tenho o hábito instintivo de me encher de dúvidas a todo o tempo. Nos momentos difíceis me vejo, lamentavelmente, vedada ao acesso desta cave, para combater contra as minhas incertezas, fraquezas, também indecisões. Neste lugar qualquer um estaria a salvo das Brigadas Vermelhas e Capitalistas, da Segunda Guerra mundial... Parece-me, em princípio, que qualquer guerra vai contra o nosso destino. Fiquei altamente aliviada quando o meu primo, Olívio de Eça, contou-me que países como a França estão a planear retirar-se de África. Ontem, à beira do Palácio do Governador, na parte da alta burguesia, vi um soldado morto, que fora fulminado terrivelmente por uma bala em cheio na nuca, mesmo à

37 Designação da ação de falhar; fracasso.

frente do edifício que guarnecia. Disseram-me que são os russos, que estão já cá na cidade e a qualquer momento lançarão granadas e tanques contra nós."

Enquanto ela divagava na esperança da "vitória" de uma libertação, de que não sabia ao certo de que tipo, para gozar da possibilidade de se dedicarem completamente unidos um ao outro, nisto ele passava a mão na sua prematura calva. Na cabeça de Fernão misturavam-se já, confusamente, pensamentos de vir esperançosamente a partir para Lourenço Marques, que já representava aos olhos dos escribas dos distritos, agora como no tempo de Balzac e Victor Hugo em Paris, o lugar onde os talentos de qualquer espécie podiam triunfar na carreira.

Orquídea ouvia-o mesmo debaixo daquele silêncio que ele guardava. Temia por uma eventual separação causada pelo demasiado apêgo daquele de elevar bem mais alto a sua carreira de escritor e o seu canto de "vitória", que, paradoxalmente, apareceria num grito de liberdade, dos ventos que pressagiavam. Por fim, com uns lábios que se destacaram sob a luz sombria da vela, ele ajeitou os óculos que lhe desprendiam do rosto e rosnou:

— "Conheci-te quando eras um lindo e formoso anjo e seguirás sendo, nos hieroglíficos, nos papiros escritos pelos deuses gregos e egípcios, antes da bíblia e de todos os tempos."

Ela era magra, tinha uns cabelos pretos, cortados até aos ombros. Não tinha tentação de levar nenhum livro escondido dentro do seu vestido branco, com lantejoulas irisadas e transparentes. A possessão estava terminantemente proibida naquela biblioteca. Para os casos de furtos, o avô daquele jovem não tinha nenhuma contemplação.

Ano de 1940

3

Escolheu um lugar discreto, como uma personagem secundária. Pediu uma chávena de café e uma exuberante torrada, que lhe foi prontamente servida a fumegar. Parecia um milagre, mas agora ele estava enfeitiçado pelas correspondências que tinha em mãos, trocadas entre Fernão e a sua namorada. Mendes dos Remédios estava no Café Novo Lar. Deixou-se embalar pela leitura, enquanto esperava por Pedro Pessoa.

"Nossa vontade e o nosso pensamento/ São as mãos pelas quais outros nos guiam/ Para onde eles querem/ E nós não desejamos."

Acabava de ler o primeiro poema de Fernão à sua amada. Mendes dos Remédios precisava da mão de Pedro. Para encaixar aquele poeta no *puzzle* da sua investigação passava por compreender as suas correspondências endereçadas a Orquídea. Não havia ninguém que lhe pudesse explicar, senão aquele Pedro Pessoa. Este também lhe iria ajudar a desvendar a teia dos amores roubados de várias das personagens que iria descrever ao longo do enredo. Mendes dos Remédios não falou com mais ninguém. Manteve-se à espera de Pedro. Durante uma hora Pedro não apareceu. Em jeito de passatempo, continuou a repetir as passagens sublinhadas que mais o emocionaram. O mistério à volta dos fantasmas de Fernão e Orquídea crescia, o que o deixava cada vez mais excitado e ansioso. Leu o segundo poema:

"Aquele breve mundo/ Que de tristeza fugiu,/ No ar já tão estendeu impreciso/ Que morreu./ De quem nasceu esse sorriso breve do mundo?/ Porque é que ele murchou?/ Não se lembra ela que minha foi a lembrança/ Por acaso voou tão alegremente,/ Foi dela a espera e o alumiar das estrelas/ Que meu coração iluminou./ Foi aquele breve mundo de criança/ Que morou em meu olhar e não soltou seu voo de ave./ Oh, fugaz ternura/ Do que se amou,/ Numa biblioteca entre livros/ Papéis amarelos entre a alegria e a alvura/ Que a sabedoria astral encobre, e lhe cobri com minhas mãos,/ Aquele corpo de uma angélica cria./ Ah, a lembrança é breve flor que aí me possuiu, sobre o brilhante tapete./ Breve aventura e doce/ De quem nasceu o mundo breve que me feriu?/ Na memória ao menos dura,/ Sorriso que me sorriu na eterna infância do seu calor."

De olhos deitados na correspondência, não podia falar com ninguém. Havia uma lâmpada que iluminava directamente os escritos, quando o resto do espaço ao redor estava mergulhado numa penumbra.

Fernão e Orquídea haviam-se correspondido com regularidade. Mendes dos Remédios depreendera-o, mas fora das correspondências não se sabia nada. Olhou para o relógio. Já passavam outra meia hora, para além do tempo combinado. Voltou a ler sete passagens das cartas de Orquídea, que mais o impressionaram, pelo seu entusiasmo. E sublinhara à lapiseira. Viu o desejo de partir o consumir, mas o mistério à volta deste amor povoado de fantasmas foi crescendo e lhe tolhendo como um feitiço:

— *"Ainda que falasse as línguas doces dos poetas e dos astros e não tivesse amor, seria como o latão que soa a ouro ou como o címbalo que retine..."*

— *"E ainda que distribuísse todos os meus bens para sustento dos pobres, e ainda que entregasse o meu corpo para ser queimado, e não tivesse amor, nada disso me aproveitaria..."*

— *"O amor é sofredor, e benigno; o amor não é invejoso; o amor não se vangloria, não se ensoberbece..."*

"...O amor não se leva inconvenientemente, não busca os próprios interesses, não se irrita, não suspeita o mal..."

"... Não se regozija com a injustiça, não se regozija com a verdade..."

"...Tudo sofre, tudo crê, tudo espera, tudo suporta juntos."

"...Agora, pois, permanecem a fé, a esperança e o amor, estes três; mas o maior destes é o amor entre mim e ti..."

Terminou esta passagem e, sacudido pelo seu instinto impulsivo, levantou a cabeça, mas não viu o Pedro. Os demais fregueses já haviam abandonado o local. A noite caía. Leu decididamente um trecho mais de outra correspondência de Orquídea a Fernão, enquanto esperava que o servente lhe trouxesse mais um café e uma torrada junto com a factura, para melhor saborear a correspondência seguinte, a réplica do anjo, com alguma tonalidade poética:

"Meu muito amado Fernão, *Se há uma coisa que nunca te disse, meu amor, eu não sou bem a Orquídea; Eu sou uma Hortênsia da vida, vítima do mal hálito do amor; Sou muitas mulheres em mim; Quem nunca entendeu a linguagem do teu amor gélido, porque entrei descalça neste amor, quando procurei acertar o passo te demoraste, quando te acerquei nos desencontramos, me entreguei aos vadios amores, se é que te sonhei e no vazio do teu desértico amor morri. Sou uma costureira de sonhos, que se fosse capaz de unir o céu e a terra, em linha e agulha, herdaria a vocação do teu avô Pedro Pessoa; mas não és mais do que uma sombra e da qual nem eu sou capaz de fugir, porque entre ti e mim tudo é aparência e pecado; Pareço-me a uma espiga de trigo, mas sou um punhal sangrento cravado às tuas costas; Nunca o disse para não ser ardorosa contigo e simplesmente por ser desnecessário. A coisa é que neste amor de ardente sal, salpica dentro a dor e a ferida de teu esquecimento: eu sou a tua Orquídea, que cheira a inferno dos cactos, vive de sal e esquecimento. E dói-me o coração, porque amo a vida que é só uma e minha."*

O facto de Orquídea se referir a Pedro nesta correspondência aguçara-lhe ainda mais a curiosidade de se entrevistar com ele. Porém, desanimava-o que a possibilidade de encontrá-lo se reduzia extraordinariamente. Foi quando, depois de pagar a conta e levantar-se, que viu um homem moreno, abigodado, que o saudou, com muita simpatia. Por fim, Pedro chegara. Depois de lhe corresponder com um vivo aceno, Mendes dos Remédios convidou-o a aproximar-se dele.

O que sucedeu, Mendes dos Remédios conta na primeira pessoa:

"Pedro Pessoa apareceu estranhamente abigodado. Usava roupa preta, óculos com molduras circulares e uma rosa amarela na lapela. Saudamo-nos e sentamo-nos à mesma mesa. Visivelmente alegre e triunfante, Pedro Pessoa iniciou, logo a seguir, a tratar-me carinhosamente. Afirmou que meses antes me buscara por toda a cidade e que não tinha ideia sobre onde me achar, pelo que ao longo de dois meses de labirinto, Fernando Emiliano, uma alma generosa, lhe disse que eu me fechara em casa a escrever, ao que ele reagiu, enviando-me conselhos por aquele, nestes termos: 'Diz ao Mendes dos Remédios, que para escrever seja o que for, não precisa ficar trancado todo o tempo, em casa. Diz-lhe para arejar os pulmões,

passear pela paisagem e respirar o seu verde aroma, tomar sol, que o ajudará a condensar e consolidar as ideias. Diz-lhe ainda que é jovem e nunca esquece de amar muito.'"

"Há séculos que não me encontro com o meu padrinho Fernando Emiliano..." — Lhe contrapus.

"Também o teu padrinho me disse que não é fácil capturá-lo."

Aqui, Pedro, com visível indisposição, devido aos antecedentes, pediu-me desculpa por me cortar a palavra e me pediu que lhe perdoasse, pois que Emiliano estava com pressa quando lhe visitou e saiu a correr para o seu palacete, pois durante o dia todo se dedicava a corrigir exames e necessitava repousar. A idade de Pedro pesava como um caixão de chumbo. A sua condição de morto fazia-o tremelicar ao falar e lançava sempre aquele olhar de soslaio, para a periferia à volta da nossa mesa, com medo e certo ânimo de nos virmos descobertos, pela Polícia. Era de todo compreensível, num homem com idade muito avançada. Talvez ele se mostrasse esquivo, por causa de dois grandalhões que se sentavam à uma mesa às nossas costas, com uma discrição tal que me pareciam espiões da PIDE.

Naquele sítio, mais ao fundo, estávamos resguardados, pois a cave nos livrava do chiar dos carris que corriam pela Praça do Município, subiam a Avenida da República, até ao Estoril. O Café Novo Lar era muito lindo, com candelabros de cristais que pendiam do tecto de gesso, bordado numa aura clássica, ou mesmo, em rendados da Belle époque. Depois da partida daqueles, observei que ele já se tinha recomposto daquela tensão. Todavia, notei que foi ganhando pouco a pouco confiança no espaço e também na fala. Eram já horas do jantar e ele pediu dois menús. Os pratos chegaram logo, a fumegar. Eu ataquei o meu cabrito no forno, de imediato. Ele observou uma pausa, para absorver a sua taça de vinho. Depois de respeitar um ligeiro fôlego, disse-me:

"Mendes dos Remédios, naquele ângulo escuro costumam sentar- se os fantasmas dos cinco escritores de que te falei noutro dia, na biblioteca. Passam-se despercebidos, mas eu consigo vê-los." — Levantei a cabeça e contemplei na direcção indicada.

"Devem se pôr por lá para tratar de algo muito interessante." — Lhe disse eu.

"Perdão, Mendes dos Remédios, mas todo o escritor catalogado na minha biblioteca deve interessar a todos." — Afirmou com um pouco de ironia presunçosa.

"Francamente de acordo. Queria-te dizer que houve outra classe de livros proibidos que me fazem lembrar coisas bizarras. Quando éramos adolescentes, meus amigos, no desejo de descobrirem as maravilhas do amor e do corpo, faziam circular 'revistas de adultos', sempre debaixo de um caderno escolar."

"Estórias de iniciação..."

"Com certeza. Alguém as tinha e as dispensava e os livros circulavam pela comunidade. Os livros, a caírem em pedaços, eram velhos e pareciam que tinham antes passado pelas mãos dos avôs" — Lhe disse eu, para desmistificar aquele catálogo particular.

"Também passei por isso: nos cinemas da nossa cidade as mulheres não podiam aceder a filmes com episódios eróticos e picantes e, para o conseguirmos, o namorado tinha que subornar o porteiro."

"Incrível, isso não mudou."

"Conto-te mais. Uma vez levei a Mathilde a assistir a uma dessas películas. Estávamos sentados, quando chegou o zelador, com a sua lanterna a ilu-

minou e a neutralizou. Tive de lhe dar mais algumas moedas, ou senão, estávamos a contas com a Polícia. Havia chantagem...”

“Esta biblioteca, creio eu, era uma forma de exercício de censura, ou para mostrar o poder.”

“Era o denominador comum, para todas as situações.”

Naquela tarde Pedro Pessoa me introduziu no submundo da cidade dos fantasmas, que eu desconhecia.

Ano de 1941

4

Orquídea fazia do coração tripas, para alcançar a felicidade. Nos primeiros tempos ela e Fernão eram felizes, muito felizes. Enquanto estudava no Liceu Pêro de Anaia, o dinâmico e social Fernão arranjou-lhe uma colocação no Grupo Teatral Trópico, como forma de se verem mais próximos um do outro, mas a crise daquele relacionamento avançava inexoravelmente.

Aparentemente, o fracasso começou quando o famoso dramaturgo — anglo-sul-africano, Jean Brian, em trânsito pela cidade, assistiu a uma função do grupo, no Olympia. Aqui vira Orquídea contracenar. Aquele cortejador ficou surpreendido e electrizado por encontrar aí uma mulher de invulgar beleza e simpatia. Deveras fascinado com a sua inteligência, convidou-lhe imediatamente a interpretar um papel de actriz principal na peça "A paixão de Shakespeare", em Joanesburgo, na África do Sul. Naqueles tempos, uma mulher casada, como no caso de Orquídea, era propriedade privada do marido, tanto que a sua circulação, para qualquer lugar do mundo, dependia da expressão tácita e escrita, do marido. Orquídea aceitou a proposta milionária, mas tudo dependia do aval daquele. Fernão não estava interessado em partir para a África do Sul, posição que a transformaria para sempre num joguete de forças, entre dois homens.

Aquele convite encontrou a Orquídea numa fase tumultuosa interna, pois que Fernão a deixara em alvoroço. Não conseguia pôr termo a uma relação esporádica e ocasional que começara com a solteiríssima baronesa italiana, Francesca Papini, cujo safari a Chinde, na Zambézia, Fernão organizara, como também a acompanhou, ao lado de guias e ajudantes. No regresso daquela caçada, a italiana parou na Beira, para daqui não mais sair. Alugou um palacete na Rua Francisco Barata, n.º 345, Ponta-Gêa, e lá instalou-se com a sua criadagem, pois que Fernão recusara redondamente a deixar esta cidade, o trabalho que amava e partir aventurosamente, em seus braços. Praticamente, Fernão passou a dormir em casa daquela, com desculpas de que tinha que trabalhar à noite. Por estas alturas ele editava a revista *Safrique*. A publicação estava sujeita a severas exigências de leitores nobres e de seus proprietários. Uma vez que Fernão era o cabeça-de-casal e ganhava o quíntuplo mais do que ela, Orquídea sujeitou-se à pressão horária do seu amado. Alguns colegas sabiam que a sinistra e perversa Francesca se tornara a preferida e mantiveram-na em sigilo. O que ninguém sabia era que um entre os quatros amigos chegados de Ferrão consolava secretamente a Orquídea.

Fernão foi promovido a delegado da Safrique, e, pautando pelo narcisismo, começou a faltar respeito aos colegas e à própria Orquídea. Nestas circunstâncias e, por seus excessos destituídos de sentido, um deles abriu o jogo. Em consequência disso, um dia, Orquídea fez-se à agência, na Praça de Camões, n.º 70, onde flagrou o marido, num ambiente romântico, com a baronesa Francesca. Uma lâmpada ténue e obscurecida sobre a secretária projectava a sombra de ambos por atrás do cortinado e da portaria envidraçada. Não lhe disse nada, mas esta traição passou a persegui-la como um fantasma.

Posteriormente, ela encontrou na gaveta da secretária do marido um maço de cartas da amante. Decidiu ela que para o seu futuro deveria acautelar-se, iniciar carreira nova e escreveu a Jean Brian. Fê-lo iludida com o aparente trato social e de boas maneiras deste, qualidades que mais apreciara no seu primeiro homem, num passado recente. Brian acabou por lhe arranjar um falso passaporte inglês, com documentos que davam-na como casada com o mesmo, que a autorizava a partir para a África do Sul, como uma encomenda de chocolate, sob a identidade de Anna Brian.

Adoptou doravante esse nome. Protagonizou uma carreira de sucesso na decadente Joanesburgo. Teve mérito no papel principal e ganhou prémios interpretando "A vida da senhora Shakespeare" e "A escravatura a branco no preto", neste caso encaixando perfeitamente o papel na sua própria pele, expondo-se como quem caíra numa mão manipuladora e a convertera em prostituta, por falta de recursos materiais para a suportar.

Na Cidade de Ouro, ela viu a sua tutoria disputada por mãos diabólicas e alheias, que a tornaram numa pior criatura. Sem embargo, com o seu sumiço sem deixar pistas, Fernão enveredou-se por um alcoolismo decadente e irreversível, em dilacerado desespero, a ponto de arruinar a carreira, pois que acusaram-no de a ter morto e dissipado o cadáver.

A fascinante baronesa fugiu da Beira, dizia-se, por alegada incompatibilidade de feitios e génios. Acusara-o de se ter transformado num monstro, de que não conseguia suportar. Saber-se-ia depois que a baronesa viera à cidade a correr atrás de um expediente, o astronauta James Levy. Acontece que a advertida esposa de Levy estranhou da sua intrusão naquela comitiva, uma vez não havia viajado desde Estados Unidos com eles, e obstou-o a mantê-la à distância de vinte mil milhas. O segredo foi destapado na página social do "Notícias da Beira", que citava fontes anónimas. No entanto, sabia-se que se tratava de Serafim

Castro e o amigo Pepe Gonzalez. Este galego explorava o Café Novo Lar e vivia no luxuoso Prédio Imporium, onde uma afamada e emblemática Dona Eugénia tinha o seu duplex.

Francesca ainda fizera jornadas de caça com espingarda em punho, matando exemplares de hipopótamo e búfalo. Tendo sido aí descartada e exposta, ainda assim, James jamais voltou a concupiscências amorosas com ela.

Como não há crime perfeito, num desses anos, Teotónio Machado visitou Fernão na agência. Trazia uma correspondência. Embriagado, esqueceu-a sobre a secretária do amigo, que achando-a, foi despertado pelos carimbos e selos da África do Sul. Fernão omitiu o achado do seu receptor. No maior dos sigilos abriu-a e lá estava um dístico de teatro sul-africano, em que Orquídea era a cabeça-de-cartaz, com uma minissaia e pernas esbeltas e vivamente espectaculares.

O cartaz evidenciava uma Orquídea nos pícaros da fama, como também iluminava a um laço profundo de intimidade entre ela e o Teotónio. Fernão teve aquele seu sorriso que o sol ilumina depois da tempestade. Assim partiu para Joanesburgo, naquele "Infante de Sagres" e localizou-a. Trouxe-a de volta, para a cidade natal.

O que Fernão veio a saber foi que Brian contraíra uma dívida astronómica para tratar de toda a operação e, não podendo manter a vida de luxo que levava, sujeitou-a à prostituição. Disso cobrava, para os seus caprichos. Fernão apresentou queixa contra Brian, mas devido à sua influência dentro dos serviços secretos sul-africanos, o expediente ficou-se pelas águas de bacalhau. Nunca foi tramitado pela justiça, nem condenado.

Fernão acelerou a sua viagem ao túnel bebendo freneticamente, até ficar magro, como uma estaca de feijão, pois os ciúmes se lhe tornaram recorrentes e uma obsessão. Este passado perturbador perseguia-o. Posteriormente se manteve com uma herança que recebera de Pedro Pessoa. Ainda durante catorze anos tentou manter-se dignamente. Depois que a estoirou, marginalizado, humilhado, passara a viver de esmolas de amigos e pessoas generosas.

Noutro dia, caiu em coma etílico. Buscava-se pelo seu fantasma. No entanto, durante muito tempo não o conseguiram localizar. Ao seu redor havia mais de mil garrafas de vinho e cerveja vazias. Os quadros e esculturas, que faziam a paisagem da sala, ao relicário do Moçambique Trânsito vendera-os um parente distante, a uma ninharia, para lhe dar de comer.

O seu quarto, por onde nos tempos áureos passara a maior fadista de todos os tempos, Lucília Lagoa, era uma imundície, salpicada de paranóias, sustos e uma boneca, que adornou a sua obsessão sexual, por supostamente apresentar rasgos de Francesca.

Aliás, este transtorno obsessivo foi a causa do desgaste daquele matrimónio com Orquídea. Sabe-se que nas vésperas daquele sumiço, Orquídea sentira o inferno na terra e abriu uma loja de flores chamada Orquídea Oriental, na Avenida da República, n.º 1952. Ela agenciava outras duas floristas: "Magnólia" e "Jacarandá". Noutro dia ainda, agrediram-na, à saída do teatro Olympia. Sovaram-lhe até perder a consciência. De seguida, numa viatura estranha, os seus captores levaram-na até ao Aeroporto Pais Ramos e daqui embarcaram-na misteriosamente para a África do Sul.

Foi entregue a um grupo, com conexões com os serviços secretos sul-africanos. Saber-se-ia posteriormente que já desde antes de ela partir à Joanesburgo estava ligada à espionagem inglesa, por isso tanto insistira a Fernão para não deixar esta cidade. Durante muitos anos não se voltou a saber do seu rasto, embora corressem informações de que voltou aos braços de Brian, com quem, retirada da vida artística e da espionagem, fugiu da África do Sul, para uma ilha holandesa, nas Caraíbas, paraíso sossegado.

Ao fim desta longa descrição, Pedro limpou o suor e acabou de comer. Mendes dos Remédios parou, estarrecido, com os talheres suspensos nos bordos do prato e os olhos alçados nele, para ouvi-lo enfatizar o pensamento.

"Agora compreendo porquê encontrei o quarto de Orquídea devidamente ordenado." — Disse Mendes dos Remédios, olhando nos olhos de Pedro Pessoa.

Pedro Pessoa não disse nada. Ele fez uma pausa, depois de esvaziar a taça de vinho.

"Sim, porque os pais sempre acreditaram que ela estivesse viva e que um dia voltaria." — Afirmou Pedro Pessoa, que agora lacrimejava: "Ela era um anjo, que caiu em mãos monstruosas e poderosas. Lembro-me de vê-la encenar, na sua última actuação, no Olympia. Interpretou um papel que prenunciava as grandes mudanças que, certamente, ocorrerão nestas terras, por isso apoio a tua convicção de consagrar Fernão como um poeta e dramaturgo progressista."

"Nos últimos tempos a vida deste poeta tinha sido uma amálgama de amor-drama, vividos 'catarticamente' com obsessão, que parece iluminar à decadência da sociedade actual, que parece espelhar o prenúncio da grande tragédia do império. Por um pouco cheguei a pensar no Fernão como um postiço de Fernando, mas são diametralmente opostos." — Atalhou Mendes dos Remédios, depois de limpar o suor do rosto com um lenço limpo que trazia.

Será que a intimidade de Orquídea e Teotónio passava por uma relação de amor? Pedro Pessoa declinou a confirmar a pergunta levantada por Mendes dos Remédios. O velho relógio de parede do Café Novo Lar bateu as doze badaladas da noite e a cidade dormia. Já ambos tinham tomado as sobremesas e pago as contas. Os dois continuaram a conversar, com a benevolência e cumplicidade de Pepe Gonzalez, que lhes deixara as chaves. Este admirava o Pedro por se manter como o discreto senhorio do lugar. Também o admirava por ele ter sido antes muito pobre e preocupar-se com o futuro de um mundo melhor.

"Foi por causa dos nomes desses fantasmas que fizeram a vida impossível a Mendes dos Remédios. Confundiram-no com um saudosista." — Comentou agora Suzana. Carambola meneou afirmativamente a cabeça.

Ano de 1942

5

Chegou há pouco mais de meia dúzia de anos à cidade, depois de desembarcar do comboio da Trans-Zambezia Railways, que caminhava emocionalmente repleto de seus sonhos, naquela estrada de ferro coberta pela selva. Os primeiros raios do sol começavam a brilhar e os pombos arrulhavam sobre os alpendres das plataformas da estação. A sua companhia era apenas a sua mala, que continha cadernos com pretensos escritos de um candidato a escritor, mais um vestido de noite ofertado pela sua musa, embutido em cheiro de água-de-colónia, o que lhe servia de inspiração, pois tinha um poder de estilo de uma energia vital desbordante e centralizadora.

Hospedou-se no Hotel Central, na Praça Luís de Camões, n.º 256, adjacente à “Livraria Manuel Pessoa & Alice”. Numa tarde, quando saía do cine-teatro Olympia, se tropeçou com a Orquídea. Cumprimentaram-se. Grande empatia unia-os desde a remota adolescência.

Enquanto bebia freneticamente e afogava as mágoas no álcool, Teotónio Machado segredara a Orquídea que aquele viajante oriundo de Sena de comboio era filho bastardo de Pedro Pessoa. Disto, nem Fernão Pessoa o sabia. Assim, numa das várias travessias vitais, que o levaram à Sena, depois do sequestro de Orquídea, Fernão Pessoa o procurou, pois desconfiado que o viajante a havia ocultado. Em Sena, com as suas ilusões e ignorâncias da juventude, obtivera o rescaldo.

Nada mais do que quatro décadas de vida do avô, por aquelas terras, marco das suas odisseias.

Fernão Pessoa dedicara o melhor do seu tempo a conhecer pessoas, também a coleccionar e acumular lembranças. Foi quando alguns coelhos lhe saltaram da cartola. Aí soubera que a mãe daquele viajante tinha sido a companhia do avô. Pedro Pessoa tinha erguido um império que foi crescendo gradualmente com o açambarcamento do património abandonado por colonos alemães, um pouco por todo o Estado, do norte a sul, no ano 1918. Fernão lembrava-se de ter testemunhado Pedro Pessoa a forjar documentos que lhe conferiam a titularidade de bens alheios com apoio de seus cúmplices, uma vez em plena certeza de que não dispunha de nenhum concorrente.

Nos anos que sucederam à primeira guerra mundial, enquanto livreiro-viajante, Pedro Pessoa não fazia mais que arrolar, à discrição, indústrias, casas e estabelecimentos comerciais abandonados. Com a sua voz maviosa[38] e insuspeita notificava o conservador civil Diogo Neto, que os engrossava na lista dos seus activos. Também aproveitou da insolvência com que se depararam muitos empresários, na bancarrota, com seus patrimónios em licitação nas execuções fiscais, da Fazenda Nacional, aos quais emprestara dinheiro, para de súbito lhes reclamar o crédito e desferir o golpe, accionando a hipoteca.

À sua chegada à Sena, à busca do quarto fantasma, por via das más-línguas, Fernão Pessoa soubera que Pedro Pessoa ficara impressionado, tempos antes, com um faraónico estabelecimento hoteleiro, junto ao Rio Zambeze, de águas turvas. Chamava-se "O CASARÃO". Aqui ofereceram-lhe um quarto com vista estratégica para a ribeirinha Vila de Sena, como também para o curso daquele leito fluvial, donde em seus mo-

38 Terno, afetuoso, carinhoso.

mentos monótonos ficava a observar as pantanosas águas que corriam preguiçosas até ao delta de Chinde, numa vasta planície húmida, entre bosques, com vegetação de um estonteante verde, com lírios de sangue e estrelas de natal, entre nenúfares[39] e embondeiros.[40]

A ida de Pedro Pessoa à Sena foi pela via daquele mesmo Rio Zambeze. Quando desceu no porto-cais, Pedro Pessoa se subordinava à fadiga e uma náusea lhe consumia as pantorrilhas, de tal modo que quase desmaiava debaixo daquele calor aziago e abundante de dezembro. Atravessou a estrada para o lado da Vila de Sena e deitou o olhar para os seus edifícios. Anos depois, seguindo a sombra do avô, Fernão Pessoa calcorreou[41] a mesma estrada, cuja sombra lhe relatou a aventura de Pedro Pessoa.

Depois de vender os livros, Pedro Pessoa logo começou a sua mais desesperada campanha, para seduzir a filha do proprietário de "O CASARÃO". Era uma realidade da vida, que nada tinha a ver com a ficção, com que habitualmente se lidava. Não tinha a certeza do que lhe esperava pela frente. Muitas perguntas lhe ruminavam a alma. Num dos seus passeios, Fernão permaneceu por alguns instantes indeciso, na plataforma do porto-cais, e só depois de algumas visões apocalípticas, decidiu avançar, impetuosamente, a risco e conta próprios, sem mais pensar nas consequências. Dirigiu-se à vila e de imediato regressou à esplanada do hotel, com a equação que lhe ocupava o cérebro: vasculhar a biografia dos donos do imóvel, custasse o que custasse.

39 São plantas que crescem em águas paradas ou de pouca movimentação. São bastante úteis como esconderijo e sombra para peixes e outros animais aquáticos.

40 Árvore de grande porte, própria das regiões tropicais africanas, tem tronco alto e largo (pode atingir mais de 10 metros de diâmetro), com grande capacidade de armazenamento de água, flores grandes, de cor branca, e frutos capsulares.

41 Percorrer a pé um caminho longo; andar muito a pé.

Custasse e o custasse, jurou que lograria desenterrar os passados dos herdeiros de "O CASARÃO", mesmo para que para tal se sujeitasse a despender quantia de dinheiro, comprando consciências.

Quem seria aquele migrante que chegara de comboio? Diziam que tratava-se de um promissor homem das letras. Era um jovem na casa dos vinte anos, que uma vez na cidade passou a conduzir uma viatura Chevrolet e atraía atenções das pessoas com uma viola que levava no banco traseiro. Quem seria aquele jovem rico e culto?

A chegada do jovem rico e culto à cidade coincidiu com a fase conturbada do relacionamento de Fernão com a namorada. Aquele amor estava avassalado por águas movediças, pelo que o jovem rico começou logo a sair com ela, a título discreto. Dizia-se que se tinham conhecido anos antes. Onde, quase ninguém sabia. Alguns faziam fé que fora no Liceu Pêro de Anaia.

Enquanto Fernão Pessoa namorava a baronesa, reinava uma certa circunspecção e mistério em torno das escapadas de Orquídea. Para Fernão, Pedro Pessoa seria o único que melhor conhecia o antigo viajante. Este fora concebido imediatamente à sua chegada à Sena, naquele ano remoto. Reza a história que desfrutava Pedro da sua tranquilidade habitual, na esplanada de "O CASARÃO", donde contemplava a formidável vista do rio. Soprava uma brisa quente e o calor era húmido. As árvores, que bordeavam a marginal, moviam-se titubeantes, a sussurrarem cantos às musas e fadas, sujeitas por aquela preguiçosa brisa do rio, quando uma adolescente lhe cruzou o caminho, flechando-lhe o coração.

Os segredos e os mistérios da adolescente com o forasteiro estavam nas mãos da parteira. O que era de domínio público, dias antes de se abalar de Sena, o escriba recebera parte da sua herança pela venda de "O CASARÃO".

Num caso insólito, poucos dias depois daquele seu desembarque, na Estação dos Caminhos de Ferro da Beira, debaixo de um calor tórrido e pastoso, as escapadelas de Orquídea mostraram-se reincidentes, insuflando os pulmões de Fernão de náuseas e dor.

À medida que lhe desvendava o passado, daquele filho bastardo de Pedro, Fernão soube muitas estórias, algumas a rondarem a lendas, outras factuais e puras. Não lhe cabia ajuizar onde começavam umas e terminavam outras. Também não lhe competia confirmar onde começava a mentira e o mito.

A história oficial da personagem do escriba recém-chegado começava pelo próprio nome. Pela sombra negra que determinou o seu apelido com um estranho ditongo "õns", na final. Contara-lhe José Dias, uma decisão do conservador dos registos civis afectou a família, para não chocar com a reserva exclusiva do nome de um outro célebre escriba. Ficou-se por uma airosa saída: um ditongo nasalado, um til no "o", seguido de "ns". Trava-se a língua antes de pronunciar a última sílaba. Posteriormente, ele lhe confirmou o registo da sua acta baptismal, na Conservatória do Registo Civil.

Impressionado com a história da família que construíra o colossal hotel transformado num elefante branco e com poucos hóspedes, Pedro Pessoa vira-se impelido a prolongar a sua estadia aí, por muitos dias. A cada dia ele desfrutava de um longo momento de leitura, depois se deslumbrava com os últimos raios de sol que se punham detrás daquele turvo rio. Logo que a humidade desaparecesse completamente do ar, guardava o seu livro de companhia na pasta e caminhava até à Igreja Santa Raimunda, no fundo da praça, e se divertia um pouco assistindo ao ritual da missa, com um altar cheio de velas em chamas. Um dia fazia a rotina de regresso a "O CASARÃO", quando no corredor de acesso aos quartos cruzou-se com um homem muito simpático, que se apresentou como sócio-gerente. Tinha um sorriso muito tímido, um rosto gracioso e inteligente.

"Chamo-me Augusto de Camõns." — Como que lhe espetando inesperadamente uma navalha, identificou-se prontamente o sócio-gerente, sem esperar por uma pergunta prévia da parte do hóspede.

"Prazer em conhecê-lo." — Respondeu-lhe, comprazido, com a sensação de mistério que o apelido lhe evocava. Augusto Camõns olhou-o de esguelha, de cima para baixo, e disse-lhe com um silvar[42] tímido na voz:

"No seu caso já sei: chama-se Pedro Pessoa."

Ele sorria todo divertido, por isso, sem fazer pausa, Pedro Pessoa continuou, com ironia na voz:

"Noutra vida, há mais de cem anos, devia ter aqui nascido e chamar-me Dom Caixote. Por má sorte não morei aqui antes."

"Também tenho saudades de um tempo que não vivi." — Lhe disse aquele, com ar sério e grave: — "Isto aqui brilhava. Havia aqui mais de vinte mil residências caiadas a cal, tão brancas, como a cidade árabe que lhe inspirou o nome."

"Como sabe?"

"Pela história que me contam abundava aqui ouro em grande profusão. A Vila de Sena, um autêntico museu, era um protectorado de Iémen. O nome da vila fora adoptado da corrupção de Siona, Siiuna ou Shana. A capital dos árabes Emozaid era esta cidade, a qual denominaram Syanna. O escritor árabe Ibn Said, um dos pais da história e sociologia clássica, fez a cartografia da rota que dava a esta importante terra. Chamou-a Sinna, o que pode ser equivalente à

---

42 Produzir um som agudo e prolongado, como um silvo, sibilar; assobiar.

capital de Iémen, Sana. Idrisi, escritor e geógrafo árabe refere à esta terra de Sofala como "Terra de Ouro" e que tinha duas cidades-feiras. Uma outra cidade de pequeno tamanho era Syanna, povoada por indianos, zanjs[43] e outros." — Sustentou Augusto de Camõns, que se distinguia pela nobreza do seu espírito.

"Onde o meu amigo foi buscar esta imagem fotográfica?"

"Num escrito muito antigo, do meu avô. Naquele ano remoto, iludindo a vigilância do régulo[44] árabe de Sofala, o meu avô português, Vicente Pegado, fixou-se nesta vila, da qual deu notícias à coroa, chamando-a Sena." — Ele continuou a extrair a utilidade das lições do passado. Sem dizer nada, Pedro Pessoa manteve-se a ouvi-lo, fascinado: "Vicente, que passou a impor nova lei no lugar, começou por se recusar a pagar impostos nas grandes cidades de Ajentame e Dendema, e, de castigo, o rei mouro, Mongualão, impôs-lhe que 'pegasse em seus pés', como sinal de obediência e vassalagem, ao que Vicente recusou-se, justificando que à força do seu apelido já o tinha reverenciado, pelo que o não iria repetir. Mongualão impôs-se-lhe por força, daí, tendo ele cedido, na presença dos seus militares, ameaçados de serem assassinados, todos os nativos e árabes passaram a zombar-se dele. O que o levou a renunciar o apelido anterior, adoptando o Camõns."

Com uma voz vivificante e emocionante, ele continuou a desfiar as cores daquele passado, com que pretendia sustentar uma velha máxima: é a sociedade que cria o futuro e o indivíduo não é mais do que fruto da história do meio em que vive. O seu depoimento lhe chegava pela fluída descrição:

43 Zanjs eram os escravos africanos que trabalhavam, de maneira obrigatória, nas terras do Sul do Iraque.

44 Príncipe jovem; soberano de um pequeno território.

"Meu avô Camõns, um homem astuto, iniciou aqui esta obra faraónica, acoplando esta estalagem e a taberna em baixo, uma joalharia, onde também vendia espelhos, bíblias, mantos da virgem Maria e crucifixos do Menino Jesus, que ele dizia serem relíquias, benzidos em Nazaré. Há quinhentos metros deste lugar encontra-se oforte de Sena, uma das sete maravilhas da humanidade, e aqui à volta fervilhava todo o comércio. Custou um esforço titânico ao meu avô erguer "O CASARÃO", que só ficou pronto depois de uma dúzia de anos, com uma mistura hilariante de endividamento e relaxamento do seu conceptor e benfeitor, que tinha mil empregados nas variadas funções, como lavadores, cozinheiros, moços-de-limpeza, servidores de toalha, servidores de mesa, porteiros e administradores. Só o acabou quando converteu um pequeno compartimento alugado em relicário, onde vendia espelhos de peregrinação a preços baratos e de saldo. Era um ancião mediano, de barba branca e aspecto formoso quando, tentando atravessar uma ruela, foi atropelado por uma carroça que transportava o árabe Mongualão, num aziago fim da tarde obscurecido por uma massa expressa e vaporosa de neblina. Morreu instantaneamente. Estava próximo de completar oitenta e cinco anos. Deixou uma dívida astronómica com a banca e gente de boas famílias deste lugar."

"Que mais horrorosa morte!" — Exclamou Pedro Pessoa. Imperturbável, e com o rosto ensombrado, não perdeu o fio à sua descrição, descrevendo as manifestações de pesar dos acontecimentos que influíram no presente: "Aqui meu avô se alagou da cultura mestiça. Após a sua conclusão, 'O CASARÃO' passou a ser habitado por muitas gerações de seus descendentes e também por hóspedes, pois que essa tinha sido a visão do meu avô."

É assim que nasceu a Isaura, uma das suas netas, de beleza um tanto descomunal e doptada de habilidades. Ela animava as noites com tertúlias e carnavais na taverna do rés-do-chão, cantando com cadência cativante, com perfeita e bela harmonia.

De repente, a adolescente Isaura se lhes interpôs, solicitando a Augusto Camõns que lhe ajudasse a resolver um assunto sério, o que o obrigou a descer pelas escadas, escoltado por ela. Pedro Pessoa desceu também atrás deles, obcecado, até ao último degrau, com as pernas finas, cor de ébano, daquela bela desconhecida, vincadas por uma minissaia, que deixavam expostas as suas partes erógenas. Enquanto o pai e a filha adolescente se ocupavam a fazer as devidas aritméticas na recepção, sentado na esplanada, de vez a vez Pedro Pessoa a olhava, obcecado e comendo-a com os olhos. Porém, Augusto Camõns se ria e não demorou em partilhar com ela a hilaridade do encantamento do hóspede. Depois ela bateu levemente nas palmas do velho Augusto Camõns e Pedro Pessoa descobriu a cumplicidade que os unia, o que dava mostras de que havia mais do que o simples laço de trabalho: intimidade de filha e pai.

Posto aquele momento excitante, Pedro Pessoa voltou-se para o rio com visível transtorno. Não tardou cinco minutos, Augusto Camõns se assomou e sentou-se ao lado do hóspede. Denotando a abstracção de Pedro Pessoa, disse:

“Perdoa-me. Não sei se a história que estava a contar interessa-lhe.”

“Por amor de Deus eu estava a deliciar-me.” — Respondeu Pedro Pessoa olhando-o com surpresa e agitando-se na cadeira, todo contrafeito.

Logo, Pedro Pessoa perguntou ao anfitrião, todo divertido:

“Ter-lhe-ão roubado algum dinheiro?”

“Isso passa-se quase todos os dias. Estou falido e vendo esta propriedade, porque os juros do empréstimo bancário crescem todos os dias.”

"Eu compro-a!"

Seguiu-se um pequeno silêncio. Recuperado do abalo, ele pôs-se a falar longamente da terrível fase do declínio do velho colono. A família já não era muito aceite por causa daquela obra faraónica que ameaçava monopolizar o comércio e aquela situação afectou rigorosamente a integridade da família, pois que Augusto Pegado (Camõns) era o proxeneta do bar, que cuidava de agendas de clientes com as raparigas do lugar. Algumas eram casadas e os maridos denunciaram-no muitas vezes, por suas actividades ilícitas.

Numa data incógnita, do primeiro quartel do século XX, uma Canhoeira — nome para embarcação que se movia a rodas —, navegava o Rio Zambeze. A mesma transportava muitos passageiros procedentes de Quelimane e com destino à Sena. Destacavam-se quinze grumetes africanos e um almirante branco. A bordo daquela "Canhoeira Cherim" estava uma *sinhara*, nome dado a donas mestiças pertencentes a nobreza, de seus catorze anos, grávida, acompanhada de suas cinco aias e uma senhora. De repente, a *sinhara*, dona de um enorme magnetismo, começara a contorcer-se e a lançar alaridos de dor lancinante, que furavam as nuvens e os tímpanos de Deus. À ordem do almirante todos os passageiros da "classe A" foram evacuados, imediatamente, para o varandim,[45] tendo a mesma ficado ao dispor exclusivo da *sinhara*, das cinco aias e da matrona ou comadrona. Esta já levantada e visivelmente preocupada, com ajuda daquelas, pô-la deitada num banco corrido, sobre uns lençóis almofadados, visto que estava-se no nono mês da gestação e precaviam-se das condições. Depois de

45 Varanda cuja área é estreita.

um teste, a parteira descobriu que a *sinhara* perdia o líquido amniótico. Nuvens negras cingiam os vales que bordeavam aquele leito fugazmente encoberto de um alaranjado sol vespertino do Rio.

"O bebé dá-te pontapés?"

"Sim, dá-me e sinto grandes contracções." — Respondeu a *sinhara* franzido fortemente os olhos e soltando gritos ainda mais lancinantes. Estava débil e pálida. A tez quase azul. Aquele ambiente de intimidade passou-se depois de a matrona extrair o bebé do abdómen da *sinhara*.

"Nasceste um menino." — Afirmou a matrona sem pestanejar.

"Senhora Glória de Jesus Mascarenhas, muito obrigada." — Disse a *sinhara*, depois de ver o recém-nascido. Uma das cinco aias ajudava a segurar o bebé e as outras escolhiam as roupas para vesti-lo.

Depois de contar este longo episódio, a parteira sistematizou:

"Isaura Engravidou-se de um suposto e incógnito homem. Dizem que era um miliciano. Com isso, quebrou o puritanismo deste local, onde tal era incomum, numa moça de catorze anos. Queria-se conhecer a paternidade, mas sobrara uma cortina de incógnita. Seja como for, é assim que nasce o prolífico e multifacetado poeta Ruiz de Camõns, na 'Canhoeira Cherim'. Com Dom Caixote, também nascido em Sena, Ruiz de Camõns cultuou relações de amizade que se fizeram muito estreitas. Anos mais tarde Isaura contrai sífilis aguda, que a levara à cegueira, mas morrera que nem um tordo sobre um galho, de febres inclementes. Camõns, sem herdeiros concorrentes, dorido pela situação, vende a sua herança ao pai ilegítimo e parte para a nova vida com uma boa fortuna, para tudo esquecer. Como um príncipe desembarca na Estação Ferroviária da Beira e aí começa a sua odisseia."

Isaura Pegado (Camõns) não podia dar dois passos na rua, sem que se visse injuriada. As pessoas denunciavam-na pelas suas más companhias masculinas, como a dos vários milicianos em missões expedicionárias, de modo que, para evadir-se da situação, o pai, Augusto, debilitado, borrou o nome da casa e designou-o "O Casarão".

Com o nascimento de Ruiz de Camõns, naquele feliz mês, Augusto de Camõns passou a iludir no ancestral Vicente o peso da responsabilidade daquela gravidez, imputando-a a uma relação incestuosa com a filha. Dizia que Isaura Camõns concebera-o num cruzamento com os *muzimus*, na língua cafre ou *zanj*, espíritos. O que encontrara acolhimento entre as gentes locais, supersticiosas, que criam que Vicente se transformara num leão branco. Um leão aparentemente pacífico, que se passeava na vila, mas ao mesmo tempo acusado de estuprar as mais belas virgens e mulheres, que se atrevessem a andar em lugares desabitados, pelas noites. Muitas tabernas e cabarés, frequentados por goeses, macaenses, etíopes e diuenses, erguiam-se ao longo da margem sul do Rio Zambeze, que se tornou a capital da Zambézia, como também de orgias e duelos de espadas e espingardas.

A vida tomou um rumo boémio, com tertúlias[46] nos cafés, onde posteriormente o jovem Camõns apareceria na companhia da mãe feito guitarrista e a reivindicar a autoria de canções com elevada expressão estética e linguística. O que convertera o esbelto jovem compositor e escritor, de rosto sempre barbeado e cabelos frescos, numa figura mitológica do universo daquela cidade e da sua terra natal. Lenda alimentada

46 A tertúlia é, na sua essência, uma reunião de amigos, familiares ou simplesmente frequentadores de um local, que se reúnem de forma mais ou menos regular, para discutir vários temas e assuntos, especialmente os literários.

pelo seu perfil particular e da mãe solteira, também pela sua fineza, sensibilidade, um tanto ou quanto apreciada, de modo que abria e hipnotizava os crispados corações de raparigas com palavras de elevada luxúria e fervor.

No longínquo ano de 1933 Camõns havia concluído o sétimo ano, no liceu Pêro de Anaia. Regressou à Sena e desapareceu. Por muitos anos, seu antigo colega do liceu e grande amigo Fernão Pessoa lhe seguiu o rasto, sem encontrá-lo. Os meios culturais da Beira recordavam-se dos cinco fantasmas, como figuras que mais a agitavam. Ambos dispunham de uma rubrica no jornal "Notícias da Beira", onde provaram a glória com poesias, contos e lendas. Sem embargo, o promissor escriba celebrizara-se com "O amante de botas altas", uma representação teatral satírica e irónica, baseada em fragmentos escondidos, íntimos, da sua própria história familiar e da saga da morte do amigo Dom Caixote.

Ano de 1943

6

Naquela longínqua mudança da nação rural para a urbana, o promissor escriba não o fizera senão na sua tentadora esperança de ascensão material e social. Posteriormente, deixou o Hotel Central e comprou um apartamento na Rua Costa Serrão, n.º 290, 2º andar. Dividia a rotina entre o apartamento e o cine-teatro Olympia. De tempo em tempo quebrava a monotonia e fazia-se à "Livraria Manuel Pessoa & Alice", a fim de comprar livros, depois retomava ao apartamento. Aqui mantinha os seus encontros esporádicos com uma mulher, com que andava envolvido numa forte e consolidada aventura romântica.

Naquelas idas e vindas, na "Livraria Manuel Pessoa & Alice" reencontrou-se com o ajudante desta loja, Fernão Pessoa. Numa instintiva sintonia reacendeu a grande empatia entre ambos, se bem que o entusiasmo que nutriam pela leitura e escrita os havia unido em tempo de estudantes do liceu. Dos encontros esporádicos, Camõns vir-se-ia a lembrar. Um dia, debaixo de um aguaceiro que caía sobre a cidade, com as suas ruas inundadas, Fernão lhe convidou à uma conversa nas traseiras da livraria e, minutos depois, aí juntar-se-lhes-iam os componentes do clã, como este se referia dos amigos escritores. Estes já o conheciam pelos seus escritos. Antes destes sentarem-se, disse Fernão:

"Olívio de Eça e Teotónio Machado apresento-vos o poeta Camõns. Ilustre Camõns esse é o meu clã."

"Um prazer conhecê-los." — Disseram aqueles em uníssono.

"O prazer é todo meu. Este lugar é franco para reunir o clã e escrever, pois está escondido." — Disse Camõns, com simpatia.

"Aqui preparamos os nossos saraus e aqui escrevo eu, evadido do bulício[47] da casa e da cidade." — Respondeu Fernão. Era um dia laboral e os quatro só se separaram ao fim de seis horas ininterruptas de conversa, entre cafés, chás e fumaça de tabaco.

"Convido-vos a conhecerem o trabalho que estou a fazer no teatro Olympia." — Afirmou Camõns naquela ocasião.

"Camõns, obrigado pelo convite, mas tenho uma agenda inadiável." — Disse Machado.

"Então, uma vez o Machado está impossibilitado, conto com a visita do Olívio e do Fernão." — Afirmou Camõns num tom terno e divertido.

"Camõns, levaremos a Orquídea connosco." — Fernão propôs-se.

"Teremos muito gosto em recebê-los. A minha colega Bernarda Carlota ficará muito encantada." — Ele assentiu.

Desta forma uma nova página da história os uniu. Mas um quê ficou. Teotónio e Orquídea foram os grandes ausentes. Andavam numa cumplicidade que Fernão estava longe de desvendar. Camõns visitava esporadicamente os Pessoa, na Rua Correia de Brito, n.º 32. Assistira o drama da família Pessoa, quando Dona Alice mudou-se de casa, para morar só e depois com um outro homem. Acontece que Manuel Pessoa acumulava uma série de infracções dentro do lar.

Noutro dia, ao precatar-se[48] da presença do filho na livraria com uma companhia, Dona Alice já o fizera antes em relação ao marido, quando o encontrara em fragrante delito com a mesma negra, Silvana, que

---

47 Agitação de muita gente em movimento ou em desordem.

48 Pôr(-se) de precaução; acautelar(-se) de, prevenir(-se), resguardar (-se).

tinha sido empregada da loja. Despediu-a. Desde essa altura, da parte da Silvana, não havia o porquê manter a discrição e mais tarde voltou a intimar-se com o filho daquela antiga patroa. Ela apenas queria alguns centavos. Silvana vivia num mundo suburbano, em que a burguesia não queria saber: a Munhava. Um dos primeiros bairros que albergavam africanos, que se ofereciam de mão-de-obra aos europeus, que chegavam em maior profusão. Criados de limpeza, varredores de estrada da cidade branca, cozinheiros e mainatos, como se designavam aos empregados domésticos especializados em lavar e engomar a roupa.

O bairro da Munhava era ruidoso pelas noites, com os seus bares e prostíbulos ruins, também pelos intermináveis festivais de tambores e gritos de mulheres e homens bêbados, que caracterizavam certa libertinagem, preenchendo essa parte da atmosfera da cidade. Esses alaridos contrastavam a vida recatada lá do outro lado da muralha urbana, ao mesmo tempo que aceleravam os latidos dos corações de mulheres abandonadas por seus travessos maridos.

Ainda assim, parte dos homens europeus aí se refugiavam, numa fuga à ordem moral que lá imperava. Estabeleceu-se aí um paraíso, que não se podia ignorar. Um pouco escondido, em dois barracões separados, estavam os asilos de leprosos e tuberculosos. Estes últimos, em pele e ossos, vomitavam grandes jactos de sangue, diante o olhar impotente de uma enfermeira, numa paisagem rural de horror e pesadelo, historicamente sombria e perdida.

O cenário contrastava com o número cada vez mais progressivo de novos hotéis de luxo e brilhantes casinos, que dominavam a paisagem do outro lado, ao serviço de ingleses e rodesianos. Vez a vez, pela noite, para conterem os "maus costumes" e a "excitante promiscuidade", brigadas da polícia canina e de cavalaria intervinham com repreensões relâmpagos, que por tabela apanhavam os inocentes e miseráveis. Os festivais exóticos nunca conheceram interrupções.

Muitos anos antes, Camõns fizera-se à casa de Fernão e tocara a campainha. Apesar de esta tocar, ninguém a abriu. Lá dentro travava-se uma forte discussão a fogo. Dona Alice queria sair de casa, mas o Manuel Pessoa não a deixava. Fernão tentava apaziguá-los.

"Manuel, já te surpreendi por três vezes com a Silvana e sempre me prometeste que mudarias. Fizeste sempre isso, quase em cima dos meus olhos. Depois passaste esse hábito para o teu filho. Já vamos vinte anos nisso." — Dona Alice falava toda tensa e desesperada.

"Alice, eu sei lá onde o Fernão foi aprender isso, mas garanto-te que comigo não foi." — Manuel tentava ser condescendente.

"Manuel, creio que foi numa das nossas discussões que ele assacou que havia uma mulher vulnerável entre nós." — Dona Alice não escondeu esse ressentimento que lhe marcava o coração.

"Não te posso garantir." — Manuel afirmou mostrando certa vergonha no rosto.

"Manuel, o pior é que a engravidaste e tem um filho teu. Não posso admitir isso." — A expressão de Dona Alice continuava impassível e falava com a inocência perdida.

"Quem foi que te disse isso?" — Manuel Pessoa parecia apanhado de surpresa.

"Eu tenho ouvidos." — Dona Alice mostrava que nunca fora ingénua e inocente como o marido pensava.

"Alice, eu só quis experimentar. Eu não amo essa mulher. Me custa aceitar e admitir à sociedade que sou o culpado. Fica aqui connosco, fazemos uma cova e enterramos de vez esse assunto." — Manuel Pessoa insistiu de joelhos e expôs a sua debilidade, como se estivesse a passar por um pesadelo.

"Eu não vivo para a sociedade, vivo para mim. Tudo entre nós está terminado." — Suspirou ela com certa histeria.

Camõns achegou-se mais para a ranhura da porta e observou que Manuel estava encostado a ela e impedia-a de sair. Fernão chorava e implorava a mãe que não os deixasse. Dona Alice contrapunha com uma barragem quase intransponível. Apesar de ser o alvo, Manuel protegia o delito do filho: "Mas se a pagou fê-lo com o dinheiro próprio. Nunca tirou dinheiro da caixa."

Abruptamente, Fernão Pessoa soubera que meses depois do regresso à Beira, Camõns engravidara a amante e recorrera ele a uma parteira particular, que lhe oferecera os serviços de aborto. Era a mesma parteira que apoiara o parto de Isaura Pegado: a senhora Glória de Jesus Mascarenhas. Esta não era uma mulher estranha, pois há quatro décadas exercia o monopólio como parteira única, no Vale do Zambeze, por isso Fernão Pessoa buscou-a para tirar a prova dos nove.

A escassos minutos do pôr-do-sol, a lua desenhava-se redonda no céu. Era a lua o presságio dos novos nascimentos e do encanto. Todavia, Fernão anotara que, contra o prenúncio, naquele dia, o apartamento n.º 290, 2º andar, da Rua Costa Serrão, era visitado por Glória de Jesus Mascarenhas, onde a referida amante dormia um sono profundo, sob o efeito de um forte sedativo, que Camõns a dera de tomar, à revelia, pois contrariado pelo desejo daquela de dar à luz, numa posição de vingança para magoar o Fernão.

Quando Orquídea recobrou os sentidos trazia o rosto estampado de preocupação, pois o primeiro sinal de que dera conta foi o lençol embebido numa camada espessa de sangue. Quis se mover quando se apercebeu que estava amarrada dos pulsos aos pés, contra a cama. Nem sentira o mais ligeiro sinal da presença da parteira Glória de Jesus Mascarenhas, senão do deslize sobre o qual se resvalara, com uma desculpa esfarrapada e vago esclarecimento da parte do amante, segundo a qual bebera desmesuradamente e fora tomada por um acesso de loucura que a levara a quebrar a louça e o artesanato do apartamento, deixando-o de avesso.

Estranhamente, depois deste serviço Glória de Jesus Mascarenhas emudeceu-se completamente. Louca, recolheram-na a um asilo, em Sena. Atribuía-se a situação o seu largo historial de mais de vinte mil partos, em toda a sua vida de parturiente. Era muita areia para o seu camião, pois um tabu esclarecia que igual proposição levava os profissionais ao hospício. No referido hospício, Fernão contactou Glória de Jesus Mascarenhas, que fora uma mulher aberta e risonha, orientada para proporcionar o sentido de coesão das famílias que oferecia seus serviços.

Com toda a espontaneidade, Glória riu-se dos seus esquecimentos, depois tentando recobrar a lucidez, acautelou-se. Não havia nada de cómico naquele acto, senão a imagem de um dos seus deslizes, impelido pela ganância financeira. A princípio da mudez pensava-se que tratava-se de mais uma postura sua, orientada pelo alto sentido ético de sigilo profissional e abnegado respeito pelo próximo.

Muhdein, o Boticário de Sena, espreitou pela janela e, mergulhado na noite escura, viu uma figura que parecia um fantasma, naquela cidade ribeirinha. Perguntou para os seus botões:

"Que missão especial traz Fernão Pessoa à Vila?" — Fazia mais de uma década que não o via pelas suas ruas. Recordara-se das suas remotas visitas, na companhia do avô Pedro Pessoa.

Muhdein, conhecido por O Mosquito, seguiu o rasto de Fernão Pessoa pela sombra, até ao hospício. Daqui o visitante foi-se deitar em "O CASARÃO", frustrado com a inglória tentativa de arrancar a confissão à Glória de Jesus Mascarenhas. No meio da penumbra nocturna, O Mosquito viu-o cabisbaixo, a tentar processar o mistério daquele aborto, com uma mosca atrás da orelha, mas cedo lhe contaram que O Mosquito tinha sido cúmplice daquele indecoroso acto. Tinha sido O Mosquito quem interagira com a parteira no escuro, como um fantasma, a emprenhar-lhe pelos ouvidos.

"O Camõns não quis ser o pai daquele bebé, simplesmente porque tinha em mãos uma larga lista de expedientes femininos." — Disse a parteira, enquanto descrevia o feto, que seria uma menina. A extracção do ventre fora tão violenta e desumana, tão perversa e indiscreta, que mexera com a sensibilidade desta, a ponto de a levar àquela loucura.

Glória de Jesus Mascarenhas era baixinha e tinha um rosto simpático, mas posteriormente defumara-se numa anã, sem expressão, com olhar soturno e perturbado.

Fernão não pretendia deitar o investimento em saco roto. Procurou por Muhdein, que o recebeu com cortesia e colocou preto no branco o mistério.

Ano de 1944

7

Ainda no Café Novo Lar, o trabalho de desenterrar aqueles fantasmas custou a Pedro Pessoa e Mendes dos Remédios o adiamento repetitivo da despedida. A noite fazia-se ainda mais alta e as estrelas no alto dos céus bailavam, inseparáveis, como flores bordadas e pintadas no vestido de uma dançarina de ópera.

Pedro Pessoa tinha as pálpebras carregadas de sono, mas nem por isso deixara de contar, movendo cada palavra com sumo cuidado, sobre aquela que considerou a Idade de Ouro da Beira, os seus momentos mais gloriosos, como quem abre as portas de uma casa antiga e a expõe, desde as divisões agradáveis até aos cantos mais sórdidos.

Com um enredo desviado da moral e da tradição social, Pedro Pessoa conquistara a atenção de Mendes dos Remédios. Este estava tranquilo, a escutá-lo, com os olhos arregalados e com os ouvidos todos voltados para aquele florescente e sábio narrador, que desfiava detalhadamente o novelo: Numa manhã instalou-se nas escadas da Catedral da Baixa um homem alto, solitário, de porte atlético, com aturdidos olhos de um provinciano, malferido.[49] Usava barbas largas e roupa escura. Mostrava-se com os ouvidos atentos, bem abertos, para o espaço ao redor, onde se expunha as maravilhas da explosiva cidade, que progredia com um impressionante movimento urbano que se des-

49 Diz-se de ou aquele que está ferido com gravidade; muito ferido.

locava da periferia para o centro, com migrantes da metrópole chegando aos bandos, inundando os bairros de madeira-e-zinco e a cidade negra. Com ar pessimista e angustiado, arriou a sua sacola e puxou pelo pão de centeio, que comeu com uma cenoura.

Era a sua parca e pobre merenda. Duas raparigas, circunstantes da ocasião, ao vê-lo com ar miserável, fantasmagórico, riram-se às gargalhadas. Eram alunas da Escola Eduardo Vilaça. Além da ruína financeira, o homem padecia de fome e frio, como o velho Adão chegado do Éden. A olhar com salpicos para as estrelas, na mesma escada que dormira, desde que chegara de Sena, mostrava-se pelo rosto a expressão boémia de um sofredor e sonhador enamorado. Era provavelmente filho único e sempre vivera com os pais, que o enviaram a um colégio elitista, apesar de pobres. Desde os quinze anos escrevia artigos literários para o "Notícias da Beira", num mecanismo de busca de foco mediático, para se afirmar. No seio da proeminente burguesia local ninguém o conhecia em pessoa, embora se apresentasse definitivamente como um reformador da literatura em toda a província ultramarina. Na tentativa de ganhar decentemente a vida, tivera uma ciranda de empregos temporários, passando de empregado doméstico a vendedor de carvão, de alfaiate a ajudante de mecânico, de ajudante de joalheiro a moço-de-recados.

"Como estás Dom Caixote?" — Perguntou-lhe um incisivo Fernão, depois de se aproximar dele. Dona Eugénia havia sido a pessoa que o recomendara, reconhecido que era o seu perfil solidário e bondoso.

"Menos mal, meu brioso amigo, enquanto se dorme debaixo das estrelas e no sonho ouve-se o bailar da lua com os astros." — Respondeu ele, sorrindo contidamente e sem conseguir disfarçar o espectáculo. Não tinha parentes na cidade e não cedera ao convite do amigo, para ocupar um dos quartos da sua casa. Consta em sua biografia que desde os doze anos trabalhara doze horas por dia como capataz de uma companhia de estiva de cana-de-açúcar e repartia o dinheiro que ganhava na família. Sintetizou, sem deixar de se mostrar esgotado: — "Durmo comodamente deitado em solo frio. Para ganhar a vida há que sofrer."

"Preciso de teus documentos de habilitações literárias e outros, para suportarem a candidatura para uma vaga. Conheço-te apenas pelo que escreves no jornal, com um indubitável tom muito mais à esquerda, contra a miséria e a subordinação de menores ao trabalho infantil. São muitos os leitores teus que ficam em suspense, para lerem o que vais publicar logo a seguir no jornal." — Disse Fernão Pessoa, que o reconhecia como um populista da causa nativa.

"Meu brioso amigo, não há mais do que isso. Nunca trabalhei em escritório, estudei só até ao segundo ano do ciclo preparatório e depois incorporei-me no exército. Comecei a trabalhar desde os meus dez anos, para ajudar a minha mãe. Quem suporta a vida do campo pode aguentar a da cidade." — Respondeu com olhos sonhadores, não sem deixar de agradecer o comentário do amigo, que lhe chamara à atenção pela forma como denunciava a difícil condição sanitária nos subúrbios urbanos.

"Tirando o facto de seres o escritor mais lido da actualidade, literariamente és só farsante, amigo! Terás que contentar com uma actividade polivalente, de um faz-tudo. Para outros trabalhos como o meu terias que ter pelo menos o liceu concluído. Quanto ao resto, encarreguei ao Ruiz de Camõns e ao Olívio de Eça para tratar contigo."

Deviam ser onze da manhã, quando Fernão partiu. O terceiro fantasma ficou a vê-lo desaparecer na esquina. Posto isto, voltou a escrever, nas mesmas escadas, um dos seus textos dramáticos onde contava essa sua odisseia, num estilo que evidenciava nova forma de escrever, naquele seu realismo céptico e democrático, voltado para o provinciano e o nacional, com uma estética que, a despeito da escravaria, transformaria o mundo ao redor. Desde este dia Dom Caixote passara a aguardar ansiosamente a sua colocação, na Safrique. Naquela desesperada angústia que o consumia por dentro, alguém se lhe aproximou para lhe entregar uma carta. Ele levantou a cabeça ao vê-lo. O carteiro o procurava há já muitos dias. O que o deixara espantado.

"Como é que sabe que ando por aqui, senhor?" — Perguntou Dom Caixote ao desconhecido carteiro, que andava simultaneamente pelas ruas e guetos. O desconhecido preferiu não esboçar os segredos daquele idealista estranho, que usava uma espécie de escudo nos braços e um chapéu na cabeça. O carteiro fazia-se transportar numa pequena carroça, movida por dois burros.

"Disseram-me que o cavalheiro Dom Caixote anda por cá, depois de ter feito um largo percurso por um labirinto de montanhas e cavernas, desde uma vila onde havia à sua volta plantações e muito ouro."

"É verídico, senhor, aqui estou tranquilamente instalado e bem em meu hotelzito. Na vila donde venho havia uma população numerosa, muita copra e dez fábricas artesanais de azeite de copra. A peste engoliu tudo e a população emigrou. Embora persistam em chamá-la Sena, aquilo é já só um sítio de escombros. É uma vila fantasma."

"Mas não me terei enganado, cavalheiro. Esta carta é da Dona Eugénia. Ela está cá na Beira." — Disse o desconhecido, olhando-o com cortesia, depois de lhe chegar mais de perto.

Dom Caixote recebeu a carta e agradeceu-o, enquanto aquele se predispunha a afastar-se. Porém, o carteiro, que desde há tempos era um óptimo colaborador de Dona Eugénia, ainda se deteve, para interpelá-lo:

“Meu cavalheiro, disseram-me que escreve sobre paixões tenebrosas e belas mulheres, entre outros temas, como o realismo igualitário. Contaram-me que quando viu a Dona Eugénia ficou como fulminado por um raio de meteorito, que lhe atravessa o coração, até hoje, como uma cratera incurável. O marido dela, António Ventura, teve consigo um duelo e quase o matara.”

“Como é que o senhor sabe, se não tem uma bola de cristal?... Isso é verdade, por isso sou esse fantasma que aqui se encontra.”

O carteiro limitou-se a apontar com o dedo índice a rua acima:

“Meu cavalheiro, é a Dona Eugénia quem mo disse. É lá numa residência que ela está. Se quiser encontrá-la é seguir as instruções que ela me disse constar dessa carta lacrada. Desejo-lhe a maior sorte!”

Cinco dias depois foi-se apresentar no novo trabalho. Entregou-se com toda energia e abnegação ao descarregamento de armas e munições de caçadores, no Aeroporto Pais Ramos, após o que tomou um carro, iniciando a viagem de grande beleza e perigo. Caminhou sempre fascinado pela paisagem urbana. Parou na Orquídea Oriental, na Avenida da República, n.º 1952, para comprar um *bouquet* de rosas vermelhas, para levá-lo à amada, ainda naquela tarde.

“Dom Caixote, sempre em paixões ardentes e fervorosas!” — Orquídea espicaçou-lhe, com a sua voz de anjo, enquanto o atendia ao balcão.

“É uma velha paixão, que ainda assim se renova, a cada dia. Conheci a Dona Eugénia numa das ruas de

Sena. Pedi o seu contacto, ela ofereceu-se a vir à minha casa. Aí nos envolvemos e nunca nos separámos, faz oito anos." — Respondeu ele todo entusiasmado, embora tivesse um coração debilitado e a tensão arterial pelas nuvens, em consequência da violência e pressão em que vivia, o que se assomava a uma filha ilegítima que tinha a seu cargo.

"A tua mãe nunca te pergunta dessa tua paixão por uma mulher casada?"

"Nenhum ser humano é pertença de outro. Os laços são uniões invisíveis que se quebram dando lugar a novas formas de costuras. Sinto um amor sincero por ela. Vejo nela, apesar de tudo, uma mulher livre. Amo o amor dela de pássaro, o belo e o mágico, de resto o que é vital e atractivo num lindo ser humano." — Disse, sem conseguir disfarçar aquele ar de cansaço.

"A trepadeira cresce contra a árvore. Se agarra à árvore é porque o seu limite é crescer, para o alto." — Afirmou ela, comovida com a resposta daquele. A explicação tocara no fundo da sua alma, dividida por perversos e penetrantes sentimentos. Moralmente não tinha autoridade para questionar o Dom Caixote, que em certa medida estava a par da sua excentricidade, como também do seu prováveis casos ocultos com Teotónio Machado e Camõns.

"Nos vemos mais logo nos ensaios." — Disse ele, sorrindo-lhe e pensado, como os demais, em tirar o pano limpo das suas travessuras com aquela personagem oculta. Entretanto, pagou pelas flores. Despediram-se.

Pôs o carro em marcha e avançou no meio daquela vegetação de árvores altas bordeadas pela avenida. Mais adiante, travou-o e os pneus chiaram naquela rigidez do asfalto. Abordou um caminhante:

"Boa tarde! Busco o n.º 1120, da Avenida da República, a Casa de Hóspedes."

O homem aproximou-se estrada adentro e mostrou-lhe:

"Vai um pouco mais em frente, à esquerda e longo tem a casa que procura!"

Dom Caixote arrancou velozmente. Pouco depois travou, os pneus chiaram de novo como se tivessem furado, produzindo um oceano de poeira e fumaça. Logo que ela ouviu o tom do chiar dos pneus do automóvel espreitou pela janela, e viu o homem do alto a baixo trajado em uniforme, como almirante, e equipado de arcabuze.[50] Segura e sem vacilar, correu em direcção do seu amado, que lhe ofereceu o *bouquet* e beijou-a com ternura. Transportados pelo mesmo carro afastaram-se das imediações daquela Casa de Hóspedes e blindaram-se no apartamento de Dona Eugénia, no Prédio Imporium, Rua Major Serpa Pinto. Aqui Dona Eugénia tinha uma corte de criadagem que lhe apascentava e uma prima, Rita, que criara um fio de comunicação secreto com os dois.

Naquele sólido apartamento de dois pisos os dois passaram a viver num ambiente romântico, discreto, desfrutando de todo o conforto. Pelas manhãs e tardes Dom Caixote ia ao trabalho. Saía e dirigia-se ao Olympia, onde se encontrava com o Ruiz de Camõns, que estava lá a tempo inteiro. Na atmosfera cálida do lar escrevia poemas e lia-os à sua musa. Nas tertúlias nocturnas, declamava-os na presença daqueles amigos escritores e suas damas, que costumavam participar. Nestes momentos festivos, com dois músicos requisitados, todos desfrutavam de um novo Dom Caixote, atenuado das adversidades e desgraças anteriores. Ele sorria aos convidados e colhia a Dona Eugénia pela mão, subia-a a um estrado, onde lhe interpretava o

50 Antiga arma de fogo portátil, de cano curto e boca larga, inventada em meados do século XV, que era disparada com o apoio de uma forquilha.

papel que lhe cabia como incrível personagem da vida real. Os cozinheiros se esmeravam nos pratos.

Entretanto, muito afastado daí, na Vila de Sena, em princípio, António Ventura ignorava da nova paixão vivida pela voluptuosa Dona Eugénia e da conquista que a submergia numa balsa fluvial. A má-língua não tinha acesso à árvore mitológica em que Dona Eugénia e Dom Caixote viviam, aquela felicidade obscura e fugaz. Aquela confidenciava com a Rita todos os segredos do quarto:

"Rita, Dom Caixote escreveu-me um poema e recebi-o junto a um *bouquet* de flores."

"O que farás com estes maravilhosos poemas, que não param de chover da torneira?" — Perguntou-lhe a prima, fascinada com o Éden em que aquela vivia, coleccionando amantes e passeando no apartamento quase desnudada. Rita era tonta para assuntos intelectuais, mas muito boa cozinheira. Depois de breve pensar acrescentou: — "A prima tem sorte. Nunca me escreveram um único poema. Quem dera que aquele Camõns fosse meu poeta."

"Vou mandá-los publicar e no futuro serei imortalizada, não como uma aristocrata, porque isso é efémero, mas como uma musa do escritor e poeta, que será eternizada por todo o sempre." — Os olhos de fogo desta mulher misteriosa brilhavam. Sonhavam com uma felicidade duradoira, junto daquele anjo jovem e terno, que lhe sentava no regaço e lia-lhe os seus escritos, em meia voz ou na presença dos comensais. Dona Eugénia arrancara para si uma gargalhada, que contagiara a prima, que correu para a cozinha para preparar os salgados, as saladas, os *cocktails*, para mais uma tertúlia, que devia ir até à madrugada desse dia. Havia muito alvoroço. Uma névoa bem cheirosa, num misto de perús, codornizes, gansos, croquetes e pastéis, enchia a cozinha desde o chão ao tecto.

Era um momento no qual Dona Eugénia, com as suas cada vez mais inovadoras provocações, transferia a Casa Grande e a senzala, para abraçar, festivamente, na cidade, o credo mais tropicalista, de uma geração com vivências mais extraordinárias.

Em conversas com a Rita, o fecundo ilustre Dom Caixote confessara-a o seu amor louco, obstinado e incontido pela sedutora e adorável Dona Eugénia. Esta era uma prazeira[51] lindíssima, sensual e corajosa. Mulher nua de sentimentos e acções vigorosas, era fria e artificial de coração. A primeira vez que a vira se lhe perpassara uma sensação algo delirante, que o fizera ver estrelas ao meio-dia, naquela sua reincidente, adúltera e insubmissa paixão.

Dona Eugénia era filha única e herdeira de Ana Cativa, arrendatária de terras de Sena. A sua fortuna abrangia um sem-número de propriedades, espalhadas por Moçambique. Com a sua *manchila* marchetada a ouro, gostava de ostentar passeando-se pela calçada da Beira Terrace, levada em ombros da sua criadagem masculina, com musculatura perfeitamente retalhada e retesa. A formosa Cativa, vinda da metrópole como solteira, habilitara-se a terras pela sua condição de órfã de pai, falecido nas guerras de Pedro de Bragança, nos Rios de Cuama, nome que também toma o magnificente Zambeze, sendo que casara-se cinco vezes aqui. Não se sabe ao certo a paternidade de Dona Eugénia, pois que Dona Cativa se divertia a coleccionar corações. Não era por necessidade fisiológica, senão para a satisfação espiritual. Quando um homem mostrasse afecto por ela, no justo momento perdia interesse pelo mesmo.

---

51 Prazeira era a mulher arrendatária de terra pertencente à coroa portuguesa, a que se impunha o dever de recolher impostos dos nativos e canalizá-los ao Estado português; detinham exércitos; o equivalente de sinhá no Brasil.

Nas suas conquistas, os contubérnios[52] daquela bígama oscilavam entre dois oficiais, que tinha por esposos, Gonçalo Ferreira Caetano e António Duarte Pedroso. Estes padeciam de uma febre incurável de amor por ela. O último era comandante da canhoeira de guerra de "Barão de Lazarim", que após queimar o vapor "Zambeze" com o exército de a-chicunda daquela foi promovido a vice-almirante pela mesma repreensão. Foi um crime hediondo, por ciúme. O gosto de Dom Caixote de trajar-se a almirante vinha de uma certa admiração pelo aprumo com que Pedroso o luzia, depois de Dona Cativa tê-lo deixado com o coração roto, pois que aquela o enfeitiçara com os seus suaves e avermelhados peitos de sereia. No Prazo Maganja-Aquém, no interior daquela terra bordeada pelo Índico, Dona Ana Cativa prosperou na fundição de ferro e a ela deve a Vila de Sena, a invenção da luz. Consta que Dona Ana inventou o lampião a óleo, que na história da iluminação, tornou Sena no primeiro lugar com electricidade, no mundo. Esta invenção desmistificara a densa e obscura cortina do cacimbo[53] dos muitos fantasmas que viviam aí, entre o mundo dos vivos e dos mortos.

Pedroso ficava acordado até ao último minuto da noite, quando as luzes da vila tivessem já sido apagadas. Puro magnetismo. Alto e de mãos imponentes, no escuro masturbava-se. Libertino e a pensar nela, porque sendo temente a Deus cria que à luz dos lampiões que iluminavam a Vila se exporia aos olhos daquele que o censuraria pela conduta indecorosa, desde os céus. Depois do êxtase, cria-se subido aos céus. Adormecia feliz, abraçado a uma almofada.

52 Vida em comum, sob o mesmo teto. União sem contrato de casamento; concubinato.

53 Nevoeiro denso e úmido que se forma ao anoitecer em certas regiões costeiras africanas.

Ano de 1945

8

Depois de vagar pela Vila de Sena, com o frio a salpicar-lhe o corpo como uma navalha dos céus na noite grávida de estrelas, arrotando a caldeirada do almoço, o primeiro fantasma decidiu retroceder, em mais uma obstinada diligência, junto da parteira Glória de Jesus Mascarenhas, da qual pretendia arrancar detalhes, com os progressos sobre aquele aborto.

Regressou ao asilo. Eram dez horas da manhã. Encontrou-a serena, mas incrivelmente muda e surda. Ainda assim, o tradutor de sinais, que o escoltava, lhe assegurou que tratava-se da mais nobre sabedora dos tempos que foram, capaz de formar caracteres, de tal modo que era frequente as más-línguas dizerem que viam-na a ler e a dimanar por toda a parte e assim encetar a carreira.

Não o iria deixar só. Pacífico e incansável, com toda a subtileza, o tradutor, guardador de esperanças, desvendou-lhe outros sinais escondidos, do passado de Ruiz de Camõns. Com caracteres misteriosos e felizes prognósticos, ela descreveu-lhes as fulgurosas manifestações e emanações da alma, da vida porventura nociva de Ruiz de Camõns, pondo foco no seu estilo boémio e libertino.

Estes em instintivos detalhes nutriam-se de uma precisão arrebatadora. Acima de tudo Glória descreveu-o a partir do seu assombroso envolvimento com a ilustre fidalga, Dona Eugénia, que se pretendia imortalizar, por força de seus amores perversos com escritores da "Geração Realismo Tropical". Não mediu meios para se entregar com intensidade o seu amor de coração àquele vaidoso plebeu e ao seu amigo pobrezinho, um génio, com que Dom Caixote partilhava em perfeita harmonia orgias triviais. Um poeta augusto e de divino talento, no sentido popular e expressivo, avô de Fernão Pessoa e insigníssimo[54] ascendente do fantasma Ruiz de Camõns, todos eles gerados no mesmo berço de Sena.

Num fim da tarde, debaixo dos céus e do lusco-fusco, Glória de Jesus Mascarenhas encetava a sua carreira médica, tão solitária e tão desprevenida, que viu Ruiz de Camõns à beira da Beira Terrace, abraçado à Dona Eugénia, a amante do seu mestre Dom Caixote, num laço discreto, que completava o mais perfeito triângulo amoroso. O sol caiu aos seus pés e um galo desabou do trono. Confrangida por aquelas doenças que afectavam as suas capacidades cognitivas, por surpresa, Glória contraiu adicionalmente outra doença mais terrível que as duas primeiras: a cegueira.

Para conjurar deviam-se fazer exorcismos, mas o obstáculo foi tão grande que ela nunca pôde explicar, que os céus deslustram-se como as estrelas, como o luar que despe a cada noite. Desde que os seus belos olhos ególatras de safiras de flores viram aquelas imagens ruins, desabara nua, no abismo mais profundo.

À Dona Eugénia censuravam-na pela sua perversidade incurável. Casada com Ferreira Raposo, era uma mulher de sentimentos indecentes, obstinadamente fria e libertina, sobre a qual rogavam pragas para que vivesse como uma rainha no meio de tão leais eunucos e escravos, levando-a a prescindir dos desejos da sua fraca carne, incapaz de rejeitar a romaria das coxas, mesmo diante da muralha da cidade, em que se prostrava com o amante.

---

54 Que se distingue positivamente entre os demais. Distinto.

Com aquele primor adolescente, segundo Glória de Jesus Mascarenhas, Ruiz de Camõns abraçava a Dona Eugénia pelos ombros, enquanto percorriam o lugar. Ao fim de algum tempo, sentaram-se num dos bancos de cimento, a contemplar a margem sul do delta do Púnguè. Ela encravada sobre o regaço dele, enquanto vagavam tranquilamente o olhar, esquadrinhando a oscilação do sol, que tendia a mergulhar-se naquele mar, que derramava golpes concêntricos cada vez mais violentos sobre a muralha. Às costas daquele horizonte a cidade parecia mais calma e adormecida. Deste lado havia um cemitério de barcos carcomidos pelo vento seco e o salitre, onde contrabandistas, sem destino nem paradeiro, buscavam a vida.

A rubicunda cor dos seus cascos reduzira-os a uma sombria paisagem de peças caducas de móveis, de passageiros e de pescadores, num exótico deserto, de navegantes, que fundaram aí uma república, tocando com os seus dedos um passado a leme de destinos, nas rotas de ouro, do Grande Zimbabwe.

As luzes vindas lá do alto de um navio, em vários matizes, brilhavam sobre a água, rugiente. Num restaurante à beira-mar derramava-se o vasto mar solitário, reduzido numa maravilhosa e espectacular laguna, decorada por um reportório de cores, do branco ao amarelo, do verde ao azul, caído das estrelas, como no quadro "numa noite em Arlés", de Gauguin.

Uns quantos clientes, debruçados para as suas mesas, faziam a paisagem. A beleza das folhas secas de outono esparsas pelo chão, debaixo do espaço celeste, era espantosa, transvertidas por algumas ostras cobreadas de limão, atiradas ao solo, o que a decorava. Estava desgraçadamente ventoso e soprava aquele ar solitário e frio.

"Estás tremebundo, meu amor." — Disse Dona Eugénia, não sem deixar de envolver Ruiz de Camõns com as suas mãos quentes.

"Eu sou um fantasma friorento. Não trouxemos camisolas, abraça-me mais, para cobrir os meus ossos demasiados expostos." — Disse Ruiz de Camõns correspondendo-lhe, de modo que os corações de ambos pareciam a mais dois navios encalhados naquele mar entupido de barcos, naquele mar coalhado de estrelas, agora cintilantes. E enquanto Ruiz de Camõns pensava nisso, lá ela disse, como para lhe chamar a atenção: "Assim nos parecemos mais a Fernão e a Orquídea, em seus dourados momentos, no limiar dos seus belos dias de amor. Que belo era o amor deles, antes de ver-se tomado por intrusos, de ambos lados, entre os quais te contas tu e os teus colegas do teatro."

"Todo o amor é belo em seu pleno florescer, em seu crescente e fluorescente fervor. Até o amor dos fantasmas não esconde a beleza, em seu esplendor: veste-se de beleza na sua imperfeição."

"O do Olívio Quiróz e da sua Genoveva é também monumental."

"É verdade. Há muito que não sei deles." — Atalhou Ruiz de Camõns, todo satisfeito. — "Sugiro-te que falássemos deles, desse fantasma do Olívio, antes de irmos ao teatro. Daqui a pouco temos que sair e depois do teatro a cidade começa a dormir."

Ela assentiu. Abraçou-o muito forte e ele começou a falar a meia voz, quase um sussurro, abafado por um músico ambulante, que cantava. Ela não o podia ouvir devidamente. Ficaram quietos, excitados, enquanto miravam o Cais Manarte, à direita, entupido de barcos, alguns em velozes manobras e outros simplesmente aportados, com o sol do oriente, que batia rente às fachadas dos edifícios da orla marítima, rodeados de flamingos e pombos. Durante uma hora, ele mostrou-se absorto, acariciando-a com os dedos e penetrando-lhes os cabelos, soltos. Dona Eugénia deu-se com ele num exercício mental. Ela não lhe correspondeu com meiguices, pois aquele exercício terminava sempre com uma divagação sobre as suas poliédricas amizades e amores.

O músico insistiu por muito a cantar, mas a ausência de espectadores e o inútil esforço de levantar a voz sobre a onda do vento, além de lhe arruinar ainda mais os bolsos vazios, o tornava rouco. Lá ele decidiu partir. Ficaram os dois. Como já o adivinhara, Ruiz de Camõns retomou o que não chegara a começar introduzindo-lhe aquele Olívio de Eça, cuja personalidade, descreveu ele, acumulava atributos pessoais, que protegia zelosamente, para não ser malgastada.

"Nas nossas tertúlias, sempre procurei desvendá-lo, mas este fantasma tornou-se mais supersticioso do que misterioso." — Disse ela.

"Há algumas coisas da intimidade desse Olívio que não casam, e nem mesmo o Fernão logrou aceder, conhecer ou desfrutar."

"Foi assim desde o início." — Lembrou-se Dona Eugénia.

Antes de falar, Ruiz de Camõns instigava-a com a sua vocação de conquistar e seduzir a potencial ouvinte, deixando-a em suspense.

Provavelmente Ruiz de Camõns o fazia para cobrar toda atenção, não sem dar conta. Constituía um recurso seu recorrer à referida técnica, para a mobilizar, criando uma brisa festiva e tranquila, como um palco entregue à disposição dos actores. Ela não o perturbou, para não lhe cortar o fio de pensamento, que fecundava curiosidade pelo humano, ironia e humor, luzes e sombras, que exigiam dela total atenção. Por fim, Camõns recomeçou:

"Lembro-me. Fernão Pessoa, mais jovem do que Olívio de Eça Quiróz, começou por ser ídolo deste e, mais tarde, Dom Caixote passou a simbolizar-lhe o assombro da virtude. Contrariado pela restrição à

colecção dos livros proibidos, Olívio era premiado por Fernão, que a seu modo, e discretamente, subtraía livros, dispunha os, e voltava a colocá-los no lugar, depois de lidos. Quiróz sabia que os grandes livreiros, quando recebiam novidades editoriais, telefonavam ao Pedro, para lhe informar generosamente da lista dos novos catálogos, que ladravam com aquele distintivo em latim: Collectiõn Bibliotheca Librorum Prohibitorum. Eram livros banidos pela censura.

A Comissão de Censura passava os tais catálogos à lupa, antes de as obras passarem aos escaparates. O bom do Pedro escolhia sigilosamente os destinatários desses livros que a censura tinha alistado num índice e punha-os a circular, através do 'Círculo de Leitores', que, num testemunho, criou-se para sobreviver de geração em geração. Era uma reminiscência da colecção de livros proibidos porque de tão sigilosa que era a sua existência não se dava ao conhecimento das crianças e adolescentes, senão a pessoas maduras. Estes e outros livros já traziam temas de formação de consciências, que na altura, não se desejava, porque muitos dos seus membros, africanos, brancos e indianos nacionalistas, já começavam a compreender que não pertenciam a uma distante terra, que não conheciam. Por estas alturas pensava-se evitar a todo o custo reeditar um novo caso Brasil. Muito ao lado havia a guerra anglo-bóer, de que se receava poder vir a arrastar-se para este lado. Do outro lado havia bolsas de resistência na Etiópia e em Quénia com os kikuyus; os alemães ocupavam o Triângulo de Kionga, na fronteira com a Tanzânia.

Na altura, Olívio de Eça Quiróz era já um finalista do liceu, com melhores e excelentes notas, que já induzia os colegas ao desconcerto. Tinha como professor de literatura um tal José Dias, com quem privava, e esse foi o seu mentor, como também o pri-

meiro que opinara acerca das suas incursões poéticas. Dias era carismático. Oferecia-se tudo o que pretendesse. Ele sabia da sua força pedagógica e ninguém conseguia dizer-lhe que não. Por aquelas alturas o seu comportamento não estava definido como próprio, o que lhe valeu a perfídia. Denunciá-lo era a perdição do denunciante. De inesgotável cultura, Dias não era, por aquelas circunstâncias, um professor da usança.

Era um irridente cinéfilo. Dizem que sempre que sentava ao lado de um rapaz a meio do filme afagava-o e só parava quando o arrumador lhe chamava à atenção, para que pusesse fim à sua mais ardente e robusta fantasia. A sua indecência era mesmo de bradar os céus, pois que por vezes o neutralizavam a tentar subornar o vizinho do assento, com toda a cortesia. Nunca o expulsaram porque sempre defendeu a sua honra e inocência.

Faltava sobremaneira às aulas e, quando não, costumava chegar com uma pasta de couro, com um fivelão em metal, repleta de novas edições. As suas aulas eram uma viagem pelo transcurso do tempo passado. Dias escrevera e publicara nos jornais 'A Voz Africana' e 'Notícias da Beira' artigos à volta dos quais se centravam grandes movimentos estéticos e literários que ocorriam na Beira, tornando-o um inesquecível pedagogo do liceu. Ele era um estudioso que concebeu a história literária como um exercício intelectual absolutamente impessoal, sobre o nacionalismo da literatura provinciana, tendo-a positivado. Nesta viagem, o professor Dias, que tinha o dom de encantamento, fazia dos temas das obras uma alavanca mágica, inescrutável, de modo que os mesmos estudantes passaram a tomá-lo em conta, a sonhar e a se identificar com o fogo e o deslumbramento do seu feitiço, da magia do seu bisturi de análise. Dias superou a teoria, juntando-se à nata dos estudantes, porque sentiu a necessidade de dar um novo significado social à ciência literária, com a sua visão do mundo, para os seus condiscípulos mais tarde questionarem-no.

Era uma ovelha rara entre os professores, que se deslocava à actualidade, com a sua glória. Era capaz de vestir-se à Camõns, com aquelas botas altas, aquelas calças coladas rente ao corpo, aqueles blusões rendados e com folhos que se confundiam com blusas de mulher, uma proposição rara à época. Dias falava de como a mãe de Dom Caixote viajava de Sena, na última classe de comboio, para ver o filho na cidade que o acolhia, e como não via a sério o trabalho que este desenvolvia, depois de ter abandonado o colégio e de ter resistido a seguir um centro reformatório, para adolescentes com temperamento difícil. O escritor só queria uma escusa para estar perto das suas musas.

Não obstante, nas suas teorias, reconhecia que este agregava nesta geração de escritores grande valor estético e os seus condiscípulos faziam a carreira tutelados pela sombra do mesmo Dom Caixote. Dias era uma personagem, um maestro da comédia, também um herdeiro da mímica, na representação do linguajar dos fabulosos escritores, o que alguns viam como um concerto de histrionismo e coisa antiquada, pela forma como ele abusava dos arcaísmos, a que se lhe atribuía delírios de grandeza.

Sem embargo, as generalidades dos seus condiscípulos tornaram-no um ídolo e seguiram-lhe as pistas como bom leitor que era, também como editor de textos de apoio estudantil, sem mais interesses comerciais, senão de torná-los lidos e mais conhecidos e estudados. A tudo sobrepunha que Dias era um esquerdista, fora das convenções do catolicismo e do império. Adepto do realismo igualitário, encarnava a oposição grotesca do império daqueles anos, mas também o ridicularizava, com uma mimografia que expunha os coléricos e tirânicos patrões a dirigirem--se aos seus criados. Se apresentava mais do lado dos débeis. Um símbolo de integração perfeita.

O sentido de idolatria impulsou os condiscípulos a desvendarem-lhe a intimidade. Fora criado por ama de casa e um pai autoritário. Desdenhou sempre as suas raízes nobres. O avô era um representante de joalheiro, em Sena, que acabou na ruína, o que os levou a se mudarem para a cidade da Beira. Dias não vivia senão com gatos ciumentos e livros. Gostava de se sentar à varanda sobranceira da sua casa, com vista à ampla e esplendorosa Baía da Beira. Aí levava particularmente o seu tempo a ler, e, de vez a vez, pedia ao criado para lhe servir cafés e refeições.

Depois do pôr-do-sol, não raramente, fazia-se ao Café Novo Lar, onde tinha a sua tertúlia com os escritores da cidade e era o orador principal, rodeado de autores, damas destes e admiradores e admiradoras. Tudo acabava aí. Nunca se permitia a convidá-los à sua casa, porque se dizia sem tempo, senão para namorar com as musas de Camõns, Olívio e Dom Caixote. Nisto era misterioso e excêntrico. Até que um dia se desvendou que José Dias se dedicava muito mais era a cortejar um rapazote de dez anos, que atraíra para a sua armadilha, depois de convencer os pais das suas boas intenções. Ele fazia-o sentir-se especial, naquele meio onde se segregava. Dias comprava-lhe doces. Levava-o à praia e milimetricamente o atraía ao alçapão.

'Porquê não convidas outros meus amigos a virem connosco?' — Certa vez perguntou-lhe o rapaz, com visível timidez e tentando levá-lo à pura honestidade.

'Porque tu, André, és o melhor de todos aqueles, que levantam sempre barulho pelo prédio, e eu gosto

de silêncio.' — Enquanto fazia juramento, Dias fingia assumir um papel paternal. Tirou um relógio novo do bolso e ofereceu-o.

'Mas os meus irmãos não o são.' — Contestou o pequeno, orgulhoso do seu relógio de pulso.

'André, não gosto dos teus irmãos porque batem em ti e comem tudo, sem nunca deixarem nada para ti.' — Replicou o professor, fazendo um papel de servo e acariciando-lhe os cabelos, depois os genitais. Depois lhe perguntou com a voz de uma pálida rola gemedora: — 'Gostas, André? Vamos fazer uma coisa maravilhosa e nunca dizes a ninguém.'

O pequeno André não sabia o que era a sexualidade. Assentiu. Presumira que fosse algo comum. Dias, que estava bêbado, esqueceu- se de fechar a porta principal. Levou-o ao seu quarto, junto à entrada principal, baixou-lhe os calções e penetrou-lhe violentamente com o membro viril. Neste dia, um dos seus condiscípulos provavelmente chegara sem aviso prévio e ouvira a criança a lançar gritos lancinantes, enquanto ele delirava em absoluto orgasmo imoral. O intruso irrompeu pelo apartamento dentro e viu-o naquela postura indecente. Voltou-se para a entrada e desapareceu, depois de fechar violentamente a porta atrás de si. Desconcertado com a violência com que a porta foi encerrada, Dias vestiu-se mecanicamente e pôs-se a correr até à porta, na direcção do intruso. Abriu-a e espreitou para ambos lados e não viu ninguém. André se escapou pelo umbral e desapareceu para sempre. Durante muito tempo, Dias ficou com uma pulga na orelha:

'Quem foi que entrou na casa e testemunhou aquele acto criminoso?'

Desde essa altura, Dias passou a repugnar a todos, como um cadáver gangrenado. Não sobreviveu. Tornou-se paranóico.

Desenvolveu a obsessão de que os discípulos todos estavam contra ele. Criou uma ficção para preservar o lado de homem honesto. Alegou que o contrato de trabalho não lhe foi renovado e emigrou então para o Brasil, na sua decrépita velhice, sem permitir que os discípulos lhe prestassem a derradeira e expressiva despedida.

Entretanto, José Dias, inconformado da perda do seu divino tesouro, deambulava no calçadão do Rio de Janeiro, a ouvir os golpes dos seus pés no chão, a pensar na desdita, na sua alma solitária, nostálgico de se pôr à varanda, a escutar as vozes dos seus gatos, ora abandonados, e das ondas revoltas do mar a baterem nos esporões. Consultara uma adivinha brasileira, que lhe disse nunca mais oferecer relógio a quem quer que seja, pois isso é prenúncio de um mau agouro, que limita a felicidade."

Contudo, houve um espaço de incógnita e o facho da esperança dos seus condiscípulos quase se apagava com a partida de José Dias para o Brasil. Mas Olívio de Eça Quiróz lhe haveria de seguir o rasto, tropeçando-se com ele, em passo vagaroso, no calçadão do Rio de Janeiro.

Para Olívio, o idílio começou quando na silenciosa escuridão da noite. Uma luz o alumiou contra as sombras da ignorância e a voz de José Dias o visitou, no sonho. Acordou gloriosa e incrivelmente de dentro de si, a sugerir-lhe que acordasse à realidade, que não tivesse medo de sonhar e imaginar, que arrolasse títulos de cinquenta livros que tinha em casa dos pais, primos, tios e avôs, que lhe seriam posteriormente recomendados, como hóstia sagrada, depois de passarem por uma criteriosa selecção, que o libertasse daquela treva nocturna.

Assim, um dia, Pedro surpreendeu Fernão a arrolar por ordem alfabética os títulos num caderno, para oferecê-lo ao primo-amigo.

Pressentindo o perigo, Pedro falou-lhe, cautelosamente, e em tom patriarcal, que não estava permitido de fazê-lo. Arrebatou-lhe o caderno. Quiróz estudava para ser advogado, mas a sua capacidade negociadora e as suas clarividentes visões não conseguiram levar o Pedro a vergar-se perante os seus argumentos. Quiróz era idealista e naquele mesmo sonho José Dias aparecera, falando a todos os seus condiscípulos, aquilo que tornaria a sua obsessão, a sua educação sentimental, enfocada nos aspectos sorridentes da vida na província, caracterizando-a com uma amarga ironia:

"Quando escrevais, nunca esqueçais de situar as vossas vidas vividas, na vida dos vossos avôs migrantes e conquistadores desta terra, mas ponhais em tudo os vossos olhos e a vossa voz, para melhor dosificar os vossos escritos, ou senão, ponhais eles próprios a falarem na primeira pessoa, porque a vossa vida contém uma nódoa negra por estar colada à vida dos vossos avôs e todo o julgamento que se fizer de vós começará não da vida que viveis, mas tão-somente concentrar-se-á no mal que eles fizeram."

"Porquê então falarmos do mal deles, se com isso seremos vistos como parte do mal?" — Olívio de Eça perguntou-o.

"Porque se não falais do mal que eles fizeram, enquanto distribuíam safanões aos avôs e pais dos vossos amigos das senzalas, nos seus delirantes sonhos e prodígios de riquezas estareis a posicionar-vos, a distanciar-vos da maioria, a mostrar que na voz que desejais se converter e afirmar fazeis parte de uma elite. Nunca sereis a encarnação daqueles males, mas uma geração que se distancia desta forma, da injustiça." — Disse José Dias, com aquele olhar grave e sério que costumava mostrar-lhes.

"Visto de fora é simples, mas de dentro é difícil tomar esse lema." — Olívio desconfiava, pois não desejava que a sua escrita se parecesse a um panfleto, a uma propaganda militante.

"Sei que estais a pensar que vos ensino a serem panfletistas. Um livro é um artefacto de memória, com folhas desbotadas de imagens cotidianas alheias e relatos orais, guardado na solidão de uma prateleira. Um livro feito assim soa como uma música, um documento do realismo, com o tom devidamente afinado. Não só tem de ser belo na forma, na estética, como no conteúdo. Mas o conteúdo, para se tornar belo, não só deve resumir no amor, nas flores, nas borboletas de sonhos e nas mulheres dóceis e deslumbrantes. Outrossim, trazei ao de cima o sofrimento e a violência que estes símbolos escondem no rugir das lágrimas. Está na pele e nos rostos das mulheres das senzalas que amam e geram vidas, das mulheres que geram os homens com o seu amor e sonho, longe de que se tornarão um dia canalhas e tiranos delas próprias." — Ao fim desta explicação Olívio tinha a boca aberta e assentiu.

Entusiasmado com as assombrosas palavras de José Dias, quando Olívio despertou, já aquele sumira e percebeu que fora mais um sonho na companhia daquele que lhe costumava visitar com discrição. Foi então que compreendeu que tudo o que ouvira não passara do que lhe ficara no subconsciente, de uma conversa em tempos com aquele e outros autores, no Café Novo Lar.

Já se aproximava a hora de trabalhar. Duchou rapidamente e preparou-se maquinalmente. Tomou o pequeno-almoço e lá partiu ao escritório, através de um passeio com sombras espessas, que sulcavam os céus da Rua Correia de Brito. Trespassado pela chama colorida do amor da sua namorada, terminava o estágio, no escritório do poderosíssimo advogado Vladimiro Lúcio dos Santos, no prédio Bulha, 3º andar/ Esquerdo, de quem seguia as peugadas.

À chegada ao destino já tinha as ideias aclaradas e recordou-se de uma realidade. Meses antes tinha visto como um agente da PIDE repreendera sem escrúpulos um mainato que, tendo-se esquecido do passe para circular pela cidade branca, depois das horas de queda, incorrendo no crime de vadiagem, condenável à prisão correccional até seis meses, recebeu paliçadas até ficar com a espinha quebrada.

Ele o socorrera ao hospital e dias depois o mainato morreu de hemorragia interna. A isso atribuíram a um suicídio. A Quiróz isso era um absurdo, que colocava a uns a serem carpinteiros e pedreiros apenas, para toda a vida, e outros a exercerem-se garantidamente de contabilistas, escriturários e as demais profissões liberais e intelectuais.

Ele escrevia em "A Voz Africana" e aí numa acção exterior lançou-o aos seus poemas de denúncia, como um artefacto explosivo, que ganharam expressão entre as classes desfavorecidas, zombando da censura. Começou a fazer dramaturgia na Rádio Clube e ganhou admiração e reconhecimento dos mais progressistas, pois estes temas gravara-os ele em cinema e repassava-os pelas zonas miseráveis. A sátira foi a sua arma. Nas suas encenações atribuía a brancos papéis de pretos e pintava-lhes os rostos a carvão e, numa gutural caricatura, punha-os a falarem com acento europeu e a darem pancadas nos mainatos. Toda a plateia ria-se até quebrar os tímpanos, mas só os mais sensatos e lúcidos sabiam que mensagem pretendia passar, naquele escape sábio.

Sem embargo, com a sua notoriedade, o artifício foi descoberto. Já era tarde. Ele e o seu grupo já haviam semeado o gérmen da irreverência, com os seus talentos arrebatadores e largo historial de êxito. Posteriormente, com o rótulo de foragido, Quiróz exilou-se no Brasil, onde encontrou a companhia de José Dias, mas antes da partida foi brevemente preso, pois acusado de instrumentalizar e incitar à rebelião, através daquele teatro e promover a defesa de um movimento da comunidade de camponeses e obreiros, da cidade negra, com quem trabalhara na recuperação de terras e leiras[55] tomadas por latifundiários, que, não obstante, ainda os exploravam no fabrico de tijolos e blocos artesanais. No meio do alvoroço, que dividiu o grupo, alguns dos demais membros fugiram, receosos de serem apanhados pela polícia política.

A Quiróz apelidaram-no "advogado dos pobres", porque, com um toque magistral das palavras, passou a querelar[56] em defesa destes e com magníficos resultados. Acrescenta-se na sua história outros detalhes rocambolescos e tenebrosos: Quiróz tinha um grupo de amigos na cidade negra, do outro lado da Avenida Centro Comercial, naquele subúrbio de lata. A estes ele instigava na calada da noite a urinarem incessantemente nos edifícios dos fidalgos mais radicais, entre a oligarquia, para os alertarem que não viviam no Paraíso Dourado. E foi essa, sigilosamente, a forma de protesto encontrada, que mergulhara a elite em nervos.

Órfão muito cedo de pai e mãe, Gustavo da Silva Quiróz, progenitor de Orquídea, assegurou-lhe a paternidade desde o berço. Era um homem reservado, de causas e comprometido com os seus ideais. Noutro dia, após receber a sua licença de advogado, Gustavo Quiróz conversou com ele, de um caso trágico que escondeu durante anos, o que se lhe revelou um golpe inesperado:

"O seu pai, o único irmão que tive, era pedreiro. Trabalhava arduamente na construção dos arranha-céus da cidade. Caiu de um andaime, do 12º piso do

---

55 Pequeno campo em que se cultivam vegetais.

56 Manifestar-se por meio de lamentações; lamentar-se, queixar-se.

Prédio Tâmega. Quando chegou em baixo estava em cacos. Tive eu próprio que recolher os pedaços do seu corpo espalhados pelo chão e juntar, como um *puzzle*, e metê-lo no caixão, como se fora vítima de morte natural. Vestiu-o e, no dia do seu funeral, a minha mulher não deu pela minha engenharia, que custou dias de trabalho e muita sombra de paciência. Após este trágico incidente, o patrão nunca indemnizou à tua mãe, que morreu pouco depois do teu parto, por um fulminante ataque cardíaco."

"O tio pode-me dar o nome deste safado, que o ponho em tribunal?" — Exigiu Olívio, como que buscando uma nova causa para manifestar a sua rebeldia.

"Mas este também faleceu logo a seguir, de paludismo. Foi a justiça divina a tomar conta dele, pois insinuara que o teu pai suicidou-se por uma paixão sigilosa e incorrespondida." — Gustavo disse em tom suave.

"A justiça divina não existe. O que existe, sim, é a justiça dos homens. Esta está nos cartórios dos tribunais e na rua, nos mexericos dos cafés e funciona a todo o tempo."

"Ouça o que tenho-lhe a dizer: comprometa a sua vida e luta com os obreiros, os analfabetos, que são os mais vulneráveis. Era uma realidade que rodeava os seus pais."

Como se depreende, Olívio era jovem. Naqueles tempos vivia-se a portas de fora. Olívio teve as suas conquistas e acabou em mãos de uma das mais lindas e modestas beldades, Genoveva, filha de um serralheiro. Correu atrás desse amor, para conseguir o equilíbrio e formou-se em advocacia pensando na estabilidade desse amor. Portanto, assim foi esse genial e brilhante escritor.

"Mas o que implicou o Olívio, que pelos vistos fez uma épica de liberdade?" — Mendes dos Remédios perguntou a Pedro.

"O mesmo homem que te pode implicar, Mendes dos Remédios, sem saíres para a rua, sem levantares o braço, sem haveres pronunciado uma única vez as palavras imperialismo ou fascismo ou comunismo." — Lhe explicou Pedro.

"Reparei que Olívio Quiróz caiu no esquecimento, depois da sua partida ao exílio."

"Antes de partir para o exílio ele retirou todos os seus livros que encontrou nas livrarias e dispô-los nesta minha biblioteca. De igual modo, obcecado pela tristeza, destruiu os manuscritos ainda inéditos, por inibidamente obscenos e autobiográficos, igualmente por alucinatória sensação de estar exposto, já que fundava na sua dependência às drogas e ao álcool, enquanto adolescente e jovem. A semelhança de nomes também nunca deixou confortado a Olívio, que acreditava ter muito talento. Ele não quis que o relacionassem àquele Eça de Queirós, tanto que se distanciou, não frequentava as tertúlias que tratassem de Eça. Morreu magoado pela falta de reconhecimento, também frustrado pela ilusão de impor justiça ao mundo."

Entretanto, posteriormente Carambola e Suzana dormiram. Antes não foi nada mais que um beijo. Ela no sofá da sala-de-estar, na mesma posição fetal, os braços sobre os joelhos, e Carambola no quarto desta, a reflectir sobre o eco da voz de Suzana e a falta de decoro de Dona Eugénia, submetida à vergonha devido aos seus enganosos amores.

Ano de 1946

9

Tirando os casos exclusivos de António Bolas e David Truncado, Fernão Pessoa arriscara a contar-me, que Ferreira Raposo tinha poucos amigos. Eram os três unidos, santo-e-senha, como os amigos desterrados José Dias e Olívio de Eça Quiróz.

Na vida da irrequieta e apaixonada Dona Eugénia, António Alexandre Ventura apareceu em princípio como um grande enamorado, depois baixou a um vulgar papel de extorquidor da sua fortuna. Com múltiplas identidades, era também conhecido por Ferreira Raposo, entre outros nomes. Aquando da sua emergência como homem de negócios dizia-se proprietário de uma loja de venda de armas, depois abriu uma agente de turismo cinegético, com reservas de caças, no interior, e finalmente, como alguém que perdeu tudo e até a vida.

A princípio, para iludir a Dona Eugénia, aparentava quem movimentava somas elevadas, mas manuseava dinheiro de terceiros. Pedia dinheiro emprestado para dar cobertura ao seu ostentoso modo de vida, com guarda-costas e *chauffeur*. Endividara-se até ao pescoço. A polícia detinha um recorde de seus crimes, de burla, abuso de confiança e outros delitos comuns, por agressão e violência. Apesar de preso por diversas vezes, sempre provou a sua inocência e livrou-se dos mais melindrosos casos. Conseguia proclamar a sua inocência afirmando-se vítima de invejas, por sua aparente condição financeira estável e folgada.

Certo dia, Ferreira Raposo passou a conhecer profundamente a Dona Eugénia num safari requisitado por esta à Safrique. Fernão acompanhou-os até arredores de Sena, para estar mais próximo dela. Apaixonaram-se nessa aventura de caçadas pela floresta e desfrutaram dos belos entardeceres e nasceres de sóis, nos acampamentos da companhia, por alturas de ausências de Ferreira Raposo.

Noutro dia, Dona Eugénia contou-lhe que cedo apercebera-se que caíra num logro e começou a esforçar-se para sair da relação com Ferreira Raposo. Ela começou a amantizar-se paralelamente com Dom Caixote, para se escapar daquele vazio causado pela sombra daquele ser nefasto na sua vida.

Ferreira Raposo tentava lutar para manter o que aparentava ser, mas Dona Eugénia já lhe havia descoberto os segredos, como o que ele falsificara a sua assinatura para aceder a créditos bancários, cobertos com o património e finanças daquela, até que Dona Eugénia viu-se sem uma das suas residências, hipotecada pela banca. Dona Eugénia informou ao banco e cancelou-lhe todas as garantias.

Abandonou a Casa Grande, depois de vários tumultos a três. Isso criou-lhe muito ressentimento, também desejo de vingança. Quase ninguém sabia que Dona Eugénia havia-se casado às escondidas com Dom Caixote. Ventura não os toleraria. Não lhe importava o sangue. Não albergava sentimentos.

A voz do enredo sobre aquele mundo novo continuava entregue a um mundo de recordações, de Fernão Pessoa. Segundo este contara ao avô, na véspera daquele dia fatídico, a personagem António Ventura, procedente de Sena, recolheu debaixo do assento da carruagem de comboio a maleta contendo seus pertences, que consistia em quatro fatos-casacos, cinco camisas, três cuecas, dois pares de peúgas[57] e igual número de calçados de verniz. O bolso lateral esquerdo continha a sua carteira com alguns contactos de algumas pessoas da sua relação. Acto contínuo, avançou para a saída e desembarcou na Estação dos Caminhos de Ferro da Beira.

Caminhou timidamente até à rampa que adornava a saída e divisou em baixo vários veículos lá parqueados. Tomava já um táxi, para se fazer ao apartamento, quando um seu amigo de longa data, Serafim Castro, se lhe aproximou. Abraçaram-se efusivamente.

"Bons olhos te vejam, Ventura!" — Disse-lhe Castro com aquela sua desagradável voz de corvo.

"Castro, faz séculos que não nos vemos." — Disse Ventura, mostrando-se bem-humorado. Estava nervoso, mas depois ficou à vontade, pois era inteligente, astuto e calculista.

"É a vida, amigo, andamos sempre a correr, para não acabarmos numa fila indigna de mendigos, à espera da sopa da pedra." — Respondeu o outro, gracejando e também grasnando, com uma ironia ácida e amarga. Acrescentou, fazendo-lhe um elogio enobrecido: — "Tenho informações de que és o grande senhor de Sena. Quem não o admirará?"

"Os elogios nunca transformam uma rã em boi." — Disse Ventura, ironicamente sorridente e escondendo o seu lado insensato.

"Por isso, busquemos um lugar à sombra, sentamos, tomamos um café. Temos muito por contar, actualizações antigas e recentes por constituir." — Castro tentou-lhe convencer afinando ainda mais aquela voz. Ventura, que era frio, calculista, recusou-se. O outro não insistiu. Adivinhou que tinha o coração em crise. Aproximou-se junto dele e lhe disse ao ouvido:

57 Uma meia curta, também chamada de soquete.

"Tenho um quarto livre para ti, no Hotel Savoy."

"Eu vou para a minha casa." — Ventura lhe respondeu com suavidade.

"Então toda gente sabe que lá mora o Dom Caixote e vez a vez tem o seu secretário substituto, Ruiz de Camõns." — Castro espicaçou-o, agora a gritar, quase lhe furando o tímpano.

Era Castro um homem que deambulava pela cidade à busca do mínimo rumor que se produzisse, de crises conjugais, para, com gesto de afabilidade, e, também, com um documento apressadamente escrito e assinado pelo desafortunado, convidá-lo a instalar-se no Hotel Savoy, por longo período, enquanto se aguardava pelo divórcio, e com isto sacar um grande quilhão do infeliz, pois que aquele hotel, em madeira-e-zinco e degradação acentuada, com ratos e água fétida a escorrer por todos os lados, andava aos trambolhões e quase a abrir a falência, devido a uma bateria de sanções impostas aos colonos alemães da cidade, muito afins ao seu proprietário.

"Obrigado, Castro! És um bom amigo, mas é fui eu quem lançou esta intriga, para divertir a cidade. Toda a gente sensata e advertida sabe que Dom Caixote e o seu amigo Ruiz de Camõns são dois fantasmas que sobrevivem, graças a generosidade carnal da minha esposa que lhes ajuda a se alimentarem do seu corpo, transformado em combustível para a escrita de ambos." — Rematou o recém-chegado, agora todo expansivo, sem demonstrar que sentia qualquer coisa na garganta.

A técnica de Castro consistia em abalar o interlocutor, para reduzir as suas convicções. Não era nada estranho e, por isso, viu-se como apanhado em falta. Castro ficou sem pés nem chão. Depois de engolir a seco um jacto de fumo do carro, deixou-se estar prostrado naquela estrada estreita, viu o outro partir de taxi, com ar cansado e disfarçadamente alegre.

Assim, lembrou-se que se conheceram numa ampla trajectória começada na infância, na Vila de Sena. Ventura havia sido soturno desde pequeno, pois nunca recebera uma única carícia nos cabelos ou rosto, da parte dos pais. Contrariamente, os colegas tinham-nos à entrada e saída da escola, com merendas que lhes chegavam com a criadagem. Tinha ódio desmesurado a si próprio, ao seu passado e não conseguia viver consigo mesmo. A única pessoa da família com que ele mantinha relação era a mãe e um primo. Como aquele, era Dona Eufrásia uma mulher introvertida e difícil.

O apartamento para o qual Ventura se dirigia ficava a poucos quarteirões da Estação de comboios. O táxi avançou em linha recta, atravessou a ponte metálica de Eiffel, sobre o Rio Chiveve e parou na Praça Caldas Xavier, no Largo do Banco Nacional Ultramarino. Ele desceu, depois de pagar generosamente o preço. Passou pelo porteiro do Prédio Imporium sem o saudar. Subiu três andares e meteu as chaves na fechadura. Não entrou. Dona Eugénia a havia substituído. Bateu a porta. Ninguém abriu-a. A ira subiu-lhe à cabeça. Neste dia, sujeito a troças de Castro, dormiu no Hotel Savoy, na Praça de Camões. Os poucos fios que o enlaçavam à Dona Eugénia romperam-se irrevogavelmente ao despertar, na manhã seguinte.

A história tornou-se mais rica após Pedro Pessoa virar a página, onde apareceu o vivo-morto de Dom Caixote, que, noutro dia ainda, deparou-se com corujas que reincidiam em manter-se na chaminé do prédio, diante da sua morada, olhando para a janela do seu quarto, sem se mexerem, durante aqueles largos anos.

Era sinal de mau agouro. Pressentindo os estertores da morte, Dom Caixote olhava com desgosto para aqueles pássaros cobardes, que lhe estendiam os olhos desafiantes, como quem farejava os segredos, à guisa do amor perverso deste com Dona Eugénia. Com uma postura de caçador, subiu até àquela chaminé, apanhou os bichos e degolou-os a golpes de uma lança.

Estava-se a meio da manhã. Logo, lhe caíram umas febres intermitentes e terçãs, que não cessaram por meses, causando-lhe delírios que o punham a voar de repasto sobre os céus da cidade e, como uma ave de rapina, a comer carne de cadáveres, numa espiral frenética de gula, sem par.

Depois de uma consulta, o curandeiro de Dona Eugénia lhe disse que aqueles bichos estavam aí à mando de António Ventura, que lhe encomendara uma amarração feiticeira, para dar definitivo cabo da vida dele, por ciúmes. Disse-lhe o curandeiro nada havia a fazer, lhe restavam poucos minutos de vida.

Saiu da Safrique de precipitado e visivelmente inquieto. Atravessou corajosamente a rua e transpôs a grande muralha de contenção da Praia Nova, depois de sequestrar a Dona Eugénia. Caída do outro lado, recebeu-a. Olhou ao redor, sentindo o mundo à roda. Voltou a tomar a lança que empunhava e correu pelas redondezas da grande muralha de contenção, que bordeia a aldeia dos pescadores, o mangal e a última fila de prédios da cidade, na raia da Praia Nova.

Quando chegou ao outro extremo viu-se rodeado por uma multidão de pessoas. Logo, entre um dispositivo de seguranças que o caçava, distinguiu um grupo de jovens que lhe apontava com os dedos índices em riste, chamando-o cadáver. A barba, o chapéu e a roupa escuros tornavam-no um alvo fácil de distinguir. O grito levara-o a lembrar-se de um passado tenebroso da sua vida.

"Está aí o Dom Caixote!"

Evitando de se verem imediatamente rodeados, aos ziguezagues, continuaram a correr pelos mesquinhos carreiros daquela aldeia de pescadores e esconderam-se numa palhota,[58] onde mal vivia o canoeiro Xavier e a mulher, numa habitação de cartonagem e tecto de palha, com o último filho pequeno, que pedia pão e a mãe o forçava a amamentar.

Nesta curta pausa, para entreter os refugiados, Xavier falou-lhes do primeiro filho e do mediano, que trabalhavam como criados de quintal, para reforçarem o cabaz mensal familiar. Ainda assim, dificilmente cabia para todos. Porém, Laura, a mulher de Xavier, voltara a entrar na palhota, com ar aflitivo. Apercebera-se que ao redor da palhota havia gente no encalço de Dom Caixote e a sua amante.

Ventura tinha uma forte e poderosa expedição que agia a seu mando. Sob o seu controlo passava a pente fino a aldeia dos pescadores, onde se inalava o cheiro a sal e peixe podre. Desvendado o refúgio, dispararam-lhes um tiro, que furou a porta. O mais claro sinal de convite à rendição.

"Antes que nos matem, fujamos, meu amor." — Disse Dona Eugénia.

Em posição de desvantagem, deixaram o esconderijo e puseram-se a correr naquele labirinto de edifícios do Chaimite, marginados por instituições do Governo do Distrito da Beira e do Comando Militar Aruângua. A expedição, invencível, perseguia-os.

O foragido Dom Caixote arrependeu-se de lhe ter dado provas de valentia, de modo que assim fizera crescer a ira do seu perseguidor. Pensou que, apesar de convidado a um duelo, não queria meter-se de novo em sarilhos.[59] Continuaram os dois a correr e, mais adiante, violaram um topónimo onde se reuniam cadetes, oficiais do Comando Militar de Aruângua. Recordou-se da história centenária de expedições cele-

58 Cabana coberta de colmo ou palha.

59 Confusão; briga; desordem.

bradas aí no Chaimite, mas com adesão de milhares de jovens obcecados por receberem honrarias e invejáveis graus de honra, com alguns casos de regressos sãos e salvos de tortuosas campanhas.

Escondeu o seu pergaminho e bloco de notas dentro das calças. Escondeu por trás do blusão um livro que andara a ler. Odiou a sua sorte, odiou repetitivamente a sua fraqueza pela carne feminina. Sentiu uma assombração de rancor e raiva ao amigo Ruiz de Camõns, pela jogada das escondidas e polícia-ladrão com ele. Não obstante, pôs-se de novo a fugir galopantemente a toda a pressa, para os lados da Praça de Touros, arrastando a Dona Eugénia, que se deixava levar naturalmente, sem adivinhar a tragédia para a qual a arrastava.

Naquela precipitada fuga, barraram-lhes o trânsito, e Dom Caixote, entrou num novo drama, de abertura de uma passagem, lançando-se numa encarniçada luta corpo a corpo com aquela manceberia de cadetes. Enquanto decorria a batalha lembrou-se de que apesar de um pouco mais velho, também fora um mancebo como eles, disposto a ingressar numa expedição e lutar por uma causa justa e digna.

Sem embargo, a desdita deu o toque de queda à peregrinação. Um homem lhes surgiu pela frente, sem que dessem pela conta e colocou-os num imperscrutável obstáculo. Era Ventura. Não tinha rosto de santo.

Era carismático. Um pouco sisudo sorriu-lhes. A Dom Caixote lhe tremia as pequenas mãos e pés. Transpirava, mas sentia frio nos ossos.

"Quando a vida está em perigo, o mundo se torna um beco sem saída." — Foi uma das últimas afirmações suas a Dona Eugénia.

Às primeiras horas daquele dia fatídico o fantasma Dom Caixote recebeu a filha, Beatriz dos Prazeres, que o abraçou como a um grande embondeiro. Beatriz desembarcara naquela mesma Estação dos Caminhos de Ferro da Beira na companhia da mãe, Margarida dos Prazeres, a qual o fecundíssimo escritor Dom Caixote abandonara para dedicar à boémia e à criação.

Já então a cidade comentava que o pai matara mochos[60] e corujas, que desafortunadamente encarnavam parentes de Ventura, que por essa e outras razões decidiram fazer-lhe a folha. Movida por piedade e amor, e também estando ao corrente da prevista desdita, Beatriz saiu de Sena, para socorrer o já pressagiado malogrado pai, num desesperado esforço para salvá-lo da morte que lhe parecia inevitável.

Dom Caixote não sentia senão amor para com a Beatriz, concebida acidentalmente, aos seus quinze anos. Tendo repudiado a Dona Margarida dos Prazeres, esta criou-a como qualquer outra mãe solteira, com a sempre pronta e indispensável sua ajuda financeira. Dom Caixote amiúde interrompia as transferências com chantagens. O motivo eram os ciúmes desmedidos aos novos amores de Dona Margarida dos Prazeres, de que não gostava de ouvir, pois lhe perpassava que os cornos lhe pesavam, de tão doridos e humilhantes, de tal modo que lhe espetavam o coração ensanguentado.

Convencida de que Dom Caixote lhe providenciaria sempre dinheiro da pensão de alimentos, volta-e-meia Dona Margarida transigia. Sujeitava-se. Ela não tinha grandes estudos, pois jamais se propusera a trabalhar, mas gostava de uma vida faustosa, à altura.

Dona Clarice estava por muito a par dos ciúmes incorrigíveis do filho e tratou de aproximá-los por várias vezes, com reuniões reconciliatórias. A influente e poderosa Dona Clarice convenceu-o que devia aceitar as opções legítimas daquela, para recuperar o tempo perdido, já que Dom Caixote a preterira, em benefício

---

60 Ave de rapina noturna.

de Dona Eugénia. A repugnância e repúdio de Dom Caixote não afectava a Margarida dos Prazeres, que detinha sobre Dom Caixote a custódia da filha. O juiz não o concedeu porque ele não tinha vida estável, nem domicílio certo.

Rezava a estória que Margarida dos Prazeres nem nascera ainda, quando o General Alfaia partiu para a guerra de Maziúa. Consta que de lá recolheram-no num caixão, com o corpo tragicamente crivado de balas e tomado pelo indelével cheiro a vaporosas pólvoras, que lhe visitavam os sonhos, com assombradas recordações das guerras de expansão que devastaram o país.

Dom Caixote pretendia-se mais valente que o pai. Nesta sua obsessão cega pelo mérito e pela glória, entregou-se de coração e alma a esta longa batalha. Jurara salvar a dignidade da velha mãe ultrajada.

Parou em frente do seu rival, com o bastão em riste. Os seus fantasmas o induziram à crença de que estava ungido de forças superpoderosas e dos bons espíritos protectores dos pais, que tanto reverenciava. Pensou que desta feita lhe enobreceriam com um brilhante medalhão na lapela, que o faria esquecer da sombra daquele sumidiço pai, desaparecido em meio de um silêncio misterioso, a ponto de nunca ter escrito à mãe, vista pela vizinhança da Vila de Sena como uma avulsa prostituta de oficial de exército, sujeita ao fardo de educar um filho, que ostentava um nome só, sem apelido do avô, João das Vilas Boas Alfaia.

Agora erguendo alto aquela lança com uma ponta aguçada de prata, por onde de vez em quanto se apoiava, lá do alto da sua dignidade proclamou que não cederia um único milímetro do solo, na briga. Na sua desforra aos fantasmas de Ventura e aos bichos que matara sabia que o seu sangue estava contagiado de maldição, por isso buscou consolo na Dona Clarice, sua mãe e deusa protectora. Gritava-lhe num desvario louco:

— Mãe, nesta guerra em que nos meteram também anda o meu pai... Quem dera que vocês se reencontrassem, para fazerem as pazes e morrerem descansados um com outro, entre as estrelas!

— Porquê criaste esta guerra, filho?

— Porque aqui nesta honrosa batalha pelo amor está o meu pai. Tu mesma, mãe, me disseste que o amor não se limita ao amor em si, mas na defesa da sua honra e dignidade. — Os mesmos fantasmas sempre o perseguiram, desde a infância. Delirava numa voz suave e tremente.

— Eu, filho?

— Sim, me disseste uma vez: Meu filho, tens que defender a honra do teu pai, por amor a ele e à dignidade do teu sangue.

Voltou-se para o pai. O fantasma deste brilhava, como uma luz incandescente, que o obcecava e o levava a perder a racionalidade.

Naquela ilusão Pedro Alfaia lhe dizia:

— Meu filho, estou do teu lado. Antes de morrer prometi-me reaparecer em fantasma e vingar a todo aquele que te atenaze a vida. Tens a minha protecção. Vais lograr conquistar a vitória e daqui sair são e salvo, levando contigo "a adormecida" Dona Eugénia do teu coração. Segura-a pelas mãos. É o teu amuleto da sorte.

Era tão veemente o espanto. E nisto, com aquela simples lança, cria-se a derrotar ilusoriamente frotas e brigadas de infantaria motorizada, municiadas de canhões e armas de pólvora. Cria ainda que enfrentava uma esquadra que se lhe aproximava, que ele destroçaria com a ponta aguçada daquele mesmo bastão. Naquela ordinária loucura, a voz da mãe reverberava-lhe ainda na alma, sem cessar:

— Ninguém nunca sabe quando é que morrem de vez as pessoas, filho... A vida e a morte, amado filho, se revestem como a pedra do basalto e nunca se enferrujam. São como o dedo e o anel de ouro do casamento, que lacrados, nunca se separam, mesmo que as pessoas deixem de amar e morar juntas, duram toda a eternidade. É por isso que nunca nos separamos perante os mortos dos nossos parentes que nos deixam. Também sonhei o teu pai falar pela minha boca que a vida e a morte são amigos inseparáveis que vivem incorporados na costela um do outro, eternamente, como o céu para a terra e vice-versa. Digo-te que morrer é como uma criatura apresentar-se no alto e fechar o céu atrás da cortina das nuvens e sumir atrás dela, para depois reaparecer prostrado diante de Deus. Eu não penso bem assim: Morrer é uma criatura render contas à vida, de joelhos, aos olhos de Deus: vertiginosamente nua.

Ele agora dirigia-se ao pai, cujo fantasma aparecia cada vez mais em força:

— Eu imaginava conhecer-te melhor, mais no álbum de fotografias da minha mãe, pousamos juntos, em uniforme militar, tu, pai, como um eterno ausente, ao meu lado.

Parece que seria o fim da sua vida. O fim da poesia, da narrativa e do melodrama, que amava. Logo no toque de queda, deu um passo em falso e o robusto António Ventura cravou-lhe um bastão no abdómen. Houve palmas de alguns homens para Ventura, do lado da plateia, mas as damas que torciam para o seu lado, mantiveram-se inertes, aflitivas, sem levantar os lencinhos, pois golpeado, Dom Caixote caiu do cavalo, inanimado, naquele chão duro, onde uma poça de sangue se espalhou à sua volta.

Dona Eugénia, sem se importar, lavada em lágrimas, com o rosto mais pálido do que a cal, acorreu em seu socorro. Ainda o levou em braços, para o Hospital

Europeu, com ajuda da criadagem. Os médicos criam haver alguma pulsação. Tentaram reanimar o cadáver de Dom Caixote.

Dona Margarida dos Prazeres e Beatriz dos Prazeres, soluçando com espessas cortinas de lágrimas entre os olhos, lembravam-se de como o candidato a morte Dom Caixote as recebera duas horas antes daquele embate, na majestosa e esplêndida Estação dos Caminhos de Ferro da Beira, contrariando todos os apelos e minimizando os sinais do infortúnio e desgraça que se lhes aproximavam.

Desvalorizou as precipitadas mensagens de condolências e pesares que lhe davam como finado zelosamente ambulante e evadido das mãos dos anjos diabólicos de António Ventura, sentindo-se a salvo, uma vez sob as caprichosas e protectoras mãos de Dona Eugénia, que operavam milagres em qualquer ser temente a Deus, como era o seu caso.

À saída da gare ferroviária, Dom Caixote levara as suas hóspedes a passearem-se um pouco pelo apinhado de casas de madeira-e-zinco recém-construídas. Passearam-se ainda pelas margens do Rio Chiveve, onde se divertiram a ver pescadores de cacana. Seria ironia?

Mostrando-se mais simpático do que nunca, Dom Caixote convidou-as a aguardarem-no às 12 horas daquele dia, naquela Praça de Touros. Aqui almoçariam numa afamada casa de pasto, onde, por vezes, gostava de petiscar perú na brasa. E daí partiu ele em busca da vida.

Dom Caixote chegou às 12:10 e estava possuído de seus demónios e uma irreconhecível força anímica, em todos os músculos, demais a mais mostrava um humor e ânimo jamais vistos, com uma ironia ácida, prenúncio da iminente morte que o esperava.

Lhes indignava que aquele estivesse mais lúcido do que nunca. A barba cobria-lhe o rosto. Cria ele, estava investido de um verdadeiro escudo protector, um amuleto, que o defenderia contra qualquer arremetida inimiga. Entrava assim para um mundo de combate a que o induziram e em que injectava energias, por um lado, por outro, convencia-se a não se resignar nunca.

Eram 12:15 quando ele saiu do estábulo. Nos minutos que precederam a desforra, apinhavam-se pessoas na Praça de Touros dos Pais Ramos. Sem mudar de compostura, Dom Caixote vagueava no meio da arena, palco de violência e matanças. Apelou àquelas três e aos demais, para se dispersarem pelas bancadas e, diante das pessoas que se acotovelavam, avançava passo a passo, lentamente, cria ele, para a vitória, talvez para a morte. Com espírito triunfal e ganhador, delirava.

Corria fantasiosamente na sua memória que já vencera-o naquele chão muitas vezes atapetado de mortos e sangue, que corria como um riacho, até ao Rio Chiveve. Muita carniçaria. Muitos fantasmas que lhe gritavam aflitivos, naquele reacendido duelo de rivais. Beatriz lá estava, no meio da multidão, entre ela mulheres, que ocultavam cuidadosamente a cara com dobras de véus e erguiam lencinhos bordados, em simpatia para com Dom Caixote. A mulher esbelta ao seu lado esquerdo, vestida de branco, com anéis e colares de ouro ao pescoço, era Dona Eugénia, com duas de suas criadas pelas costas. Sem abrir a boca, parecia feirar. À direita, Dona Margarida. Beatriz voltou-se para a mãe, desconfiada:

— O nosso pobre Dom Caixote, com manchas de sangue por todo o corpo, mete medo, mãe, parece fantasma, que já morreu.

— Até que enfim que já morreu, filha!... Aí poderemos logo abrir o testamento.

Beatriz descaracterizava a mãe:

— Então o pobre pai está aqui por uma batalha pelo amor, os seus olhos já não o vêem ao pé de si?

— Filha minha, eu e este Dom Caixote ajustaremos as contas no cemitério, onde estaremos muito próximos, segundo a ordem das campas, que nos destinaram os deuses. Não quero perder mais tempo a contestar-lhe, guardo a minha voz para depois da morte. Ele me paga! As suas traições e adultérios. A vossa falta de lealdade cobrarei lá e você e ele muito me ouvirão nos céus! A eternidade é a casa mais longa que a vida oferece, por isso poupo a saliva para gastá-la do outro lado do mundo.

— Só me faltava mais esta conjectura!... O nosso Dom Caixote lutando em nossa honra pela conquista, para nos oferecer um futuro risonho e promissor...

— Filha minha, como é que se deixa enganar pelas doidices do seu vagabundo pai?

— Porque em criança o meu pobre pai se fantasiava deste Dom Caixote, bastão em riste e na cela de um cavalo, na recuperação de cadáveres da guerra de Maziúa, entre escombros, sem se importar com as nacionalidades. E isso sempre acompanhou o meu imaginário. Um dia, numa rua, a caminho de uma mercearia, tropeçamo-nos eu e o pai com uma rapariguinha, colega da escola, que ao ver-nos a correr, perguntou-nos: "Para onde vão todos com tanta pressa?", ao que lhe respondi: "Para lá!... vamos tomar o Castelo de São Jorge e trazer de volta o Rei Macombe."

— Que diabo de conversa, rapariguinha, castelo, rei, pai e filha? Tudo coisas de fantasmas.

— Íamos comprar refrigerantes e pastéis de Belém, para festejarmos, depois de assaltarmos o castelo e regatearmos a honra do defunto Macombe.

— Agora já sei porquê saíste pirada, parecida ao seu pai.

De uma sentada, às 12:18 horas, de uma das quatro portas que davam para o centro daquela Praça de Touros, saiu António Ventura, montado num cavalo, como um leão furioso, em perseguição a Dom Caixote. Ambos ergueram os bastões esplandecentes, com riquíssimas bainhas. Cá de baixo só se viam fascinadas cabeças nas bancadas. Dois minutos depois caía Dom Caixote. No Hospital o médico Barreto da Silva tentou reanimá-lo, em vão.

"Nada a fazer! Está morto." — No umbral da porta do banco de socorro, Barreto sacudiu os ombros e repetiu a mesma frase duas vezes às três mulheres que lhe eram chegadas. Beatriz dos Prazeres encerrava as suas infelizes memórias no minuto em que quatro homens carregavam a urna de Dom Caixote em ombros e o depositavam num túmulo, na Fortaleza de Sena.

Na sua prisão açorense, Ventura passava o tempo sozinho, sentado, na mesma cadeira. Periodicamente, os guardas corriam os ferrolhos e entregavam a Ventura as cartas da mãe. Li-as e reli-as. Numa das correspondências mais revisitadas, Dona Eufrásia destapara algo que nunca lhe contara, como seu filho, nada mais e nada menos que um relacionamento amoroso que tivera com Pedro Alfaia, também dos laços de irmandade que o ligavam ao macrocéfalo Dom Caixote, seu irmão maior, que lhe visitava nos sonhos, desde que ele o assassinara, desabafando ódios e raivas, que lhe tiravam o sono, ao mesmo tempo que o recalcitrante lhe disferia socos dos suplícios.

Ainda assim, Ventura cumpria tranquilamente a sua reclusão, na fé de que eliminara todos obstáculos. Pouco antes de o privarem da liberdade, afundou uma embarcação em que Dona Eugénia e Camõns viajavam, na companhia da escravaria daquela, no seu regresso às raízes, depois daquela convulsa tragédia de Dom Caixote. Cria-se que aqueles dois lá se encontravam.

Camõns mascara-se e se escapara com apoio de Pedro Alfaia. Ventura buscava-o, quando uma vez na casa da Dona Eufrásia, lhe confirmaram que havia morto o rival e a esposa. Dona Eufrásia manteve-os escondido em "O CASARÃO", durante meses.

Era Dona Eufrásia uma mulher solitária, pois o marido encontrava-se a combater a rebelião nativa. Na sua solidão desesperada de vários anos, Dona Eufrásia acabou apaixonando-se por Alfaia, que só a uns quantos quarteirões aleijados de "O CASARÃO" também tinha a Dona Clarice grávida e o esperando. O desgraçado de Pedro Alfaia desejava filhos varões, para lhe sucederem na sua empresa militar. Porém, isso iluminou uma parte escura da pobre existência de Ventura, que por mais de trinta anos não encontrava explicações para a falta de afecto do pai, pois em suas veias pulsava um sangue carregado de ódio e rancor.

Ventura padecia de remorsos, pior que o cadafalso. Era tarde, para acolher o irmão de braços abertos. No seu posterior retorno ao país, Ventura encontrar-se-á com a Beatriz e a Dona Margarida o esperando, na plataforma do Porto da Beira, com uma mensagem de reconciliação, que ele desdenhará, por problemas de consciência. Na mesma data o homem colocará o nome António Ventura à sombra e sacará a luzir o velho, verdadeiro e ressuscitado Ferreira Raposo.

E, morta Dona Eugénia, Ventura cria-se herdeiro universal dos bens da mulher.

Para a angústia geral, o advogado daquela defunta Dona Eugénia acelerava os procedimentos de um inconcebível divórcio e mais uma acção de homicídio por afundamento do vapor, em que viajava a sua cliente. Segundo o seu fundamento, Ventura terá recorrido aos artifícios do afamado António Duarte Pedroso, que ao se ver descartado da paternidade daquela rica dama, afundou directamente o "Vapor Sena", numa operação encomendada por Ventura, a troco de uma quantia certa, numa acção monstruosa, pois que passou a odiá-la hediondamente. Pedroso, que enfrentava um processo-crime de homicídio voluntário, viu-se condenado a uma pena compartida de vinte e cinco anos. Protegido pela PIDE, Ventura ainda foi chamado a reconhecer o corpo de Dona Eugénia e a enterrou.

Passados cinco anos, beneficiou-se de indulto. Para o seu espanto, quando retornou à vida normal, confrontou-se com uma Dona Eugénia ressuscitada. Ao longo dos anos da sua ausência, Dona Eugénia se fez passar por uma fidalga, com loura peruca ostentosa e sedutora, mais um lunar na testa, com que iludira a toda a gente. Aí desfrutava da lua-de-mel com Ruiz de Camõns, que sempre mascarado, se fazia propositadamente à Sena para a visitar. A riqueza como a saúde daquela dama estavam entregues ao boticário Muhdein, que se movia na sombra, com os seus segredos. Era o pau-mandado dela. "O Mosquito" Muhdein era quem lhe enviava e lhe trazia cartas de amigos e admiradores. Como seu estafeta[61] também lhe levava jornais. Nunca saía do quarto, onde ensimesmada lia poemas que um promissor autor lhe escrevera e publicara em jornais. Naquele sua tranquilidade, limpava as mágoas aos seus amores desencontrados.

A gerência de Pedro Pessoa fez-se oportunista da circunstância. Aproveitando-se da estadia daquela luxuosa dama, inflacionou a tabela de preços de acesso ao salão de dança e todos os demais serviços de "O CASARÃO". Os senhores elegíveis da Vila de

61 Empregado de empresa postal responsável pela distribuição de cartas, telegramas e outros tipos de correspondência; carteiro, mensageiro.

Sena passaram a comprar bilhetes e a frequentá-lo na expectativa de encontrá-la. Numa actividade lucrativa sem precedentes, os clientes tinham ao seu dispor de belas jovens, vestidas a rigor, com quem dançavam uma vez e tinham no bilhete o preço para desfrutarem da companhia delas, a bel-prazer, pela noite entrada. Embora a maioria não a conhecesse pelo rosto, menos coibiam-se a falar dela, como mulher prendada. As beldades do salão ludibriavam-nos e eles caíam no encanto delas. Assim foram nascendo novos laços de casamentos, na Vila de Sena.

Entretanto, a segurança da misteriosa duquesa estava à responsabilidade do boticário, que, à maneira muito clássica, lhe contratou um cão esfomeado, amarrado à uma corda pendida ao sino de uma atalaia,[62] com pão e água, a uma relativa distância, que o animal não podia alcançar, senão apenas inalar. O cão estava aí para desaconselhar os movimentos estranhos e ladrava à frente da porta, de noite e de dia.

Abruptamente, constatava-se que a duquesa engravidara-se e buscava uma parteira particular, para os serviços de parto. Glória de Jesus Mascarenhas, apesar de cega, surda e muda, foi chamada, de forma sem precedente, a dar cobertura à sua carreira terrena. Recuperou a visão depois de descobrir que foi pela vinda de Fernão Pessoa à Sena que Dona Eugénia trouxera a recém-nascida ao mundo. Camõns, que nunca o suspeitara, mostrou-se raivoso e chocalheiro,[63] mas para Fernão os amigos ousaram fazer com ele o que ele fizera com o outro. Se Fernão consentiu a derrota, Camõns jurara, silenciosamente, defender a

62 Ponto elevado de onde se observa ou se vigia.

63 Que ou aquele que é intrigante e mexeriqueiro; bisbilhoteiro.

fama. Com novo concorrente e dorido[64] pela situação, vendeu as últimas migalhas da sua herança aos parentes e, como se nada lhe tivesse passado, regressou à cidade branca, com a plena convicção de tudo esquecer.

64 Que demonstra aflição, angústia; aflito, pesaroso, triste.

Parte III

A cidade negra
Ano de 1962

10

Depois de mais um regresso à Beira, o engenhoso Camõns aceitou as leis da amizade. Embora dissimulando a compostura, manteve-se como um dândi do desejo, para disfarçar o ostracismo oficial por detrás do seu grupo, como também para iludir a forma ridícula com que os seus detractores o tratavam em público. Não tinha nada a ver com o sadismo e a crueldade com que o tratavam. Passou a vestir roupas, chapéus e calçados negros e espalhafatosos, como era o apanágio[65] dos poetas da altura, com detalhes excêntricos para chamar à atenção ao seu redor, na vida dos cafés e cabarés que lhe causaram uma forte atracção magnética, enquanto as mulheres o assediavam, condicionando dinheiro em troca de amor.

Morava no seu apartamento da Rua Costa Serrão, n.º 290, 2º andar. Equipou-o com valiosos quadros, mobiliário Carlos IV, um relógio de parede valioso e muito mais. Talvez desempenhasse o papel de termómetro, com que media a sua virilidade. Esta despertava como com um tiquetaquear do relógio, por isso de hora a hora, naquele apartamento, havia roupa dele e de mulheres espalhadas pelo chão, enquanto a lua derramava a luz sobre os seus corpos suados, nos seus detalhes eróticos e sensuais, numa paisagem de imagens ágeis e de encantador movimento, que maculava o seu humanismo.

No entanto, com o "Grupo Teatral Trópico", que fundara, manteve as aspirações profissionais de

65 Propriedade característica, atributo ou condição inerente.

início, como fazer uma fulgurante carreira, por cima daqueles que lhe medravam e o invejavam, devido a sua proposta de protesto social, no período de turbulência que se pressagiava agitado. Este homem atractivo e brilhante escrevia peças líricas fabulosas, com as quais atraía o público e conseguia arrebatar sucesso de bilheteira no cine-teatro Olympia, que pegou fogo em plena função de "O amante de botas altas".

Depois deste sinistro, o Olympia encerrou as portas. Ele passou a evoluir na Rádio Clube, com radionovelas, sob a rubrica "Teatro em sua sala-de-estar" encenando obras da sua criação, sobre aquele muro imaginário das "duas cidades", onde se cruzavam a vida de gente fina e a dos cidadãos ordinários ou vulgares, que constituíam os horrendos marcos de seus pesadelos nocturnos coroados de fantasmas, que subsistiam para lá dos cemitérios de uma sociedade com a moralidade em ruínas. Porém, não conseguiu uma sustentabilidade para este negócio, não só porque levava um oneroso e ostentoso estilo de vida, acima das possibilidades, como devido ao facto do seu teatro, que andava sempre em crise, ver-se muitas vezes sabotado pelo fogo posto.

Afectado pela melancolia, tornou-se numa personagem emblemática que inspirava as noites dos casinos, inundados de luzes, esboçando-se numa atmosfera entre os artistas que frequentavam os lugares densamente povoados de surpreendentes e transbordantes damas de caros bordéis, como o Moulin Rouge, a Primavera e o Campino, ao lado das quais pousava, como um protagonista mais, também, como fonte de inspiração, nos seus dificílimos papéis, conciliando o de actor e o de director, também o de apostador de dinheiro em jogos de cartas e *bridge*. Costumes secretos de um tempo, com que iludia a Polícia que o procurava por todo o lado, sem nunca o achar, mesmo quando arrombavam a sua casa e remexiam nos seus documentos e escritos. Não sabia que havia nisto uma mescla de conivência entre polícias e quadrilhas de *gangsters* altamente perigosos.

Sobre os incêndios que devastaram o Olympia, tinha a Orquídea uma outra versão. Numa madrugada entrada, ele introduziu-se clandestinamente no espaço, perpassado por um louco ciúme. Dormiu num colchão colocado num protegido e hermeticamente fechado bastidor, podre de bêbado, ao lado de Teotónio Machado, que aproveitara o espaço para mais uma escapadela com a mesma Orquídea. Camõns fumava um cigarro e, incapaz de esmagar a beata, abandonou-a sobre a madeira do pavimento do bastidor.

Sabia que amiúde Camõns dormia inquieto e desassossegado. Durante o sono era perpassado pela ilusão que um diligente polícia lhe abria discretamente a porta daquele cine-teatro, para lhe exigir contas, pois que na ausência de um furriel miliciano destacado para o campo de batalha, ele tinha relações íntimas com a esposa deste, sua antiga professora de história do Liceu Pêro de Anaia. A história chegara aos ouvidos do cônjuge daquela e corria a cidade. Sabia-se por todo o lado que soldado o procurava para matá-lo com uma pistola de nove milímetros e Camõns aí se escapava. Dava prova de resistência. Acordava com o cheiro pestilento a vómito e a bílis, também com estertores[66] febris. O álcool o destruía e o desintegrava. Um temperamento causado por um jogo de aposta, em que o avô perdeu as joias, o dinheiro e, para pagar ao seu opositor, ofereceu a filha muito querida a um homem casado e cortejador, com filhos, que a engravidou.

O estilo hiper-activo, sexualmente activo e arrebatado de Camõns, passara a contrastar com os des-

---

66 Respiração rouca e ruidosa característica de pessoas com doenças pulmonares.

proporcionados ingressos na sua sala de teatro, limitado a um punhado da população europeia, gente fina, que dele desfrutava. O histórico do rosto bondoso de Camõns encontrava-se nalgumas fotografias confiscadas pela Polícia e que o destacavam, entre aguerridas cores da discoteca, junto de suas musas e bailarinas, dentre elas a insólita e perversa Dona Eugénia. Esta infeliz casada o cativara, nestas circunstâncias, ao mesmo tempo que ela despertara nele a sede de aventura com os seus argumentos francamente eróticos e o instinto do sexo, que o consumia. Este era o seu mundo. No entanto, na sua vaidade autoral havia uma coisa de que ele não se apercebera: investira em chão oco e arenoso até a corda puxá-lo, para o fundo do poço, a um precipício em que isso lhe haveria de arrastar: o colapso.

Depois desta fortuita e fracassada tentativa de enricar, Camõns viu-se arruinado, endividado até ao pescoço e o grupo profissional desintegrou-se dos outros e de si mesmo. Não conseguiu meios que o levassem à subsistência, em parte porque, depois de reabilitada, agravaram a taxa de aluguer da sala, que registava cada vez mais a afluência de polícias ideológicos à paisana, enquanto do lado de fora destacava-se uma brigada canina. O excesso de zelo desta causara a perda de atenção nos actores e afugentou os espectadores, pois que o assunto dos direitos civis da maioria nativa avançava a golpe de comoção das classes altas e conservadoras do Estado Novo. Nos três anos seguintes entrara no retiro espiritual e perdera-se-lhe o rasto.

Entretanto, viverá uma dolorosa história de medo, frio e fome, que o levará à redescoberta de si mesmo. Fora Silvana quem o acolhera em sua casa e o introduzira naquele seu mundo suburbano, da cidade negra.

Antes, porém, debaixo do efeito da lua, Camõns foi impelido a refugiar-se em frente à Catedral, como um mendigo, enquanto encenava greves de estivadores, no recinto ferro-portuário, pois esta classe de trabalhadores operava e vivia debaixo de condições sub-humanas. Com a sua memória prodigiosa, invejável, ao passar inadvertidamente por aí, Silvana viu-o. Não tinha um único centavo no bolso. Dias depois convidou-o a seguir-lhe. Relutante, primeiro negou. Inconformada, ela insistiu com ele, convenceu-o num estoicismo compulsório:

"A Polícia anda à tua procura, de cassetetes e armas em punho. Todos sabemos, menos tu."

"Estranho cada vez mais essa polícia que toma a nossa geração como a que lê livros proibidos. Estamos um país proibido de o ser, onde os poderosos têm-nos amordaçado às leis da proibição, para converter os nossos sonhos de liberdade numa quimera. Estranho que até os nossos sentimentos como o de amar o amor sejam proibidos. Estranho esse país onde a loucura e a imaginação são terminantemente proibidos, onde é proibido ter essência." — Protestou Camõns com visível impotência.

Com Dom Caixote como seu guia espiritual, Camõns havia fundando no meio da miséria da terra prometida uma comunidade social ideal, um oásis. Convertido num mago, fazia daquela uma empresa: as carpideiras que choravam e tocavam bandolins[67] nos funerais da alta burguesia da Beira, onde os grandes e indispensáveis prantos eram o sinónimo do impacto da tristeza nos mundos nativo e europeu, garantindo-lhe o sustento.

Camõns e os membros desta comunidade tinham o dia-a-dia assegurado. Todos os dias havia des-

---

67 Instrumento de cordas dedilhadas, de corpo encurvado, com quatro cordas duplas tocadas com um plectro.

graças por todo o lado, mas também luz, felicidade e gozo, que delineavam tremendas biografias e relações de um poeta sem futuro, que dormia de dia e passava as noites insones, removendo os armários em busca de comida e leite, de condóminas que ganhavam a vida se prostituindo. Porém, dispunha a sua comunidade de algumas máquinas de costura, com que ofereciam serviços ao bairro, umas cabras e, no que era chamativo, por vezes, ele caminhava descalço como a maioria, entre as casas de lata e coberturas de palha.

Das colectas da comunidade aproveitavam os tuberculosos e leprosos asilados. Com esta maioria, ele ainda assistira ao cinema móvel, com uma boa acústica. Era projectado num barracão, por uma família judia-austríaca, fugitiva do nazismo e que se deslocava de bairro a bairro pobre, alimentando sonhos dos aficionados aos heróis de *Far West* americano e também com peças do referido grupo de teatro.

A austríaca Mathilde Braun era único membro daquela família que aprendeu português e, desta forma, integrou aquele movimento comprometido com a causa indígena.

Camõns morava numa modesta casa de madeira-e-zinco, que pingava por todo o lado. Camõns não se sentia humilhado, nem insatisfeito. Encarava os companheiros da comunidade e vizinhos que o protegiam como justos. Vivendo na mais pura anormalidade e inocência, corria sobre ele a noção de sacrifício. Cria que passavam por uma privação cultural e que, não obstante, tinham coragem e esperança de resgatar a honra e dignidade perdidas. Despertavam às 6:00 da manhã e, num mistério, distribuíam as tarefas entre si: uns preparavam o mata-bicho e cozinhavam, outros buscavam água e lenha. Camõns não se considerava mais valente, nem o mais lúcido. Apenas vivia, cumprindo deveres de um homem comum, em plena renovação pessoal e interior.

Segredaram-lhe que Manuel Pessoa era o senhorio daquela casa, de baixa renda. Cobrava aos seus diversos inquilinos e aparecia sorrateiramente, para ver o filho e oferecer dinheiro a Silvana, como a Camõns, jeito que este repugnava. Por estas alturas, Manuel vivia o drama de fazê-lo crescer e assumi-lo diante de Fernão. A casa dispunha de paredes caiadas por manchas de sangue de aranhas mortas, uma pintura mal acabada, uma porta de tecido entre os quartos, à luz do candeeiro.

Camõns dava a última demão a um livro sobre esta travessia da zona de cimento, cidade da burguesia, para o mundo rural. Resignado das suas pieguices de jovem belo, sadio e rico, escrevia sobre esta cidade das formigas trabalhadoras, sobre como sucediam as mudanças nos seus convictos ideais, a viver onde os pássaros piavam-lhe à janela, numa rua labiríntica, estreita, com fluxo de excrementos, onde os carros pouco chegavam.

Havia aí um amplo panorama de jogos de azar, do crime, de traficantes de armas, de mulheres, estupefacientes e de estafadores de colarinho branco. Ele ressuscitava e elevava em versos líricos os mistérios das nativas, exaltadas pelo seu extremado asseio, pela reverência e humildade. Nostálgico dos tempos em que estava no centro da vida social e cultural, explorava agora o exotismo dos seus corpos e dos seus adereços, pulseiras e missangas. O poeta conseguira resolver humildemente o conflito emergente de uma personalidade dividida entre dois mundos. Recordava-se que, cansado da miséria, perambulava entre Munhava e Palmeiras, em clandestinas visitas a José Dias, que tinha informação em dia sobre os seus confrades literários e das burguesinhas que liam os seus livros, também as que o procuravam para aquela intimidade de que procurava curar-se.

Um dia, ao passar à frente do Palácio do Governador, com destreza no andar, desdenhara o seu ilustre ocupante, por isso, sem mover a estola mostrara-se ainda mais altivo. O seu mundo tornara-se aquele onde as crianças choravam, no meio da miséria, onde um homem tuberculoso tossia cavernosamente, cuspindo jactos de uma mistela purulenta de escarro e sangue.

Alguns dos seus convivas tinham os rostos marcados com cicatrizes obtidas nas obras. Alguns eram estivadores, ora paraplégicos, caídos dos guindastes do porto da Beira, outros ainda estavam ligados a pandilhas que cometiam violência na cidade branca e se resignavam, após entrarem na comunidade. Não desejava procurar por Fernão, porque não queria pôr a vida do pai deste a descoberto, nem lhe acrescentar mais feridas, estando ele a par de tudo o que se passava na "Casa dos Pessoa".

Sabia que Fernão estava divorciado de Orquídea e pretendia paz para todos. Só não sabia que Fernão estava a par dos seus contactos, da sua vida, dos seus desafios e visitas esporádicas que efectuava a José Dias. Já desde há muito que o mesmo o buscava. Porém, Camõns sabia ainda que Silvana era agora a mainata de Fernão, quem encobria os encontros amorosos dele com Orquídea, naquela casa, sempre que ela se fizesse à cidade. Silvana cozinhava para os dois e sempre que Fernão a interpelava dizia não saber de nada.

Noutro dia mais ainda, pela manhã, recordava-se Camõns, estava ele à janela da sua nova casa. Fumava um cigarro e olhava para o lado nenhum, em busca de fantasia e inspiração. Do lado de fora tinha apenas aquela paisagem obscurecida pela miséria do subúrbio, quando de repente dois polícias irromperam ameaçadoramente pela casa ao lado. Assim ouviu a voz exaltada do chefe da polícia:

“Não se movam e entreguem-nos esses passaportes. São falsos e foram obtidos para facilitar a emigração de seus cinco cúmplices, com pretensões de se fazerem à Rodésia do Sul e daí juntarem-se a uma guerrilha que está na forja, neste país.”

Após estas palavras alguém tentou esclarecer algo e ouviram-se dez tiros, que os vitimaram mortalmente. Minutos depois, abandonando os corpos, os dois polícias tomaram um jeep e desapareceram em grande velocidade e levando consigo uma soma de trinta mil escudos.

Passara cerca de meia hora. De repente, ele viu um Volkswagen estacionar à porta da casa e dele desceu o Fernão. Não tinha como manifestar indiferença, nem como mostrar desagrado à surpresa. Fernão estava fisicamente fragilizado. Acabado. Fernão também estava em pele e ossos, em resultado do seu modo de vida boémio, regado com álcool e drogas ligeiras. Interpelara a um dos condóminos. Pedira para falar com a Silvana. Esta apareceu momentaneamente.

“Silvana, vim cá procurar-te porque há três meses que não vens trabalhar.” — Evocara esse pretexto para não avançar o motivo principal que a sua visita escondia. Nisto apareceu no umbral da porta um jovem já de seus cerca de vinte anos, o qual Fernão reconheceu pelas feições do pai. — “Este rapaz quem é?”

“O teu irmão, o Ângelo Pessoa.” — Silvana respondeu-lhe secamente. Voltou-se para o filho e disse-lhe: — “Vamos lá, cumprimenta o teu irmão.”

“Bom dia.” — O rapaz saudou-o com frieza.

“Bom dia, Ângelo! Chamo-me Fernão.” — O visitante respondeu e acercou-se dele. Deu-lhe um abraço. Silvana calculara que Fernão tinha tempo disponível e convidou-o a entrar, para um café. Logo que este atravessara a porta da sala contígua Fernão se tropeçou com o Camõns plantado na janela do lado lateral da casa. Ambos descontraíram-se. Saudaram-se efusivamente. Camõns convidou-o a sentar-se num banco corrido de madeira. A tentação de falarem deles próprios e da vida era maior.

"Como soubeste que moro aqui?" — Perguntou--lhe o Camõns, elevando um pouco a voz.

"Foi o meu pai quem me disse, farto de esconder-te." — Respondeu Fernão olhando de viés para a Silvana, que se empinava toda para sentar-se, pois que a barriga que trazia mostrava-se proeminente. Sintomático de que Manuel Pessoa voltara a engravidá-la e andava nos seus últimos dias. Disso engoliu a seco e não falaria.

"Camõns, durante esse tempo todo em que andaste sumido procurei-te e ninguém me soube dizer onde andavas. Estava com saudades tuas."

"Também eu senti saudades. Refugiei-me aqui, cansado de bater as portas, para conseguir um trabalho decente."

"Vem comigo. Moras na minha casa e trabalhas na Biblioteca do meu avô até te organizares. Como sabes, a Orquídea e eu nos divorciámos e na casa há espaço de sobra." — Tão sensata e generosamente Fernão o convidou, como para tirá-lo do precipício.

A princípio Camõns ofereceu certa resistência. Disse que não era o único das "trevas da raça heroica" que habitava na Munhava rural. Que esse era um microcosmo mestiço, da pequena burguesia imperial e nativa. Fernão defendeu-se que não estava para receber lições numa terra de que era natural. Porém, foi ríspido e peremptório:

"Arruma os teus pertences e vais já comigo!"

Minutos depois Camõns trocou abraços com os membros da comunidade. Prometeu visitá-los. Posteriormente os dois partiram, encerrando um capítulo dramático da vida de Camõns. Pelo caminho, por trinta minutos, a Camõns se lhe interpuseram pessoas, a saudá-lo, ininterruptamente. Todos o conheciam. Seguiram por um tempo calados.

"Se afasta deste meio um dos homens com uma das mais belas histórias de resiliência entre essa gente." — Pensava Fernão. Fernão usava uns óculos escuros, o que excitava o Camõns, que não conseguia adivinhar-lhe o estado de alma de momento, numa pessoa que não levava nenhum desagrado dentro de si. Quando o carro alcançara a rotunda da Munhava, Fernão tirou os óculos e pousou-os no porta-luvas. Assim, Camõns desatou a falar do entusiasmo caritativo de Manuel Pessoa:

"Olha, Fernão, vais-me desculpar pela cumplicidade com o teu pai."

"Oh, Camõns, isso não tem importância! Quero que saibas que meu pai, estando divorciado, decidiu viver com a Silvana. Isso ele me revelou ontem. Começou por me dizer que estava com sessenta e oito anos e não queria seguir só, pois que se vive uma única vez. Depois disse-me que avaliara antes os prós e os riscos de levar a Silvana para a casa, porque esta era trinta anos mais nova que ele. Não imaginas as suspeitas que correm na cabeça dele. Pôs-me na mão uma bíblia sagrada e, de joelhos, pediu-me que jurasse e lhe prometesse, que eu não voltaria a deitar-me com ela. Respondi-lhe que já há anos que não tinha nada com ela e que ficasse descansado."

Os dois irromperam-se numa sonora gargalhada, após o que Camõns o perguntou:

"Por que foi que fez isso?"

"O meu pai tem consciência de que os apetites amorosos da Silvana crescem proporcionalmente com a maturidade, enquanto os dele decrescem exponencialmente com a sua decadência física."

"Consigo perceber: ele sabe encarar um potencial rival segurando-o pelos chifres, antes que estes o firam."

"Está velho e torpe, com modos atrozes desde que a minha mãe o deixou. Minha mãe agora mora com o Fernando Emiliano, antigo professor da Escola Eduardo Vilaça e hoje docente de História do Ciclo Preparatório Rebelo de Sousa. Era um amigalhaço do meu pai."

"Imagino como ele deve se sentir dorido, depois do amigo tomar-lhe a mulher."

"Isto de amizades nos arrancarem esposas ou parceiras nos passa frequentemente a todos, em diferentes graus, a uns mais discretos, a outros mais abertamente, o que pode ser mais ou menos doloroso. Meu pai escolheu o seu caminho, a minha mãe optou por alguém que melhor conhecia, com quem tem mais afinidades e semelhanças. No dia em que a mulher de Fernando Emiliano morreu foi a data escolhida pelos dois para começarem o seu romance. Minha mãe contou tudo ao meu pai."

"Como ele reagiu?"

"Apanhou aquela trombose que o deixou coxo e, nem com isso, a minha mãe lá se foi. Descuidou-se e deixou de editar livros."

"Tu aprendeste muito de artes gráficas e edição com ele."

"Eu como o Teotónio Machado o assistíamos na edição e outras tarefas. O meu pai é um dos personagens emblemáticos do realismo igualitário. Precisa agora de alguém que o ajude na livraria."

Camõns olhou para o amigo, pensou naquele corpo que desaparecia como um fantasma. Perguntou-o depois de um curto silêncio:

"É o que se chama juntar os trapos."

"Como sabes, a minha mãe depois que saiu de casa casou-se e parece uma rapariga de quinze anos.

Nunca envelhece. Para ela há um mundo: a pessoa a quem ama. Nem que esta esteja dentro da África, para ela só existe preconceituosamente a figura do homem europeu dentro do seu amor. A Silvana e o Ângelo mudam-se para uma casa que o meu pai está a preparar. No fundo é uma vingançazinha de meu pai contra a minha mãe, cujo laço hoje está reduzido a indiferença da parte dela, como se alguma vez nunca o tivesse conhecido."

"Ela pensa diferente e há que respeitá-la."

"No meu mundo e o do meu pai as coisas correram com uma velocidade estonteante. São os laços que estavam nas prateleiras que agora estão na clareira. E não é só com o meu pai. São muitos outros filhos do império nascidos em África a que não lhes interessam mais as trevas de uma "raça heroica", para nada. Somos africanos e moçambicanos e mais nada. O nosso país é esse e nenhum outro."

"Assim somos nós. A geração autêntica no realismo dos nossos ideais. A geração dos trópicos, que assume o que é e não tem vergonha do seu passado, nem presente; muito menos do futuro."

Camõns levantara algo que se lhe tornara um tabu:

"Há uma coisa mais que devo-te contar, mas não te disse antes porque me era indiferente. Quer dizer, indiferente não totalmente, porque me magoou; dizia indiferente porque não acrescenta nem diminui algo entre nós..."

"Oh, Camõns, estás com muitos rodeios. Fala logo!"

"Eu acompanhei com mágoa o caso do pederasta do professor Dias. Ele foi capaz de estuprar um menor. Tinha um lado escuro na sua vida. Durante algum tempo, paranóico, ele falou-me de um espião que lhe rondava a casa. Eu fui visitá-lo e encontrei o tal espião, que o desafiou perto da porta. Apanhou-o em flagrante delito, pelo que fechou a porta principal da casa do professor, não sem antes de lhes fotografar e o menor se escapar. Acontece que tal espião particular era eu." — Contou Camõns, entre lágrimas.

O calor deste outubro era insuportável. Os dois transpiravam a cântaros. Uma mosca pousara na testa de Fernão e este sacudira-a. A relutante mosca reincidiu. Sem conseguir livrar-se dela, Fernão pisou na embreagem com visível irritação, para o ar ventilar no carro e torná-la inofensiva. Disse logo a seguir, com ironia:

"Lamento. É tarde para desenterrar um passado e devolver a felicidade de quem está no Rio de Janeiro e vive de nostalgia da sua terra. Eras um menino mimado dele, mas devias ter tido mais força, para empurrares o espião da porta. Então o professor Dias não foi vítima coisa nenhuma de uma cilada e teoria conspiratória montada pela PIDE, para acabar com o prestígio dele."

"Pensei nisso muito tarde. Mas enfrentei um estigma ao sobrepor antes a minha carreira, que muito dependia do professor José Dias." — Afirmou Camõns, que de imediato mudou do assunto: — "Mas não me disseste o que farei na biblioteca do teu avô."

"Não tenho ideia, nem o teu pai tem." — Fernão afirmou chamando-lhe a atenção sobre o laço de pai e filho que ligava o Camõns ao avô. Disto Camõns preferiu não se imiscuir:

"Penso numa coisa: identificámos umas tabacarias e pomos lá alguns livros da colecção de livros proibidos da biblioteca, para que as pessoas os requisitem e leiam avidamente. Há cada vez mais alfabetizados e as tabacarias podem-se transformar num ponto de rotação desses livros, considerando que muitos não têm dinheiro para comprar livros. Também alguns bons livros levam muito tempo a serem editados."

"Um círculo de leitores, queres dizer?"

"Exactamente, como o que tenho na minha comunidade."

"Esta é uma ideia genial, que ajudará a sacar da sepultura a escritores e poetas esquecidos, porque os livros têm a sua própria vida; os escritores e poetas nascem-nos, mas não é deles que depende o brilho das suas existências. São aqueles que os leem que lhes dão brilho e charme, oferecem-nos um destino e os tornam criaturas reais, aladas, que os guiam e os fazem mover pelo mundo com carisma, como seres humanos. Numa perpétua fuga garantem um espaço de liberdade e território a utopia inventada, como um cego aos braços do vento, salvando-os do esquecimento, enquanto voam, enquanto pulsam ao vento, à busca de alento e respiração."

Ano de 1963

11

Com um oceano de episódios, a voz cavernosa de Pedro Pessoa não caduca. Continua a arrojar luz ao rasto escuro da 'camaradagem' falsa, desavergonhada e da aventureira vida de Camõns, avassalada por memórias de copos, risos e boca pastosa, com que afronta as batalhas de ressacas, de álcool das madrugadas, entre misteriosos e milagrosos lábios femininos, que, como talismãs, ajudam-no, aparentemente, a furar, corajosamente, o cerco da Polícia e a explorar o seu feitio enérgico, audaz, contra os preconceitos.

Consumindo o seu próprio combustível de narrador, Pedro Pessoa anota que depois daquele enquadramento na biblioteca, a fantasmagórica personagem Camõns reinsere-se naquela vida burguesa e urbana. No entanto, não resiste àqueles ambientes de vulgaridades, de cinzeiros cheios de beatas, cigarros fumeantes e copos com whisky, que não sacia a sua sede de quantidades crescentes, aquela felicidade furtiva e fortuita de ter a cada dia uma nova mulher sentada no sofá de casa, a contemplá-lo, dentro dos seus olhos castanhos como a água de um rio turvo, submergido por peixes das suas fantasiosas ansiedades de coração e alma. Era o que precisava para alimentar o seu dom de poeta.

O primeiro obstáculo que encontra é a vida curta do ambicioso projecto itinerante de livros proibidos, pois às 7:30 da manhã de 28 de outubro de 1963, a PIDE assalta em simultâneo quinze livrarias e apreende imediatamente centenas de livros daquela colecção. Numa incursão às casas dos usuários apreende simultaneamente outros exemplares. A PIDE asfixia as ilusões de Camõns. É o naufrágio dos sonhos. As tentativas de mobilização massiva agonizam. Desde esse dia a PIDE duplica a vigilância à casa de Fernão. Camõns e Fernão sentem-se profundamente perseguidos.

Os dois contam a Pedro terem sido forçados a mudarem de casa por várias vezes. Contam ainda que são obrigados a usarem viaturas diferentes e a variarem das suas rotinas, pois se aperceberam de que estão a ser seguidos por veículos sem matrícula, até às portas das suas casas, onde se vêem como isco, pois estacionam por várias horas seguidas, sem os interpelarem.

"Isto é para aprenderes a não escreveres obscenidades como escreves e a tentares ser porta-voz de um grupo marginal a que não pertences." — Gritaram dois agentes da PIDE, que agrediram e achincalharam Camõns, diante a uma multidão. Raptaram-no à esquina da Rua Kruss Gomes com o largo da Praça da Munhava. Homens encapuzados forçaram-no a entrar no veículo e a cobrir a cabeça. Entre insultos, galhardias, bofetadas e golpes nos ombros, andaram com ele às voltas pela cidade por cerca de vinte horas, para cima e para baixo, desde a Rua Carlos Pereira até à Estrada n.º 6, na Manga, arredores da cidade.

"Mas eu não sei de que sirva essa advertência." — Suspira Camõns.

"Porque com os livros que recolhemos, incluso os teus, andas a ensinar os maus costumes aos indígenas." — Esclarece o primeiro, que parece o mais simpático.

"Também sou indígena, nasci aqui."

"Com indígena queremos dizer os gentios." — Afirma o segundo, com voz cruel.

"Promete-nos que a partir de hoje tudo isso termina."

A última voz que Camõns escuta é a de um recém-indultado António Ventura, que ruge como um leão ferido no seu orgulho de homem superior. Agora trabalha para a PIDE e fala sem fazer pausa, sem conseguir fazer um desvio ao rasto de sangue que vai semeando. Dá ordens que o amarrem pelos braços e pés, em espiral.

"É você o autor-fundador daquele teatro e círculo que inspirou aquela burguesinha da Dona Eugénia, nas suas relações amorosas com um homem inferior e também a sentir-se insatisfeita com um casamento que ia muito bem." — Afirma Ventura. O segundo olha-o com escárnio, cospe-o no rosto e sacode-o inexprimivelmente para o chão: "É você responsável pela propagação de tendências eróticas e promíscuas, nesta sociedade."

O terceiro ri às gargalhadas, como uma hiena desdentada e com cócegas na garganta:

"Vamos deixar-te coxo e nunca mais nos incomodas com esses livrinhos líricos que estimulam o prazer à mulher."

Estacionam no "Restaurante O Solar das Andorinhas", compram refeições e refrigerantes, incluso para o torturado, que está esfomeado e desidratado. Distribuem-se a merenda.

Deixam-no com o corpo macerado e com ulcerações no tronco, de que se recupera passados dois meses.

"Bateram-me até deslocarem-me uma das pernas. Bateram-me nos braços e joelhos com bastões de basebol." — Conta Camõns a Pedro.

"Será que ninguém viu-te desmaiado por aí?" — Pergunta-lhe o Pedro.

"Gritei até o meu grito quase me arrancar a boca. A minha voz apagou-se naquele escuro abismo. Foi aí que perdi os sentidos... Lançaram-me para fora do carro a pontapés, como um fardo inútil. E eles me deixaram no Estoril, ao pé da casa do sapateiro Dom Botão, que me socorreu."

"O teu lugar continua aberto. Pus cá o Ângelo, mas podes continuar."

"Não, Pedro. Vim-me despedir. Agora vou trabalhar noutra coisa." — Diz, enquanto abraça o seu patrão, que tem dificuldades de lhe reconhecer como filho: — "Muito obrigado pelo tempo que trabalhamos juntos e por tudo o que fez por mim."

"Não tem de quê." — Pedro respondeu-o com muito carinho.

Entretanto, Camõns vem a relacionar-se com a jovem Carla Adam Fonseca, filha de Adam Jacob Fonseca, um indiano, dos mais importantes do tecido industrial desta cidade. Ambos se tropeçaram, depois daquele incidente, em frente ao Prédio Megaza, na Rua Correia de Brito, onde Adam tinha o seu comércio. Camõns andava de canadianas,[68] com a sua imparável guitarra em punho, e nem isso conteve a Carla Fonseca de lhe corresponder à saudação. Conversaram graciosamente e ela lhe ofereceu o contacto, sem rodeios. Amor à primeira vista.

Adam Fonseca não tem varões e Camõns gozará de estatuto de genro-filho e aparece à frente dos negócios do empresário com grandes interesses económicos em Lourenço Marques, Rio de Janeiro e Lisboa, onde é também um *entertainer* da intelectualidade e da *jet set*. Gere perfeitamente os negócios aqui na Beira, mas prefere ir mais vezes à capital do império, para levar lá uma vida boémia de que se vê limitado do outro lado.

"Será só isso que procura esta figura nítida e clara na Beira?" — Mendes dos Remédios atira esta pergunta de chofre a Pedro Pessoa.

---

68 Tipo de muleta que tem um apoio destinado às mãos e aos antebraços.

"Não renega a areia do seu país, como falsamente afirmam os seus detractores. Procura descobrir-se a si próprio." — Afirma o outro.

"Então, o que se passa?"

"É instável e não consegue tranquilizar-se."

"Não, redondamente. A viagem é uma das suas paixões insulares. Procura a glória e a fama públicas e cosmopolita, pois que depois do reaparecimento publicara o seu 'livro maior', de que não consegue eco nenhum na burguesia, mas do outro lado, na comunidade nativa, afirma-se, porque essa sociedade identifica-se com aquele género de escrita. Encontra corredores abertos e ávidos, que lhe pagam os direitos autorais e, para divertir-se, rapazes de paisagem, que lhe injectam força enérgica e contagiante sociabilidade. Agradabilíssimos ambientes de juventude, onde se contemplam as estrelas que pejam[69] os céus; e dança-se até à madrugada entrada. Com a Dona Eugénia, a qual consola, enquanto Dom Caixote anda desaparecido, na travessia dos trópicos, envolve-se misteriosamente, desatando conflituosidade com Orquídea. 'Soneto Geral de amor' é o título do livro que publicara, convencido de que matara os mestres e percursores, e a sua musa não é mais do que a amada de quem se supunha seu falecido amigo e figura tutelar, o Dom Caixote, aquele que aparecera, sem apelo nem agravo, na Catedral da Baixa, feito um indigente."

"Sobreveio-lhe então o colapso. Mas donde lhe veio a inspiração, no meio daquela infelicidade?"

"Da vida silenciosa com 'gente de baixo'. Primeiro, ele vem do mundo natal e uma cultura festiva, marcada pelas danças e festas. Segundo, das divisões sociais, que retalham fisicamente a cidade em duas fronteiras e mostrando a 'gente de cima', com uma potencial estrutura de egoísmo, com que, desafortunadamente, con-

69 Preencher certo espaço, ou volume; encher, ocupar.

denam a 'gente de baixo' ao ostracismo. Depois de um longo período de reflexão, não sente senão o desdém. Nesta fase vê-se apenas acompanhado de sua sombra, com a nostalgia da infância banal, do seu paraíso perdido. Na verdade, é um ser dividido, que se emociona com o labor das mulheres rurais, com vê-las reclinadas sobre as pedras dos chafarizes. Assombra-se com o vê-las a lavarem a roupa sobre as pedras, alguma esburacada como a imagem da sua própria indigência. Transpõe esse subúrbio para o mundo de 'gente de cima' e convida-a a um despertar para a valorização das diferenças, dos panos utilizados como roupa e lençóis, das capulanas, desvela em si o crepitar do coração e da explosão do corpo suado e cheiroso de mulher negra, adoráveis como os seus pares. Na cidade negra esse Camõns desce até ao que estava morto nele e emerge em pleno fervor das estrelas deste grande universo de que os seus companheiros não haviam antes dado conta e posteriormente influencia-os."

"Em suma, a vida de Camõns foi inferno, purgatório e paraíso".

"Evidentemente, no primeiro dos seus três anos de sumiço escreveu uma vez uma carta ao seu amigo Fernão a confessar-lhe que pensara em suicidar-se, com toda a vida de alma penada por que passara, mas o Fernão respondeu-lhe que aquele era um expediente da época, que ele tinha de cumprir e, por isso, foi resgatá-lo. Em definitivo, Fernão buscou o amigo naquela casa sem retrete e mais tarde lá passaram uns dias juntos, a verem estrelas pelas noites. Aí fazia-se os serviços num caneco e banhava-se num pequeno cubículo, e eles sem criados tratavam de removê-lo, debaixo da noite moribunda, jogando-os num pequeno rio. A luminosidade daqueles dias chegaria com as visitas de Dona Eugénia, que o levara a sair daquela timidez e encarar a vida de frente, depois de fazerem as pazes.

Terá Ruiz de Camõns vivido posteriormente dias maravilhosamente bons, com a mulher, Carla Fonseca, e a sua prole de dois filhos?”

“Diria que sim e diria que não, porque depois de seus horizontes largos, daquela vida trémula e activa, do teatro e do público, sem a dramaturgia, sentiu-se demasiado vazio e confinado. Um dia deixou tudo o que conquistara e passou a perseguir um antigo amor impossível, passando a vir periodicamente à Vila de Sena.”

“O que se passou exactamente então?”

“Ele viajava de um vapor alugado, para reencontrar-se com as raízes. De repente, o vapor avariou pelo caminho, pelo que passaram-no a “Canhoeira Cherim.” Coincidentemente, aqui deu-se com a senhora Glória de Jesus Mascarenhas. A mesma que lhe extraiu do abdómen da mãe e o amamentou, porque esta tinha escasso leite. Glória de Jesus Mascarenhas, que procedia de Quelimane, ia assistir o parto da misteriosa dama de ‘O CASARÃO’. Quando a criança deu a luz foi ‘O Mosquito’ quem lhe soprou aos ouvidos que no decurso das suas ausências era Fernão Pessoa quem consolava a Dona Eugénia. O que não se sabia era o que o levava agora de volta a uma terra que desdenhara.”

Dias mais tarde, quando o sol nascia das suas próprias cinzas, Mendes dos Remédios viajou à Sena na companhia de Pedro Pessoa e hospedou-se em “O Casarão”. Aqui, em calorosas conversas, Pedro Pessoa falou-lhe, repetidamente, do imenso interesse que tinha em eternizá-lo, para todo o mundo, frustrado que fora a localização da sua campa, na Fortaleza de Sena. Numa das noites, o anfitrião convidou-o a sentar-te à uma mesa, na esplanada do bar. Aqui esclareceu-o que Camõns gastou-se numa vida dedicada à arte e à pátria. Pedro Pessoa disse-lhe ainda muito brevemente:

"Era uma manhã ensolarada quando enterraram Camõns honrosamente, no átrio da fortaleza de Sena e fizeram-lhe uma homenagem os seus admiradores. Aconselho-te a me seguires por esta estrada, que nos levará até a um atalho estreito, dentro do cemitério local, transformado num bosque fúnebre."

Quando Mendes dos Remédios regressou à cidade, todo emocionado e sentindo palpitar-lhe os grandes temas da história, foi ter com a Suzana, na casa desta. Visitavam-se mutuamente. Lhe contou:

"Localizei a lápide numa meseta[70] de lírios, ornada com delfins e uma coroa de plástico que começava a florescer com o outono. A lousa de mármore que cobria o túmulo era de uma polegada e abria-se para a esquerda e direita. Enquanto eu a abria chegou o coveiro e neutralizou-nos, dizendo que estávamos a profanar a tumba. Disse-lhe o Pedro Pessoa que aquele era seu filho e que pretendia certificar se as suas ossadas ainda lá estavam. Como eu estava vestido daquela roupa de almirante, disse-me o coveiro para não sujar-me, pois que tinha consigo uma pá e trataria do resto. Quando ele levantou a lousa, debaixo desta estava um tecido de cetim com desenhos em papiro e sedas em matizes coloridos, fios de ouro, fantasia e um espelho. Eram sinais de que aí houvera uma vida. A única coisa que me faltava era a caveira. Portanto, perante a minha incredulidade, disse-nos o coveiro, com o rosto banhado em suor: 'Esta tumba parece muito antiga. Sena caiu em declínio e transformou-se numa vila fantasma e decrépita. Pode ser que a profanaram, à busca de ouro, como aconteceu a gente endinheirada, por todo este cemitério.'"

Deixámos o lugar. No dia seguinte, menos convencido, voltei ao local, para contemplar o fundo da cova, que parecia um armário, com objectos do morto devidamente arrumados. Levado pelo inconformismo

---

70 Pequeno planalto.

que me dominava, insisti junto do coveiro que queria ver o ilustre morto: "Mas o Pedro Pessoa disse-me que se encontra nesta tumba aqui. Que devia dar vinte e cinco passos em frente, depois da porta principal e dois à direita, sem mais um único centímetro."

"As coordenadas são efectivamente essas." — Consentiu o coveiro.

"Pode voltar a encerrar e colocar os pertences do morto, se não quer apanhar doenças." — Lhe disse eu. Não terminei, sem antes lhe perguntar: — "Sabe você na verdade quem estava enterrado aqui?"

"Não tenho como não saber, pois há trinta anos que esse é o meu trabalho e conheço a história individual de todos os mortos daqui, permanentes ou profanados. Desde os meus antepassados somos guardiões deste cemitério."

"E porquê o morto precisava de um espelho?"

"Creio eu, para passar o seu tempo, visto que no além-tumba não há muito o que fazer, o espelho lhe servia de lazer e ajudava a engolir o ócio. Quer dizer, o morto nunca perde a vaidade e a compostura, por todo o sempre mantém a noção de decência e austeridade. Pauta pela preservação da aparência."

Não lhe disse mais nada. Ele enfatizou:

"Consumido pela fragilidade económica, Camõns regressou para aqui só para repousar, depois de ter levado uma vida intensa e feliz, claramente perturbado e decadente, o que afectou o seu primeiro casamento. Pese embora, tinha consciência do dever cívico cumprido, o tenaz propósito de libertar a pátria, bem como o de lançar os alicerces às fontes genuínas da moçambicanidade. Ao lado de Dona Eugénia desfrutou como marido e, num espectáculo bonito e glamouroso, os dois morreram no mesmo dia, abraçados, na Casa Grande, sem nenhum sinal de violência, e tal como desejaram, por alturas em que juntaram os trapos. Porém, estavam confiantes que ao terceiro dia encontrariam a ressurreição e regressariam como oráculos do além-túmulo."

Entretanto, António Ventura há muito arranjara outra mulher e nunca mais quis saber de Dona Eugénia. Enquanto isto, Pedro Pessoa andava à procura da filha de Fernão Pessoa. A bebé foi sequestrada há poucos dias do seu nascimento. Falava-se de um crime tão ultrajante, tão brutal e tão corajoso, protagonizado por um invejoso que fora desprezado por um dos progenitores.

Ano de 1964

12

O imaginário de Orquídea era habitado por aquela memória indelével da biblioteca debaixo da cidade, que a visitava em noites de sonhos e insónias, pois que, cria ela, os livros viram-na crescer, lhe alimentavam a alma e, com muito carinho, lhe acompanhavam emocionalmente às velhas lealdades, a reviver momentos de plena felicidade, que jamais sentira, levando-a a evadir-se da realidade, através do tempo. Conhecendo-lhe perfeitamente a rota, não conseguia se distanciar dos seus fantasmas, em lembranças que lhe toldavam o presente, das vidas que lhe palpitavam de dento dos livros, as quais passaram a fazer parte dela e se misturavam com a sua experiência de vivente e amante intensa de uma geração de escribas. Aí ela se divertira e amara Fernão ao lado de estantes e nichos, com referência a secções, autores por países e áreas de saber, que era o que mais a fascinara. Estes a podiam retractar indubitavelmente nua, nas mãos daquele poeta.

Nos primórdios daquele contacto com a cave, Orquídea ouvia murmúrios e latidos espalhando-se desde o chão até às alturas daquelas grossas paredes. Era normal irromperem-se respirações a plenos pulmões, a intervalos, enchendo toda a cave, do alto a baixo. Inalava-se dela um leve cheiro a mofo. O que a pasmava eram aqueles tumultos de mortos particularmente distintos, transmitindo-lhe sinais de tédio. Gemebundos, produziam ecos de enfado. A princípio foi-lhe difícil acostumar, mas um dia Fernão tranquilizou-a:

“Na cave que se entra através da porta contígua há um pequeno cemitério familiar. É parte da biblioteca. Está fechada a sete chaves. Podes ver rostos curiosos nos umbrais das portas, abrindo-as e fechando-as. Não te preocupes. Só querem ver quem é a pessoa que namora comigo. Os meus pais e seus antepassados estão sempre em convívio. A bibliotecária vem duas vezes por semana.”

“Mas se estas vozes provêm dos teus parentes, parece que traduzem desaprovação do nosso relacionamento.” — Disse Orquídea no limite de um êxtase.

“Isso significa que nos devemos separar?” — Fernão perguntou-lhe com o corpo unido a ela, dentro dela.

“Não sou eu quem o diz. Mas sinto que estas vozes me aterrorizam. Não te imobilizes. Meu amor, entra mais fundo de mim...” — Ela gemia, na haste do desejo. Excitado, ele movia-se com a mesma delicadeza suave e terna, mas não sem deixar de lhe dirigir um apelo:

“Quando ouvires vozes sorridentes são as dos meus avós. Eles comunicam-se comigo desta forma. Estão em paz consigo mesmos e connosco.”

Eram recordações que perpassavam pela memória de Orquídea. Neste mesmo ano Fernão Pessoa tinha sido enterrado nesta cave, com a benevolência de Pedro e apoio moral de alguns dos seus pares sobrevivos. Depois desse trágico dia, uma dama, que se cria Orquídea, com um chapéu de véu que lhe disfarçava o rosto, contactou Pedro. Pediu-o que a deixasse aceder aos livros proibidos e ao túmulo do escritor. Para Pedro, só podia ser Orquídea, visto que Francesca nada tinha a ver com a intimidade do espaço. Pedro lembrava-se que a tomou pelos braços e ela avançou, atrás dele, como uma cega, que se demorava longamente em lugares-marco, que sugeriam os da privacidade daquele ilustre finado com a Orquídea.

Por vezes, a suposta Orquídea adoptava um confuso papel de guia, abrindo as portas de par em par, que a denunciavam, facto que Pedro ignorava e, por isso, não se quis dar no ridículo trabalho de lhe desmascarar. Orquídea escutava ora vozes, ora o respingo do eco dos seus pés, como se caminhasse em chão oco ou mesmo sobre a água. Perdida a inocência, ela parecia delirar. Contemplava o Pedro com o rosto cheio de espanto, enquanto este se auto-superava, dos seus limites. Mostrou-lhe uma a uma as lápides, com inscrições de nomes dos seus ocupantes, no subterrâneo da mesma cave. Naquele oceano de tumbas se destacava, misteriosamente, a de um agora discreto Ruiz de Camõns.

"Este é o caminho dos céus." — Disse ele.

"Há céu debaixo da terra?" — Perguntou ela.

"Cada um encontra o seu céu onde quiser, seja no subterrâneo, seja no firmamento da terra, e sabe que fazer dele. A mim o céu está nos livros e não me compete ilustrá-lo."

"E porquê tem tantas tumbas aqui em baixo?"

Ele fez um gesto expansivo com as mãos: "Há aqui milhares de livros. Uma biblioteca é um espaço franco que instiga tanto o convívio infinito de vivos com os mortos. Aqui há impressores, revisores e editores, que preservam o ofício. Esta é uma das nossas tradições e vocações familiares: emendamos os livros, melhoramo-los e voltamos a editá-los. Esta equipa de impressores é quem ressuscita os escritores fantasmas."

Anuindo em silêncio, ela não disse nada. Continuaram a percorrer a cave por longas horas. Por fim, com uma entoação de voz embargada, Pedro explicou-lhe:

"Um dos últimos parentes que está aqui enterrado é o Fernão. Fernão tem sido visitado pelos seus colegas da escrita."

"Conheço-os porque trabalhamos juntos no teatro. Recordo-me, quando o Dom Caixote cá chegou fomos nós, eu e o Fernão, quem o recebeu. Isso é extensivo a Ruiz de Camõns." — Contraditoriamente, Orquídea recordava-se desta fase, em que fruto do afluxo de capitais, a Beira atraía uma vasta e pusilânime mão-de-obra migrante, em busca de trabalho e riqueza. Gente sedenta de afirmação e fortuna, que também se dividia pelas artes cénicas, estiva e cabarés, o que a transformara em zona franca e paraíso terreno de marinheiros gregos, turcos e ingleses. Pedro não lhe disse nada. Ela continuou.

"Mas nesta casa havia mais gente." — Orquídea denunciara-se a si mesma, mostrando que não conseguia lidar com o disfarce. As razões emocionais eram mais fortes.

"O Ângelo continua entre nós, embora ande em namoricos com a Teresa de los Angeles, das Canárias."

"Isso já vem desde há muito, pelo que ouvi."

"Pois, sempre lhe avisei para não meter-se com mulher de dono."

"Ela não tem marido, vive no Cabaré Mira-mortos."

"Bom, deixemos isso para outro dia."

"Tanto morto aqui, Pedro! Haja pudor! Este assunto de Cabaré Mira-mortos não é aqui chamado, diante dos mortos. Não lhes firamos os tímpanos com imoralidades."

"Sempre que quiseres aludir aos mortos, diante das tumbas, refere-te às "caixas de velas", por favor. Isto lhes passará do lado. É um belo eufemismo."

"Pedro, não compreendo." — Por vezes Orquídea manifestava disfarçada surdez, o que lhe dava um ar distraído.

"Foram as "caixas de velas" os colchões onde, pela última vez depois de beber a sua cerveja, Deus amou a sua musa, que o inspirou na criação do mundo e na origem das espécies."

Como sempre, à saída da biblioteca, o bom do Pedro, com a sua voz contagiosa, fez por lhe prometer que nalgum dia voltaria a visitá-lo, mas a misteriosa e insondável Orquídea de olhos doces, pura e simplesmente, disse-lhe adeus.

Orquídea nascera numa família burguesa e acomodada da cidade branca. Era a última numa prole de cinco filhos. Os pais tinham uma loja de calçados, a Sapataria Hélio, na Rua Companhia de Moçambique. Desde menina era muito dona de seu nariz e rebelde. Ostentava ancas desenvolvidas. Eram elípticas, hipnotizavam qualquer homem, que as viam como fagulhas de um foguetão, em que desejavam pilotar. Gostava de passar o tempo ao sol, na Praia da Oceana, junto às amigas, onde viam o sol até desaparecer, a beberem cervejas Manica e a petiscarem camarões, sobre as dunas. Nos palcos, Orquídea portava-se como num paraíso dos seus atributos. Usava batôn vermelho nos lábios, o que fulminava a corte de seus pretendentes. Educada para o matrimónio, não sonhava senão com a glória e tornar-se numa actriz ícone daquela sociedade, em resultado do qual viria a obter rasgados elogios da crítica e reconhecimento público.

Naquela longa conversa com Mendes dos Remédios, o frágil Pedro Pessoa contara-lhe que daquela viagem à Durban, Fernão regressou inteiro e muito feliz. Contou-lhe que durante a ida, no comando do mesmo navio, seguia o capitão Filipe Casqueiro, do qual se afeiçoara. O escriba estava visivelmente frustrado, quando Casqueiro o visitou, na sua camarata.

Debaixo de um retracto próprio pendurado numa das paredes, Casqueiro leu uma auto-descrição algo narcisista do escriba: "Sou tão moçambicano quanto os moçambicanos."

Posteriormente, mais sereno, menos paranóico e estrambólico, deixou-se contagiar pela conversa do capitão. Falaram de intimidades. Um dia, a pedido daquele capitão, o poeta escreveu-lhe um texto. Casqueiro andava a arrastar as asas a uma dama. O poema, com que tentava contrapor a desconsideração desta, rezava:

"Na tarde em que te vi
Não havia mais o mar
Amei-te como uma barca
Que ama o amar
Onde só a ti vi-te...
Como o céu e o luar,
Como a noite em mim de ti vazia
Só quando despertei vi-me quase sem lua
Sem chama que me alumiasse e perdia-te
Se a ti só eu não te conhecer."

Casqueiro mostrou-se feliz por esta generosa oferta. Fernão Pessoa já recobrara definitivamente os ânimos. Noutro dia, Casqueiro convidou-o ao varandim, a examinar os mastros, as velas, os cabos e os salva-vidas. Mostrava-lhe o manual de uso prático de cada uma das peças e dos salva-vidas, e nisto aquela atractiva e escultural mulher, a qual aquele lhe encomendara o referido poema, se lhes interpôs, em silêncio. Passou bamboleante entre os dois, colocando-se de seguida na amurada, a ver as águas que vinham e iam, como as suas ancas, naquela imensidão das águas azul-cobalto do mar Índico habitada por dóceis golfinhos. De súbito, soprou um vento que buliu-lhe o vestido minissaia, que esvoaçando deixou-lhe a tanga à mostra.

— "Ah, Nossa Senhora do Livramento!" — Exclamou o capitão, soltando um alarido a meia voz.

— "Esta é mesmo para os cavalheiros desconhecidos, estranhos ou tímidos, naufragados em aborrecido isolamento, nos recantos de uma cabine de capitão." — Pessoa espicaçou-lhe, sorrindo-lhe docemente.

— "É para quem não quer dançar nas disfarçadas." — Atalhou o outro a bailar-lhe igualmente com um sorriso.

— "Já vejo. Tens o cérebro activo."

— "Adoro vê-la nestes sapatos-de-agulha, altos e rodopiantes, que soltam o fogo-de-artifício."

— "Amas o efémero, o fútil."

— "Evidentemente. Que capitão não amaria uma rosa do mar como esta?"

— "Sobre estas aparências se disfarçam e se maquilham[71] muitos dramas e tragédias."

— "Não creio, não. O meu amigo está deprimido."

— "Assim é a vida de todos."

— "As situações remediam. Na África do Sul conhecerás as *táxi girl*, um veículo que se toma para uma corrida. O táxi roda sempre, solícito, apressado, amável, serviçal. O passageiro paga a tarifa, embarca, transporta-se ao longo de um tango, duma valsa e apeia-se."[72]

Os dois se riram numa solta e sonora gargalhada.

Por aquelas alturas era raro uma mulher viajar só num navio. O ambiente daquele navio era de homens taciturnos, carentes e melancólicos. Primeiro ela se tornou o motivo de conversa chocarreira[73] dos marinheiros, que comentavam em torno dos seus atributos, após o que passou a um troféu de caça.

---

71 Equivalente no português do Brasil: maquiar; maquiam.

72 Descer ou sair.

73 Que ou o que diz ditos jocosos ou atrevidos. Que faz rir.

Sem embargo, nada tinha a ver com *táxi girl* como o capitão parecia especular. Ela transformou o navio num quadro de emoções. O coração do almirante latia selvaticamente. O do capitão cintilava como um êmbolo ruidoso e rugia como um leão faminto. Como um relógio de cuco. Os grumetes[74] todos mostravam-se agitados, de tão rendidos aos seus encantos e, quando ela passava por eles, pareciam manifestar aquele sintoma de asma, expresso na carência de ar, o que os submetia a respirarem de bocas abertas.

A cada dia ela parecia uma tresloucada sereia, impregnada de um vestido farto, que voava ao vento, com uma curva extremamente sinuosa, que a transformava num anjo puro das estrelas. Pelos seus vestidos excessivamente brancos e transparentes, sobressaíam-lhe as roupas íntimas, em matizes diferentes, depois os colares de esmeralda e os seus chapéus de feltro, grosso modo, com véus em uma branca malha transparente e vaporosa de tecido *chantilly*, finíssimo, que, ao vento livre e debaixo do céu azul, a tornava excêntrica e misteriosa, convidando-os a um fragrante delito.

Naquele dia, caminhando sobre o varandim, Fernão Pessoa lembrou-se de já ter visto aquela dama solitária no refeitório, a comer nostalgicamente a sua solitária comida e a beber o seu pensativo vinho. Veria o almirante a cortejá-la, sem conseguir. Ela fechara-lhe as portas do coração a sete chaves.

— "Não estou aqui para atender a *gigolós*!" — O almirante recebera dela essa última advertência, em tom ríspido, de que toda a equipa comentara e rira às gargalhadas, transformando-o num brinquedo de circo. Porém, dias mais tarde, Fernão ouviria a ela e o capitão a fazerem amor, entre assombrosos gemidos e

74 Refere-se ao aprendiz à bordo da embarcação, menor de idade, responsável por limpar e ajudar os marinheiros nos diferentes trabalhos.

langorosos[75] beijos, que se escapavam de entre as paredes comuns, do outro lado da camarata, num canto de vitória. Os demais não acreditariam.

Porém, tão fatigado, Fernão regressou ao seu religioso e discreto silêncio, tentando recompor-se do desgosto e da dor tão profunda e violenta, do que todas as outras que sofreu alguma vez. Para amenizar, pôs-se o poeta a ver as fotos de Orquídea. Reconheceu pela milionésima vez a desbordante e angelical beleza dela. Para se concentrar nos bons pensamentos que lhe ocupavam, preferiu dar seguimento à leitura do livro que tinha sobre a cabeceira. Enquanto isto, o sextante do navio tinha o leme e os azimutes[76] enfocados no embarcadouro do porto de Durban, onde desceria, para tomar um autocarro, que o levaria a Joanesburgo.

Fernão era já um homem afoito, pois aos treze anos, na parte traseira do negócio da família, a Livraria Manuel Pessoa & Alice, perdera a virgindade com uma deusa negra, que arrastara para aí. Enquanto faziam amor, aquela comia uma maçã gira, gira, redonda, como o rosto dela, o que o excitava. Isto acontecera por volta das seis da tarde, depois dos pais cerrarem a livraria e partirem para a casa. Repetir-se-ia um par de vezes, até que, uma vez, quando a mulher entrou na loja, ele viu a mãe vindo pela estrada e detendo-se no mostruário, com uma máquina fotográfica a tiracolo.

"Há uma mulher aí dentro, faz favor de a mandar sair!" — A curiosa Dona Alice Pessoa foi taxativa ao dirigir-se ao filho. O marido chamava-a desde o carro.

"Oh, Alice, deixa-te disso e vamos para a casa!" — Era Manuel Pessoa, que sempre a tomou como intrometida, porquanto ela fotografava o que via no interior da livraria, com aqueles seus olhos de coruja.

---

75 Sensual.

76 Direção; rumo.

"Manuel, não deixo, não! Isto não é cabaré!" — Afirmou Dona Alice, que, acto contínuo, abriu a porta e expulsou a mulher com ares de superioridade, de tal forma ameaçadora que escondia algo: — "Nunca mais a quero ver dentro desta casa, nem em nenhum lugar próximo do meu filho, sua caporra[77] degenerada!"

"Senhora, eu não quero tirar o seu filho da sua concha. Foi ele quem me seduziu." — Reagiu a mulher. Chamava-se Silvana.

Numa noite escura, Dona Alice os surpreendeu pela segunda vez, após abrir a porta. Ele nu e recostado num sofá e ela semi-vestida, por cima dele e a comer uma maçã. Dona Alice voltou a fechar lentamente a porta. Depois desta imagem chocante, não voltou mais a falar do caso. Apesar daquele ostracismo manifestado pelo segregacionismo da mãe, Fernão nunca deixara de ter vidas paralelas.

Em miúdo, na escola e em casa, Fernão só convivia com amigos e amigas, num ambiente muito restrito. Era relativamente social. Na maior parte do tempo estava com o Olívio de Eça. Os pais levavam, a princípio, uma vida muito urbana, num raio de sete quilómetros, a pequena fronteira a que os sujeitava à cidade branca. Fernão quase só saía com eles para os jardins, parques, praia, Beira Terrace e o Clube de Estudantes de Coimbra, na Avenida Príncipe da Beira.

Cresceu-lhe o desejo de aventura e de experimentar os círculos desconhecidos e abrangentes, fora daquele raio. Nos dias monótonos encontrava o seu lazer nos cinemas. Ao tempo apenas conversava esporadicamente com Orquídea, até passarem, anos depois, à clandestinidade da cave, por efeito e causa do poema adulador, que lhe escrevera na adolescência. O casamento trouxe-lhe uma lufada de ar fresco, pelo menos enquanto tudo lhes corria bem. Mau grado, a liberdade

---

77 Sinônimo de tonta.

porque aspirara viver prestimosamente não lhe dera toda a felicidade. Entretanto, o prestígio chegara-lhe. O professor José Dias publicara, no "Notícias da Beira", uma nota elogiosa, em reconhecimento dos seus escritos e dos seus contemporâneos.

Em Durban, o "Infante de Sagres" aportou. Fernão não desembarcara sem antes se despedir de Casqueiro, com quem aprazou um novo encontro. Casqueiro agradeceu-lhe pela generosa e frutuosa encomenda. Aqui vira ele ainda se desembaraçar da jovem dama, inconformada com o término do romance que os unira na solidão da longa viagem. Assim, sensível e menos afectuosa, a dama ameaçou-lhe com queimar-lhe o navio, não sem antes cair em soluços, com o corpo desamparado no chão e a golpeá-lo com os punhos:

"A minha mãe bem me disse para nunca ler poesia. Eu comecei a ler escondida dela!"

Casqueiro sabia que aquilo era com ele, uma certidão de óbito ao poeta que o escrevera. Abalou-se sorrateiramente e à socapa, antes que lhe acontecesse o pior. Ela repudiava-o aos gritos:

"Impostor da merda! Já sei quem lhe escreveu o poema!"

Antes deste incidente, o comissário de bordo desejara-lhes as boas-vindas, com os cumprimentos de toda a tripulação, também uma saudação especial e particularmente carinhosa à passageira Sandra Martins. Este era o nome daquela dama misteriosa. O sol de outono ainda brilhava sobre aquele fim da tarde naquela cidade do sul do hemisfério, adornada por cedros e ciprestes, sapateiras e pequenas cachoeiras artificiais.

Na Ilha holandesa Bonaire vive a Orquídea, como viúva de Brian, que buscara aí o seu paraíso secreto, após roubar um cofre com dois milhões de libras a um banco da Cidade de Ouro. Pouco depois acharam-no num empreendimento turístico que construíra. Crivaram-lhe o corpo com dez balas, em ajustes de contas. Em Bonaire, Orquídea goza da companhia da Isabel Quiroz, a única filha com que conta e supostamente teve de Fernão, que não a registou, pois, advoga ela, quando se separaram ela não dera conta que estava grávida de um mês. Orquídea lhe fala de Fernão todos os dias, pois satisfeitas todas as suas necessidades, não se vê feliz. Quer que Isabel o mantenha para sempre na sua memória. A rapariga, na fase adolescente, revisita as fotografias de ambos e sempre tem uma curiosidade nova sobre a sua condição de filha ilegítima. Ela vasculha as cartas do eventual pai à mãe e comenta, com uma dose de excitação:

"Mamãe, meu pai escreveu-te uma linda carta!"

Orquídea fixa a carta e põe-se a rir, de orelha a orelha, sem deixar de lhe responder:

"Era quando nos amávamos como dois seres especiais e maravilhosos, que não havia no mundo, pois nos solidarizávamos um com outro e sentíamos."

E a filha toda maravilhada diz docemente assim:

"Então ele se parece comigo, ou eu me pareço com ele, porque amo-te muito, mamãe."

Isso deixara a Orquídea muito encantada e orgulhosa. Lá a rapariga voltou a falar, revelando algo que deixou a Orquídea surpreendida, como se tivesse uma pulga na orelha:

"Sempre falo ao meu namorado, que me ame tal como meu pai e a minha mamãe se amaram."

"E tu já tens um namoradinho?"

"Tenho, mas só conversamos, nada de beijos nem intimidade."

"Vai com calma..."

"Falarei a ele do quanto a minha mãe amou o meu pai e vice-versa até eu morrer; vou falar sempre bem do meu pai."

"Mas ele não foi nenhum santo, filha."

"Mas foi sempre atencioso, afável e prestável." — Orquídea consentiu, embora com certa reserva.

Todos os anos Orquídea, na companhia de Isabel, visita a biblioteca e, aí no subterrâneo, depositam coroas de flores. Quando assim, a Orquídea inicia a falar de Fernão, sem nunca mais parar. À Isabel a mãe nunca responde claramente sobre as causas da morte de Fernão. Também nunca lhe diz que jamais falou a Fernão da sua existência, por achar que tal lhe era indiferente, como havia uma nódoa negra que manchava a paternidade daquela menina, filha de pai incógnito.

Ano de 1965

13

Neste ano de doce sabor, as borboletas voavam no ar e já a primavera do vento norte soprava fortemente exalando o aroma de flores que floresciam com energia e cor derramadas em açafrão azeviche.

Tudo na casa de Mendes dos Remédios e de Suzana Santiago Castelo Branco parecia no real sentido da decadência, ainda que invisível aos olhos comuns, mas havia dois corações que se destroçavam, depois de alcançarem o meio da viagem da vida álacre[78] e sensual. De todo modo, a alma de cada um seguia a sua própria espiral, a de Mendes numa paisagem descendente, a de Suzana ascendente, em galáxias tolhidas de escuridão e luz.

O famigerado inspector Ferreira Raposo, com certo arrepio, entrara mais fundo no percalço de seus caminhos. Deteve o Mendes dos Remédios. Comovida com tanto sofrimento, Suzana lembrava-se dos momentos em que as coisas estavam no auge e, sem perder brilho nem o seu esplendor de estrela, narrou com uma voz trémula e retumbante, de bradar os céus:

"Carambola, parece-me que contei-te numa circunstância anterior, mas, já que o individualismo se foi completamente, volto-me a repetir: Os filhos de Dom Botão costumavam vir à nossa casa e nós ou-

78 Alegre; animado.

tros íamos à casa deles. Não era parte da nossa tradição andarmos aos flirts[79] *nas ruas.*

A Dona Alice, ainda casada, e Fernando Emiliano, eram uma presença assídua em nossa casa e na dos Mendes dos Remédios, no Estoril. Fernando Emiliano vivia numa casa ao nosso lado e apercebi-me que o ponto de encontro dos dois enamorados, enquanto Manuel Pessoa se passeava pela cidade negra, era nos jantares sociais que o meu pai promovia quase a diário. Depois desses jantares saíamos para a majestosa Esplanada do Aldeamento Estoril ou ao teatro e os dois ficavam-se pela nossa casa, a bel-prazer.

Regra geral: meu pai convidava a mim e à minha mãe e saíamos a pescar aí pela noite, ou na praia da Beira Terrace. As noites eram de um esplendor intenso e algumas estrelas em fogo, inevitavelmente variáveis, moviam-se de um canto a outro, aos nossos olhos, como se fossem agonizadas e a caírem formosamente no mar, num colapso que me dava medo. Um dia, isso voltou a passar-se e eu disse aos meus pais:

"Aquela estrela que passou a chamejar[80] *muito brilhante ao alto afundou-se no mar. Chamemos os serviços de bombeiros."*

"Filha, as estrelas não afundam no mar; se passam velozmente é porque buscam o seu par, com o esplendor do fogo-de-artifício da sua paixão." — Disse-me o meu pai, acariciando-me os cabelos.

"As estrelas namoram?" — Perguntei-o espantada.

"Namoram, sim, filha. Elas amam como nós e sentem o mesmo assombro que sentimos pelo nosso semelhante." — Afirmou quase num murmúrio, porque a minha mãe começava a irritar-se dessa conversa, que tomava por boba, e acusou-o de me induzir à

79 Ligação amorosa passageira; namorico.

80 Cintilar; lampejar.

promiscuidade. Ainda assim, ele acrescentou: — "É para isso que vivem as estrelas. Para o amor."

"E nós para quê vivemos?" — Inqueriu como que impelida pelo absurdo da vida.

"Também vivemos para amarmo-nos uns aos outros e coleccionarmos, generosamente, as mais belas memórias e troféus da vida." — Respondeu ele, tal como o catequista nos falara na catequese.

Lembro-me. Na nossa geração todas as pequenas famílias de classe média se preocupavam em escrever com letras douradas a sua tradição de séculos, mas esqueceram-se que na estória cor-de-rosa que contavam punham de lado um determinado extracto social ainda maior, a qual maltratavam e discriminavam de toda a forma. Um elemento desse extracto social oprimido vivia num anexo, em nossa casa. Era o nosso empregado doméstico. Era muito leal. Uma criatura doce. Chamava-se Victor Tembo. Durante muitos anos eu brincava com o Victor, que me contava tudo o que se passava naquele amor clandestino, de Fernando Emiliano e a insubmissa Dona Alice.

Victor era criança como eu e os dois não compreendíamos como, de um momento para o outro, Dona Alice passou a vir à nossa casa com frequência, sem a imprescindível companhia de Manuel Pessoa. Parece-me que as coisas entre os dois já não iam bem há muitos anos. Cresci. Dona Alice foi quem me incentivou a participar num concurso de beleza, no Liceu Pêro de Anaia. Obtive o primeiro galardão, que me permitiu situar entre as mais lindas e sedutoras raparigas da Beira. Eu tinha uma boa e doce voz de toutinegra.[81] *Era também muito querida por rapazes do tempo, invejada por mulheres, por meus excessos eróticos e dotes de actriz de cinema. Usava minis-*

81 Aves passeriformes do gênero *Sylvia*, da família dos muscicapídeos, encontradas na Europa, Ásia e África.

saias provocadoras. Os meus ídolos me olhavam com espectacular admiração e intensidade. Eu lhes correspondia com um leve esboçar de sorriso.

Não o tome como uma hipérbole. Os meus excessos eróticos levaram a morte de dois de meus desafortunados pretendentes, de febres altas, suscitadas por ciúmes, o que me valeu o desprestigiante apelido de rameira. O que não me indignara, pois que vivíamos naquela cidade da Beira, muito conservadora, onde o mais mórbido assunto íntimo era coscuvilhado[82] *e remexido até ao mais ínfimo detalhe. Mas o que sobrevém a tudo isso, eu sempre fui uma mulher de carácter e ambiciosa. Já estava apaixonada por ele. Com a companhia de Dona Alice, passei a frequentar assiduamente a Catedral da Baixa, onde Mendes dos Remédios era um jovem corista e compositor, para estar mais perto dele. Dona Alice já fazia fotografia por essas alturas e era uma das poucas que dispunha de máquina fotográfica. Ela andava comigo ao colo e fotografava tudo, de forma furtiva, sem permissão prévia.*

Um dia, ela sumiu, de dentro da igreja. Encontrei-a minutos depois escondida na sacristia, por detrás de uma velha cortina, daquilo que era o confessório privativo da casa. Como tivesse aquele corpo pequeno, parecido a uma criança, ninguém deu-se por ela. Disse-me que há anos que vinha repetindo aqueles modos furtivos e insuspeitos. Tanto que assim que entrei, logo ela me ordenou que fosse embora daí, sem abrir a boca. Por certo que tramava algo esquisito.

Voltei para o salão de assembleias, mesmo na cauda. Este era o meu lugar. Aí pensei. Entre vários candidatos que me disputavam, Mendes dos Remédios era aquele homem que preenchia todos os requisitos de marido fantástico e perfeito para mim."

---

82 Fazer mexericos (sobre); bisbilhotar.

Embora exausta, Suzana continuou, sem desvanecer o seu relato:

"Escolhemos a Dona Alice e o Fernando Emiliano para nossos padrinhos de casamento. A nossa boda foi muito faustosa e badalada. Às mulheres impusemos que se vestissem em trajes brancos; aos homens, fatos pretos, chapéus de abas curtas, camisas brancas por dentro e gravatas azuis."

Meu pai, que anos antes pensara em Mendes dos Remédios como um bom partido para a filha, sugeriu-nos animarmos os convidados com uma celebração cheia de cor, em face da incerteza dos novos ventos da guerra civil e dos maus presságios, que se adivinhavam. Elegemos o estabelecimento "Sara Boutique", na Rua Aires de Ornelas, 104, para o estilismo exclusivo da boda. Com a sua eficiência, Dona Joana Fonseca, a mãe da minha amiga Lourdes Fonseca, despachou um turbilhão de encomendas. Desenhámos um plano para a lua-de-mel. Depois da boda, que ocorreu sob as leis canónica e civil, viajámos por todo o país. Gastámos rios de dinheiro, em prendas, pesadas contas, criticadas repetidamente pelos pais de Mendes dos Remédios, que se viam em apuros, com água a entrar-lhes pelos negócios, pois participaram com mais de oitenta por cento do total dos custos da boda.

Mais tarde me sujeitei a trabalhar duramente para saldar os encargos e o rombo que havíamos criado. Ao regresso daquela lua-de-mel de três meses, Mendes dos Remédios refugiou-se no seu escritório, iniciando-se assim um longo ciclo de isolamento. Muito tentei-lhe fazer caso, de forma a levá-lo a sair do quarto transformado em laboratório, com uma mesa de secretária e uma confortável cadeira de espaldar com orelhas, forrada em veludo, com estantes alcatifadas de balbúrdias de volumes de literatura e manuais de história, mas em vão. Ao fim de dois anos, se lhe viam as calças puídas na base do traseiro, de tanto trabalhar. Era o que se presumia naquela espécie de sacrifício aparentemente inglório.

"Mendes dos Remédios, com isso arriscas-te a ser um tipo que viverá mais tempo sentado do que de pé." — Disse-lhe eu como que adivinhando que aquilo não seria um rosário de aurora.

Ele parecia um homem que saíra do meu conto de fadas. Deixara de ser meu príncipe e ameaçara-me de me cortar pelo pescoço:

"Caso te atrevas avança um centímetro mais pela porta adentro, para me dizeres disparates, acabo logo contigo."

"Confesso-te." — Depois de recuperar o fôlego, agora ela voltava-se a Carambola, mirando-o fixamente nos olhos, como se eventualmente lhe expiasse os pecados e neles pretendesse debitar alguma redenção ou penitência, para depois prosseguir: — "Das poucas vezes que eu lá entrei foi só por meras actividades e relações íntimas. Estas resumiam-se numa palavra: tratar da limpeza. Ou seja, sacudir o pó, limpar o chão."

Mendes dos Remédios não se resignava a vigiar-me, com os olhos rigidamente postos em cima de mim, de tal forma que me sentia perfurada pelo seu olhar. Policiava-me a cada passo, a cada movimento, para que eu não lhe perturbasse ou jogasse no lixo documentos úteis.

"Eu perdoei há muito os defeitos do meu balbuciante amado, preocupado com o escrupuloso culto da verdade e com o enaltecimento da natureza grandiosa do seu berço." — Afiançou ela, voltando-se de novo para o Carambola.

"Ter mulher em casa é, por vezes, como o consentirmos oficialmente, o policiamento da nossa vida íntima, sem o sabermos." — Recordou-se ela da ironia abrasadora do marido, que enquanto proferia estas palavras olhava-a de esguelha, como que tentando relacionar aquela péssima rigidez às suas monstruosidades.

"Marido, eu sei o que se passa contigo." — Certa vez lhe ripostou ela: — "O ponto mais elevado dos cientistas e homens de arte solitária é a extrema lucidez que os levam a ser confundidos pela loucura. Muitos vivem sós, mesmo estando entre outros acompanhados. Não sorriem, por falta de tempo, pois quando se descontrolam o tempo passa a subjugá-los e a sabedoria escapa-se-lhes."

"Mulher, tu és um tipo de companheira que nunca se rende. Eu não te disse que sou cientista. Sou um sapateiro de profissão emprestado à ciência." — Pigarreou ele, com ironia ácida.

"És um sapateiro da burocracia, das artes e letras. Nunca voltaste a coser um único calçado. As encomendas amontoaram-se e os donos as resgataram, sem que o desses."

"O meu pai ocupou-se delas. O problema é a escassez de matéria-prima e o capital que escasseia. Estou aqui a pesquisar o método da fertilidade dos solos, para auto-produção sustentável de futuros calçados nacionais ecológicos." — Sustentou ele, socorrendo-se desta piedosa mentira.

"Esta conversa — continuou ela, fixando mais uma vez em Carambola pelos olhos —, aconteceu antes de ele decidir-se a permanecer num silêncio cruzado, que dura já mais de um século. Ao longo destes anos de dura travessia do deserto mantivemos o nosso casamento, por força de hábito de estarmos juntos, pois nenhum de nós consegue morar longe do outro, senão na fantasia e na hipocrisia que nos torna unidos, aos olhos do senso comum. Em todo esse tempo, quase nunca dormiu comigo, o que me levara a crer que temia que durante o êxtase da intimidade balbuciasse alguma impertinência, que o expusesse ao perigo do inspector Ferreira Raposo, ou que tal fosse perturbar o estado de graça e luminosidade literária inspirada pelos céus."

Ano de 1966

14

Ao longo dos tempos ela sentia-se só e a impacientar-se do lar. Começou a fazer as primeiras saídas solitárias, quando Mendes dos Remédios, incomodado com as reincidências das visitas estranhas de espiões, pura e simplesmente resignou-se, como que atirado numa vala comum ou mutilado de vida. Toda a vizinhança estava à espera de vê-la entrar em falso. Nitidamente, ela não estava preocupada com o que a vizinhança pensava ou deixava de pensar, senão que a vida que lhe brotava da pele era dela.

Porém, ela dedicava-se a causas sociais, visitando mutilados da guerra civil, e, também, aos asilados da leprosaria[83] da Munhava, aos quais oferecia flores, abraços com sorrisos e palavras de carinho e conforto, com que estar a mudar o mundo. À vizinhança custava entender as suas aparentes sombras negras, mas isto não a obstava de desfrutar do prazer.

O inspector Ferreira Raposo trabalhava e estava a par e passo dos seus obscuros movimentos e de como se dispunha da sua vida. Um dia, regressando para a casa, mandou-a parar. Vasculhou-lhe a carteira e tirou-lhe o livro "O amante de botas altas".

"Vou ficar com esse livro e a senhora pode continuar com as suas relações amorosas, com seus amantes de classe inferior." — Ferreira Raposo, curto e seco, rematou com esse discurso ultra-moralista.

---

83 Hospital para doentes de lepra.

Quando o fosso entre ela e o marido cresceu, encontrou na sua vida paralela, um equilíbrio para se evadir da realidade. Não podia continuar a engolir a seco o que se passava naquela casa. O marido devotado à pesquisa, confundindo umas e outras coisas, sendo a mais clássica a sua perda de memória, na noite comemorativa do primeiro ano de casados. O homem continuava naquele recalcitrante e refractário dever das concupiscências amorosas da carne, violando o contrato social feito perante o conservador civil, ao qual repetira-o festivamente alto e a bom-tom, com o testemunha do padre Sorrentino à ilharga, na Sé Catedral da Beira:

"Prometo satisfazer as luxúrias e os caprichos da minha mulher; na terra como no céu atendê-la-ei na cama, em caso de impossibilidade acompanhar-lhe-ei até junto de quem a possa consolar."

Apesar de ameaças veladas, ela mostrava-se tão à vontade e firme em amar a qualquer homem que a merecesse, como se o marido lhe tivesse atribuído ironicamente um documento de identificação pessoal e intransmissível, a "Carteira de Boa Mulher", com a sua assinatura e visto da sogra.

Suzana tornara-se uma presença assídua nas boîtes. A sua vida privada não estava sujeita a nenhuma ordem de limitação particular e passeava com bêbados, consolava homens desamparados e carentes. Dormia fora ou mesmo levava amantes para a casa de ambos.

O marido deslocara-se da realidade, sem dar-se conta e sorria das práticas libertinas dela. Os ponteiros do relógio da mulher impingiam-na, por isso, a desfrutar graciosamente, quando fosse viva. Não esfaqueara o casamento pela garganta, como se parecia. Muito menos esquartejara-o em frangalhos. Menos ainda o deixara a sangrar, porque havia um acordo tácito e a moral não estava em jogo. O homem, desde as lúgubres paredes, ouvia-a aos tumultos, em lascivos e ásperos gemidos íntimos, que jamais o desconcertaram, nem nunca o inquietaram.

Lunático, não perdera a cabeça. Fingia que nada ouvia. Ela deu luz ao primeiro filho. Ele não reagiu. Seguiu-se-lhe o segundo e o terceiro, consecutivamente. Uma escadaria. O individualista do marido na sua passiva rebeldia e indiferença. Parecia um alienígena, em sua própria casa. Não tomou nunca o pulso das coisas que andavam mal, para mudar coisa nenhuma. Estava visto que se encontrava perante um homem enigmático, desajeitado, para as coisas práticas.

Faltavam-lhe habilidades para trocar as lâmpadas e também vestir-se. Vivendo para o puro ócio científico e, por preguiça, usava as camisas e cuecas ao contrário. Chegavam-lhe as facturas e enjoava-se, mostrando aquele rosto de quem comeu algo e não gostou. Chegavam-lhe as correspondências e metia--as no cesto de lixo. Perdera empatia e tudo lhe era uma insignificância.

Movendo-se com sumo cuidado, como um fantasma dentro da casa, vivia para si, naquela radical e alucinada solidão. Naquele desejo de paz e obsessão ao silêncio. Sem se dar nunca ao trabalho de deitar os olhos à família, embora não desejando que essa o deixasse.

"Aquela prisão nas cadeias da PIDE deve-lhe ter deixado marcas. Sofreu muita tortura e nos interrogatórios exibiam-lhe continuamente o livro 'O amante de botas altas', cujo segundo exemplar apreenderam-lhe numa visita à nossa casa, às 6:00 horas da manhã." — Isto Suzana explicou a Carambola. Depois comentou: "Esta é também uma história de forte intenção social e que formava a consciência do povo beirense para um estilo de vida comunitário, ao estilo bolchevismo, com um equilíbrio entre a literatura pura e literatura comprometida."

"Isto indicia que o inspector estava a par de todas as vossas leituras de livros proibidos, catalogados com o selo 'visado.'" — Carambola, por sua vez, comentou.

"Estes livros faziam parte do lote que tinha sido distribuído pelo escritor Camõns a várias tabacarias da cidade. Dom Botão trouxe-nos." — Esclareceu Suzana. No seu recordatório, Suzana contara que depois do indulto do marido, as suas antigas relações de amizade nunca mais se tornaram normais e ele foi-se distanciando cada vez mais da sociedade, tendo assumido o feitio piegas e melodramático. Posteriormente, um psicoterapeuta informou-a:

"O seu marido perdeu a fala e a memória, pura e simplesmente. Deixe-o em santa paz, que é um problema cíclico."

Terminou a investigação e passou a redigir. Debruçado sobre a máquina de escrever, acariciava os teclados, como se em contrapartida esses lhe retribuíssem em afecto e prazer a sua viva presença. Com a casa a chover a cântaros, a cair aos bocados, a perder cor nas fachadas, a negligência pelos ares, já não pertencia a este mundo, pelo que, inconformada, ela se pôs em mangas de camisa. Com um martelo partiu a parede e mudou a tubaria.[84]

Todos lhe conheciam a sua história. Muitos preferiam manter-se a léguas dele, para evitar complicações, porque era na igreja e nos cafés da Beira que a PIDE o vigiava, para completar o perfil dos seus amigos.

Sem embargo, encontrou amizades únicas nos seus instrumentos de laboratório, nas lupas e nos monóculos, nas lunetas telescópicas e nos mapas, nos gráficos e nas fotos dos escritores por si biografados. Estes lhe davam um certo alento, que o levavam a esquecer tudo. O resultado um dia estaria aí à vista.

---

84 Canal cilíndrico para condução de fluidos.

Alto. Corcovado. Tímido. De mãos compridas e voz maviosa. Mendes dos Remédios era aquele que se entregara a preparar o Admirável Mundo Novo, no seu propósito de conferir à pátria o sentimento obliterado de personalidade colectiva. Tentara recuperar o tempo perdido, sem ele próprio dar-se pela conta de que o tempo passava por cima de si, e que não havia máquina nem relógio biológico que lhe voltasse a recuar, ao ponto onde tudo na sua vida era belo e espectacular.

Farta de sofrer e com a paciência pelos ares, Suzana bateu a porta aos padrinhos. Abriram-na e puseram-lhe sentada, na sala:

"A ciência sabe como apartar os estudiosos da família, mas nunca mostra o caminho que os traga de volta à liberdade, ao cientista ou escritor subjugado." — Com estas palavras recheadas de moral Fernando Emiliano introduzia os seus conselhos à afilhada.

Foi no segundo ano do casamento, quando Suzana viu perder o pulso sobre o marido.

"Padrinho, estou a ficar cansada." — Disse ela toda exasperada e ainda com a paciência a subir pela hástia.

"O casamento é uma prova de resistência ao tempo. Um caminho de ida sem volta. Aconselho-te: se sabias que ficarias pelo meio nunca devias o ter aceitado." — Disse-lhe Emiliano em tom conciliatório.

"Quem corre por gosto não cansa." — Dona Alice secundou-o, contrapondo-a com um receituário que ela própria não seguira à risca.

"Madrinha, não é isso o que eu esperava. Nunca vi alguém mostrar-se envenenado de sangue e de ar, a tal extremo de perder a noção do dia, do mês, do ano e do século em que se encontra a viver." — Explicou-lhe Suzana, com o rosto marcado de pessimismo que acentuava toda uma vivência angustiada.

"Não o incomode, e desde que ele não te faça mal, tens toda a liberdade de desfrutares da vida como quiseres. Creio que ele é um homem feliz e sente-se honrado do teu amor." — Afirmou Emiliano, que mesmo nos seus tempos de casado cultivava um amor desesperado por Dona Alice. Esta, por seu turno, via-o como um homem incapaz de atraiçoá-la, porquanto ignorava ela que Emiliano enviuvara-se cedo por ter negligenciado a atenção sobre a mulher, caída num irreversível poço de melancolia, que a sufocou pela garganta e lhe deitou no precipício.

Felisberto Botão Mendes dos Remédios — para os mais próximos "O Pernas Tortas" — teve uma surpresa quando viu o filho perder o entusiasmo. Dona Berta da Encarnação João, a sogra de Suzana, tinha o pulso pelos ares e quase apanhou um ataque cardíaco. De finíssimo instinto, essa ama de casa tão discreta, apenas rezava, na Catedral Nossa Senhora do Rosário, para espantar o diabo.

O conservadorismo familiar e católico estava no sangue das famílias imperiais que habitavam o centro da cidade, que viam tudo pelos olhos de Cristo e na virgindade da virgem Maria, enquanto a terra avançava para o movimento entrópico — a guerra e o crime, contra as propriedades da burguesia. Apesar das grandes tropelias que parte desta burguesia cometia contra os miseráveis, esta curvava-se de joelhos, diante dos santos e bentinhos e prostravam-se de coluna dobrada em reverência a Deus, para lavarem-se dos pecados, no lago dos céus.

Aos olhos e corações da burguesia não havia nada mais importante que os laços de parentesco e de casamento, que os tornavam prisioneiros de si mesmos e infelizes, de tal modo que os as uniões eram promíscuas e resumidas na hipocrisia.

Com tudo isto, o culto pelo puritanismo sofisticara-se. Os comentários à volta de Suzana eram menos abonatórios, de tal modo que, pela quebra da moralidade, as chamadas famílias normais passaram a repeli-la, como se ela padecesse de lepra, como se ela se prestasse a viver no asilo, ao lado dos leprosos. Isso levou-a a um autoisolamento, enquanto a descreviam com expressões de inacreditável violência verbal.

Ao longo de vários anos, o nome de Suzana estava no centro das conversas, nos encontros sociais, onde a catalogavam de irresponsável, devassa e tresloucada. Criam os mexeriqueiros que neste ponto escuro estava o sentido de diligência a que se entregava o sogro, que cuidava literalmente da provisão de alimentos a todos os netos, sem discriminação nenhuma, oferecendo-lhe um rancho completo, uma vez ao mês. Contra toda essa corrente, Dona Alice, deitada na cama, comentava ao Emiliano:

"Ah, se o tempo andasse para trás era a Suzana que eu escolheria para minha nora. Tenho a sensação de que meu filho cairia em mãos salvadoras dela."

"O problema é que colocamos uma situação do passado no tempo condicional, mas o tempo não pára e perdemos o Fernão." — Disse Emiliano acarinhando-a nos braços.

"Aí está a minha mania de perfeição. Deus deu às mulheres o dom de nascer, mas faltou uma coisa." — Afirmou empolgada.

"Que coisa, meu amor, se já a têm entre as coxas?" — Perguntou Emiliano, todo divertido.

"Lá estás tu com as tuas sacanices. Não ganhas juízo. Dizia, a habilidade de sermos capazes de engolir os nossos filhos, quando imperfeitos; voltarmos a amassá-los e gerá-los de novo ao novo mundo, com um equilíbrio intermediário e recomendável a boas famílias." — Disse com certo recalcamento de Orquídea.

"Infelizmente, nunca os sonhos cor-de-rosa dos pais se convertem exactamente como desejam, na moldura em que pintam os filhos. A partir dos dez anos os filhos começam a definir o seu ideal, e aí frágil e gradualmente vão rompendo com os laços básicos da família, conforme as circunstâncias e o meio social que habitam." — Elucidou Emiliano.

Os maiores vexames vinham-lhe da amargurada e infeliz Dona Berta, que não conseguia engolir a realidade daqueles netos bastardos que Suzana lhe oferecera. Tendo Mendes dos Remédios os registado, ela contentara-se por assumi-los, totalmente resignada. Publicitava-os como netos autênticos do filho, porquanto o mais velho, Afonso Mendes dos Remédios era mestiço, com nariz aquilino, uma tez que passava por mouro chapado à cara do chefe dos Correios e Telégrafo e Telefone (CTT), da Baixa, Venâncio Pinto da Constipação. O segundo, António Mendes dos Remédios, com um rosto mais escuro do que a noite, e nisso superando a léguas a tez pálida do hipotético pai, era filho do general do exército imperial, Pires de Lima Sacadura. Para Suzana, esta relação fora a moeda de troca que lhe permitira a obtenção, da parte do tenente António de Spínola, de indultos para dois mil presos políticos, entre os quais o marido.

Do último, Aparêncio Mendes dos Remédios, de pés mancos e passos trôpegos, não havia pistas. Ou tentando alcançá-las, diluíam-se como a fumaça, que se perde na penumbra de uma escura picada. Ela não se recordava exactamente de como o concebera, pois bebia como uma pipa e o atribuía a essa e outras anomalias a desventuras da juventude. Olhavam-no com pudor e amargura, pois que para a culpa não morrer solteira, tomaram-no como fruto dos seus pecados, o de ter-se deitado com alguém de que se lhe escapara o nome. Desafortunadamente, Aparêncio apresentava as aparências do devasso Dom Botão.

Portanto, tentava-se-lhe desvendar o enigma. E sem qualquer sucesso. Dona Alice estava a par de toda a intriga. Visitava Suzana regularmente. Era confidente desta. Abraçava-a como se abraçasse a uma filha, com aquelas mãos delicadas, pequenas e artísticas dela. Por muito, ficava colada a Suzana, sem dizer nada. Mas dentro dela havia uma explosão de sentimentos contidos e contraditórios, pois por um lado ela a tolerava, por outro, achava inconcebível a situação, em alguém que tinha como ideal para o filho. Um dia ainda, numa visita, disse ela:

"Não liga a isso, Suzana. No dia em que eu colocar no jornal as imagens explosivas que fotografei, essa cidade incendeia-se. E saberás quem é quem, neste mundo."

"Algum segredo comprometedor?"

"Um dia saberás o que se passa dentro daquela Catedral da Baixa."

"Conta-me, por favor!"

"Não posso. Só se estivesse quase a morrer contava-te."

Parte IV

A verdadeira biografia de Suzana
Ano de 1938

15

Nasci com uma capacidade esplendorosa de fixar os detalhes de recordações, de modo que a maior herança da minha vida circunscreve-se na obsessão com que me lembro de objectos, rostos e episódios passados quando era ainda bebé.

Conto-vos: Isto passou-se há muito, muito tempo, quando as galinhas tinham dentes e os cavalos de tróia voavam sobre as nuvens, com as suas asas de condor. Todavia, faço aqui uma colagem, passando em revista as memórias reconstituídas do meu chamamento ao novo mundo, onde jovens da minha geração morriam castrados de desgaste, nos tristes campos de batalha, contra os alemães. Outros havia, como rebanhos em ambulâncias, que chegavam feridos, com os uniformes manchados de sangue e a gemerem, nesta terra devastada por guerras de secessões. Começo assim a minha biografia factual:

Vi então uma clareira, do lado do soberano Senhor da luz, contemplando o meu próprio nascimento, desde as entranhas da minha mãe, num dia gris, em que a neblina cobria o chão, para a qual a minha mãe, depois da última grave contracção do ventre, se atirou, com as pernas derramadas para os lados e o meu pai servindo-lhe de porteiro, me extraiu do abdómen dela, trazendo-me ao mundo. A deusa da parturiente mostrou-me um vínculo, que me liga santo-e-senha a esta terra onde criei-me: a Beira.

Vindo da metrópole como soldado, cumprida a missão, aqui o meu pai estabeleceu-se e teve o seu primeiro trabalho honroso como aspirante a oficial da administração. Ganhava uma ninharia, que mal cobria as necessidades da numerosa família, com um agregado de onze filhos. Mas ainda assim, com o melhor das suas condutas, educou-nos com abnegado sacrifício, apertando o cinto aqui, desapertando ali, para salvar o barco, acrescentando, com a arte de Dom Botão, um orifício acolá e outro além, até que um dia o couro ficou sem espaço onde os cavar e o sapateiro lhe disse: "Estás habituado a poupar. Compra novo cinto."

"Compadríssimo, esse couro não acaba. Tenho-o desde os meus quinze anos."

"Se precisar de um empréstimo eu te ajudo. Há aí na Sapataria Hélio uns bons cintos."

Éramos já maiores de idade. Mesmo assim, meu pai teimou e, por artes mágicas e bruxas, Dom Botão, cavou-lhe mais um buraco ao cinto. Disse-lhe, peremptório:

"É o último milagre, compadre!"

Meu pai assentiu, com indisfarçável dor e parou de engordar. Os filhos varões casaram-se primeiro. Eu era a mais nova, a caçula, por isso, a mais protegida. A minha ascensão aos céus deu-se quando aprendi a ler com ele, sentada no seu regaço e despertada pela mitológica fábula "A cigarra e a formiga", de Esopo. Meu pai, um mágico, imitava as vozes destes bichos e abraçada a ele eu o plagiava. Impressionada, pedi-lhe que me transportasse para dentro daquele mágico e luminoso livro. Aí ele convenceu-me que para captá-las e ao halo misterioso haveria que aprender a ler. A empresa durou um só dia. Aos nove anos compus meu próprio fabulário. Fascinada ainda com esse mundo, noutro dia pedi ao meu pai que me construísse um barco de cera. Ele construiu-o. Naveguei num fim da tarde. Quase a chegar ao sol a cera derreteu-se e me naufraguei.

Naquele ano, tinha eu os mesmos nove anos, ele saiu da sua abstracção e convidou-me a acompanhá-lo à "Livraria Manuel Pessoa & Alice". Lá fomos. Entrámos e ele dirigiu-se a Silvana. Pediu-a que o anunciasse ao escritor Fernão Pessoa, que bem conhecia, desde miúdo. Este estava na parte traseira da loja, com ares de muito ocupado. Voltou para os bastidores e de lá saiu acompanhado de Silvana, que carregava uma pilha de livros de poesia e contos da sua autoria, com a chancela da mesma livraria. Entregou-os ao meu pai. Perguntei ao meu pai, a meia voz, quem era o homem, ao que ele me disse que se tratava de um escritor. Cumprimentei-o.

Em casa abri os livros, que me soaram inequivocamente como mágicos pássaros, em voos. Uma caixa de segredos, que fui desvendando. As palavras que acompanhavam o livro despontaram-me da sua pluma:

"Para a Suzana,
o único que não morre é o carinho a uma nação,
com alegria de uma boa leitura. Do seu sempre amigo,
Fernão Pessoa."

Num outro livro, com a mesma transcendência: "Para a Suzana, com o humilde rabisco de um mapa no seu coração. Do seu amigo, Fernão Pessoa."

Por aí adiante seguiram outras dedicatórias. Neste dia eu estava muito feliz, mas faltava-me realizar um outro sonho. Quando acabei de ler aqueles livros perguntei ao meu pai onde estava o autor das radionovelas que ouvíamos na rádio, em nossa casa. Noutro dia ainda, fui acompanhar o meu pai ao teatro. Entrei com ele, com a mão posta por cima do braço dele; e ele amparando-a, levou-me até ao balcão, onde deixou-me sentada. Havia muita gente. Em breve o grupo teatral encenava. Meu pai sumiu. Daí a pouco chegou um senhor, que me cumprimentou. Também o cumprimentei. Era um homem especial, com uma voz meiga, olhar inteligente. Trazia as mãos cruzadas nas costas. Perguntou-me como me chamava e lhe disse eu:

"Chamo-me Suzana."

"Se adivinhar o meu nome dou-lhe um presente." — Disse ele, desafiando-me numa surpresa.

Percebi imediatamente que tratava-se de uma arrumação do meu pai. Respondi-lhe toda eufórica e entusiasmada:

"Se me dá licença para abraça-lo é o ilustre escritor Camõns."

A seguir ele deu-me um honroso e fraterno abraço, após o que ofereceu-me dois livros da sua autoria, que escondera antes nas costas. Um deles era de dramaturgia. Já os tinha autografado, com uma esferográfica especial, que o meu pai lhe oferecera. Agradecia-lhe, quando naquele instante apareceu o meu pai e fez-nos umas fotos juntos. Durante muitos anos tive-o como o melhor escritor do mundo, porque através da rádio ele conseguia filtrar e conciliar diferentes vozes das suas personagens, que nos entravam pela casa adentro. Eram vozes presentes no nosso dia-a-dia, naquela sociedade estratificada, de forma tão subtil e zombando da censura, com humor.

Assistimos posteriormente a Orquídea e o Fernão a interpretarem os papéis principais. Na vida das personagens que eles encarnavam pronunciava-se algo cruel, que parecia iminente: o fim desonroso daquela relação.

É verdade que aquilo era teatro, mas transcendia à vida real, algo que ambos não se davam bem. Emersa na escuridão, a sala inteira ria-se, de tão electrizada e fascinada com a interpretação dos dois. Depois que o pano caiu vieram as evidências. Parte da estória iluminava, de facto, a eles próprios. Meu pai lacrimejava dentro e fora da sala a tentar interpretar para mim a encenação daquele amor insondável, de um inferno que pressagiava o fim, na vida real.

"Nunca vi actores tão completos e perfeitos como aquele casal." — Disse-me ao volante do carro, já a caminho de casa. Saímos do Olympia. Acrescentou: — "Na vida real também são cúmplices e zangam-se."

"O papá é melhor do que eles, precisamente quando deixa-nos sem saber dos seus lados misteriosos." — Ripostei-lhe, imaginando as suas truculências e rodeios cheios de ondulações.

"Filha, pára de me olhar com admiração. Não sou nada do que aparento. Sou uma pessoa frágil, débil e ridícula. Um dia conto-te, para saberes." — Assim reagiu o meu pai, que me pareceu, tomara uma ou duas taças de vinho a mais, numa curta paragem que fizéramos na Esplanada do Aldeamento Estoril, debaixo da lua oriental, ao largo do mar, com o farol à mão esquerda. Na vida real ele personificava com autenticidade aqueles actores perversos.

Lembro-me tão perfeitamente de um incidente passado naquele 1944, quando eu e a minha amiga de infância Lourdes Fonseca nos tropeçamos com um homem sentado às portas da Catedral da Baixa, do qual nos rimos inocentemente às gargalhadas, movidas pelo seu aspecto miserável, de um ridículo sem abrigo.

Uma vez havia aí um pátio grande, maior que o da Escola Eduardo Vilaça, nós saltávamos à Avenida da República e nos púnhamos a brincar ao jogo-de-avião e à cabra-cega, no quintal da Catedral.

Morávamos as duas naquela Avenida Centro Comercial, n.º 1090, Estoril, num bloco de apartamentos, lado a lado. Também frequentávamos aquela mesma Catedral, do padre Sorrentino. Lourdes foi uma das melhores e mais leais amigas que tive, de que guardo recordações. Juntas fazíamos o habitual triângulo Tabacaria Porto, Tabacaria Havanesa e Livraria Manuel Pessoa & Alice, à busca de livros proibidos, que conseguíamos atrás do balcão. Posteriormente, naquela livraria, onde, sem nunca decidirmos rapidamente, passávamos horas e indecisas, a namorarmos com os feiticeiros títulos das obras, também a seleccionarmos, tentadoramente, de auscultadores aos ouvidos, os discos de vinil então em voga, na sobreloja.

Passávamos depois para o Café Novo Lar. Este café tinha, como os demais, uma tabacaria, engraxador, bilhares, uma pista de carrinhos eléctricos, muito em voga nos anos 60. Nestas e outras cumplicidades, Lourdes era quem me trazia as explosivas e ardentes cartas de Mendes dos Remédios e outros dos meus pretendentes; eu lhe levava as do Esperatudo. Líamo-las e sorríamos juntas, à socapa, durante às aulas, com nossos olhos seduzidos e apaixonados, também sobressaltados de esplendor. Em defesa dessa amizade, certa vez enfrentei um colega que a tentou discriminar, pela cor da sua tez.

Porém, da memória da mais tenra idade com a Lourdes nunca deixo de me recordar das portas da casa dos nossos pais, sempre abertas. Não me deixo de recordar do esplendor que aquilo significava, a de nossas famílias com corações sempre abertos e duas casas diferentes que se pareciam a uma, porque se comunicavam, sem limites. Assim vivíamos, no nosso mundo pequeno, alegre, a portas abertas. Me recordo de entrar na casa de Lourdes e exalar o cheiro impetuoso e aromatizado a frutas tropicais, que ela me oferecia.

Ainda hoje povoa-me o cérebro, aquelas suas mãos escuras, aqueles dedos compridos e muito femininos e solícitos. No dia daquele incidente, tínhamos feitos as pazes, depois de um mal-entendido e momento gélido porque atravessámos. Alguém inventou na escola uma xarada que eu não gostava nada dela, o que foi suficiente para que nos afastássemos uma da outra. Mal nos vimos, acercamo-nos uma da outra. Ela pousou a sua sacola no chão e me abraçou com aqueles seus braços vigorosos, com a delicadeza dos seus dedos compridos. Era mais alta do que eu e olhava-me de cima para baixo, com a simetria das suas proporções elegantes. Parámos por muito e falamos, na maior destreza.

Passaram-se muitos meses, e voltámos ao mesmo lugar. Foi ela quem começou a descrever as suas impressões, o que deixou-me comovida a contemplar nas chispas[85] das suas pupilas ardentes e o rosto expressivo, como as suas palavras:

"Suzana, quando fiz anos, a minha tia Carla Fonseca ofereceu-me alguns livros e noutro dia levou-me a ver teatro no Olympia."

"Parabéns, amiga. Lamento não ter-te dado os meus votos de felicidades antes."

"Isto já não tem importância, Suzana." — Disse-me ela, com as vistas ainda mais luminosas. — "Porém, adivinha quem conheci quando fui ao teatro com a minha tia?"

"O escritor Fernão Pessoa, amiga."

"Não, tenta mais uma vez."

"O escritor Teotónio Machado."

"Conheci esse e outros, como o Camõns. Este namora a minha tia, ofereceu-me alguns livros infantis, com dedicatórias e apresentou-me um outro colega seu, o Dom Caixote."

"Sempre sonhei conhecer aquele mundo de escritores, saber como se levam uns aos outros e o que falam à mesa, com as suas vozes carregadas de saber."

---

85 Faíscas.

"Teotónio Machado estava no bar do cinema. Bebia um copo atrás do outro, a largos sorvos[86] e, como os demais, não parava de fumar. É um homem frágil, alto, mas com ar inteligente. Vestia-se de um fato lustroso, que lhe dava aparente ar de pavão. Com uma saliência de maçã-de-adão ao pescoço, não falava, nem ligava aos outros que lhe davam no cravo." — Contou-me ela, despertando a minha curiosidade sobre este autor. Depois elucidou: — "Foi simpático. Trazia uma pasta de couro e abriu-a e dela extraiu um romance, num estilo abrasileirado: 'A gaivota errante', que me ofereceu, com a sua dedicatória, em letra bonita e delgada como ele: 'À Lourdes, desejo-te que as gaivotas deste livro te agitam e alma e te acompanhem até aos céus; faz delas seres livres e não aves escravas. Com carinho de, Teotónio Machado.' Gostei."

"A mim me impressiona. Será este é aquele que vimos, com ar miserável e sujo, sentado às portas da Catedral?"

"Não, aquele era o Dom Caixote, de que já te falei antes."

"E então reconheceu-te?"

"Nem tão pouco, Suzana. Nem devia se lembrar que fizemos pouco dele."

"Somos as duas umas bobas." — As duas nos rimos às gargalhadas.

Assenti. Disse-lhe depois:

"O Fernão é amigo do meu pai. Também tenho livros da autoria dele. Agora façamos uma aposta. A primeira entre nós a dispor de uma dedicatória de Dom Caixote patrocina um lanchinho a outra."

Sem conhecermos as regras morais e o mais radical puritanismo reinante, as duas assim pactuamos.

86 Porção de líquido que se bebe aspirando de uma só vez; gole.

Durante muitos anos nem eu nem a Lourdes Fonseca conseguimos vencer aquela competição. Quando já estávamos no Ciclo Baltazar Rebelo de Sousa a Lourdes exibiu-me autógrafos de Fernão, como os meus. Estava-se a ver que ela me levaria a melhor, pois que tinha a tia pelo meio.

Para quebrar a invencibilidade de Lourdes falei com o meu pai, mas ele andava abstraído nos seus afazeres. Ainda acreditei que a trabalhar no "Notícias da Beira" o meu pai o haveria de conseguir, mas não. Sempre guardou silêncio em relação ao Dom Caixote. Sempre o achei tangível, mas a abstracção do pai meu mergulhara o Dom Caixote num manto cerrado e misterioso.

Não só o meu pai, a minha mãe tinha o costume de ensombrar a sua existência com impenetráveis e sombrios silêncios. Havia assuntos na família que eram inacessíveis e autênticos tabus. Talvez deles herdei essa herança. Sem embargo, eu estava decidida a quebrar aquele mistério, tanto que uma vez o assunto dos meus avôs e bisavôs de ambos lados eram assuntos em que não se tocava. Presumi que o tempo não podia ter-se engravidado a si mesmo para trazê-los ao mundo. Assim sendo, quatro a dez vezes, quando visitei o jornal e vi o meu pai conversar com um homem macrocéfalo, que escondia o defeito atrás de um gorro vermelho que nunca abandonava, então pensei, que para não mo apresentar, era porque padecia de vergonha dele e aquele era o miserável Dom Caixote, que víramos há anos às portas da Catedral. Intuí que ele fosse o meu tio, para preencher essa lacuna, pois que todos tinham seus tios e eu nunca os tivera. De volta do Ciclo, um dia a caminharmos a pé com as minhas abundantes amigas, entre aquelas árvores frondosas da Avenida da República, foi que tornei a vê-lo. Disse-lhes num grito ensurdecedor e comprometedor.

Simultaneamente, apontei-lhe com o dedo indicador, o que os espantou:

"Olhem, aí vai o meu tio Dom Caixote." — Elas fixaram-no imediatamente e, para tirarem as provas, desafiaram-me a cumprimentá-lo. Assenti. Era uma figura alta, um pouco corcunda e mole, como o meu pai, que se movia activamente, na estrada, como uma sombra flutuante. Fui a correr atrás do homem que, uma vez ouvindo o meu grito ensurdecedor, acelerou o passo, desconfiado, pois, que fazíamos troça do gorro que nunca descalçava da cabeça.

Ele se escapuliu no meio da multidão, como uma nuvem naquele céu entre âmbar e azul, daquele crepúsculo, com traços de uma pintura vulcânica que desgranava a terra. Minhas abundantes amigas não me pouparam desse fracasso. Em casa, frustrada com o sucedido, comentei à minha mãe, que depois de colocar-me o termómetro na sovaqueira, disse-se:

"Resulta que foi uma alucinação. Estás febril, filha."

"Mas eu vi o tio Dom Caixote, trazia um gorro vermelho, e, quando o chamei, ainda o baixou mais até à ponta do nariz." — Insisti, para me evadir da culpa e da vergonha que me tomara o coração.

"Filha, esquece! Aquele nunca foi teu tio, senão uma personagem urbana, que não tem chão, nem lar, anda a todo o tempo e por vezes voa como um papel." — Explicou-me, com voz grosseira e seca. No dia seguinte, ela acompanhou-me à escola, ao volante do carro do meu pai. Minhas abundantes colegas, ao vê-la, à entrada do recinto, rodearam-na, pedindo-lhe que rendesse contas:

"Quando nasci a minha mãe perdeu a vida. O meu pai nunca quis saber do estado da gravidez da minha mãe. Criei-me num orfanato. Assim, tomo a morte como uma paranóia que começa com a primeira notícia infausta[87] que recebi e que me foi contagiando o corpo como a lepra ao longo de toda a minha vida, até que, por fim, colheu-me, para junto dessa personagem dos trágicos eremitérios."[88]

Dissemos-lhe em coro:

"Nós não entendemos nada do que vem a ser isso de 'trágicos eremitérios.'"

Ela saiu disparada, sem nada nos responder. Estava visivelmente aborrecida.

87 Funesto, aziago; infeliz.

88 Lugar afastado do povoado; ermo.

Ano de 1944

16

A minha mãe, ao terminar aquela conversa tão espontaneamente como começou, pretendeu colocar uma airosa[89] pedra sobre o assunto, para que esquecêssemos de Dom Caixote, se bem que a vida e a morte deste deixara-nos sequelas por cicatrizar e consumidos num misto de tristeza e inconformismo. Sem embargo, tal só aguçou o sentido da nossa curiosidade à sua volta e à sua vida íntima. Assim, para o desvendarmos, um dia fomos à Safrique eu e a Lourdes. À chegada, atendeu-nos o Fernão, que se vestia de forma muito fina. Ele reconheceu-nos. Pedimos para falar com Dom Caixote.

"Oh, meninas! O Dom Caixote trabalha aqui, mas entra à hora que quiser e sai quando lhe dá na maior gana." — Respondeu-nos ele com manifesto humor e chamando para si aquele primor de homem especial, bastante delicado e modesto.

"Ajude-nos a chegar a ele. Disseram-nos que é o maior escritor deste país." —Afirmou Lourdes, o que deixou o simpático Fernão com uma ponta de ciúmes, de modo que esfumou-se a sua boa disposição e ele limitou-nos a conversa:

"Aconselho-vos a procurarem-no em casa, aí no Prédio Impórium, 3º andar, *flat* 4."

Fomos ao local indicado. Tocámos a campainha. Atendeu-nos uma tal Dona Rita, que nos disse que ele

89 Delicada; gentil.

não morava aí. Aconselhou-nos a ter com a dona da Orquídea Oriental, na Avenida da República, n.º 1952. Aqui atendeu-nos a Orquídea. Esta recomendou-nos que fôssemos ter com o Camõns na Rua Costa Serrão, n.º 290, 2º andar. Ao fim de quase meio-dia de girarmo-nos de um lado para o outro, estávamos exaustas e desistimos. Voltámos ao dilema muitos anos depois, quando finalizávamos o Liceu Pêro de Anaia. Foi após muito reflectir que Lourdes me recordou que, para o encerrarmos, antes havíamos que partirmos senão de um pressuposto:

"A tua mãe falou-nos de 'trágicos eremitérios'. Sabemos o que isso significa?"

Meneei negativamente a cabeça. Fomos ao dicionário e achamos um sinónimo para a palavra eremitério: "lugar afastado das pessoas comuns", dizia. Pedro Pessoa explicou-nos que, desde que passara à reforma, vivia na Rua Sanchez de Toar, n.º 54, a Dona Eufrásia, a madrasta de Dom Caixote. Veio mesmo a calhar. Soubemos que esta estava quase a morrer, pelo que lá fomos ter a correr. Lá disse-nos ela, com os seus olhos penetrantes e esbugalhados, que marcavam a expressão do seu rosto pálido e acabado:

"Tenho de confessar-vos algo que sempre ocultei. Eu sou a pretendida viúva de Pedro Alfaia."

Ao ouvirmos essas palavras, sentadas na sua sala de estar, baixámos à guarda aos nossos ouvidos, para melhor a compreendermos:

"Pedro Alfaia era pai de Dom Caixote e de Ferreira Raposo, que antes de morrer cometeu uma lista de incidentes próprios da imaturidade e da vida autodestrutiva que levava. Nunca foi exactamente meu marido, nem de ninguém. Era um homem solteiro, um pinga-amores, disputado por três concubinas: Dona Clarice, Dona Arminda e eu. Antes nos conhecíamos todas. Dona Clarice era a mãe de Dom Caixote, com a qual quase nunca viveu, pois não era grande a sua afinidade e amor por ela. Começou com ela a falar-me desse homem especial. Foi uma relação ocasional, diferente do meu caso. Morei com Pedro Alfaia em Sena e vim para cá, muitas vezes, durante muitos anos, depois de ele rejeitar a Dona Arminda, que era a sua prima do primeiro grau.

Os primos de Pedro Alfaia repudiavam esta relação, mas o bom do Pedro Alfaia, contra tudo e todos, até era um homem generoso e simpático, manteve-a discretamente como seu amor preferido. Era a sua grande paixão. Foi deserdado pelos pais, que tinham uma padaria. Mesmo assim, Pedro Alfaia nunca a renunciou e quem apoiou em parte a Dona Clarice foram os avôs maternos de Dom Caixote.

Voltando à minha estória, Dona Arminda vivia cá na Beira. Quando ela soube que Pedro Alfaia me dera um filho e outro a Dona Clarice impôs-lhe que lhe desse um também. Ele tentou, mas não conseguiu, porque Dona Arminda era estéril, o que para ele, significava que atraiçoava a defesa da sua defunta raça. Irada, Dona Arminda queimou a minha casa e a de Dona Clarice.

Não sei se por altivez, por pirraça ou por egocentrismo, Pedro Alfaia, que tinha uns ombros admiráveis e encantadores olhos verdes, enamorou-se da sua tia Josefina, mãe de Dona Arminda, e a engravidou. A princípio Josefina só o queria para genro, mas iludiu-se, pois tudo em Pedro Alfaia despertava atracção, até mesmo as suas sardas e duas pequenas ulcerações de balas no pescoço. Porém, anos depois de dar o fruto, Dona Arminda continuava a atormentá-la, por vingança, já que ruíra o seu sonho de casar-se com ele, como ambos haviam convencionado. Ensombrada pela infelicidade, transtornada pela ignomínia, Dona Arminda levou a roupa de casamento à casa de Dona

Josefina e a queimou à presença desta, que teve de fugir do inferno de Quelimane com o seu rebento.

Por muito tempo a briga não arrefeceu. Pedro Alfaia deu uma tareia[90] na Dona Arminda, que cuspiu três dentes de frente pela boca e essa lhe desafiou a devolver-lhe os dentes e a pura virgindade, com que veio ao mundo. Da lista constava também pagar um dote ao pai de Dona Arminda, ofendido em suas diversas honras. O homem recusou-se. A teimosa Dona Arminda, instigada pelos irmãos, teve o seu extremo com a encomenda de morte a Pedro Alfaia. Ela corrompeu o António Duarte Pedroso e este simulou duas balas perdidas com os quais atingiu cobardemente o colega de armada Pedro Alfaia, na testa.

Os colegas de regimento da vítima saberiam daquele frustrado homicídio voluntário e das circunstâncias que o rodearam. Portanto, a sorte não estava do lado de Pedro Alfaia, que não se levava muito bem com os ideais nacionalistas portugueses da Segunda Grande Guerra e fizeram-lhe vista grossa. Por causa disso, eu me tornei pobre. Meu filho cresceu com traumas. Devem-lhe ter contado essa estória, com esses detalhes horríveis, pois Dom Caixote demonstrara seguir com as mesmas fantasias do pai e o meu filho vingou-se nele. Matou-o. Doravante, Dona Arminda nunca mais quis ver um homem na sua cama, nem pintado."

"Que história mais horrorosa!" — Concluiu maliciosamente Lourdes, olhando para aquele corpo agónico, acabado, solitário. Abandonada na cadeira, algo pressagiava que morreria sem abraçar o seu filho único, sem vê-lo pela última vez, ouvir-lhe dizer adeus com amor. Suspirava continuamente "ah!". A alma dela não iria descansar em paz, nem a de Ferreira Ra-

90 Agressão física em que se bate repetidamente em alguém; sova; surra.

poso estaria em condições de vir a ficar em paz. Antevia-se que não viveria mais de vinte e quatro horas.

Entretanto, foi curta a nossa visita. Assim a deixamos, em suspiros e a balbuciar palavras inauditas. Pelo caminho eu me mostrei incrédula. Assim fomos falando pelos cotovelos:

"Lourdes, crês alguma vez numa madrasta que elogia um filho bastardo?" — Perguntei-a.

"Amiga, uma madrasta não se obriga a elogiar quando não deve. Isso de que as madrastas são más é mais um preconceito, cantiga de maldizer, senão não haveria homem nenhum no mundo com filhos que as tomariam para esposas, e, no que é evidente, a natureza assim o fez e nenhum homem desdenhou essa ordem das coisas. Há madrastas e padrastos melhores que os pais biológicos, e perfeitos, desempenham melhor papel do que aqueles que o deveriam, oferecendo o último poro e até o sangue próprio para salvar a vida daqueles que têm medo de se molharem à chuva." — Disse ela, sem aquela coragem de derrubar um ídolo.

"Lourdes, eu creio que Dom Caixote não morreu. Ele é um homem que gosta apenas de estar enclausurado a escrever, com as suas musas."

"A única prova dos noves é uma de nós conseguir arrancar-lhe um autógrafo, do livro 'Soneto geral do amor.'"

De súbito, fomos à livraria Manuel Pessoa & Alice e comprámos, atrás do balcão, um exemplar cada, que nos custou os olhos da cara, pois Manuel Pessoa disse-nos serem dos últimos e não acreditava que um dia viessem a ser reimpressos.

"É um livro de muito boa qualidade e vale muito mais do que lhes peço." —Disse Manuel Pessoa, com toda convicção.

Uma vez em casa me propus levar a empresa até ao fim. Dos meus pais eu tinha a orientação ríspida, para nunca entrar no quarto deles. Ainda assim, com a escusa[91] de que pretendia de lá tirar o velho gato, que dormia na cama de ambos, entrei, pousei na cabeceira do meu pai o livro com o recado:

"Encontra-me o ilustre Dom Caixote e pede-lhe, por mim, um autógrafo. É uma tarefa escolar. Por favor, não fala nada à mamã."

Quando meu pai despertou, na manhã seguinte, achou o livro e tomou-o consigo. Dirigiu-se ao meu quarto e me encarou com modéstia. Da minha parte eu me senti envergonhada, por ter infringido um código, pela primeira vez. Ele me acariciou os cabelos, num gesto de quem me amava profundamente e, sem se referir a nenhum equívoco da minha parte, nem a contravenção, deixou-me sossegada. Beijou-me carinhosamente na testa e prometeu-me:

"É hoje, filha. Mais logo trago-te de volta o livro autografado. Há anos que se ouve por portas e travessas que Dom Caixote vai morrer, mas como ainda não chegou o dia arranjarei meios de lhe pedir para te fazer uma dedicatória."

Nesta noite esperei-o e ele não chegou cedo, até que adormeci. Noutro dia, quando despertei, estava na minha cabeceira o livro embrulhado em papel de prenda, atado com um laço de cor rosa, muito lindo. Abriu-o e dentro continha um chocolate e um autógrafo do escritor:

"À Suzana,

que a voz dos meus poemas lhe leve a uma travessia alta e harmoniosa do mundo.

Do sempre, seu querido poeta,

Dom Caixote."

Ainda junto ao conteúdo havia um bilhete do meu pai, que revelava tamanha cumplicidade entre

91 Razão apresentada para justificar algo; desculpa.

nós: "Conseguido, filha! Sigilo máximo. Nunca diz nada à tua mãe. Só eu e tu. Beijinhos e amor, pai e filha, para sempre."

Ele sabia placidamente que a minha mãe não gostava de Dom Caixote, por causa da sua vida libertina e aquela poesia erótica, inspirada em mulheres da sua vida.

Noutro dia ainda, tal como o meu pai a expedira, levei a encomenda e mostrei-a a Lourdes. Ela não pôde acreditar como o meu pai a conseguira obter, porque a sua tia Carla Fonseca lhe dissera que Ferreira Raposo o matara num duelo. Mesmo assim, no intervalo de lanche convidou-me a festejar o feito inédito de o meu pai ter conseguido que ele o autografasse depois de morto.

Com um sorriso maroto, me disse ela, que a proeza do meu pai a encantava, e, com tal feito, era ele um génio de verdade, se bem que conferira a dedicatória e aquela era particularmente a caligrafia corrida, de Dom Caixote. Nesta mesma noite o inqueri, como fora possível aquela proeza:

"Filha minha, os escritores têm sempre um túnel aberto, secreto, para regressar da morte e com isso encher a vida de quem necessita com palavras doces."

"Papá pode-me mostrar esse túnel?"

"Filha, esse túnel misterioso quem o vê são só os escritores mortos, debaixo de uma luz divina. Os vivos não o podem enxergar."

"Ainda bem: como o papá que é vivo chegou ao ilustre falecido?"

"Por intercepção de Pedro Pessoa, deleguei o pedido em Deus. Este foi quem o conseguiu com as suas pílulas de antimónio."

Recordo-me ainda daquele ano de 1965 e o naufrágio que foi a prisão de Mendes dos Remédios, como também a dia em que os agentes da PIDE irromperam nossa casa adentro e requisitaram os manuscritos deste e tomaram-nos, em minha presença. Desde então foi o que vi: a vida não é como sonhámos, mas como ela se nos impõe, para que a sintamos, olhando-nos de frente, como um cachorro que ladra persistentemente, fazendo do pobre espectáculo um desafio superável.

Pela primeira vez compreendi, em absoluto, a importância daqueles autores sepultados no esquecimento, que acumulavam pós desde as suas mortes, apesar de suas vocações de heróis. Centenas de pessoas que resistiam ao doutrinamento e os admiravam secretamente buscavam por seus livros.

Procurávamos-lhe por todas as prisões da cidade e não o achámos. Uma alma generosa me disse que o tinham apartado da cidade, para uma prisão incerta. A lei marcial obrigava a comunicar aos familiares do preso da localização deste, mas no caso a PIDE recusara-se-me a revelar.

Contactei o poderosíssimo advogado Vladimiro Lúcio dos Santos, no prédio Bulha, 3º andar/esquerdo. Este lutava com vários recursos, como a da expiração do prazo de prisão preventiva e "habeas corpus". Acumulava uma mancheia[92] de petições que permitiram à PIDE traçar o perfil de Mendes dos Remédios, as amizades dele, estabelecendo e relacionando-o com os referidos escritores, para a sua acrescida vigilância e controlo, num fio de trama de conexões infinitas.

Enquanto isto, como o meu dinheiro não cobrisse os custos de uma deslocação para um lugar afastado da cidade, propus-me então a vender o meu anel de ouro de casamento, mas isso não deu muito. Lembrei-me que até 1942 a cidade da Beira fora administrada pela majestática Companhia de Moçambique, com duas moedas emitidas pelo Banco da

92 Aquilo que cabe na mão de uma só vez; punhado.

Beira, Libras Esterlinas e Escudos, que perderam valor facial e tornaram-se relíquias. Na companhia de Lourdes Fonseca, levei-as à Loja de Antiguidades, no rés-do-solo, do Prédio Moçambique Trânsito, mesmo na Praça Caldas Xavier.

Junto àquelas preciosidades adicionei o "Soneto geral do amor". O empregado do balcão avaliava as ofertas. Estudava-as, para conferir autenticidade. Depois remeteu-as ao patrão, que se mergulhou por uma data de tempo num compartimento atrás da loja, sem dizer nada, nem de lá arredar os pés. Cansada da longa espera, impaciente, a Lourdes Fonseca fez-se ao passeio e pôs-se a fumar o seu cigarro. O empregado do balcão, sentindo a demora do patrão, ofereceu-me um banco corrido, destinado aos clientes.

Abanquei-me nele. Continuei sentada por mais algum quarto de hora e foi quando li nos olhos do empregado certo tédio, de tanto infinito que me sujeitara a aguardar pelo patrão, que não se resolvia, enquanto a loja não contava senão com uma única cliente.

Daí a pouco, Lourdes irrompeu bruscamente o estabelecimento dentro e informou-me, com relativa discrição, que o Zeca dos Telhados de Vidro, nome de guerra de António Bolas, acabava de chegar e andava discretamente pelo passeio. Mantive-me fria e, perante aquela longa demora do proprietário, deduzi que tinha um conluio com a PIDE. O coração de Lourdes andava aos saltos, às minhas costas. Num sussurro, instrui-a que fosse de pressa trazer-nos um táxi à estação da Praça do Município, adjacente ao Café Capri.

"Como é que se chama o seu patrão?" — Perguntei eu ao homem do balcão, com relativa calma, assim que a Lourdes fechou a porta atrás de si.

"Chama-se Fernando Justo. A mim pode-me tratar por Joaquim Paredes." — Respondeu ele, confidenciando, porém, que, desde que fora mordido por uma mosca tsé-tsé, acontecia amiúde Justo dormir no seu escritório e deixar plantados os clientes.

"Joaquim Paredes pode dizer ao seu patrão que perante a indecisão volto noutro dia. Tenho de cumprir outras diligências."

Ele afastou-se num pé e regressou instantaneamente noutro:

"Era tal como disse. Encontrei-o adormecido... Pelas cinco Libras Esterlinas e vinte Escudos da Companhia de Moçambique o meu patrão oferece-lhe trinta escudos e pelo livro apenas cinquenta centavos."

"Diga ao seu patrão que é injusto pagar cinquenta centavos por um livro de um autor famoso e cujo livro não se reedita, ademais com a sua preciosa e particular dedicatória."

De novo, Joaquim Paredes afastou-se num pé e voltou noutro:

"O meu patrão propõe-lhe oferecer um valor acrescentado de vinte e cinco centavos. É pegar ou largar!"

Aí a minha tensão subiu e, vociferando, fui aos arames:

"O senhor Justo, mas é o injusto do senhor Justo podia ficar satisfeito se lhe oferecessem setenta e cinco centavos de escudos por uma relíquia?"

"É que o patrão diz que esta assinatura foi feita num amanuense,[93] assemelha-se a do Dom Caixote, mas não é autêntica, depois o amanuense esqueceu-se de colocar a data debaixo da assinatura de Dom Caixote, como fazia o autor, para reforçar a autenticidade."

"Pague-me pelas libras e escudos que ofereci e devolva-me o livro."

Tomei o dinheiro e, com as mãos trementes, guardei o livro na pasta. Quando saí, já o táxi estava mesmo à porta e Zeca dos Telhados de Vidro andava

93 Escriturário ou escriturária de secretaria pública.

no outro extremo, às voltas pelo passeio, visivelmente agitado. Fui a tempo de entrar no veículo. O motorista pôs a ignição a funcionar e partiu imediatamente, deixando para atrás uma espessa nuvem de fumo. Quando voltei os olhos para trás, observei pelo limpa-brisas, o rosto revoltado de Zeca dos Telhados de Vidro, branco como a cal.

Lembro-me. À medida que nos fomos afastando os seus olhos se moviam retorcidos, mostraram-se inquietos e cruéis. O táxi avançou rapidamente até à Rua General Vieira da Rocha, dobrou a esquina imediata e alcançou a Praça do Município, contornou-a e apanhou a Avenida da República. Quando chegamos à Farmácia Central, onde o semáforo estava fechado, voltamos os olhos para trás e observámos que o jeep de Zeca dos Telhados chocava-se espontaneamente com uma frondosa árvore, justamente em frente ao Hospital Europeu. O eixo de direcção do jeep quebrou e o veículo que corria a cento e cinquenta quilómetros à hora capotou imediatamente.

Disseram-nos que Zeca dos Telhados de Vidro morrera logo depois de dar entrada naquele hospital.

Assim, transformava-se o desespero numa borboleta de sonho: Meus três irmãos disseram-me que para a guerra só vão os homens valentes, inspirados a derrubar os seus adversários, defendendo a honra e dignidade de qualquer que seja a pátria. Eu que passava os dias a chorar pelos cantos, devia-me sobrar em casa. Assim, foram os arrojados mancebos parar à Olivença, na fronteira com a Tanzânia.

Eram militares do exército e a sua mais nobre missão consistia em atirarem a matar sobre os incomuns Leopardos Negros. Ou essa era a ilusão? Para combaterem os Leopardos Negros sujeitaram-nos a uma reciclagem militar, de manejo de armas modernas, mais sofisticadas. Precisavam de tanto, se na expedição para a qual entraram era apenas de abater Leopardos Negros?

Fizeram o juramento diante a bandeira e o escudo de armas. Não partiram, sem antes estudarem as condições do terreno.

Corria a fama que em Olivença não havia nada, senão Leopardos Negros. Os três partiram maravilhados, convencidos, como lhes foi dito, também, de encontrarem a princesa Maliwa, que dançava nua com uma jiboia ao pescoço. Era a princesa daquela mesma terra com castelos, águas pluviais mansas, com almadias, que navegavam de um lado a outro do rio, numa grande inocência.

Porém, o rio, encontraram-no seco, porque alguém o sequestrou e aos velhos e jovem que os pilotaram, para um lugar incógnito, de todo. Coisa que só os mistérios dos feitiços de Maliwa me saberiam esclarecer.

Aquela viagem acabou com aquele impulso feiticeiro, que me mergulhara numa insónia infinita, após a prisão de Mendes dos Remédios. O meu coração em destroços comandava aquela insónia.

A bravura deles atravessara-me o deserto do sono. Num idílio, os três desceram à Cuamba, em comboio. Rezava o itinerário, aqui chegados, tomariam uma avioneta,[94] que aterraria em Olivença. Pediram-me que não me desvanecesse, pois que o destroço do meu coração ficaria curado ao fim daquele trajecto, que os levaria a passarem Olivença a pente-fino. A mensagem que me transmitiram à partida era poética e linda. Também continha algum mistério. Lembro-me da despedida:

---

94 Avião de pequenas dimensões e com motor pouco potente.

"Para curar-te visitaremos os castelos, os palácios e os palacetes." — Disse-me o primeiro.

"Se tivermos que caçar na estrada ou entre colinas embarradas, não nos iremos deter." — Afirmou o segundo.

"Não nos importa que atravessemos selvas com leões, raposas e hienas, que a todo o momento nos possam ameaçar. Não sucumbiremos a esse duelo que se nos impõe vencer." — Sublinhou o terceiro.

Aquela expedição era encabeçada pelo inspector David Truncado, também pisteiro e caçador invicto de Leopardos Negros, que conhecia perfeitamente a língua e o *modus operandis* destes. Truncado estava casado com aquela princesa Ajaua, de Olivença, e falava todas as línguas nativas. Fora ele quem acolhera a ideia de levá-los à paradisíaca Olivença, ameaçada daqueles mesmos Leopardos Negros. Truncado estava enamorado da mata virgem daquela parte de África, não fosse pelo qual trocara o divórcio da sua esposa com a paisagem exótica do lugar. Lhe chamavam o rei branco da selva. O que ninguém percebera, Truncado estava a par dos seus propósitos ocultos. Tinha a virtude da hipnose, com uma capacidade tal que os foi adestrando lentamente com uma sonolência, que os apartava pouco a pouco da racionalidade, para longe e cada vez mais próximo do perigo.

Aquilo que parecia um passeio campestre, no lugar em que instalaram as suas tendas de campanha, transformara-se num drama. Portanto, foram socorridos por um jeep, que os conduziu até às margens das águas do rio, cujas águas bordeavam Olivença.

Aqui os três foram vistos pela última vez. Meu pai lá foi vestido de investigador, que escondia o seu ofício de jornalista. Disseram-lhe que é lá que estava o "Campo dos Presos Políticos" da PIDE.

Os três foram seduzidos por Tári, uma deusa diabólica das águas paradas do rio. Antes de atacarem a prisão e de lá sequestrarem Mendes dos Remédios, levando-o para o lado da Tanzânia, Truncado comportara-se como seus cúmplices. Afinal Truncado era mais um inspector da PIDE disfarçado de caçador, que se infiltrou entre os três e desactivou o plano.

Ao contrário do que evocaram, a missão fora planeada debaixo de um enorme secretismo. A eles juntar-se-iam os Leopardos Negros. Atacar aquela prisão e libertar os cativos era o foco. Tári tentou convencer o meu pai para levá-lo a vê-los num templário, mas pressentindo o perigo, meu pai fugiu e refugiou-se numa igreja, que faz paredes meias com o rio. Foi num dia debaixo de um céu luminoso e com raios derramados por aquela deusa diabólica, que quase lhe cegava os olhos.

Depois de aquela lhe perder o rasto, meu pai saiu do esconderijo e, olhando sempre de esguelha ao redor, falou com gente das imediações, que lhe contaram que os inescrutáveis Leopardos Negros não eram mais do que as tropas guerrilheiras nacionalistas, munidas de Ak47s, metralhadoras, raquetes e granadas, contra as quais o exército imperial teve uma refrega, naquelas clareiras, junto ao rio. Debilitados, aí restaram, languescidos, sem conseguirem levá-los a melhor.

Abandonaram-nos, crê-se que inertes, pois que à volta do castelo o terreno que albergava os presos estava todo minado. Depois a água daquele rio ressuscitou do chão morto de sede, cercou as margens, também apagando no chão todos os vestígios de botas que os invasores calçavam, algo que identificasse que nalgum tempo houve heróicas vidas que se tropeçaram por aí. Como nunca se acharam testemunhas oculares fiáveis, até hoje todos argumentam com um "diz-se que diz-se". A princesa ajaua, responde com um encolher de ombros:

"Não sei de nada. Nunca recebi essa embaixada."

E lá continua até hoje, no seu castelo, de Olivença, aquela Maliwa, esbelta, cor de ébano, corpo voluptuoso e que amansa a fúria das águas.

Por infortúnio, um dia de manhã eu estava à janela da casa, a olhar o quintal de frente, quando um carro estacionou à frente. Era um Jeep da PIDE. Eu tremia e quase caía, pensando que aí estavam para me deterem. Olhei de esguelha e lá vi a camarilha[95] dos três agentes, nomeadamente o ressuscitado Zeca dos Telhados de Vidro, o Ventura e o David Truncado. Logo fechei a cortina.

Passaram-se cinco minutos, após o que acompanhado pelo trio, do jeep desceu um indultado Mendes dos Remédios. Estava mais magro que um fantasma, de tal modo que podia passar pelo buraco de uma agulha, sem nenhuma sombra de dificuldades. Quando se pôs a mover em direcção à casa, de homem ele só tinha a sua silhueta. E mais a sombra. Mas nada. Neste dia, o grupo do sinistro e amargo Ventura apanhou-me desprevenida. Depois de abrir a porta, ia eu a estender um abraço carinhoso a Mendes dos Remédios, quando Zeca dos Telhados de Vidro me sacudiu de golpe, para o chão. De imediato, todos eles irromperam-se pela casa adentro e asseada. Vasculharam-na, deixando-a de avesso e desordenada.

Foi nesta circunstância que me arrebataram o livro "Soneto geral de amor". Ventura e Zeca dos Telhados de Vidro conheciam o teor do livro. Ventura arrebatou-o do colega e deitou-o ao chão. Acto contínuo, pisou-o selvática e repetidamente, com os calçados. Apercebi-me do quanto ele odiava Dom Caixote. Odiava-o até aos céus, em que este se encontrava. Pese embora morto, tal não lhe bastava o castigo. Desejava vê-lo no inferno, a duras penas e a sangrar e a suplicar-lhe perdão e compaixão, por puro sadismo.

---

95 Grupo de indivíduos que se reúnem habitualmente para fins ilícitos.

Na noite daquele dia, eu e Mendes dos Remédios jantámos a dois, estufado de vaca com batatas e para regar um requintado vinho do Porto. Este era o prato preferido dele.

Em princípio, ele mostrou-se do mesmo modo reservado, sem romper o silêncio, que já me fizera perder a paciência. Para lhe colocar a par dos últimos acontecimentos decorridos na sua ausência e motivá-lo a falar, contei-lhe estórias salpicadas de anedotas e curiosidades. Falei-lhe do dia em que ele me deu um acanhado primeiro beijo, na Praia dos Amores, para a qual me levou de carro emprestado pelo pai, à saída do Liceu Pêro de Anaia. Disse-lhe que adorei imenso aquele beijo, apesar de ter durado apenas sessenta segundos, pois ele interrompeu-o de imediato e numa brusquidão tal, sem motivo aparente.

"Em Olivença também pensei nesse dia. Eu estava fora de mim naquele dia e me propus contar-te o que me impediu de viver com plenitude aquele meu primeiro beijo da vida, que levei meses a ensaiar e a compaginar dentro da realidade." — Disse-me naquela forma seca e económica sua de falar.

"Como foi que o ensaiaste?" — Perguntei-o depois de esvaziar a segunda taça de vinho.

"Beijando numa maçã, numa pêra, no quarto, com as persianas corridas para baixo e a luz apagada". — Disse ele, enquanto voltava a encher-me a taça.

"Quanto cerimonial e quanta intimidade para beijar uma fruta! Me traías com uma fruta." — Afirmei provocadoramente.

"É que não desejava que alguém fosse interromper o prazer e a intimidade daquele momento sagrado, com uma voluptuosa fruta, entre os lábios, que eu intuía, não obstante, que eram os teus lábios entregues aos meus, naquele festivo e luxuriante alongamento."

"Mas isso não justifica aquela interrupção brusca."

"O que me passou foi que vi um velho parecido com o meu avô Gabriel, naquela praia. Ele pareceu ter-me reconhecido como seu neto e fixamo-nos olhos nos olhos e nasceram-me imagens, que me contaram sobre ele."

"Que é exactamente?"

"Um dia saberás quem foi o meu avô Gabriel." — Disse-me ele, terminando bruscamente a frase, sem iniciar o enredo, que eu pensei, havia-se preparado para me contar. Ele padecia agora dos sintomas agravados de inibição, que o tornavam ainda mais circunspecto e fechado em si. Eu avancei contando-lhe um longo episódio:

"Cada manhã eu despertava com um novo e misterioso incidente, aqui em casa. Ao sair para o quintal deparava-me com sinais de sapatos militares e civis espalhados pelo quintal. Na estrada havia sempre marcas de pneus dos jeeps. Estas visitas nocturnas tanto me indignavam, que um dia, toda paranóica, abri-me com a minha madrinha, que me aconselhou a manter-me calada. Me disse ela que aquilo fazia parte do terror psicológico de uma Polícia, de que ela não se sentia segura nem à vontade para referi-la pelo nome. Inconformada, pedi conselhos a Lourdes Fonseca, que me disse que devia manter alguém no quintal, para me ajudar a identificar do tipo estranho de Polícia que era aquela, que fazia visitas à madrugada entrada e interferindo-se na minha intimidade, de tal forma que me fizera perder a excitação. E mais suspeitava ela que algum grupo pretendesse executar o meu assassinato, para atribui-lo à Polícia. Acautelou-me a ter cuidado e estar sempre na companhia de alguém que o testemunhasse, na eventualidade de alguma tragédia. Pedi a minha mãe que me cedesse o seu empregado Victor, para fazer a vigilância da casa, durante a noite. Como sabes, temos um anexo em nossa casa e cedi-lhe. Numa noite, a equipa de Ventura invadiu o quintal adentro e, quando o rapaz os viu, tremeu. Lançou um alarido e meteu-se no anexo. Eles viram-no e apontaram-lhe com uma pistola de nove milímetros, com que o forçaram a abrir a porta. Eu vi-os meterem-lhe no jeep. Contaram-me que levaram-no à Rua Carlos Pereira, na direcção Estoril/Alto da Manga, na calada daquela noite. Era comum eles realizarem aí os seus tortuosos questionários. Espremeram-lhe à porrada, com a coronha da pistola, para lhe extraírem confissões."

"Porquê você não dorme?" — Era o David Truncado a dirigir-se ameaçadoramente ao empregado, que tentava explicar-se:

"Aconteceu ter perdido o sono e quando saí para a casa de banho ouvi o rumor de um carro a chegar. Espreitei para ver de quem seria e, ao contemplar o Jeep, escondi-me atormentado."

"Para ter medo e esconder-se da Polícia é sinal de que tem praticado crimes." — Rugiu António Ventura, que pediu ao Victor que identificasse as pessoas que me visitavam, quem eram meus amigos e amantes, ao que ele disse que não sabia de nada. Insistiu tanto, que ele disse que não podia-lhe mentir.

O terceiro polícia irónico e com gargalhadas de hiena era o Zeca dos Telhados de Vidro, que o espancava:

"E não tem passe nem nenhum documento que lhe confere o título de empregado doméstico."

"Pois, um indígena sem nenhuma identificação." — Ventura rugiu de novo, como para deixar lenha na fervura.

Victor era pacífico e acreditava na benevolência do ser humano, mas neste dia torturaram-no de toda a forma, sempre lhe apontando com os canos de pistolas e introduzindo-os pelo ânus, para forçá-lo a denunciar-me de algo que eles suspeitavam, da minha pessoa. Mas ele só lhes assegurava que não podia mentir.

Durante dias não voltei a ver o Victor, nem a saber do seu paradeiro, até que telefonaram para a redacção do "Notícias da Beira", alertando-lhes de um corpo que jazia sem vida, numa vala de drenagem, nas imediações do Centro Hípico.

Destacado para a cobertura noticiosa, meu pai lá se fez de imediato. À sua chegada um quarteto da Polícia da Segurança Pública vigilava o cadáver, que estava coberto com uma lona preta. Meu pai pediu-os que o expusessem. A surpresa engoliu-a ele próprio a seco. Haviam-no assassinado de forma bárbara e macabra, sem deixarem nenhuma pista.

Ano de 1968

17

Ontem, quando caminhava pela calçada, num êxtase celestial, olhei para as estrelas, como nenúfares suspensos num lago dos céus, bordado por flamingos rosas, de rostos formosos e solitários, suas cabeças ao alto como por uma torre, a contemplarem a água. Pensei: As estrelas são como as melhores famílias. Em qualquer ciclo, as estrelas nascem, ganham autonomia com o seu forte brilho, discursam à terra enquanto brilham, deixando firmemente as suas pegadas no chão e nas nuvens em que pisam, pelos seus pés que soltam a poeira no trilho que abrem tangivelmente com a luz, com aquela entonação de voz que se confunde com o vapor de gás dos lampiões, que se desprende aos nossos olhos.

Sem embargo, pouco a pouco, guiei-me instintivamente por elas, debaixo da abóbada celeste e a torneira do vapor encerrava-se discretamente. Uma a uma elas foram-se fazendo ténues. Uma a uma foram-se apagando as estrelas, até que se reduziram a pó das suas próprias sombras, recolhidas nas conchas da sua ausência. A escuridão me cercou e aí descobri que alguma coisa, de muito remota, me ficara por desvendar.

Recordei-me de uma quinta pobre estrela dos céus, cujo brilho ignorava-se, por incapaz de fazer dano a uma mosca. Dela não se sabia absolutamente nada. Era uma espécie de ovelha negra daquela família de escritores. No escuro eu me desafiava entre o seu pó e movia-me à busca do mistério, que lhe ensombrava como discreto fantasma. A quinta estrela levava gravada na sua ogiva[96] o nome de um escritor daquela mesma geração, que se escondia por detrás do seu manto.

Eram escassas ou nulas as notícias da intimidade deste ilustre autor, de olhos verdes, que durante mais de duas décadas escrevia e publicava os seus escritos em "A Voz Africana", editado na Rua Aires de Ornelas, n.º 48, no mesmo edifício do "Notícias da Beira", à sombra do anonimato, onde se sentava, por convenção tácita.

Se de um lado os monstros da PIDE proibiam o consumo daqueles escritores, haveria alguma razão pessoal? Contaram-me que o seu ensombramento devera-se a divisões no seio da colectividade, como também a razões de ordem estratégica, independente da vontade individual. Os quatro colegas, já conhecidos, eram discípulos do professor José Dias, e essa última estrela solitária, moveu-se sempre nos bastidores, como um fantasma, como um lobo solitário. Não tinha mestre.

Sem embargo, ele ansiava salvar a honra da sua raça. O tempo haveria de lhe oferecer um contraditor, Jordão Correia Ferreira Raposo, responsável por lhe faltar ao respeito, que fez saltar a tormenta. Tudo o que transcrevo abaixo é extracto de uma correspondência recebida do professor José Dias, no ano acima, o que li com exasperação de ânimo e escondida da minha mãe. Por partes:

Um: Jordão Correia Ferreira Raposo converteu-se num prestigioso jornalista, pela forma corajosa e fotográfica como desvendara a vida do fina-

---

96 Figura, típica do estilo gótico, formada por dois arcos de círculos iguais que se encontram na parte superior, formando um ângulo mais ou menos agudo.

do Dom Caixote e a dera a conhecer a um público ávido de detalhes sórdidos, interessado a ver o que escorria para lá do historial do hediondo crime, bem como as partes mais desprezíveis dos contubérnios de Dona Eugénia, cujos direitos de honra, bom nome e dignidade ficaram afectados, não fosse pelo qual mudara de nome.

Dois: Durante muito tempo, o malandro e desonesto Jordão Correia Ferreira Raposo fez-se convencer na crista da onda, favorecido pelo obituário com que manchara o Dom Caixote e a Dona Eugénia, pela sua moral e costumes pervertidos. Como se não bastasse o facto, explorou o lado miserável das fotografias tomadas à revelia de Dom Caixote, às portas da Catedral, entregue à fome e à sede, quando este aí dormia, invulnerável, ao chão, sem o seu monóculo, sem aquele colarinho de goma impecavelmente engravatado e sapatos de verniz, com que se trajava oficialmente. Ninguém estaria em condições de abalar a sua carreira que seguia como a vida sobre rodas. Assim cria, e gozando deste prestígio, expôs de forma errónea e inverídica, no "Notícias da Beira", acontecimentos que afectaram, para sempre, a reputação dos cinco escribas.

Três: Até então, ninguém, e estranhamente, mesmo o director do jornal, não sabia das intenções e dos interesses ocultos à publicação do artigo, bem como as conspirações tecidas desde os bastidores, previamente ao assassinato de Dom Caixote. Estas falaram mais alto.

Quatro: No ano 1944, "A Voz Africana" estava financeiramente insolvente, o que se reflectiu na sua qualidade editorial. Os leitores migraram em grande número para o "Notícias da Beira", que a partir daquela notícia passou a deter em exclusivo outras ainda mais impactantes e sensacionais notícias da cidade.

Cinco: "A Voz Africana" surgiu da penumbra e da tumba meses depois de unir os cabos soltos acerca da personalidade e intimidade do prestigiado jornalista JCFR e denunciou-o. Expô-lo pela parte mais caricata, a começar pela sua relação de parentesco com o criminoso Ferreira Raposo, depois pela sua falta de isenção e imparcialidade. Sublinhara que era do interesse de Jordão Correia Ferreira Raposo não só difamar a imagem de Dona Eugénia, como também afectar a vítima nos seus direitos de personalidade, como a honra e o bom nome. Seis: Na sua estratégia de subir exponencialmente com as vendas, "A Voz Africana" juntara então provas. Ao que se apurara, contratara a prostituta canária Teresa de los Angeles. Esta tirou as chaves a um ególatra e embriagado Jordão Correia Ferreira Raposo.

Enquanto este dormia no apartamento de Teresa de los Angeles, no Prédio Mira-mortos, logo pela manhã, uma das empregadas de limpeza da redacção, contratada para esse trabalho sujo, acedera ao cacifo de Jordão Correia Ferreira Raposo e de lá obteve vários rascunhos do artigo, com correcções a mão da pobre caligrafia do sinistro criminoso, agora inspector Ferreira Raposo. Saíram escarrapachados na publicação, para o espanto e o assombro dos leitores que endeusavam o Jordão Correia Ferreira Raposo. A arquitectura da denúncia de "A Voz Africana" residia na proeza de saltar à composição do jornal e de lá subtrair a versão definitiva do mesmo artigo, com retoques do punho e da malfadada caligrafia de Ferreira Raposo.

Sete: A imagem de todos os componentes da "Geração Realismo Tropical" ficou enfermada depois do escândalo e tragédia de Dom Caixote, o que juntou-se-lhe o precedente do caso de pederastia do professor, depois ainda o alcoolismo, que acabou com a maioria deles.

Oito: "A Voz Africana" assumia a responsabilidade integral do artigo difundido. Tratava-se de um período em que era insuspeita a conexão de Ferreira Raposo com a PIDE, e o artigo, antes da publicação, passou pelo censor da PIDE, que o carimbou "visado".

Nove: Ferido no seu ego, Jordão Correia Ferreira Raposo, não se limitou a espernear-se. Manteve-se em silêncio durante alguns três dias. Parece que, com apoio de Ferreira Raposo, introduziu os seus espiões dentro de "A Voz Africana". Pelo sim, pelo não, encontrara a identidade do autor anónimo escondido detrás do artigo: Teotónio Machado. Jordão Correia Ferreira Raposo não lhe fez a réplica no jornal, apesar de beneficiar do direito de resposta. Levou o caso ao Tribunal da Comarca da Cidade da Beira, desvelando um longo historial misterioso, à volta de Teotónio Machado.

Numa outra correspondência que me foi enviada a seguir à acima citada, José Dias apresentou o resumo do historial de Jordão Correia Ferreira Raposo, com outros acréscimos, consentidos pelo Teotónio Machado:

"Cara Suzana Castelo Branco,

Cara Lourdes Fonseca,

Acuso a recepção da vossa carta, na qual solicitam algumas informações acrescidas sobre Dom Caixote. Mas eu prefiro falar em conjunto da respectiva família, crendo-se que o outro o assunto me parece esgotado. Todavia, ofereço-lhes detalhes que lhes podem interessar, como as suas tragédias.

Em 1880 chegou a Quelimane uma enorme família, que incluía o patriarca João das Vilas Boas Alfaia, a matriarca Filomena da Assunção das Vilas Boas Alfaia, seus onze filhos, demais sobrinhos e outros parentes. Lhes chamavam os brasileiros.

Por estas alturas, conforme reza a história, a então povoação contava com escassas trinta e oito casas de taipa, cobertas de colmo, duas de alvenaria e cerca de quarenta palhotas, uma insigne basílica de invocação ao Senhor, chamada de Nossa Senhora de Livramento, sede da paróquia, que pertence aos padres jesuítas. Não existia alfândega, nem cadeia, nem edifício da câmara, reunindo-se os vereadores ora em casa de um, ora em casa de outro, andando os arquivos da câmara, do registo civil e as actas baptismais aos tombos.

A sua população, segundo documentos, rondava em duzentos cristãos, a maior parte dos quais indianos. Havia uns escassos europeus, que se deslocavam em zorras, carris[97] *e manchilas. Era uma povoação insalubre, com muitos mosquitos, muita malária e febres palúdicas. A povoação destacava-se pela produção de matéria-prima, exportada para muitas partes do mundo. Pela sua riqueza era considerada a mais importante e aristocrática povoação da província de Moçambique. E nisto chegou a sagrada família Alfaia e mudara a dinâmica da povoação, abrindo grandes negócios, feiras e círculos de diversão, com leões, tigres e macacos domados. Construíram-se prédios, entre os quais o "Café a Brasileira", lugar de tertúlias sem fim. Era pertença desta família brasileira, que tinha ainda em cima do estabelecimento um bordel. Aqui se juntavam depois, à uma mesa discreta. As conversas se arrastavam pela noite entrada, até ao nascer dos primeiros raios de sol.*

Pervertendo os costumes, parte dos brasileiros e brasileiras foram-se casando com a elite de abastados que se consideravam nativos do lugar. A cultura destes brasileiros suplantou, com o seu grande poder económico e visão do mundo, pois tinham viajado

97 Carro pequeno.

pelo imenso mundo fora, também se tornaram um modelo de vida a seguir no seio daquela burguesia, dado os modos requintados com que vestiam e promoviam animados carnavais e festas, com uma gastronomia inovadora e rica em seu paladar. Com os seus modos abertos, estes brasileiros estenderam as suas amizades pelos africanos, há muitos anos, alvos de escárnios da burguesia local. Muitos descendentes dessa família vir-se-iam a casar-se tanto com os portugueses, indianos e africanos, também entre si.

Inventaram-se aí em Quelimane duas novas raças lindas: a dos cafusos e a dos trigueiros, que se reviam mais na cultura brasileira do que em outra qualquer. A profusão deste novo grupo social colocou o seu protagonismo naquelas diversões, também nas casas de alterne, pois as cafusas e trigueiras eram sedutoras. Os brasileiros, muito trabalhadores e criativos, passaram a dominar a povoação, entretanto, elevada à cidade, como produto do seu empenho.

Naquelas tertúlias, pouco a pouco os temas literários começaram a ser preteridos pelos políticos. Numa velocidade estonteante e sem precedente, Quelimane inteiro declarara a sua anexação unilateral a Rio de Janeiro. Sem se darem a muito trabalho de averiguação, militares e polícias locais prenderam João das Vilas Boas Alfaia, Filomena da Assunção das Vilas Boas Alfaia, seus oito filhos e mais alguns descendentes. Justificaram que a maior evidência daquela declaração tinha a ver com a independência do Brasil e que aqueles brasileiros semearam o germe daquela rebelião.

O valente Pedro das Vilas Boas Alfaia, brasileiro descendente, revoltado, construiu uma paliçada para se proteger e desde lá amotinara-se, com um grupo de amigos e parentes. Armados, invadiram a nova prisão de Quelimane e libertaram-nos, com discrição. Reforçara o grupo e dominava a cidade, com os militares e polícias rendidos à bravura e o alto moral dos seus homens, que os dizimaram. Foi enviada de Portugal uma forte expedição e tropas para detê-lo, mas ele e os seus homens resistiram por muitos meses. Sem munições, os amotinados dispersaram-se do perímetro do centro da cidade, que controlavam. Aqui, desprevenidos, alguns brasileiros voltaram a ser detidos. Uma sentença acusara-os de rebelião e sedição. Foram sumariamente executados, em praça pública.

Pedro Alfaia estava na sua vivenda da Rua das Casuarinas, quando o atacaram com canhões e espingardas. Estilhaços de vidros caíram-lhe nas costas e no olho esquerdo, como setas. Parecia viver o inferno. Sem embargo, antes do nascer do sol, fugiu numa almadia a remos, e iludindo o diabo da laguna, também acenando à feiticeira das águas, sulcou o Rio dos Bons Sinais, de águas turvas, entre gaivotas, embarcando depois num vapor brasileiro chamado "São Paulo", que o aguardava no alto mar. Tinha a roupa encharcada em suor e lodo, quando chegou à Beira.

Desembarcou disfarçado de antigo escravo, sem um único centavo nos bolsos. Havia no Cais Manarte uma feira de venda de escravos. O mancebo lembrou-se da senha. Acenou ao coronel Rodrigues de Matos, seu padrinho de baptismo, e este, que já vinha de sobreaviso, reclamou-o, não sem pagar uma generosa propina ao capitão.

"Ena, rapaz, não cria que pudesses chegar." — Disse-lhe Matos.

"Nem eu cria que pudesse sair da embrulhada em que estava metido. Aquilo estava uma confusão. A seis léguas não se podia sair, porque as tropas da marinha controlavam o rio e o mar."

"Conseguiste!" — Foram comemorar no Bar Lusitano, à entrada do cais.

"Escapei por uma unha negra." — Disse de novo o triunfante trigueiro Pedro Alfaia, após um gole prolongado de aguardente. Contudo, Matos garantiu-lhe que lhe trataria de todos os documentos com apoio de um advogado. Apesar de certas dificuldades conseguira tudo, com ajuda de um tal Padre Américo, ao qual Matos teve de mostrar as suas habilitações literárias, o que o emocionou.

Padre Américo fabricou-lhe uma nova certidão de baptismo, com um nome falso, para o proteger das perseguições. Ainda assim, apanhado, ofereceram-lhe duas possibilidades, ou servia o império como expedicionário militar ou seria condenado ao cadafalso, como os seus parentes. Contudo, ele escolheu a primeira, para salvaguardar o pouco que restava das propriedades familiares.

Teotónio Machado, nascido indubitavelmente em 20 de fevereiro de 1917, é filho legítimo de Pedro Alfaia. Machado recebeu o verdadeiro nome de Bonifácio das Vilas Boas Alfaia, na pia baptismal da Nossa Senhora de Livramento, em Quelimane. Consta como filho legítimo de Josefina da Luz Alfaia. Quando completou cinco anos, Dona Josefina trouxe-o consigo à Beira. Alugou uma casa na Ponta-gêa, Travessa n.º 1097, ao pé da biblioteca.

No mesmo ano levou-o a estudar no Colégio João de Deus. Fê-lo depois de precatá-lo dos perigos a que estavam sujeitos da meia-irmã irada, que jurara-lhe vingança. Bonifácio Alfaia, ou melhor, Teotónio Machado, se lembrará por toda a vida daquele dia monótono e gris, quando Dona Josefina, depois de ter-lhe preparado e entregue uma merenda, no que seria a inauguração da sua nova vida de aluno, agachou-se junto a si e disse-lhe numa voz suave, quase um sussurro, aos ouvidos:

"Filho meu, mudámo-nos para aqui, porque sempre estamos em perigo de vida, por uma tal Dona Arminda que nos persegue. Promete-me que nunca reconhecerás, diante de quem quer que seja, teres procedido daí e que sejas fruto do meu ventre."

"Prometo-te, mãe." — Disse ele, abraçando-a carinhosamente e olhando-a timidamente com aqueles olhos tristes.

"Não te esqueces que te disse sempre que és muito parecido ao teu pai. Prometes-me que apagarás da tua memória os símbolos de onde vivemos antes, quando te fizerem perguntas?" — Dona Josefina mordiscou suavemente os lábios e perguntou-o uma vez mais, não sem deixar de abraçá-lo forte e beijá-lo na testa. "Prometo-te, mãe." — Respondeu ele com toda a convicção, voltando os olhos pela sala decorada com móveis velhos e um espelho sobre o aparador. Era modesta a sala daquela casa em que viviam, com duas divisões. Ela baixou os olhos que lhe fixavam intensamente e voltou a abraçá-lo com aquelas mãos secas. Enquanto os cabelos lhe caíam pelo rosto afirmou:

"No Colégio chamar-te-ão Teotónio Machado. Machado como o escritor brasileiro. Podes dizer que és seu parente. Bonifácio das Vilas Boas Alfaia, a partir de hoje e para todo o sempre, já não existe e nunca te lembres que alguma vez assim te chamaste. Isso foi só em Quelimane, a pedido do teu pai, quando ele era livre e poderoso. Como ele foi para os céus e não volta tão já, vais-te chamar Teotónio Machado e prepara-te para ouvir coisas diversas sobre ele, já que era muito metediço[98] *e brigão. Talvez quando cresceres serás escritor como ele."*

Ela era professora. Muito paciente, ensinou-o a ler, sem pressões nem amarguras. Definitivamente,

98 Que se mete onde não é chamado; intrometido.

foi ela quem determinou o seu estilo de escrita, pelo autor brasileiro que lhe deu a devorar.

Depois de se formar no Colégio João de Deus, Teotónio Machado matriculou-se no Liceu Pêro de Anaia, onde, só no terceiro ano, passou a figurar num reduzido núcleo de literatura. O triângulo era encabeçado por Fernão Pessoa, completado por Teotónio e Osvaldo Guilherme da Cruz, falecido muito prematuramente. Fernão era a estrela e o ideólogo daquele grupo de entusiastas literários. Sem embargo, Olívio de Eça Quiróz, adiantado dois anos mais do que os demais, era já um mais brilhante escritor e, com a morte de Osvaldo, Olívio aderiu e manteve-se o triângulo. Ao lado de Olívio de Eça Quiróz e Fernão, o Teotónio era o que sempre se destacou muito pouco. Era muito tímido, poupado em amizades, ao mesmo tempo era brilhante estudante e tinha energias distribuídas entre a escrita e a música.

No Liceu Pêro de Anaia, recordavam-se os colegas, Teotónio apenas caminhava sobre os mosaicos negros dos corredores, nunca pelos brancos, como um cavalo puxando voluptuosamente duas rodas, ao lado dos transeuntes. Nunca o explicou e os colegas lhe descobriram esta superstição e sempre que o viam a galgar pelos espaços negros o seguiam com atenção, cochichando entre si, em sigilo, por aquilo que jamais chegaram a entender, o facto de alguém andar por cima da sua sombra, calado e com os lábios de um morto que apenas deambulava,[99] *sobre uma sombra com alma e voz interior, porque a sombra tinha cabeça e podia amar. Era o refractário n.º 1 das sessões de literatura promovidas pelo professor José Dias.*

Apenas enquadrou-se na "Geração Realismo Tropical" porque se apaixonou pela actriz Bernarda

99 Vaguear; passear.

Carlota da Silva. Seguia-a por todo o lado, porque não tinha ofício e não trabalhava. Por causa da miséria, vivia de expedientes de mulheres solitárias, que o costumavam procurar para consolar. Era alcoólatra e os seus tempos vagos passava-os na biblioteca do liceu, que tinha mais de dez mil livros. Bernarda era a colega de classe a quem ele confiava todos os segredos e esta por sua vez contava-os ao professor José Dias.

Facilitado por Fernão, na Livraria Manuel Pessoa & Alice aprendeu tipografia. Era um emprego menor, que encontrou, após de se graduar com boa distinção no liceu. Depois de alguns anos, em sua fronte pura e meiga Deus pôs nova coroa. Um amigo tipográfico ofereceu-lhe um posto, em 'A Voz Africana'. Disse ao director que aí estava um grandicioso mestre-linotipista,[100] *ao que Machado correspondera com a impressão rápida de decretos e boletins da Companhia de Moçambique. Vir-se-ia também a revelar-se como contista, cronista e um dos mais notáveis romancistas do mundo, pela sua nobre tenacidade.*

Um conto seu não dissimula a sua raiz brasileira, para contrapor qualquer desejo de vingança da parte de Dona Arminda, filha de Josefina, que disputava com a mãe o coração de Pedro Alfaia, também pai de Dom Caixote. Em "A gaivota errante" ele retrata o seu drama, o drama da sociedade e a tragédia da família. Uma desgraça que ensombrara pelos tempos as várias gerações dos Alfaia. A mãe aconselhara-o a escrever como ela falava, sem rendilhados:[101]

— ...A mãe de mim viajou grávida de três meses, com muitos outros escravos fugitivos das roças, alguns com satíricos apelidos, distinguindo-se nestes as misturas da sua pertença e origem, ou das pesso-

---

100 Tipógrafo que compõe no linótipo. Linótipo é uma máquina de compor e fundir os caracteres tipográficos por linhas inteiras.

101 Sem rodeios; sem caprichos.

as dos seus proprietários: João de Sena, Maria da Beira, ou no que era uma inapagável marca das origens das suas sanzalas: Augusto Quelimane, Jerónimo Tete... Alguns vi-os depois vendendo mercadorias de seus donos na Feira de Rio de Janeiro, outros andavam em obras de braços alugados... Não era compatível aos seus proprietários tê-los em posse de barriga vazia... A maior parte vagabundeava quando meu avô deixou o Brasil e outros lá vinham a caminho. Me dei a luz sozinho, num navio brasileiro grávido do meu devasso pai.

Do vosso sempre amigo,
Professor José Dias
Rio de Janeiro, 1 de Janeiro de 1968.

Na busca de luz que arrojasse sentido ao depoimento de Suzana, Carambola tinha perguntas a fazer. Terão as duas abrasadoras correspondências se escapado do pente-fino dos homens de Ferreira Raposo, nos CTT?

Suzana contara-lhe que um dia as mesmas chegaram pelas mãos de uma portadora com ares de anónima. Sentada no sofá e com os olhos detidos em Carambola, que lhe estava numa posição oposta, Suzana guardou um silêncio e começou a chorar, de tão angustiada e tão colérica que se sentia, o coração despedaçado, a cair-lhe aos poucos dentro do peito. Não tinha vontade de continuar a falar. Carambola pediu-a que lhe oferecesse mais detalhes da sua estória. Com visível esforço, Suzana contou-lhe que numa tarde foram as duas, ela e a Lourdes, ao Café Novo Lar e lá alguém abriu-lhe a chaminé dos segredos, até então desconhecidos:

Uma vez tive de fazer o que não sonhara antes: ir à busca do verdadeiro pai da minha filha. Deparei-me que num emaranhado de tramas a sua vida continha um antes e um depois. Concentrei-me no caso Jordão Correia Ferreira, ao qual Teotónio opunha com uma causa. JCFR perdeu-a e este assunto levou-o à definitiva perdição e ao inferno de Teotónio. Este teve mesmo de exilar-se no Brasil, posto que foi o primeiro expediente de que tratara o indomável e ressuscitado inspector Ferreira Raposo, à saída do seu cativeiro, na freguesia de Rabo de Peixe, nos Açores. Na verdade, Rabo de Peixe nunca chegou a ser uma prisão, pelo que Ferreira Raposo gozava do regime de reclusão aberto e desfrutava durante o dia inteiro pela freguesia, com as suas belas amantes, em bares, junto à muralha costeira, com uma vista para a sua paisagem bela e selvagem. À prisão, ele e o amigo Pedroso, só se faziam para dormir.

Voltando ao fio da meada, a Teotónio, sequestrou-lhe a PIDE à saída de sua casa da Rua Marquês Sá da Bandeira, n.º 182, Ponta-Gêa, e queimou-lhe impiedosamente as mãos. O local deste acto macabro foi a casa de Zeca dos Telhados de Vidro, em frente à Companhia Rodoviária, Prédio Reis, 1º andar esquerdo, Matacuane. Sujeitaram-no a uma semana de cativeiro, a espremê-lo e a amassá-lo com tortura, para lhe extrair confissões valiosas, acerca da autoria do artigo que ridicularizara Jordão Ferreira, expondo a nu o parentesco comum, de ambos primos. Como Teotónio Machado não lhes dera informações suficientes, Ferreira Raposo simulou que ia fritar dois ovos, para o seu pequeno-almoço e de outro inspector que o acompanha.

Quando o óleo aqueceu, com requintes de crueldade sem precedente, os dois, vestidos com aventais impermeáveis, seguraram no escritor pelas mãos e, num acto macabro, mergulharam-nas na frigideira a cem graus celsius.

Durante anos, Machado andou desaparecido da circulação. Sujeito à prisão, sem processo, nem acusação, evadiu-se e refugiou-se na biblioteca debaixo da cidade. Neste abrigo, com a ajuda de Pedro Pessoa e Lúcia, submetera-se à cura de repouso e cuidaram das suas feridas. Ele sabia que aí estaria a salvo dos seus detractores. Até então Ferreira Raposo e Zeca dos Telhados de Vidro não tinham acesso à mesma. Vasculhavam a cidade a pente-fino, sem o encontrarem. Porém, não se sabe se por fuga de informação ou se por instinto, Ferreira Raposo mandou queimar a biblioteca, provavelmente informado de que esta o albergava. Na verdade, ao longo de oito dias e oito noites a biblioteca ardia e o Corpo dos Bombeiros Públicos não interveio. Mostrou-se negligente para debelá-lo.

Perante as chamas que se prolongavam por aqueles tenebrosos, Teotónio desenvolveu as suas virtudes de lutador, com a preponderância da sua resistência física e equilíbrio da sua alma. Por mero acaso, sobreviveu àquela bola de fogo.

O abrigo cheirava a torresmos e a azebre. Foi quando de lá saiu o Teotónio. Voltaram a apanhá-lo. Para se livrarem dele, recorreram ao conservador Diogo Neto que lhe tratou do passaporte, com o nome primitivo, e embarcaram-no à força num barco, para o Brasil, com a advertência de que nunca abrisse a boca, se não quisesse morrer. Levava apenas a roupa do corpo e cinquenta escudos nos bolsos, para despesas. No Rio de Janeiro receberam-no o Olívio de Quiróz e o professor João Dias. Impedido de escrever por causa das mãos queimadas e dificuldades visuais, tornou-se cantor de "bossa nova", de música popular brasileira e pagode.

Rebaptizaram-no "Mãos nos bolsos", porque o traumatizado Teotónio nunca as libertava dos bolsos, para não expô-las ao arrepio das pessoas sensíveis, pelo seu aspecto horroroso, que metia impressão. Dizia ele, aquelas não eram mãos, mas torresmos, com uma avara concha que se prolongava depois dos pulsos, pois os dedos, como presuntos, ficaram-se por aquela frigideira, cujos ossos foram atirados a um cão rafeiro,[102] que os mastigou numa fracção de cinco minutos e com elevado apetite.

Tocava piano com os pés e musiqueava com uma gaita-de-beiços, com um dispositivo fabricado, suportado pelos ombros. Dançava-se nas margens do Rio de Janeiro ao som desta gaita-de-beiços e a sua voz melodiosa animava o lugar. O homem ficaria assim marcado para todo o sempre. Nunca pôde contar a sua verdadeira história, enquanto cantava em botequins cariocas, junto ao porto, com aquele sorriso contagiante, que escondia a dor e a melancolia. A saudade da terra e de Dona Josefina escutava-se numa das suas canções mais apreciadas. A expressão da sua vocação brilhava nos seus dentes, para um público simpático, no Leblon. Eram o José Dias e o Olívio de Quiróz que compunham a ditado todas as cartas de Bonifácio, as suas notas e composições musicais.

José Dias era também o seu tutor, para casos de assinaturas de contractos. Conseguiu fama, dinheiro e amores. Casou-se com Bernarda Carlota da Silva, que anos depois se escapou das chantagens do trio dos inspectores da PIDE e se lhe juntou. Ambos tiveram dois filhos legítimos, fruto do casamento. Teotónio gozava do carinho dos filhos e dos cariocas, que lhe apaziguavam. De vez enquanto Isabel Quiróz o visitava.

Não bastando tal esforço, foram as cartas expedidas por Dias e que se me destinavam que caíram nas mãos dos seus detractores infiltrados nos CTT. O professor Dias tentou, por muito, durante anos, enviar-nos cartas, mas nunca chegaram. Somente duas chegaram ao meu destino e foram pelas mãos de uma

---

102 Cão que não tem raça definida, sendo resultado do cruzamento de diversas raças.

mulher. Para tanto, desembarcou ela emascarada com um lenço e véu na cabeça, como se de uma freira se tratasse.

“No Aeroporto Sacadura Cabral, conhecido o excesso de zelo e rigor dos agentes subordinados à Ferreira Raposo, a portadora sigilosa não correu risco de ser presa?” — Carambola me perguntou.

“Nunca faltou vontade aos zelosos agentes de porem-na numa casa de banho e revistarem-lhe toda. Porém, uma voz superior minimizou após de lhe ter tomado como missionária. A portadora tinha-as na gola da sua blusa. Passava-se como se fosse parte da costura e componente da mesma peça, maleável, do trabalho de uma engenhosa modista. Aliás, ela conhecia a fundo esse mundo de espias e soube como operar. Não será por acaso que o professor Dias escreveu-lhe a solicitar-lhe que nos fizesse chegar as correspondências mediante a sua intercepção.” — Disse-lhe eu.

“Podes-me dizer como se chama a tal secreta figura?” — Carambola me inqueriu.

“É a desamparada Orquídea que, como sabes, mora em Bonaire, para onde o seu defunto amo Brian a levou. Nos verões, passa algumas temporadas na Beira, onde desfruta de largas horas, na Praia dos Amores e da Oceana, deitada na areia, com os olhos em órbita, lembrando a sua felicidade passada. Na sua inocência, prisioneira de um anjo dos céus, a cada dia a discreta Orquídea visita a biblioteca. Creio que ainda hoje ela ama o Fernão, pois apesar de tudo que se lhes passou, o amor não é só o contacto físico, mas algo mais além, que mantém um e outro intimamente ligados pelas almas, por um fio invisível e mágico até à eternidade, mesmo depois de separados, porque as almas uma vez unidas nunca se separam. Dizem que quando entra naquela biblioteca ouve a voz de Fernão e fala com ele. Ambos se perdoaram e vivem espiritualmente um para o outro, num compromisso eterno e devoto." — Esclareci-lhe.

Duas personagens apareciam constantemente a martelar no imaginário de Dona Alice, por suas histórias discretas e movimentos duplos, entre a terra e as nuvens. Isso passara-se desde aquela tarde cinzenta de fevereiro, em que Dona Alice accionara calmamente a maçaneta da porta com a mão direita e, sem nenhum ruído, irrompendo a biblioteca adentro. Esta exalava ainda o cheiro a vaporosas rosas que ela aí depositara, sobre a tumba do filho, não havia muitos dias.

Sacou a máquina do ombro e fotografou o espaço ao redor, envolto em uma espessa nuvem de fumaça e humidade. Não muito longe, uma mulher com um chapéu de véu de grinalda exalava a recordação dos prazeres do amor e dos sais essenciais das carícias, que ainda lhe avassalavam a alma. Era a esta pessoa que ela desejava rastrear os pecados. Dona Alice agachou-se com toda a discrição, sem deixar de olhar a mais recente coroa de flores depositada no mesmo túmulo.

Deitada no chão, ouviu emocionada a outra visitante, de lábios finos, muito bonita, declamar as suas expiações a um homem, sem se dar conta que estava debaixo do seu olhar atento. Ela guardava segredos que se lhe afigurou dizer àquela hora ou nunca mais lhe diria:

"Meu amado Fernão, eu não estava feita para ti, porque eu não preenchia as dimensões de ser necessárias e compatíveis com o teu talento. Não pude oferecer-te apoios necessários, para ajudar-te a equilibrar, num momento em que se ruíam as paredes do nosso casamento e cresciam as desavenças no lar dos teus pais. Faltou-me a modéstia e o sentido de conciliação da minha pessoa com uma larga lista de personalidades que me habitam, para salvar a tua família, suporte-base do grande poeta que foste e se perdeu. Não fui a tua ajudante, não fui a tua socorrista, não fui a tua amiga, não fui quem devia socorrer-te junto de um psicólogo. Porém, devo-te contar-te: Mora nesta cidade um homem charlatão com o pomposo nome de Dr. Alexandre, homem esse para todos os ofícios, desde o da medicina, passando a agiota e até à médium. Cercado de corrupção, tem ele um consultório na Rua Consiglieri Ennes, n.º 21, mesmo ao pé da Livraria Manuel Pessoa & Alice. Ele recebe visitas de homens e mulheres, interessados nas suas adivinhas, em desvendar as damas e cavalheiros que lhes roubam os parceiros. Acontece que no princípio Dr. Alexandre tornou-se extraordinariamente conhecido pelas suas faculdades mediúnicas, após me desvendar tudo o que se passava entre ti e a Francesca Papini. Contei isso ao Teotónio e ele o requisitou e Dr. Alexandre desvendou-o. Desamparada, caí numa cadeia de amores, que iniciou-se com o Teotónio Machado, depois atingiu Camõns e a Dom Caixote, também não me escapou o Olívio, com quem me incestei."[103]

Terminou de pronunciar estas palavras e o eco de uma outra voz repetiu-se por dentro do seu coração, como pelas paredes. Era de uma recordação, de seu primeiro amante, em intimidade com ela, naquela mesma biblioteca. Disto Fernão soubera-o, pela mãe, que num remoto dia lhes surpreendeu em flagrante, e lhe colocou a par do sucedido.

Apesar de Alice Pessoa ter a viva consciência de que Orquídea amava mais a Fernão do que este a ela, não deixou de imiscuir-se. Para evitar mal-entendidos provou-o com ilustrações da sua câmara digital. Fernão comentou sem se exaltar, com palavras que lhe agitaram o coração:

---

103 Desonrar com incesto.

"Deixei roubar o ouro que ela me foi. Roubaram-me o ouro e o anjo e a estrela que me foi e perdia-a, num mar de perdição que me levou a viajar pelas nuvens, à sua busca."

"Ela, em vez de anjo, era uma fera adormecida." — Satirizou Dona Alice.

"Oh, não a julgues deste modo, mãe! Antes de a condenar ao suplício é preciso reflectir na artista que ela é, com os seus duplos. Uma artista inocente e em evolutiva cadeia ascendente, que a princípio cultivava a ideia de namoro e casamento, de empreendedorismo, independência financeira e a épica popular, antes de cair na sexualidade animal, num mundo de forças subtis, venenosas e opressoras, em que sobrevive." — Disse Fernão com condescendência e aceitando virtualmente a derrota.

"Me parece que te sentias realizado com meia dúzia de chifres que ela te punha, dos melhores amigos teus." — Dona Alice não escondeu o constrangimento. Ele não disse nada. Pela expressão do rosto, parecia comocionado e resignado.

Depois daquelas palavras, Alice continuou a contar, como viu uma silhueta elegante, ágil e esbelta flutuar a dois metros de si. Era a Orquídea e o amante. Orquídea deixara-se alucinar pela voz daquele homem que a consolava e a amparava. Deixou-se seduzir pela sua prosa, pelo ritmo e sua carinhosa entoação de voz, que lhe recordava do primeiro homem, de que se enamorou haviam décadas.

Era o seu carisma aparecendo e lhe iluminando de novo com a força das fagulhas, num coração em cinzas, que ressuscitava da hostilidade. Era um milagre. Ela sentia renascida, com aquele ânimo de amor, dentro da mesma biblioteca, que retinha poeiras das suas recordações, naquele chão atapetado e espaçoso, com livros há muitos anos amontoados. Sentira as suas preces fecundarem e trazerem-lhe de volta, em carne e osso. Um sonho consumado. Uma lágrima caiu-se-lhe do rosto, depois outra e depois outra ainda.

Orquídea olhou fixamente para o amante e a sua língua introduziu-se-lhe pelos dentes, sedutoramente. Não tinha dúvidas de que este era um tique clássico de Fernão, que gerava nela um culto, que ainda gerava nela uma forte atracção.

Ela se recordou que não havia nenhum rasgo daquele corpo que não parecesse com ele. Ela mordiscou os lábios próprios, desejosa de tocá-lo. Ele também. Ela voltou a sentir aquela perene beleza que o encantou em rapariga. Ela sentiu borboletas voarem no estômago e, ao avançar com dois passos decisivos na sua direcção, caiu-lhe um raio verde, do mar. Um raio indecifrável, ao horizonte, que ela finalmente alcançara, como mais ninguém, depois de tocá-lo no rosto com os dedos da mão direita, convencida de si mesma. Tinha a certeza ao sentir a paz, algo alheio aos seres humanos, descera dos céus, para a tranquilizar.

De olhos fechados, viu-se abraçada a ele. Ela sentiu umas mãos flácidas, sem conchas, o corpo magro, esquelético. Pensou que aquelas eram as mãos de um morto, descalço, quando regressa à vida. Já ela atravessara toda a fauna marinha, para trás deixara as baleias, os golfinhos e as algas. Não iria recuar, nem desfalecer a sua determinação de conduzir aquela atracção física, até ao fim da sua vida. Beijou-o. Ele também a beijou sofregamente. Ela seguiu-lhe o gesto, acariciando-o pelo pescoço, enquanto murmurava emocionada:

"Há seis anos...!"

"Há seis anos...!"

Ele pretendeu desculpar-se, balbuciou algumas palavras por achá-la inocente, mas ela repeliu-o tapando-lhe a boca, investindo todo o afecto nele, sob o olhar severo e sigiloso de Dona Alice, que, resguardada, atrás da porta, conseguira dar conta da identidade do amante. Coisas incomuns aconteciam naquele lugar, com essa mulher, que como uma sonâmbula, não se dava conta de nada.

"Teotónio, agora não é o momento para declamar culpas. Amemos." — Sem dar-se por equivocada, exigiu Orquídea, olhando-o fixamente de frente e falando-o com uma voz suave e doce. Porém, enquanto Dona Alice os fotografava por detrás daquela humidade fumegante da vaporosa cave, a bibliotecária estava noutra sala, no extremo oposto, a tirar o pó aos livros e ao mobiliário, mais um monte de afazeres. Sabia que aquele era um episódio mais que se repetia.

Dona Alice chegou-lhes muito de perto e saudou a Orquídea, sem exaltar a voz. Naquele presumido jeito seu de safadinha que não obedece a hierarquias lhes atirou uma exclamação inquieta:

"Deixo-vos em paz."

Fechou suavemente a porta atrás de si. Avançou uma dúzia de passos e entrou colérica na biblioteca, para desabafar-se com a bibliotecária Lúcia, que há poucos minutos lhe vira com a objectiva suspensa e com a sobrancelha esquerda cerrada, a fotografar Orquídea e Machado, emparelhados naquela profunda e voluptuosa intimidade do amor, num leito de ferro, ao lado.

Antes de Dona Alice convergir, Pedro Pessoa falava com Lúcia:

"Agora só vejo as estantes repletas de dicionários, manuais, atlas e guias de viagem. Da colecção mais importante da casa, nada! Que seca!" — Depois destas palavras escapou-se, deixando-a solitária e a registar os livros numa tira de papel. A colecção dos livros proibidos sofrera um golpe de subtracção sem precedentes.

Às costas de Pedro Pessoa, Dona Alice comentou logo e abertamente a Lúcia, que contava com mais uma arma de arremesso para atacar Orquídea, para provar a inocência do filho e tomá-la como culpada da auto-destruição em que Fernão caiu. Para ela, Orquídea explorara todas as debilidades de Fernão e o seduzira, quando se jogava em braços dos amigos deste, magoando-lhe o coração. Nas densas nuvens da floresta dos seus pensamentos, Dona Alice acreditava, em derradeira análise, que Orquídea era um anjo contaminado pela leviandade. Acreditava ainda que Isabel era fruto das suas incríveis escapadelas.

A inteligente Orquídea, em ruas silenciosas de amargura, nunca quis abrir-se com a filha sobre a progenitura da mesma, colocando, por isso, a inocente Isabel sempre circunspecta. Uma crise de consciência lhe perseguia até às entranhas. Lhe fazia oscilar em dois extremos, tornando-a enigmática e bipolar, naquele jogo que lhe arrastava a um turbilhão de mentiras piedosas e lhe fazia suspender a moral da vida.

Apesar de ilegítima e de pai incógnito, as presumidas neta e avó pacificaram-se. Sem embargo, uma recordação assaltava continuamente a intimidade de Orquídea: Naquele dia, com o sol formoso a caminhar para o crepúsculo, no oeste, como uma pétala de sangue que caía no templo das camélias, chegaria o demónio de Ferreira Raposo, para atear a biblioteca.

Quando o incêndio tomou proporções gigantescas, com o fumo transformado numa selva nas nuvens, como uma câmara de gás do corredor da morte, a atmosfera da cave tornou-se tenebrosa. Orquídea acordou sobressaltada depois de inalar o cheiro a dióxido de carbono. Não teve dúvidas de que a misteriosa biblioteca ardia, entre alaridos dos mortos.

“A biblioteca está a arder. Fujamos!” — Afirmou Orquídea, sobressaltada, depois de se livrar das ensombradas mãos do fantasma de Teotónio, que a envolviam.

"Quando a morte nos persegue, não nos adianta fugir dela, se tal acontece depois de um belo entardecer ou depois de vivermos o amor com toda a sua plenitude. Sei que suportaste a carícia desagradável das minhas mãos inexistentes, mas com ela eu senti a doçura dos céus, ao escalar-te os teus mamilos pequenos como o pólen das tulipas." — Respondeu Teotónio Machado.

Em sua desventura, Orquídea deixou o parceiro. Caminhou às aranhas, durante um quarto de hora. Instintivamente, após de se perder por uma passagem que dava num túnel, viu uma luz pequena, mágica, que atravessava para este lado, por uma ranhura. Então, descobriu que aquela passagem a levava até à porta do Café Novo Lar. Era como uma rosa-dos-ventos. Foi até ao fim. Disferiu três golpes nesta porta secreta. Quando a abriram, escapou-se do local, que se cria, hermeticamente fechado.

Deixou lá o homem feiticeiro sentado a um canto da parede, entre soluços. Teotónio Machado, parecia banhar-se numa fulminante nuvem de ácido sulfúrico e água destilada.

Entre morrer asfixiado e às mãos dos seus vergonhosos esbirros,[104] Teotónio Machado preferiu a primeira hipótese e abrigou-se naquela nave iluminada de escaparates[105] monumentais. Escorrendo-se no tapete da biblioteca, onde em tempos faiscaram Fernão e Orquídea, prendeu a respiração, tornando a sua agonia lenta e dolorosa, debaixo daquele calor selvagem e primitivo.

Enquanto aspirava massivamente a ar daquela espécie de cianeto de hidrogénio, Machado lançava a

---

104 Agente da polícia.

105 Armário envidraçado.

cabeça para trás, numa posição que se prolongou ao longo dos dias daquela asfixiante desgraça. As mãos tremiam-lhe e suava muito. Soltava gritos abafados e contidos, também de agonia. Ficou inconsciente e imóvel. Perdeu os sentidos ao fim de uma semana. O guarda encontrou-o naquela agonia, com a cabeça sobre os braços e chamou-o. A sua voz era dura e capciosa. Conforme ele falava, assustadas nuvens de pó caíram das paredes, semelhantes à morte e o guarda berrava:

"Desperta, desperta!"

Os anos correram. Um dia, Orquídea converteu Isabel Quiróz em sua companheira predilecta, nas suas visitas à biblioteca. Isabel nunca declinou os convites, pois na sua obsessão de conhecer a identidade do pai, acreditava naquela biblioteca se encontrava a chave, enquanto Orquídea arrastava o secretismo.

Parece que foi a Dona Alice quem lhe emprenhou pelos ouvidos, com aquela sobriedade que lhe era reconhecida.

Deste modo, Orquídea viu-se obrigada a confessar-lhe que Fernão era o pai dela, o que aquela não acatou, em se tratando de que do outro lado havia a influência de Dona Alice.

Transtornada, Orquídea padecia a chorrar por um percalço de vida que escondia, difícil de assumir, enquanto bebia cervejas, para afogar a melancolia. Vivia no inferno. Era o resultado da vida agitada e confusa que levara no passado. Tudo que se segue é uma conversa de mãe para filha e vice-versa:

"O pior de tudo é que no cume do amor tive o Teotónio Machado, nas minhas entranhas, em presença de Dona Alice, que logo largou a correr, sem conseguir suportar aquela imagem forte e cruel, para uma antiga sogra. Teotónio confessara-me, posteriormente, que deixara-se levar por mim, amiúde, acreditando que comigo estava, ilusoriamente, em presença da sua tão grande amada, Bernarda Carlota." — Contou Orquídea sem rodeios nenhuns.

"A mãe não tem motivos para chorar. Se naquele momento o homem feiticeiro correspondeu ao seu amado homem então a mãe foi feliz. Valoriza o que aconteceu e esquece o resto, porque duas coisas supremas e adequadas se dispõem com bendição ao ser humano: a vida e o amor. É preciso gozar, explorar fantasias até ao limite." — Este foi o conselho de Isabel, para animar o coração derrubado de Orquídea.

Era um coração que latia num corpo morto, que ela procurava alimentar lendo-lhe, em vão, poemas que Fernão lhe escrevera, como também lhe acompanhando à biblioteca, de que Orquídea tinha elevada estima, como se fora um santuário, um monumento sagrado erguido em homenagem a seu amado e ao amor que unira a ambos.

Orquídea enxugou as lágrimas que lhe caíam desesperadamente da face, pois ninguém podia ouvir a sua história sem se ver perpassado por um grande arrepio, na pele. Noutro dia, aproveitando-se do pretexto de mais um passeio rotineiro entre a babel de livros, que Lúcia Pessoa andava a pôr em ordem, Isabel perguntou a Orquídea, com o seu acento nasal e voz ajuizada:

"A mamãe já conhecia antes o papá Teotónio Machado?"

"Sim, filha. Desde os meus quinze anos. Quando o teu antigo pai estudava no Liceu Pêro de Anaia e me apresentou a ele como a sua musa, naquela sua graça muito juvenil e pura." — Orquídea não hesitou em lhe confessar.

"Não foram amigos de infância, como antes pensei." — Isabel era pequena, mas perguntava como quem tivesse muita experiência de vida.

"O teu antigo pai já estava obcecado com a ideia de constituir um núcleo de escritores e Teotónio Machado era o eleito, mas a princípio este mostrou-se distante, pouco entusiasmado. Só muito mais tarde emparelhou-se-lhes, com esforço. Camõns convidou-nos a conhecer o seu grupo, mas o Teotónio, sempre esquivo, recusou-se e me convenceu a sair com ele. Estava lá a Bernarda Carlota, que ele já não via há algum tempo, pois viviam uma crise de amor e me parece que o teu antigo pai tomou as rédeas dela, aproveitando-se do momento. Depois da visita, o teu antigo pai telefonou-lhe e contou-lhe que aí vira a sua grande amiga. O romance de Teotónio com Bernarda começou no Olympia." — Orquídea nunca sentira tão segura e aberta para falar, como naquele instante.

"Conta-me mais, mamãe. Interessa-me saber do meu outro e novo pai." — Dentro de Isabel se reflectia um espantoso espelho, com que ela podia entrar na vida dos pais e das amizades dos mesmos. Ela se divertia com o facto de saltar de um pai a outro.

"No Olympia foi onde a Bernarda Carlota me confidenciou que Teotónio veio morar para a Beira aos cinco anos. Um dia a mãe fez um ritual satânico. Colocou a sua certidão baptismal num pires e queimou-a. Depois do documento ficar carbonizado saiu com ele ao quintal e nisto soprou imediatamente um remoinho de vento, que levou os pedaços carbonizados em espiral, para os céus, como um enxame de abelhas. E lá nos céus as cinzas desapareceram. Logo disse-lhe a mãe:

"Tendo Bonifácio Alfaia ido para os céus, agora nasceu verdadeiramente o Teotónio Machado. No mesmo dia, ela tomou as suas roupas e calçados. Ofereceu-os a um menino órfão. Teotónio procurou as roupas e não encontrou. Derrubou as latas de lixo de casa e dos vizinhos e não as apanhou. Voltava um dia da escola, quando se cruzou espontaneamente com um menino vestido de alto a baixo como ele, os cabelos rapados, como ele usava de outrora. Chamou-o com um grito doce e inocente: 'Bonifácio!'"

O menino lhe correspondeu com disfarçado pudor. Incrivelmente era o nome dele. Um outro Bonifácio. Brincaram juntos nesse dia, aos saltos, no orfanato. Aquele menino atirava miniaturas de azulejos sobre os mosaicos e saltitava, com todo o cuidado, sem tocar nos mosaicos brancos, como se jogasse a xadrez. Durante todo aquele dia Teotónio não saiu do orfanato e a mãe o procurava, enquanto os dois liam estórias em vinhetas.

Alguém o viu aí e a comunicou, já noite entrada. A mãe lá foi recolhê-lo ao orfanato e falou qualquer coisa, cochichando no ouvido de Bonifácio, o órfão. Teotónio aguçou os ouvidos, mas nada enxergou. Em dias consecutivos, ele voltou ao orfanato e quando o outro o via, à entrada do recinto, punha-se inocentemente a correr, sem lhe ligar nenhuma, nem lhe prestar a devida atenção, até que desapareceu, em definitivo da circulação. E por causa disto chorava abundantemente. Desesperado contou à mãe o que lhe tinha sucedido e eis que esta lhe disse assim, sem que ele a compreendesse:

"Bonifácio foi para os céus. Um dia quando lá fores encontrá-lo-ás e lá continuará a vossa amizade."

Traumatizado, desde esse dia ele pegou o hábito de andar, de detrás para frente e vice-versa, em mosaicos pretos, como que a tentar sentir as vibrações do seu passado, crendo assim que comunicava com o além dos céus, onde vivia o amigo. Um céu que lhe roubou o amigo e ao qual ele tocava com os pés, para reconverter o vazio deixado por aquela amizade perdida, que tanto lhe dilacerava o coração e a alma.

"Uma história melodramática e trágica, com condimentos misteriosos, mamãe." — Comentou Isabel, que dentro daquele espaço com selo familiar costumava ouvir deambular os parentes.

"Ainda assim, desde o início, Teotónio buscou alternativas. Fez-se muito amigo de Fernão e visitava a casa dos seus avós. Passava lá as refeições, por vezes dormia aí, ao fim de muitas horas passadas nesta biblioteca, que aos cinco escritores era como um jardim em flores de livros, um jardim de borboletas em livros. Um dia comunicou aos teus avôs que se ia casar, como o Fernão fizera comigo, o que aqueles não se mostraram de todo receptivos, porque queriam-no perto de si. Dona Alice, que o tinha sempre por perto, ficou desesperada, porque era ele quem lhe fazia companhia, na sua solidão, considerando a via errante que Manuel Pessoa fazia."

"A mamãe já alguma vez teve afecto por ele?"

"Damo-nos como irmãos. Nunca falamos daquele incidente passado, que se repetia, contanto há anos muito recuados, melancólica e frustrada com o amor do teu pai me deixei seduzir e consolar pelo aroma do amor dos seus amigos escritores da "Geração Realismo Tropical", para recuperar as belas recordações da adolescência. No meio das minhas desavenças e conflitos com o teu antigo pai, desde o início, eu buscava aquela beleza da fantasia literária que me tinha enchido o peito de flores de cortina de veludo, sem a qual não consigo viver. Era ao Machado a quem eu confiava os nossos problemas e ele mediava, conciliava, depois o círculo foi-se aumentando. A princípio eu confiava nele porque sabia que depois de lhe confiar os meus segredos nada passaria fora de nós os três e o teu antigo pai respeitava o Machado, como um seu conselheiro, como seu irmão, mas depois, porque eu sou uma mulher, deixei que a sucessão de homens parecidos com o fantasma do teu antigo pai, me invadissem o peito, as entranhas, me oferecessem a mais elevada glória humana, trazendo-me a luz pelo amor, e, sobretudo, me arrebatando do escuro. Não me tome por lasciva ou perversa. Eu só queria sentir o meu coração bater como um êmbolo; transbordar como uma cachoeira. Eu só queria viver; viver é gozar, não me sentia senão a escapar-me, porque me sentia morta por dentro e por fora. Daí, a qualquer risco e preço, dediquei-me completamente ao prazer da carne, explorando a pulcritude das partes mais secretas do meu corpo, para me despertar com vida e ressuscitar do túnel da morte, onde caíra, na juventude."

"É como nós as duas, guardamos muito sigilo uma da outra. A propósito de todas as confidências e intimidades que trocámos, nada passará do nosso horizonte." — Isabel Quiróz prometeu-a. No entanto, Orquídea mostrou-se uma vez mais bipolar:

"Também lhe devo contar que Teotónio era afilhado adoptivo de Manuel Pessoa e Alice, teus avôs. Passava refeições com os Pessoas, à mesma mesa. Quando ele chegou ao Brasil o professor José Dias pôs-nos em contacto e escrevemo-nos mutuamente."

"Que giro!" — Disse Isabel Quiróz com visível ironia e incontida emoção, ao mesmo tempo consciente do promíscuo mundo adulto em que ela estava entrando.

"Amigas para sempre?" — Perguntou Orquídea curiosa, com sua erudição peregrina, que a levava a lançar mão dos manuscritos, papéis e esferográficas do amigo do "pai" de Isabel, onde estão registadas minuciosamente as vivências com os seus companheiros.

"Amigas para a eternidade!" — As perguntas que acompanhavam Isabel tinham sempre respostas, que iluminavam-na como a chave de uma luz que a transportava a um destino, das distantes e extraordinárias recordações da mãe, que não teve pudor de lhe contar que fugiu do antigo pai, para casar com um estrangeiro. Um capricho momentâneo. Já não pretendia guardar segredos. Todavia, não contou que fugira de casa para manter relações íntimas com Brian. Depois que este perdeu a causa ainda a escreveu duas vezes, para que regressasse. Ela comprometeu-se a fazê-lo, ao que não cumpriu, de modo que a Brian nada lhe restava senão sequestrá-la. Engravidou-se por duas vezes e abortou com drogas.

Logo a seguir àquele pacto as duas abraçaram-se efusivas e afectuosamente. Passaram a cancela, atrás da qual tinha a bibliotecária Lúcia a sua mesa e cadeira. Aqui costumava sentar-se para fazer o registo das obras entradas e saídas, com uma bata manchada de nuvens de pó de cadáveres e algumas teias de aranha, dos vivos. Na mesa havia um telefone, com uma luz azul instalada, que ao mínimo toque lhe dava conta das chamadas, por causa dos seus problemas visuais e auditivos. Para dar remate à conversa, Orquídea dirigiu-se, carinhosamente, à Isabel:

"Filha, de todas as vezes que cá viemos não te apresentei, por causa da tensão que nos dividia, mas esta é a tua tia Lúcia, filha de teu avô Pedro Pessoa com Madalena Pessoa, com a qual casou-se em primeiras núpcias".

"Prazer em conhecê-la, tia." — Disse Isabel Quiróz.

"Prazer todo meu, sobrinha." — Respondeu Lúcia. Não obstante esta estivesse toda suada, Isabel beijou-a nas bochechas e abraçou-a com carinho.

"Mamãe, já compreendo porquê os livros aqui têm vida eterna. É porque a tia Lúcia os desempoeira e, os desempoeirando, desenterra-os do pó das suas cinzas. Dá lhes asas e novas vidas." — Isabel precisou. "Filha, os livros não só ressuscitam quando se lhes desempoeira, mas sobretudo quando nos recordamos deles, quando os lemos e os recomendamos. Ler é um acto de amor, de carinho, de intimidade com as palavras e com a língua, também de conhecimento mútuo entre os seres humanos. É daqui que nasceu a riqueza misteriosa do teu avô Pedro Pessoa." — Afirmou Orquídea.

Entretanto, Lúcia voltou-se ao trabalho. Subiu ao alto da biblioteca através de um escadote, donde se lhe via magra, alta e corcunda, a duras penas, como se estivesse prestes a quebrar-se ao meio. Com uma expressão grave nos olhos tremia e dava impressão que iria escorregar. Não obstante quase cega-surda, Lúcia não usava óculos. Fazia as coisas com minúcia, aproximando os olhos a meio palmo das coisas, como se fora uma viva-morta. Por umas horas, Orquídea e Isabel convencionaram ajudá-la a empilhar os livros, por ordem, nas prateleiras, até à cabeça do tecto. Com método e disciplina puseram tudo em ordem.

"A minha mãe queria um casamento avantajado e o trabalho duro sobrou para mim." — Com visível ironia disse Lúcia por fim.

"Não é verdade. Falo-te de um outro caso. Sempre que visito a biblioteca vejo a Lúcia suada e Pedro Pessoa sempre atrás gritando-lhe e chamando-lhe nomes sujos, para levá-la a pôr as coisas conforme o seu desejo e ela obedece-lhe como todo o respeito.... Até à próxima!" — Rematou Orquídea sorrindo graciosamente.

"Agradeço-vos muito pela ajuda." — Disse Lúcia, num gesto cortês enquanto se despediam. Ela tinha grande pachorra, quase não se preocupava com nada. Solitária não se mostrava entediada, senão quando, de tempos em tempos, Pedro Pessoa, com as costas decaídas, regressava da morte, para lhe exigir prolongadas contas de livros emprestados e não devolvidos, seguindo à risca o tratado assinado e, por vezes, tentando tocar aquelas carnes ternas, ao que ela o advertia, não sem repelir:

“Dom Pedro Pessoa não esqueça que o senhor é casado e eu sou a sua filha. Não quero ter filhos com problemas genéticos!”

Logo Mathilde Braun aparecia, para sacá-la dos apuros. Mathilde tinha instinto e sabia aparecer imediatamente quando o marido infringia o código social. Depois de lhe voltarem as costas, Mathilde repreendia-o com a sua voz monótona, sonolenta:

“Que gosto tão péssimo, Pedro Pessoa! Não vês que a mulher não quer nada contigo!?”

Ele não comentava os seus desaires. Apenas murmurava para os seus botões, com desaforos nervosos.

Ano de 1969

18

Naquele dia, enquanto um ténue sol caiava a terra de roxo, acenderam-se as lâmpadas da cidade, cujo cheiro a enxofre colocou grandes nuvens de insectos em alvoroço, aos tropeções, como se fora uma briga de rivais ao redor delas, criando uma sensação de desordem no mundo. Por cima e por baixo dos candeeiros que iluminavam as estradas havia enxames de milhões e milhões de gafanhotos, que bailavam festivamente agitados e sacudidos pela vaporosa claridade, num regalo de orgia louca. Os meus olhos castanhos arrojaram-se para os céus, num tal espectáculo em que os morcegos despertos eram convocados a dançarem lado a lado com aqueles, até que entupiram a clareira dos céus, antes de caírem mortos nas calçadas, num toque que prenunciava o desastre e o colapso apocalíptico do festival da burguesia.

Quando eu e a Lourdes Fonseca saímos do Café Novo Lar, o meu pai não chegara ainda para nos recolher, pelo que decidimos ir ao seu encontro, no jornal, a caminhármos a toda pressa pela Rua Aires de Ornelas, com a nossa capacidade de visão limitada por aquelas nuvens de gafanhotos, que pressagiavam alguma perdição. A brisa do vento estava completamente quieta e as nuvens estavam feitas daqueles pássaros e insectos, que se mostravam de costas voltadas à terra, deixando ver um espaço celeste bordado daquelas excitadas e agitadas silhuetas, que o pintavam. No jornal, a recepcionista disse-nos que ele deixou-lhe um recado, que o encontraríamos na Rua Consiglieri Ennes, n.º 80, para onde se fazia habitualmente, pois lá organizavam-se sessões relacionadas com os progressos da guerra civil. Entrámos logo a seguir pela Avenida da República e caminhámos por mais dez minutos, até ao local indicado. E lá o encontramos, de modo que nos levou à casa, com dificuldades de conduzir, entre aquele mar de gafanhotos, em ondas cada vez maiores, que caíam em massa e espatifadas sobre o vidro. Ele era um homem hábil.

Conto-te, Carambola, as habilidades do meu pai:

Papá recorria com frequência aos serviços de Dom Botão, pois o que retalhava a fronteira entre a classe dos sobreviventes da cidade e a 'gente de baixo' era a polidez dos calçados e o aprumo no traje, como se preparassem para uma ocasião solene ou uma festa de gala. Dom Botão nunca polia os calçados sem antes lhes sacudir os pós, com aqueles seus panos limpos, embebidos em vaporosa benzina. Os panos espantavam a poeira daquela fina areia dos mortos que nos invadira, cantavam, naquela fricção entre o couro e o tecido, sujeitos que estavam pelas suas ardilosas mãos.

Por aquelas alturas, Dom Botão já vivera estas e outras experiências mais duras, mas o cheiro a cera de polir e a flores faziam-lhe esquecer da injúria e até do desdém do inspector António Ventura, que por muito o deixavam aterrorizado.

Papá caminhava solitário, como um pássaro, levando sempre às costas o peso de uma vida misteriosa, que o fazia sentir-se livre de satisfações ao António Ventura, também acautelando-se de alguma censura de parente, amigo, que o fizesse passar por uma experiência amarga e triste, para aquela intimidade que desejava ver resguardada.

Se acaso João Castelo Branco morresse, tal significava que se nos impunha enterrá-lo em solitário, para que ninguém o delatasse na eternidade, pelos lugares por onde os seus ostentosos calçados haviam antes pisado, até perderem o brilho e o lustro, que lhe davam ânsia de viver intensamente o amor. Sem embargo, não era a mim como sua filha, e a Dona Raimunda, como sua esposa, que saltavam os segredos, que escondiam aquele lustro perdido no pó, o que no fundo depreciava.

Sabíamos por terceiras vozes que ele andava pela cidade negra, a partilhar o seu lado sólido e culto com a comunidade, sem nenhuma carnalidade efectiva e musical na linguagem. Falava terra-a-terra com aquela gente. Ainda não chegara o fatídico dia da queda da opressão, mas o gaiato do papá, embrulhava-se em seus fatos, a pretexto de os desfrutar e celebrar atempadamente a primavera festiva. Fértil na imaginação, um dia estatuiu futuros feriados e mamã olhou-o, baixando em seguida os olhos até aos seus pés. Muitas comemorativas datas futuras e presentes as arrolara ele, para se escapar do ócio e do tédio, também daquela existência monótona e vazia. Os calçados polidos que preparara para o enterro da opressão davam ênfase ao seu carácter galhofeiro.

Todavia, parece que naquelas datas festivas faltava algo, por isso não eram totalmente do consenso de Dona Raimunda, pois que ele excluíra o dia de seu matrimónio, como quem culpasse a mulher por encontrar-se casado e com filhos, o que o obrigava a certas restrições, também a prestação de contas. Numa negociação breve, Dona Raimunda forçou-o a encaixá-la. Pelos vistos, isso não o deixou descansado. Noutro dia, papá vestiu-se com esmero e despediu-se da esposa.

“Marido, para onde vais?” — Perguntou ela ao vê-lo muito atractivo. Ela era mediana, delgada e tímida. Por vezes, impulsiva.

"Vou aqui pertinho, mulher." — Ele adorava a total liberdade.

"Aonde, marido?" — Perguntou ela entre lágrimas.

Mostrava certa desconfiança, pois sabia que fora na Munhava que Manuel Pessoa e muitos outros filhos do império deixaram de guardar a fidelidade ao lar, sentindo a ternura das casas cobertas de palha. Apesar de vinculado num casamento estável, todo o passado de Castelo Branco era preenchido por um recorde de infidelidades e uma apetência cada vez maior pelo ritmo e canções clandestinas indígenas proibidas. Naquele meio dançava e em casa exibia uns passos sincopados, escondidos de Dona Raimunda. Fora um pinga-amores.

"Na esquininha." — Lhe respondeu o marido, mantendo aquela mesma e reincidente obsessão pela clandestinidade.

"Onde há esquina há sempre que termos cuidado, porque está uma intrusa à espreita! Não esquece que tens família."

"A da sapataria do compadre engraxador. Esqueceste-te que aí também temos um círculo de leitores, com o Dom Botão?"

"Pois, me iludia que o esquecimento destrói a alma e escurece a memória. Não há olhos preocupados com os teus calçados, por isso é absurdo poli-los. O que buscas é um pretexto para seguir a tua vida de velho perverso." — Era ela no seu jeito muito feminino de controlar preventivamente qualquer tentativa de transgressão daquela alma muito masculina.

"Pelo menos alegro os meus olhinhos. Já viste, estás velha e todos os dias tenho que ver as tuas rugas."

Ela não o assentiu. Riu-se, comprazida. Nenhuma censura tornava o amor de Dona Raimunda infeliz. Foi buscar um espelho côncavo e convidou-o a testemunhar. Ele viu-a retratada com rasgos juvenis, como há trinta anos. Quanto ele olhou-se pelo mesmo espelho reconheceu-se velho, caquético e com as carnes a apodrecerem-lhe a olhos vistos. Perguntou-a ele onde teria arranjado aquele espelho dos prodígios, ao que ela lhe lembrou que naquele ano em que ele a levou a conhecer a biblioteca de Pedro Pessoa entrou num lugar íntimo, onde estavam apenas as bisavós dos escritores e uma delas, de olhos penetrantes, ao vê-la um pouco melancólica ofereceu-lhe um livro, que não usou durante muitos anos. Assim, um dia sentindo-se aborrecida com os maltratos do esposo, pôs-se a ler o livro, que ao chegar ao fim converteu-se naquele mágico espelho côncavo, que a mostrava com o rosto de bebé.

"Porquê não mo contaste?"

"Porque para tudo há uma ocasião... Não te limites a evocá-las, mas a prová-las, porque entre nós quem está velho és tu. As palavras imitam os chifres: podem esconder o mundo, mas nunca a ponta aguçada dos chifres que os olhos veem."

"Achas isso importantíssimo?"

"É para alguma coisa que tenho um maridinho: Minha mãe dizia que o casamento entra na fase alegre quando o marido encontra defeitos no corpo da mulher, e vice-versa, nem que sejam imaginados, e tenta corrigi-los com a boca."

Passaram-se alguns dias. Ela mostrou certo silêncio. Não ligava nenhuma a travessuras do marido. Numa pequena vingança, ele subtraiu-lhe o espelho. Como ele era um cabeçudo, ela preferiu dar com os dentes:

"Já não sinto ciúmes, mas antes me atacava até à insónia. E isso acontece já vão alguns anos, pois que agora começo a recordar que nos sonhos infelizes há sempre o velho Camõns, que me interpela a pedir-me de volta o seu espelho, que mo tiraste."

Sem dizer nada, ele lançou um sorriso pícaro.

"Estás é com ciúmes do espelho. Agora podes ir ter com o compadre e os demais membros do vosso grupo."

"Conto-te depois, mulher, do que andamos a falar. Falar de um livro tem muitos percursos enviesados. É como discorrer pelo tempo, o que farei hoje, para comemorar o dia dos teus anos." — O homem beijou-a nos lábios e encaminhou-se para a porta. Desde o umbral, ela ficou detida a vê-lo afastar-se com uma dorida impotência, o rosto em cor avermelhada, como uma flor de amapola. Ainda lhe dirigiu as últimas palavras de arrebatamento, num suspiro contido. O coração apertado. Condoído:

"Mas não haverá ninguém que testemunhe isso. Volta logo!"

"Convocarei a imprensa, para cobrir o teu aniversário." — Ele disse estas últimas palavras, com afável encanto. Ele era o "amigo do povo."

Partiu depois do almoço. Voltou ao meio da tarde, todo entusiasmado. O café deixara-o eufórico e hiper-activo. Respirava fundo, o peito numa elasticidade tal que parecia denunciar a ausência de ar atmosférico. Os pulmões agitados como gaivotas pareciam furados, excitados como asas de um asmático insecto. O coração aos tumultos.

"Marido, como é que foi a passagem de modelo das beldades, pela baixa da cidade?" — Dona Raimunda perguntou-o depois de beijá-lo.

"Foi bom, mulher." — Respondeu ele mostrando-lhe um sorriso de orelha a orelha.

"Em todos os desfiles concorrem mulheres elegantes. Para ser bom deves ter visto muita saia junta!"

"Mulher, eu já não vejo saias! Meu boneco reformou-se." — Disse sarcasticamente mostrando a braguilha com o dedo índice.

"Esses não são modos de falar com a tua mulher."

"Pois, fui à oficina do jornal, tomei as chaves dos solitários carros e conduzi-os um a um. Depois toquei viúvos apitos, solteiras rabecas, desamparados trompetes e flautas, uns atrás de outros."

"Então não tiveste quem te aplaudisse?"

"Discursei de mim para mim e aplaudi-me a mim mesmíssimo."

"Marido, como tu és tonto! Os livros que andas a ler estão-te a fazer mal."

"Pronuncia bem: tortíssimo, sim, pois com a minha coluna vertebral empinada em "C", só vejo as coisas desde o precipício."

"Mas isso cura-se, marido. Não precisa entrar em pânico."

"Quando me colocares chifres?"

"Não, quando morreres. Óbvio! Nunca vi um morto com a coluna recurva."

"Também nunca vi, mas aposto que serei o primeiríssimo." — Depois dessas palavras fez uma pausa. Passado algum tempo, ela perguntou-o:

"E o que estás a pensar, maridíssimo?"

"Que uma vez já não havendo marceneiros terei eu próprio de fazer o meu caixão, recurvo como um semicírculo, para ir restabelecendo, ao longo da eternidade, as minhas estragadíssimas vértebras. Ah! Tamanho sofrimento para um candidato a falecido."

Nesta noite, ele estranhou que a mulher tivesse contactos com o escritor Camõns, que lhe oferecera o espelho mágico. E pôs-se a ver ao espelho da casa de banho, donde lhe saltaram ratos e ratões, que o puseram a correr, em pânico, em ceroulas. Era tanta a desdita que não conseguiu manter-se com o espelho roubado. Estava o triplo de velho, por isso, sentindo a gravidade, devolveu-lho. A mulher pegou no espelho e largou-se a rir. E correndo-lhe o olhar viu-se mais velha do que nunca.

Depois de contar esta parte do episódio, lembro-me, como se isso tivesse passado hoje, que Carambola dormira mais esta noite na minha casa, apesar daquela pilha de livros e documentos classificados, jornais, brochuras e fascículos, que cheiravam a mofo. Me faltavam poucos detalhes para completá-lo, mas não toquei imediatamente no tema. Ele compreendeu que havia algo obstruindo-me a garganta, pelo qual se mostrara sensível e daí caí num silêncio brusco e adormeci. Porém, antes de me adormecer completamente, ouviu-o sair à varanda, onde havia uma lua cheia e parecia meio-dia. Banhou e fez a barba de três dias, daí voltou a emergir luzindo a pijama do morto. Nos últimos tempos ele recuperara a sua velha imagem e sentido de decência, que lhe devolvera a juventude e parte da dignidade perdida, conforme me confessara.

Quando senti os passos dele a se me aproximarem, de volta da casa de banho, simulei que dormia naquele sofá, o que não lhe passara despercebido. Eu estava com receio de fazer amor com ele. Estando há muito sem envolver-me com um homem tinha uma certa obsessão que fosse ele introduzir-se dentro de mim me deixaria com o corpo dorido, durante dias e até semanas.

Na manhã seguinte, muito cedo, bailava o sol à janela e eu lhe esperava já na mesa, para o pequeno-almoço. Quando ele se sentou tinha tudo posto: cereais de aveia, pão, café, cacau e omelete simples.

"Bom dia, Carambola." — Disse-lhe eu, visivelmente alegre e luzindo os meus dentes branquíssimos como trigo: — "Esta noite tive um pesadelo."

"Nem sequer ouvi-te. Dormi como uma pedra no charco." — Mentiu-me ele, pois à determinada altura da madrugada deu-lhe vontade de me possuir e começou a rebolar na cama, tanto que levantou-se e caminhou em peúgas postas até à sala, onde me encontrava, e me contemplou a dormir em posição fetal, com os tornozelos metidos entre os braços, mas já ele me ouvira gritar, emocionalmente transtornada por aquele sonho perturbador, no qual eu dera a luz a um monstruoso ovo de avestruz, na maternidade.

A despeito, quando menos eu queria me recordar, lembrou-se desse desagradável episódio que se repetia e perguntou-me bruscamente e sem papas na língua, enquanto metia a mão dentro da minha blusa, para me tocar delicadamente o peito:

"Já alguma vez algum homem te violou?"

"Sim. Tenho uma vaga memória do autor, pois que estava bêbada. Uma memória antiga." — Respondi sem deixar de me recordar daquele horrível pesadelo, ainda fresco.

"Deve ser uma lembrança traumática." — Disse-me ele olhando-me o cenho e acariciando o pescoço com os dedos suaves, da mesma mão. Eu sentia haver vento e ondas em mim, e, sobretudo, ele achara-me muito bonita ao contemplar-me o rosto.

"Todas más lembranças são traumáticas, meu querido. São como a morte, que nos acompanham até à cova, onde deixamos o defunto revestido de uma parte de nós." — Respondi-lhe, toda corada, enquanto sorvia a minha chávena de café.

"Não me diga que te engravidaste." — Perguntou Carambola, depois de observar o desassossego nos meus olhos.

"Sim, meu querido. Do meu último pimpolho... Então a medida que o meu pimpolho foi crescendo, o meu pai passou a visitar-me mais regularmente. Quando as feições do pequeno se foram fazendo mais definitivas, ele vinha a casa três vezes ao dia e olhava-o com amargura. Dizia à Dona Raimunda que ia ter com amigos, mas acabava em minha casa, a estudar sigilosamente o retracto da criança, pois desde aquele dia em que fomos ter com ele à Rua Consiglieri Ennes, n.º 80, algo se consolidara naquela cabeça, que passou a estar mais perto de mim e a prescindir das companhias de Dom Botão... Mas não me quero lembrar disso. Falemos de outra coisa." — Afirmei e depois desconfortada me irrompi a chorar, como uma Maria Madalena.

"Deixa isso para trás, minha querida. Nunca eu seria capaz de cometer um horror desses, por isso nunca durma na posição fetal ou encolhida, pois isso propicia remotas lembranças, que acordam pesadelos. Come a omelete, está deliciosa. Com esse pão fresquinho, far-te-á muito bem." — Disse ele como que convencido do que se passava no fundo de mim.

Sem desfiar o motivo, dei o meu assentimento:

"É, meu querido. Mas aquilo de que te falei é uma história pessoalíssima, cujo segredo nunca abri com ninguém."

Ele limpou-me as lágrimas com o mesmo lencinho que utilizara na noite anterior e aproximou-se ainda mais de mim, não sem deixar de me consolar.

"Podes abrir-te comigo, meu amor. Eu sou um jardim de túmulo."

"Não me sinto preparada, meu querido. É cedo." — Uma lágrima roliça desprendeu-se-me do rosto e caiu directamente ao chão. Voltou-me a limpar os olhos, agora embaciados. Ele percebeu que eu tinha feridas profundas dentro de mim, algumas mal cicatrizadas, mas outras novas sobre as velhas cicatrizes. Cobri o meu rosto com as mãos e desatei a chorar muito abundantemente. Acariciou-me os cabelos e, colhendo-me um tufo dos mesmos, fez-me uma trança, com toda a delicadeza das suas mãos. O meu corpo relaxou e adormeci.

Ano de 1970

19

A medida que o tempo passava a relação entre mim e o meu pai foi-se estreitando cada vez mais e profundamente. Fui-me abrindo com ele, regurgitando a podridão, na partilha de segredos. Um dia, inadvertidamente, ele deu o pontapé de saída para oferecer-me o seu testemunho sobre a fase que antecedeu ao encerramento do Cemitério Indígena, na Rua Alfredo Lawley. Cuidava do local o solitário zelador Inácio da Boavida Conforme Esperatudo, que estava simultaneamente encarregue do Cemitério Santa Isabel, de "gente de cima".

A impertinência daquele zelador e coveiro foi tal que primeiro completou o seu álbum, com as fotografias de todos os defuntos e foi gerindo dramaticamente as fases seguintes, lançando os dardos contra a prepotência das autoridades camarárias que tutelavam aquela casa dos espíritos e que, me parece, permitiram um rosário de incúria, desleixo e prepotência, em prejuízo daquela santa casa.

"Se fosse na França, ninguém deixava as coisas caírem assim." — Resmungou Inácio ao fim de deixar o posto, desgostoso e vendo a sua profissão banalizada, reduzida à insignificância. Meu pai o viu com o álbum na mão, tomou-o e folheou-o, com a ferocidade de uma satânica coruja. Por fim, perguntou-lhe:

"Para quê precisarás desse álbum?"

"Os mortos encarregaram-me de preparar um sermão, para a minha despedida." — Disse ele entre dramático, frívolo e festivo.

"Vais-te embora para a França?"

"Não." — Afirmou depois de passar um olhar desmesurado sobre as campas, como que a aguardar consensos de todos expirados, de que era guardião. Havia mais de quatro mil almas, em tumbas e gavetas. Respondeu com certa amargura e tonalidade ácida: — "Vou-me reformar, pois a partir de agora não há cemitério europeu e cemitério indígena. A morte será igual para todos."

"E qual é a mensagem dos mortos?" — Meu pai questionou-o, tentando cavar a causa social que os dividia, sem conseguir lhe dar a volta.

"Não posso violar a ética e deontologia da minha profissão. Tenho também um pacto de segredos com os mortos." — Confessou ele, lançando-lhe um olhar fulminante, que denunciava a sua ressaca.

Concomitantemente, o meu pai estudou o lugar à volta. Desfilava um rosário de imagens perturbadoras e desoladoras, que lhe provocavam noites de insónias: flores sem regar, muros caídos para fora e para dentro, aleijando os amotinados mortos, lousas fora do lugar, lápides arrancadas à mão.

"Lá, do Prédio Mira-mortos, com binóculos, a dois quilómetros, vi aquele estado de desolação." — Disse-me ele, com grandes olheiras roxas que rodeavam os seus olhos. Estava pálido e os seus lábios mostravam-se brancos como a cal. De pé, ao lado dele, não lhe disse nada.

Sem assombro, eu sabia a que se devia no fundo aquele estado pesaroso dele. Meu pai tinha uma sua amante canária no Prédio Mira-mortos, 7º andar, *flat* 18. De cada vez que ele lá subia, tinha momentos de soberbia, mas ao sair, chamava o ascensor e, enquanto esse se demorava, parava, num acto de contrição e a pedir penitência a Deus, pelos seus pecados.

Certa vez, tanto era o remorso que ficou aí semovente, com dificuldade de tragar a sua própria saliva. Já a descer se tropeçou com o rival e, este, precipitou-se para baixo, lançando-se por uma janela envidraçada. Quando desceu a reconhecê-lo, afinal era o seu amigo Ângelo Pessoa.

Foi praticamente a última vez que lá subiu, pois, o seu coração e o cemitério desmoronavam inexoravelmente sobre ele. A última lembrança que tem lá de cima era o de ver-se a contemplar o olhar sombrio do zelador do cemitério ao lado, colaborando com o desleixo, as árvores descuidadas e cobertas de cortinas de pó e ervas daninhas que assaltavam os pequenos caminhos que dividiam as secções. Estavam há muito sem regar e sem caiar a cal. Engordava o capim e aquela atmosfera lúgubre era-lhe indiferente.

Por infortúnio, ao contar-me o episódio, o meu pai via-se mais delgado, com as bochechas cavadas, por onde lhe corriam lágrimas, de desgostos, não sei se pela morte do amigo, se pelos chifres ou se pelo estado deplorável do cemitério. Custava-me crer, o meu pai trazendo os ossos à mostra, de tal modo que se lhe podia ver e contar tudo que tinha atrás da sua pele. Não comia e quando sacava a camisa viam-se-lhe as lombrigas na boca do estômago. Depois desta tragédia, como já ninguém morria, como nenhuma vivalma podia visitar os defuntos, multiplicaram-se os seus pesadelos, pois o horror reflectia-se dentro dele. Ao zelador, isso longe de o inquietar, lhe causara aquela sensação de alívio total, do fim do tédio, do fim do ócio e da inutilidade, que o transtornava.

"Filha, não fala à tua mãe dessa minha outra vida." — Pediu-me o meu pai, com uma voz que se ouvia muito baixa.

Eu era a única que lhe conhecia o segredo. Não queria ridicularizá-lo. Noutro dia, ele sumiu de casa por dois dias. Minha mãe disse-me que lhe fossemos procurar. Não a podendo levar para o célebre Mira-mortos, onde eu suspeitava que se encontrava, pedi-lhe que ficasse em casa a preparar o jantar, enquanto nos aguardava. Ela assentiu.

Tomei um autocarro da Auto-Transportes e desci em frente ao Cemitério. Contei sete andares. Através das escadas subi o prédio, largo, com um átrio no interior. Fui até ao último andar, onde estavam as canárias. Lá dentro era um turbilhão. Algo me dizia que meu pai se reconciliara com a amante.

Lembro-me mais agora, chegada ao sétimo andar cruzei-me com o Ferreira Raposo a descer pelas escadas. Tentou meter conversa comigo, mas ignorei-o totalmente. Suspeito que daqui começara um novo campo de raiva. Que homem mais duro, cruel e insensível! Bati uma a uma as portas. De súbito, dei com meu pai de frente, um pouco resguardado, no umbral. Estava de tronco nu e em ceroulas. Magro como uma estaca de feijão. Não sei se a amante tinha algo a pegar naquele corpo convertido num ossuário.

"Vamos para casa." —Disse-lhe rispidamente eu, perante o olhar aterrador daquela mulher, que com as mãos pousadas na cintura, olhava-o de tal modo com uma expressão autoritária, que o deixava indeciso e submisso. Era visível que ela tinha ascendência sobre ele, o que o sujeitava a não lhe oferecer resistência.

Ameacei de arrumar um escândalo no prédio, assim que ela lhe soltou as esporas. Vestiu-se imediatamente e partimos. No corredor ele abraçou-me e disse:

"Filha, Deus não me perdoará pelo pecado. Tinha jurado nunca mais cá vir, mas a tentação foi forte e escorreguei na casca de banana de mais uma aventura. Não consegui evitar que aquela mulher me sequestrasse."

Tomámos o elevador. Olhei-o no rosto, sem soltar uma única palavra.

"Chama-se ela Teresa de Los Angeles. Promete-me que dirás à mãe que me encontraste no posto da polícia, há poucos minutos depois do resgate?" — Implorou-me, cá em baixo, depois de prolongada reflexão. Porém, extraí da sua voz algum desconcerto, dor e tristeza, que o mergulhara num marasmo escuro, de tal modo que caminhava já a toda pressa, a passos trôpegos, sem decidir, se seguíamos o caminho para frente ou se entrávamos no Cemitério Santa Isabel.

Por fim, ainda agitado decidiu e fizemo-nos à porta do cemitério, para visitarmos a campa de Ângelo. Estava o cemitério fechado e ele chamou o zelador, que voltou a abri-la. Não foi só por pudor e por pura formalidade, mas porque estava num drama e suspirava a todo o tempo. No fundo compreendi que ele tinha grande peso de consciência e um conflito interior insolúvel. Fomos os últimos a visitar o cemitério, pois que naquele lusco-fusco dois mortos lançaram-se numa proeza inédita e incrível. Abandonaram as suas tumbas e interceptaram-nos, perguntando ao que vínhamos. Meu pai disse-lhes que pretendíamos visitar o Ângelo. Pediram-nos tabacos e moedas. Meu pai lhos deu. Perguntei-lhe porquê trazia consigo tabacos, se não fumava. Me disse ele:

"Quando vais visitar os mortos, precata-te de levar sempre contigo tabaco e moedas. É um princípio para entenderes-te bem com eles."

Caminhámos entre as pequenas secções, iluminadas a meia-luz e com uma neblina como massa de pó que cobria o céu e as campas, mergulhando o lugar num mistério insondável, pois que as seculares criptas e gavetas me inspiravam perguntas. Quantos mais homens teriam se suicidado por Teresa de los

Angeles? Quantos mais estavam na fila, naquela sociedade elementar?

Tropeçámo-nos com outros dois mortos dados à venda ambulante de luxuosas joalharias, bijuterias e roupas, profanadas dos sepulcros dos seus desafortunados pares. Sem o mínimo de pudor, sem serem alvos de repúdio ou censura da parte do zelador.

"Comprem-nos estes anéis para que possamos comprar umas bebidas para passarmos a noite." — Apelou-nos o primeiro, que tinha cara de bebedor crónico.

"Damos-lhes a um preço de oferta, pois pela noite custa-nos dormir sem bebermos um copo." — Apelou o outro.

Meu pai fez um gesto de silêncio e portamo-nos com indiferença. Ao coveiro Inácio lhe faltavam vontades de impor regras de convivência inter-mortos, porque nem aqueles nem os vivos nunca se meteram com ele. Os nichos haviam-se convertido em ninhos de pássaros, de corujas e mochos que nos espiavam, pois que se mostravam vagos, depois de profanados.

Naquele dia, confinado no cemitério, o zelador construía, por falta de vontades, um monstruoso espantalho, que engalanara com cintas de várias cores e demais adornos de tecidos e cabelos. Perguntamos-lhe o que andaria a fazer, e ele deu-nos uma estranha resposta. Noutro dia, o espantalho, com todos aqueles adereços, converteu-se num alegórico objecto de lazer e admiração, na praça pública, que se movia feliz, sem perder de vista o colorido das suas grinaldas. Era o mesmo colorido que contagiara os varais dos quintais das casas, onde se viam festivamente roupas estendidas, de noite e de dia, mas nunca os rostos dos seus verdadeiros donos, de tão descansados que estavam, porque aí tudo tornou-se seguro. Das chaminés das cozinhas saíam persistentes e vaporosas fumaradas com cheiro a laboriosos cozinhados.

Neste dia ainda se comentava à volta da arquitectura do zelador Inácio, apartado do seu expediente normal. Diziam terem-no visto a levá-lo num carrinho de mão, até ao Rio Chiveve. Homens e mulheres seguiram-lhe curiosos, curiosos de verem o fim que ele pretendia dar àquela escultura extraordinária. O espectáculo prometia surpresas. Numa clareira de mangais ele colocou o espantalho. E começou a cantar, disse, para sacudir a morte, de cima daquela terra. Como as grinaldas eram muito giras, homens e mulheres requisitavam-nas e ele lhes oferecia, para revitalizar o amor, segundo dizia. Todos cantavam com ele, num coro muito lindo e doce. Chegou o presidente da câmara da cidade e perguntou-lhe:

"O que é aquilo dentro da barricada?"

"Este espantalho representa a morte, excelência Balthazar Calado." — Respondeu ele e, desafiando a autoridade, entregou-lhe o álbum dos insurrectos[106] e o sermão que reclamava respeitos humanos à vida dos mortos.

"O que vai fazer dele?" — Lhe perguntou Balthazar, que gostou sobremaneira do tratamento dispensado.

"Queimá-lo, excelência. Estas barricadas também vão ser queimadas, no fim, porque é onde os mortos estão encerrados. Desta forma os libertamos." — Respondeu ele todo eufórico e com o rosto lavado em uma grossa torrente de suor, que lhe toldava a careca, sem que ele se desse ao mínimo movimento para a limpar com um lencinho.

Ele tinha um bastão adornado com um pequeno tecido na ponta. Embebeu-o em óleo de *jetropha* e ateou-o, lançando-o de seguida sobre o monstro, que pegou fogo, até ficar em cinzas. Depois de praticar este ritual afirmou-se desempregado. Livre

106 Que se insurge; revoltoso; sublevado; indisciplinado.

para iniciar uma nova vida, por isso pediu demissão na manhã seguinte, que despontara chuvosa e escura, com o cheiro de tiaras e coroas de pradarias e memórias de ramalhetes de flores de grinaldas que lhe acompanharam por três décadas.

"Qualquer inútil como eu vai tranquilamente debaixo da chuva." — Resmungou depois de assinar o requerimento. Saiu da repartição para a estrada deixando-se engolir por aquelas chuvas, em capas grises,[107] como o fumo, que lhe caíam em cântaros, lhe embaciavam a visão.

Entretanto, não contei como o meu pai entrou em casa após os dois dias de sumiço. Foi assim: Parámos na porta. Ele é que tinha a chave. Vacilava em abri-la. Perguntei-lhe com um entranhável afecto:

"Porquê não abres a porta?"

"Porque me sinto envergonhado." — Disse-me espiando-me com um sorriso e olhando-me de esguelha. A sua voz expressava medo. Então, perguntei-lhe com agudeza:

"Os pais sentem vergonha?"

"Filha, querida, todos sentem-na, ainda que o não digam, para não se verem ridicularizados. Um pai que desce do pedestal do seu egocentrismo para manifestar a vergonha diante dos filhos é um verdadeiro pai. De facto, e é ai onde ele se humaniza e torna-se um ser comum, igual aos filhos." — Disse-me com tal eloquência e sabedoria, o que me atraía nele.

A minha mãe estava acordada. Trajada em vestido de noite, abriu-nos a porta depois de ouvir as nossas vozes. Meu pai entrou, sentindo frio no estômago, pois a minha mãe apontou-lhe a porta do quarto de hóspedes, para o qual ele devia mudar-se. Lá tinha instalado todos os seus pertences, por cima da cama.

107 Cinzentas.

Ano de 1971

20

João Castelo Branco olhou para o relógio do pulso. Era meio-dia em ponto e o alcatrão da calçada, debaixo dos seus pés, fervilhava como uma caldeira, como um tapete rolante, em que se moviam solenemente as folhas levadas pelo suave vento leste.

Pensou com irritação. A caminhada do "Notícias da Beira" à Rua Consiglieri Ennes, n.º 80, significava atravessar a baixa da cidade ao comprido, quinze minutos, a seu ritmo. Estava sem carro. Mostrava-se torrencialmente suado. O calor apertava-lhe até às axilas, como se o sol tivesse caído do céu em bico, sobre os seres humanos.

Naquele coração do dia, tudo à sua volta era um deserto.

Nas árvores as gaivotas mostravam-se quietas, como se enfermadas de febres, de tão sujeitas por aquele sol tórrido. O céu mostrava-se calvo e limpo, de um azul intenso e pleno.

Pôs-se a caminhar deslumbrado pela luz, o silêncio e o escasso tráfego. Há quatrocentos metros daí, com viva curiosidade, divisou no chão, dois sarcásticos corvos que grasnavam ruidosamente, entregues em renhida disputada, por um pedaço de pão, já tostado por aquele mesmo sol, ainda assim esgravatavam-no, até ao esfrangalho.

Afastou-se com aquele mesmo sorriso terno a bailar-lhe, pelas comissuras[108] dos lábios, depois de o

108 Fissuras.

corvo macho ter cedido à fêmea, mais por cortesia e terminar aquela disputava pavorosa e cobarde. Maravilhado, pensou como aquilo tinha certa relação com o universo humano, com a civilização, onde um e outro são iguais, mas alguém tem que proteger o outro, ou no contraste de quem está sujeito ao martírio de sangue.

Tentou abstrair-se, mas subitamente a sua memória foi transladada a recordar-se do genro, abaixo de um padrão incomum. Durante muitos anos Mendes dos Remédios nunca teve nome que lhe valesse. Ninguém falava dele. A ninguém importava a sua pessoa. Simplesmente não existia. Os poucos que dele ouviram falar, num círculo cerrado, se lhe referiam apenas a "O Coitado do Filho de Dom Botão". Como se esse fora o seu nome. Numa farsa indigna e sacrílega,[109] apenas ocupava a dimensão de sal e esquecimento na alma e coração do mundo à volta. De uma coisa Castelo Branco tinha a certeza: Mendes dos Remédios não tinha qualquer importância, enquanto o pai fazia a sua titubeante estória, oferecendo anónimas "conferências", através das quais construía-se a memória colectiva da guerra civil.

Recordou-se de uma antiga discussão que ambos tiveram, onde Dom Botão recorreu a um adjectivo da colectividade, para dar expressão ao seu espírito individualista, o que agravou as suspeitas das habilidades e truques deste, para nada mudar:

"Os nossos sonhos ajudam-nos a buscar um espaço de conquista para a memória."

Foi graças a este tipo de manipulações que ele construíra um mar de adeptos, animados pelos seus desgarrados relatos.

Castelo Branco pensou fervorosamente na consagração de Dom Botão a um dos maiores impostores da história, daí decidiu que antes disso seria ele

---

109 Que cometeu sacrilégio; profanador; ímpio.

a tomar as rédeas dos acontecimentos, como deixá-lo nu. Foi para compor as ideias e avançar decididamente para o desmascaramento do impostor, que decidiu empreender a marcha, debaixo daquele sol aterrador.

Não lhe preocupava tanto que gente interessada nos seus episódios o procurasse. Alguns até o criam iluminado por um anjo divino, que lhes salvara a pele do holocausto. De certo modo, isso só servia para o comocionar e alimentar o seu ego. De resto, achava que tudo à volta daquele homem representava um grande vazio, porque na vida real tinha uma face aterrorizante. Enquanto se fazia passar por um dos sobreviventes de uma tragédia, ele criara vítimas directas, à sua volta.

Castelo Branco alargou os passos, depois de enxugar o suor com um lencinho de bolso e recordou-se ainda das conferências desse gaiteiro de Dom Botão, catalogado paradoxalmente de portador de bons princípios. Tinha um diploma que o enaltecia por cinco qualidades inaceitáveis para o feito daquele: "honra", "bravura", "audácia", "persistência" e "coragem". Recordou-se também do seu salão sempre lotado, com a assistência em circunspectos e alargados aplausos. Ouviam-lhe com avidez, em sessões cíclicas e requisitadas em privado.

Estas últimas aconteciam com grandes profusões. Estudantes finalistas de diferentes universidades estrangeiras tratavam-no como decano e tutor. Uma referência. Inclusivamente diziam-se seus condiscípulos. Jornalistas, investigadores e cientistas procuravam-no, clandestinamente, para saber como se teria escapado de um martírio, num lugar onde o inspector António Ventura não deixava a salvo até a uma inofensiva formiga.

Corria em certos corredores do mundo que o seu sucesso merecia uma medalha de reconhecimento, pelo procedente com que conseguira resistir a uma organização, que dia após dia aumentava o número de vítimas, com os seus actos atrozes.

"Ele me paga." — Castelo Branco concluiu os seus pensamentos, à entrada do salão do seu compadre.

Escondeu o dedo polegar ferido no bolso e sacudiu os pés. Depois de uma ligeira pausa, accionou a maçaneta e irrompeu pela porta adentro, em passos largos. Dom Botão, que dormitava uma pequena sesta, acordou sobressaltado e limpou a baba que lhe escorria pela comissura dos lábios, até à gola da camisa, o que lhe dava um aspecto nojento.

Trocaram as habituais saudações da praxe. Logo depois o recém-chegado pousou o sapato direito na rampa da caixa de serviço do engraxador. À prudente distância, entre perplexo e aturdido, Dom Botão tomou o pano de lubrificar e sacudiu a poeira, em dois tempos. Depois impregnou a escova de cera preta, não sem deixar de investir:

"O que te passou ao dedo, compadre?"

"Qual dedinho?" — Perguntou-o, vigiando a atmosfera em redor.

Um empregado de Dom Botão, com expressão cansada e suarenta, limpava o lustro ao chão, numa refrega com um trapo, quase a rasgar a pele; Dona Berta, sem dizer nada e encolhendo os ombros, limpava o pó aos imóveis, com poeira de muitos séculos acumulados. O outro prosseguiu com a travessa brincadeira, como se presidisse a uma sessão de espiritismo:

"O que guardas no bolso, para escondê-lo de mim. Magoaste-te, compadre?"

"A ti nada te escapa, compadre."

"Regra de ouro: Ninguém dirige-se a outro de mãos no bolso, quando este está a trabalhar. Isso não é ético". — Disse todo folgazão. O outro corrigiu logo.

"Ena, como se não fôssemos da mesmíssima idade! Por quantos me tiras em aposta?" — Castelo Branco perguntou-o.

"Doze escudos. Adianto-te: foi um serrote."

"Acertaste em cheio!"

"Já viste como sei tudo!"

"Feri-me quando estava a construir o meu caixão. A minha mulherzinha à ilharga, não parava de me vigiar, e zás catrapus! Eu ia bem. De repente, quando ela disse-me cuidado, serrei-me com o serrote. Perdi o carpo."

"Por um triz perdias o braço." — Dramatizou o outro, enquanto metia no mealheiro o prémio do concurso, que aquele acabara de lhe depositar na mão. A escova ainda cantava no calçado.

"Por uma unha negra a minha mulherzinha perdia o seu maridíssimo. Escapei." — Proclamou o cliente, com visível alívio e alento.

"Para a infelicidade dos consoladores de viúvas e desamparadas ainda segues vivo." — Afirmou Dom Botão, com um sorriso ardiloso e pícaro.

"Entre os quais te contas tu, sacana!"

Os dois riram-se a bandeiras desfraldadas, até quase não se aguentarem, de tanto se contorcerem. A escova do anfitrião, numa pausa, parou de cantar e tombou de costas, no chão. O rosto lhe empalideceu, como a cor púrpura. Ele a regateou.

"Pois, claro. Onde foi que parámos na última leitura, de ontem?" — Perguntou-lhe o Castelo Branco, enquanto se recompunha do cansaço da longa caminhada.

A mão direita de Dom Botão tremia no seu exercício de mover a escova, que voltou a chiar. Protestou:

"Ora essa, há um ano que não pões cá os pés!"

"É relativo, agora conto os dias por ano ou estações. Uma estação um dia. Lembro-me mais agora do início daquela aventura da biblioteca ambulante. Depois, nós os dois a pretendermos ser mais liberais, intelectuais e progressistas arrastámos os nossos filhos para a festa..."

"Depois, a cada sessão tu trazias um membro novo e sempre uma conquista feminina."

"Depois traíste-nos, com o teu nepotismo a privatizaste e a afundaste. Consentimos erradamente que centrasses a tesouraria, recursos humanos e as relações-públicas em ti."

O amigo soltou uma outra sonora gargalhada, enquanto limpava as mãos no seu avental sujo, muito antigo. Engasgado desatou a tossir:

"Depois, eu é que tenho um espaço e, como muitos de vós o requisitam para namoros no canapé, têm que se sujeitarem a mim."

"Nunca devemos deixar as raízes se espalharem descontroladamente debaixo da casa, porque essas podem estrangulá-la e levá-la a desabar, quando menos esperamos."

"Vê onde chegamos com aquela brincadeira do canapé. Agora se não posso ganhar a vida a falar de livros, se não posso ganhar engraxando ou concertando os calçados de gente alheia e imodesta, ainda me resta uma terceira alternativa." —Preparava-se para retomar os seus misteres, quando o outro o interpelou, na sua voz de coruja:

"Compadríssimo, quando tomámos o projecto da biblioteca pensávamos numa visão futurista. Na verdade errámos quando depositamos o nosso foco naquilo em que nós próprios críamos ser um modelo de progresso." — Parou um pouco a ver o amigo, para depois exclamar: — "Já vais muito longe. Antes me diz quanto custa, pois mudas frequentemente de preço."

"Tu não me pagas nada, salvaste-me a vida. Não fosse por ti, nem eu nem o meu filho estaríamos cá neste mundo."

"Estás a subornar-me, mas isso não me impede de continuar a criticar-te. Também concordo que sempre me dispensavas o cubículo, para os meus novos e travessos amores. Uma luva na mão lava a casa, duas luvas lavam o mundo inteiro."

"O único defeito teu é o de seres um pinga-amores, enquanto nós os demais tínhamos o foco nas edições da "Livraria Manuel Pessoa & Alice". Me recordo do nosso entusiasmo inicial. Não fosse isso, jamais seríamos os compadres que somos hoje." — Afirmou Dom Botão todo condescendente.

"Compadríssimo, és um grande sacana! Com a tua mania de polidez atraías a Dona Raimunda para a tua armadilha, de que jamais conseguiste sair; também o fazias escondido dentro de uma cova."

"... Para ti que sempre fizeste jogo duplo, nunca soubeste onde começava a verdade e terminava a mentira."

"A verdade está exactamente no espaço claro, no ponto mais alto de uma montanha, onde ela estrangula a mentira; onde ela é dominadora aos olhos de quem pode ver tudo."

"Já nada é como dantes. Nesta augusta casa, chega de filosofar! Vamos ao livro de hoje!"

"Hoje começas tu."

"Compadre, quem visita o outro engorda o pasto: o sol come sempre a terra onde está amarrado."

Castelo Branco sacou da algibeira umas moedas, totalizando cinco escudos, e entregou-lhas. Botão meteu-as de novo no mealheiro, pela ranhura. Depois, com o pano de cetim, começou a pôr o lustro aos calçados daquele, com comiseração e ausência de desenvoltura nas palavras, como lhe reconheciam. Porém, Branco foi enfático:

"Bom, noutro dia discutíamos sobre o perfil biográfico de Camõns."

"Mas já discutimos esse tema, não é, compadre?"

"Não, compadríssimo. Falámos apenas do teu filho, que recuperou a fala. Deu-lhe exigir ser tratado por O Querido Morto, e aos mortos temos que lhes respeitar as vontades."

"Chega de falar desse tipo de mortos aqui, que isso já me enjoa! Falemos de ilustres mortos como o Camõns, dos seus territórios íntimos. É um caso de alegoria universal, pois que sabemos já da obsessão louca pela caçaria, de um invejoso António Ventura aos seus rivais, aos quais persegue e mata-os." — E dizendo isso tomou um palito de incenso e ateou-o com fósforo, num exorcismo, para expulsar os maus espíritos.

"É só isso que o torna universal?"

"Não. Ele até recolheu e amou os gatos abandonados de José Dias, como quem amava o próprio amigo. Cuidava das dedicatórias de Dom Caixote e costumava, sem qualquer ciúme, lê-las a Dona Eugénia, pelas noites adentro. À filha desaparecida de Fernão com Dona Eugénia, tratou-a com carinho. E procedeu da mesma maneira como o fizera com o amigo: brindou a pequena com livros. Dos poemas de Fernão disponíveis, havia na biblioteca um mítico e sublinhado manuscrito do mesmo autor, que ele subtraiu, para doar à filha do antigo colega, com código de intimidade de ambos, que só Camõns e Orquídea podiam decifrar. É um livro com intensidade substancial, que cheira a perfume de rosas amarelas, gerânios, catingas-de-mulata ou sardinheiras. Cheira a sexo e muito sexo, que escorre como um caudaloso rio, a transbordar de brilho do amor e sémen nas páginas daquela obra."

"Estava a pensar em promover algo divertidíssimo, compadríssimo." — Disse Castelo Branco, largando-se a sorrir.

O anfitrião encolheu os ombros e gagueou:

"Sempre a divertir." — Exclamou, terminando, contudo, de pôr o lustro. Houve um minuto de silêncio. Cheirava o mesmo calor de há mais de duas décadas.

"Assim, a nossa sessão de leitura de hoje está interrompida."

"Não és tu quem dita as decisões, pois eu sou o coordenador do Círculo... Desde algum tempo a esta parte mudaste muito, compadre; perdeste noção de hierarquia. Passaste abrumadamente[110] a viver com cães, a dormir com eles na mesma cama e no sofá, a repelir a companhia da tua mulher. Que nojo!" — O seu rosto suado e sujo se rodeava de implacável crueldade.

"Quem foi que te disse?"

"Alma do meu avô! Há séculos disseram-me os meus satélites, que te apelidam de O Castelo Branco Maluco."

"Quanto aos cães, se um me escapa sou capaz de procurá-lo pela cidade inteira e não me coíbo de levar dois ou três vadios, para a casa. Lá no Estoril, a vizinhança conhece-me."

Castelo Branco deteve-se, surpreendido com a frontalidade com que aquele o atacava. Os olhares de ambos se cruzaram. Ainda assim, Dom Botão preferiu o exercício de fuga para frente, por isso afirmou:

"Que nojo ter cães no sofá!"

Castelo Branco apressou-se a dirigir-se à porta. Fechou-a com violência, e, enquanto os vidros tremiam, largou-se daí a caminhar todo ofendido. Espicaçado, Dom Botão deixou-se cair numa profunda introspecção, pois até Dona Berta comentou que o compadre não se mostrou aquela habitual pessoa amável e boa. A memória de Dom Botão foi perpassada pelo cheiro a sândalo, o que lhe trespassava a mais remotas e amargas recordações. O ponto de partida das hostilidades abertas tinha sido o de "consolador de viúvas e desam-

110 Triste e pensativo.

paradas", que aquele o atribuiu, o que era forte, o que lhe estimulou o desejo de lhe dar um soco, que o levasse a escorrer no chão como uma ténia.

A cobardia não era precisamente o forte de Castelo Branco. Havia algo sórdido na sua massa cinzenta, do qual há cerca de uma década tentava se libertar, sem conseguir. Era uma estória triste: Numa noite, depois de ter bebido tanto com a Suzana, Dom Botão foi mais do que lhe convinha e permitiam as regras sociais e a moralidade. Ele violou-a, naquele canapé, da sapataria.

Durante dias, por vergonha, ficou em casa, não conseguiu trabalhar, a pensar no sucedido. Deste infortúnio nasceu o Aparêncio, que tinha os pés mancos como ele. Era em tudo muito semelhante a ele. Embora a Suzana nunca lhe tivesse aberto a memória desse assunto consigo e parecesse esquecida, no fundo, ela sofria em silêncio e jamais o perdoaria. Castelo Branco, de toda a vez que contemplava o Aparêncio, não afastava a convicção e certeza daquela relação "incestuosa". Por isso, reapareceu noutro dia. Foi para colocar o ponto final a uma dor que lhe corria como uma espinha atravessada na garganta. Falou de pé, sem preâmbulos:

"Compadríssimo, hoje não venho senão por um assunto que me atravessa a garganta, quase como um tumor maligno, que me não deixa perceber o sentido do paladar. Não quero ir à cova com esse tumor maligno..."

Dom Botão sentiu que os cabelos de frente se punham em pé, por isso lhe tirou a palavra: "... já sei onde queres chegar. Vimos escondendo e fingindo há muitos anos que levamos uma vida normal e de boa família."

"É exactamente aí onde chegaste e diz-me da tua justiça." — Afirmou Castelo Branco com um assombro sincero. Dom Botão gagueou, com um contraditório e incontido arrependimento:

"É a minha culpa. Eu violei-a, numa noite de alegria. Depois de um delicado tacto despertaram-se os meus instintos há muito adormecidos. Não me ocorreu nenhuma trava nem suspeita, que estava perante o fruto proibido. Ela gritou: "Não!" e eu lhe tapei a boca com a mão e apertei-a contra o meu peito. Fui involuntariamente perverso e imprudente, depois de lhe levantar as fraldas da saia. O filho é meu e não falemos mais disso. Peço-lhe, por favor, para colocar uma tonelada de pedra neste assunto."

"Nunca haverá segredo entre duas pessoas, nem mesmo segredo de uma pessoa para consigo mesma, porque sempre que mastigamos o segredo na solidão, este sobe do chão às alturas, como o pó vem à superfície do cérebro. O segredo é como a sombra que passa o tempo a perseguir-nos a todo o lado, com discrição." — Afirmou Castelo Branco, depois de levar a mão direita aos lábios.

Dom Botão guardou um silêncio, com o rosto trémulo e pálido. Castelo Branco desatou a desfiar a velha história, como a voz de uma torrente, que lhe descia impetuosa como uma cachoeira do Rio:

"Aparêncio estava para se baptizar e, como devia escolher um padrinho, ele disse ao padre Sorrentino que elegeu-te a ti e tu aceitaste."

"Aceitei-o absolutamente." — Respondeu com os lábios trémulos.

"Porque és um hipócrita. Nunca um ladrão serve de padrinho à vítima da fraude". — Censurou o outro, mostrando que a liberdade de outrora de Dom Botão agora se tornara limitadíssima.

"Ainda conhecerás o verdadeiro hipócrita do padre Sorrentino, que perdeu o idealismo, voltando o seu talento para o mundo da carnalidade. Não falta muito para ser desmascarado. Hipócrita eu?" — Perguntou com voz fria, como a de um morto. Uma sombra de homem.

“Sim, pelo facto de não teres descartado a inconveniência daquilo.” — Sem poupá-lo Castelo Branco fazia-o sentir condenado a um terrível castigo. Não dava chance aos seus fingimentos pueris.

“Foi o Barttolomeu, meu muito amigo, que emprenhou ao padre Sorrentino desta história muito escura.” — Dom Botão apressou-se a justificar.

“Mas não precisava que o Barttolomeu ou o padre o informassem, porque se eu tivesse sabido a tempo ou depois, agia como estou a fazer agora.” — O outro continuou a investir com uma força irresistível.

“Não entendo onde queres chegar.” — Dom Botão buscava piedade e escusas, para sair do cerco das suas mentiras. Sem embargo, o outro não atenuou:

“Pois, não precisas de fazeres-te de bobo, passares-te por mártir a ‘a Remédios’. Tu não podias manter-te por mais tempo com esse segredo, porque tu e ele são pai e filho. Lhe explicaram que entre Mendes dos Remédios e ele há só uma paternidade presumida. Há entre ambos apenas o laço de meio-irmãos, apesar daquele o ter registado. O nascimento de Aparêncio, contaram-me, devera-se a uma relação extraconjugal incestuosa entre o avô e a mãe. Neste caso o dito avô é o pai.”

“Que demónio deu ao padre?” — Dom Botão perguntou-o, sem conseguir contemplá-lo no rosto, sem conseguir sair do vazio de si mesmo. A voz tremia-lhe ainda.

“Procedeu ele lá muito bem. Aparêncio, à partida, não tomou a sério, mas um conselho muito restrito da igreja reuniu-se com ele e chamou-lhe atenção, dizendo-lhe ademais, que por uma questão moral não podes ser o seu padrinho.”

Castelo Branco tinha um nó na garganta, a voz embargada, mas mesmo assim a sua narração prodigiosa continuou a desfiar sobre as tramas, as frialdades dos laços familiares e o ressentimento:

"Dizem que a Rosa relacionou-se com o Aparício, quando este tinha por aí dezoito anos, mas não está confirmado. Dizem também que por esta tua vida devassa foste excomungado pelo padre, porque jamais confessaste perante o mandatário de Deus dos teus veniais pecados. O que porém é um facto todos os meus netos afastaram-se de nós, porque julgam que sabemos de muita coisa e encobrimos. Mas a mim tudo era aparente e só agora juntei os paus desta história. Não irei contar-lhes sem o consentimento da minha filha. És um monstro e montaste esta barafunda de antenas ambulantes e agência informativa, para controlar tudo e todos, numa revanche com o padre. Todavia, esse é o quadro negro de uma assombrosa família incestuosa, dos Mendes dos Remédios. Meu antigo compadríssimo, levei anos a estudar-te e agora estás derrubadíssimo."

Depois desta conversa desagradável e incendiária, do rosto de Castelo Branco caíram dois fios de lágrimas. Ele virou-lhe as costas e, após cinco passadas, fechou precipitadamente a porta do salão atrás de si, deixando o outro a suar glacialmente. Na mesma noite, Dom Botão esteve a dar voltas na cama, aniquilado, ensombrado, sem pregar olhos, ademais sem compreender por que as contas lhe chegaram tão cedo. Na mesma obscuridade do quarto, também não compreendia porquê em vez de consolar civilizadamente fizera sofrer uma boa e formosa criatura, que não conseguia odiá-lo. Dona Berta sentiu a agitação, mas não lhe convinha perguntar, nem ao marido ocorria desabafar, para não derrubar o casamento. Ao outro dia ele foi o primeiro na cidade a ver a luz do sol.

Os velhos compadres nunca mais se voltaram a ver.

Parte V

O paraíso esperado
Ano de 1972

21

Como em quase tudo na vida, há coisas boas e más, e outras que, por comuns ou banais, não são boas nem más, mas absurdas e absolutamente satânicas.

Naquele dia Mendes dos Remédios acordou cedo e banhou, quando os primeiros raios de sol cintilavam, nada mais doce, como o murmúrio de estrelas, sobre os airosos telhados. Envergou o seu smoking, perfumado em água-de-colónia, como se fosse para ter com a minha rival, Rosa Aparecida.

Sem embargo, na minha incondicional companhia, viajámos no voo da DETA à Lourenço Marques. Ele mostrava-se já suavizado da dureza das pesquisas e misteriosamente curado da hérnia na coluna e dos silêncios que o tornaram surdo-mudo. O que ele ignorava, já haviam amassado intrigas palacianas, para levá-lo à forca, antes de testemunharmos o arriar da bandeira imperial.

À chegada ao Aeroporto Gago Coutinho, ele extraiu da mala uma cópia do seu volumoso discurso, após o que me disse:

"Fica com esta cópia, Suzana."

"O que faço com ela, Mendes dos Remédios?"

"Pode ser que diante do público morra de um enfarte; assim continuas tu a ler."

"Porquê vais tu morrer hoje? Isso não te faz falta no dia de hoje."

"A morte aparece como um ladrão, sem nunca pedir licença e quando menos se espera, rouba-nos os parentes, amigos e conhecidos, que mais amamos.

Ponha-te sempre do meu lado, pois logo que eu falecer continua tu a ler a começar do ponto em que venha a parar."

"Estás muito pessimista. Nada disso vai acontecer."

Ele olhou para o céu e, no seu jeito apocalíptico, disse em tom brincalhão:

"Hoje vai diluviar."

"Não, teremos um chuvisco e nada mais."

Concedeu entrevistas triunfais e deixou-se fotografar altivamente, ao meu lado. Éramos todos sorrisos e aqueles raios chispantes de máquinas fotográficas anestesiando-nos como um feitiço, com as suas luzes apocalípticas. Bandeirolas de várias cores ondeavam por todo o lado.

O relógio do *hall* do aeroporto marcava as 12:00 horas e, ironicamente, sequestraram-no neste exacto momento. Lembro-me que estava justamente ao meu lado. Saía da casa de banho e convidaram-no a saudar os seus anfitriões, da Sociedade de Autores, na sala VIP. Posteriormente, os jornalistas usariam insolitamente das fotografias da entrevista para um fim contrariado, na revista *Tempo*, na *Tribuna* e no *Notícias da Beira*.

Começávamos assim a chegar ao fim do poço. E nós precisávamos de uma corda para não tocarmos no fundo, nas águas subterrâneas e lamacentas, inimigas de quem estava destituído de qualquer preconceito e há muito estava desperto para aquela data. O medo tomou conta de tudo, e, contra esses ventos, passei a reivindicar esse historiador sobrevalorizado nos seus aspectos "contestatários".

Tratava-se de um "Juízo final aos notáveis escritores", onde a escolha acabaria recaindo para uma só personagem. O "Homem sem Rosto", como se tornaria conhecido o renomado misterioso personagem que o sequestrou à saída da casa de banho, parecia uma ave de rapina. Certamente o fizera em conivência com uma outra figura sombria. Naturalmente parecia não haver nada de bom no perfil delas. Fiquei apocalipticamente na posse do discurso, a bordo de lágrimas.

Recordo-me que talhara-o de forma primorosa ao longo de vários anos. Ensaiou-o em persuasivos monólogos, à frente do espelho, encerrado na casa de banho, de pé, ou sentado na pia ou bidé, sempre imaginando a falar diante do público.

Comovia-me o coração. Não chegou a lê-lo em público. Condoída, deixei o aeroporto ao entardecer. Lembrei-me. Um dia, à luz transparente do abajur, ele pôs-se a ler o documento, mergulhado na sua confortável cadeira de espaldar com orelhas.

Deste lado de cá fora, com gosto, eu imaginava o evasivo orador a flutuar num discurso eloquente, com palavras ocas, que o convertera já num clássico, com frases supostamente muito bem elaboradas e sentenças aforísticas, numa esplêndida erudição, que ainda hoje me reverbera ao coração. As paredes ganhavam eco e elasticidade ao som daquela voz. Começava como nas epopeias fundacionais, a oração que ele devia apresentar na Sociedade de Autores, que meus ouvidos ouviam como algo inédito a soletrar, a verdadeira derrocada solar:

— *"Meus respeitados e ínclitos coetâneos; Caros confrades e Amigos meus."*

(Mendes dos Remédios interrompeu por um momento, como se estudasse a expressão facial da assistência. Depois continuou):

"Antes, me seja permitido reconhecer a incomensurável honra e apreço pela oportunidade que me concedem de cogitar nesta cadeia de mistérios e casualidades, em torno da matéria, única, constante dos mitos da nossa pátria."

(Imaginou que às suas costas tinha olhos cravados em si, enquanto olhava nervoso para a suposta multidão que enchia o salão nobre da Sociedade de Autores. O sangue circulava-lhe pelas articulações, em grande fluxo. Prosseguiu):

"Coube-me, hoje, nesta esplendorosa noite, desempenhar-me do encargo e compromisso que me comprometi, ao logo de décadas árduas de trabalho. Foi-me requisitado e supervisado por Ilustríssimos e Excelentíssimos nacionalistas, a quem desde já muito agradeço, pelo abnegado e incansável suporte, porquanto me ajudaram a concentrar na paisagem de literatas que muito nos prestigiam, honram e engrandecem a Nação. Agradeço também pela vossa disponibilidade em ouvir-me."

(Fez uma pausa, para controlar a tensão. O seu rosto estava agora mais branco que a camisa que levava debaixo do fato. Sorriu brevemente com expressão serena):

"Os esforços conjugados com a união ajudaram-me a regatear aquilo que é nosso, espelhando o que temos em comum e melhor em relação e outras nações. É uma missão cuja natureza não me distingue bem mais do que o valor alto do tema a que me propuseram tratar. Não difere em nada de construir uma ponte colectiva, que habita na palavra-chave da confiança, nas actuais circunstâncias um dever impreterível, a todos os que se interessam pelo desenvolvimento e progresso dessa terra. Felicito-me nas atribuições que me foram incumbidas, e a propósito deste trabalho periclitante, não menos fácil do que combater, com orgulho, jactância, pela nação moçambicana, a Nação de Todos Nós, que vimos construindo pedra a pedra, desde os séculos dos séculos, desde os cânticos dos cânticos, milenarmente, assenta-se nos símbolos da mitologia e dos valores nobres

dos nossos remotos antepassados (...) A raça é uma geografia cultural que nos une."

(Com fortes aplausos da assistência, o orador ganhou confiança. Aguardou que se impusesse o silêncio, após o que continuou a flutuar):

"Numa base de inquérito, este discurso premeia a metodologia que privilegiou a 'coroação', em doze capítulos, dos significativos e assinaláveis protagonistas, de consenso entre os moçambicanos, com a sua beleza e soberana riqueza multicultural. Por isso, auguro ser um produto de confiança que espelha o nosso mapa paisagístico da mestiçagem e com garantias de que os nossos concidadãos e outros forâneos o respeitem, sem quaisquer especulações, sem suspeitas e muito menos preconceitos. Lanço agora as referências e os fundamentos que me levaram a chegar ao fim do caminho do tão aturado e sucinto estudo. Forneço-vos um brevíssimo preâmbulo e por apenas três motivos, por cada um, os mais importantes, sobre a estrutura e os conteúdos que me permitiram chegar às conclusões (...)"

(O orador olhou para as primeiras filas à sua frente, onde presumivelmente se achavam as crianças e os mais jovens. Sentiu-se acarinhado pela reserva de valores que estes lhe garantiam):

"Quão água cristalina ninguém pode desmentir essa acepção. Apelo que o futuro Estado nascente garanta a defesa destes ícones contra qualquer tipo de usurpação e profanação, que possa pôr em causa a moçambicanidade dos mesmos, devendo qualquer tentativa de desvirtuamento ser passível de procedimento criminal ou civil (...) Posto isto, me indagariam das motivações que me levam a conferir estatuto mitológico ao zaragateiro e namoradeiro escriba, Dom Caixote, cantor de musas, ninfas e nereidas. Adivinho que poderão ser tentados a acu-

sar-me de construir uma fantasiosa e artificiosa imagem, de um cadastrado, que o nacionalismo e o populismo exterior nos têm estado a arrancar, por falta de um anterior projecto que o defendesse, uma ausência da demarcação do território de afectos."

(Enquanto discursava descobriu um rasto de satisfação no púlpito e na plateia. Segurou o microfone para mostrar a firmeza do que a ele próprio parecia uma ténue trapaça):

"Arrisco-me a dizer, da nossa parte, nada mais tem prosperado senão o sentido utópico dos pareceres que os levaram a partilhar dos nossos engenhosos artesãos da palavra, sob o denominador comum da língua portuguesa. A esses clássicos, realistas e moderníssimos escritores que mais alegorias ofereceram à Pátria Amada, se alguma vez esta questão vier a ser suscitada, que me seja permitido, muito antes, ilustres pares, traçar o contorno do conceito de inclusão e entranhá-los no simbolismo e folclore nacional, conferindo-lhes meritório assento ao lado de outros engenhosos confrades seus (...) Direi com inteira verdade, sem omissões nem divagações e muito menos rodeios, porque não é minha intenção cansar o vosso espírito com estéreis palavras, numa ensolarada noite como esta (...)"

A concluir mais disse o historiador:

"Não me movo no imodesto afã de me projectar particularmente, senão no desejo de melhor servir o meu país, o melhor que podia e sabia; outro bem mais levantado é o meu propósito: doptar aos que me escutam e aos que se interessarem da melhor informação sobre o país, e que pelos conhecimentos e ilustrações que juntos venham a influir poderosamente na orientação das gerações deste sacrificado chão valorosamente em vias de ser reconquistado. Não cabe nos limites desta apresentação descrever o

motivo da não inclusão de outras sumidades artísticas. Por este e outros pressupostos, desde já assumo a minha responsabilidade, perante a crítica científica e reflectida, pondo de parte os erros e a suposta antropofagização da actual administração."

Eu ouvia-o, arrepiada, com a pele eriçada como a de uma galinha.

O chão tremia-me aos pés com a viva vibração da sua voz. Numa alucinação, senti o presságio de um ovacionante, vibrante e unânime aplauso encerrar o discurso do meu amado Mendes dos Remédios.

Aplausos que inundaram a minha cabeça de fantasiosas e ocas ovações. Arrebatamentos de elogios por aquela eloquência, sem igual. Pobre de mim! Fiquei desesperadamente na posse do discurso daquele notável e inato orador, com grau de excelência. As páginas flutuam-me agora entre os meus dedos. Contêm grande parte da estória que te vou desvelando, na pena do autor, querido Carambola.

Lembro-me. Depois daquela saga de mil anos de solidão, como que contemplada por um prémio de Mendes dos Remédios, aceitei o convite e saímos para um *resort*. Foi na Ilha de Moçambique. Aqui li página a página, o que contei-te agora, Carambola. Imaginei o boémio Dom Caixote a burilar aqui o seu livro, abstraído das suas musas vindas de Macau, Goa, Ceilão, Mombaça, Melinde e Diu, a cortar excertos e a colá-los, em cima ou em baixo, da sua epopeia. Precisei daquele lugar para levar o meu homem a decantar a sua criatividade, com visões que lhe oferecessem uma forte e cativante energia de vida, que o levassem a optar por uma vida aberta, até ao limite, misturando-a com algum engenho de vadio e cortejador, de alguma sua imodéstia, que o viesse a caracterizar, como tumultuoso e desordeiro, para sempre. Me lembrava, a começar, de um quase homónimo escritor que vegetou por aqui.

Perdoa-me, Carambola, não só a ousadia de contá-lo a um ilustre escriba, como a sobreposição de papéis em que me movo. No meu desempenho de assessora desta história, por vezes, é-me difícil destrinçar e conciliá-la com o papel de habitante última desta cidade com a privilegiada posição de aprendiz de narradora, porque sou humana, despojada de um manómetro capaz de me alertar para onde pende a minha história e os meus dramáticos sentimentos. Se acaso deduzir que estou perante um exercício inútil e vão, com o seu julgamento, pararia por aqui, se não, prossigo.

Se lhe ocorrer que jogo em prejuízo de um trabalho que poderia ser feito por um homem, devo esclarecer-lhe, ilustre Carambola, que muitas páginas de literatura universal contaram com o protagonismo e pragmatismo de mulheres. Talvez isso não me possa tornar totalmente isenta, afastar ou aproximar meus próprios sentimentos, desta realidade.

São tão ténues as linhas que se cruzam nos meus papéis, tornando tão vacilante a realidade e a ficção que se cruzam sobre o verso e o reverso do tecido bordado desta história. Todavia, prefiro estes confusos papéis que me deixam enredar no ridículo, mutilar na multidão que toma a cidade, pois de uma terra vim, acolheu-me esta e dela não desejo partir, naquela amarga experiência de há muitos anos.

Volto o fio à meada.

Incapaz de medir a frieza e a crueza humana, ao fim do quarto dia de sequestro, procurei, em vão, por Mendes dos Remédios nas prisões, onde naqueles dias haviam apinhado dois mil presos políticos, entre eles uma tal famosa Júlia Limão, a qual servi de correio, levando uma carta sua que deveria ser entregue na África do Sul, no que era uma sua tentativa desesperada de se escapar.

Posteriormente, me convocaram ao gabinete do sinistro inspector Ferreira Raposo, na Rua Dom Francisco Barreto, n.º 249. Era um dia frio e chuvoso. Eu usava uma gabardina preta e ia debaixo de um guarda-chuva.

"Chamei-lhe, porque disseram-me que a senhora conhece a biblioteca debaixo da cidade, aqui nesta cidade da Beira." — Era ele com a sua voz seca.

"Quem foi que lhe disse?"

"Quando está a responder em acto de perguntas não deve colocar questões ao investigador."

"Não conheço, nem nunca ouvi falar desse lugar." — Menti-lhe.

Ferreira Raposo era um homem de altura mediana, africano de raízes imperiais. Daqueles que decidiram que o caminho deveria ser só para trás. Era o protótipo daqueles polícias bipolares, bom de frente, mau pelas costas e oportunista. Podia apunhalar a vítima e justificar a sua inocência. Eu supunha que esse seria o tal "Homem sem Rosto", pois tinha poderes ilimitados e todos cumpriam as suas ordens, a começar pelos inspectores subalternos, que justificavam seguir à risca a decisão superior.

O nome desse superior era sempre omisso, portanto "Homem sem Rosto". Ferreira Raposo, um homem frio, calculista e sem alma nem coração, contou-me, jurando por Deus, que os crimes de Mendes dos Remédios tinham sido, paradoxalmente, o de fomentar a prostituição, o tráfico e venda de drogas, e que, por fim, o tinham achado morto, na sua cela, depois de ter sido condenado em juízo, onde confessou espontaneamente os crimes. Não tendo conseguido localizar a família, enterraram-no numa vala comum. Até me mostrou as calças que ele usava, ao tempo do hipotético homicídio voluntário.

Nunca tive nenhuma evidência da ligação dele com esses crimes.

Perguntei a Ferreira Raposo se Mendes dos Remédios constituíra a sua defesa, disse-me que não, fora um processo sumário, com um defensor oficioso, nomeado pelo juiz. Disse eu a Ferreira Raposo que a Polícia mostrou-se muito desastrosa a expô-lo em público, o que muito lhe custaria recuperar a imagem. Ferreira, friccionando os bigodes, disse friamente o seguinte, não sem deixar de me apelar que contivesse as lágrimas:

"Nada a fazer. O seu marido caiu em mais absoluta desgraça, ao alugar trinta rameiras das Ilhas Canárias, para os incorruptíveis agentes da PIDE. Todas elas tinham apartamentos no Prédio Mira-mortos. Confirmaram-no. Não chore. Vá para casa. A um vende-pátria e terrorista desses nunca use o luto."

À saída do edifício daquela instituição, se me interpuseram de frente e a correr milhares de ratos e ratões, parte destes com tamanho de gatos, o que era sinal de mau agouro. Logo a seguir dois agentes encaixaram-me. Me detiveram em seus braços possantes. Me despojaram do passaporte e os demais documentos.

"Minha senhora, lamento, cumpriram-se as ordens do 'Homem sem Nome'" — Assegurou um dos oficiais-dia, dirigindo-se-me com o cenho franzido. Chovia-me dos olhos e as lágrimas derramavam-se sobre a calçada molhada pelas precipitações, que se confundiam com o meu choro. O que me doía o chão impermeável absorvia-me as águas da minha tristeza e parecia que eu não chorava, parecia como nada.

Meu pranto era como o ouro sobre o latão, vertendo água sobre a esperança rota. Carambola escutava-me comovido, sem deixar de me segurar as mãos. Apertava-mas acarinhadamente contra as dele. Eu lhe pressenti o sexo hirto. Como uma pedra. Bem que seria capaz de abarcar a tristeza que corria pelo seu áspero fio de voz, despertando-lhe sentimentos ocultos e contidos. O meu corpo sentia alegria e nas minhas entranhas uma borboleta sedente de amor latejava as asas.

Ano de 1973

22

Foi Manzini uma das cidades swazis por onde eu passei, aquando da minha travessia ao exílio. A ela cheguei, depois de atravessar muitas semanas de perigos, fracassos, medos e esperas.

Foi Manzini uma terra de trânsito para milhares de pessoas, em êxodo, para se juntarem à causa. Escolhi esse caminho porque se me afigurou mais seguro e insuspeito, antes que me internassem num "Campo de Prisioneiros Políticos", depois de todas as tentativas fracassadas de libertar Mendes dos Remédios. Aí me dirigi ao Núcleo de Apoio aos Refugiados, que me facilitou com um salvo-conduto, para que pudesse viajar à metrópole. Isto pôs fim a várias tentativas infrutíferas de reaver o meu passaporte.

Nas vésperas da partida de Lourenço Marques, contratei a um guia, que a troco de uma rica soma, durante dias, andando errante pela mata, entre graníticas montanhas e planuras, entre terra seca e argilosa, sem parar, num devaneio louco, me ajudou a atravessar clandestinamente a fronteira. Na vertigem daquela caminhada, a meu guia, Marito, eu contava das minhas inquietudes, da minha lealdade patriótica questionada, com a suspeita de que servia interesses de um dos grupos rivais da guerra civil, que colocou os serviços secretos debaixo de escuta do meu telefone.

Atacaram-me visceralmente. Os ventos da história foram injustos comigo. Não é verdade que alguma vez um ser humano deixa definitivamente a sua terra de nascença, que lhe vira cair o umbigo e adubar o chão, pois viaja a alma, e o corpo, esse, torna-se preso, refém das raízes, que no pensamento, se desloca como uma coisa móvel. A lembrança fá-lo fiel, leal, aos seus lugares de encanto, ao mundo idílico da infância, da juventude e dos primeiros amores e ilusões puritanas e castiças desses tempos. Jamais atraiçoaria[111] a minha moral e valores. Eu partira com uma pequena mochila, contendo duas mudas de roupa e artigos de higiene, que pesava menos de cinco quilos.

"Estes lugares que antes vimos nas fotos e nos mapas, jamais pensei pisar." — Afiancei-lhe, rompendo o silêncio, pois à nossa volta escutávamos os nossos passos e vozes de pássaros, também o rugir de leões.

"Nas minhas tentativas de fuga para combater lá no Norte, meus colegas disseram-me que perderia a minha namorada, se lá fosse. Perdi-a, na verdade, mas enquanto fazia a longa marcha fiz da arma a minha namorada, fiz dos campos a minha cama e com o tempo fabriquei a minha almofada." — Contou ele.

Eu notara que trazia umas botas menores para os seus grandes pés.

"Este caminho, Marito, está-nos a levar para trás." — Lhe disse eu com ironia. O meu guia coxeava, sem nunca o admitir. Era um nativo alto, magro e rijo. Tinha sido até há pouco empregado dos Pessoa. Simpático, nalguns momentos de desfalecimento me levou em ombros, como um cordeiro, no meio daquele labirinto, onde com o medo às costas, nos tropeçamos com algumas pessoas que regressavam, depois de frustrarem o cruzamento da fronteira por aí quatro vezes, pois a PIDE andava de plantão em toda a extensão da fronteira comum.

"Não, Suzana, este caminho não te fará nunca mais regressar ao passado. Imagina a partir de agora

111 Denunciar (alguém a quem se deve lealdade ou solidariedade).

que este caminho que estamos desbravando está-te a amar, está-te a abraçar e a mostrar-te outras maravilhas da vida do futuro."

No meio daquele cansaço disse-lhe que se equivocava. No meu caso, nem as memórias amargas dos disparates cometidos nos céus do Índico jamais me levariam a sonhar passar para este lado de cá. Disse-lhe ainda que o meu último capricho tinha sido precisamente visitar a secção de livros proibidos, que me deu um sentimento de perda, de desamparo e impotência.

Entretanto, só depois de mais alguns dias vimos a silhueta de uma casa, com luzes acesas.

"Estás a ver aquela casa ali ao horizonte?" — Perguntou-me ele apontando-a com o dedo indicador. Arregalei os olhos, após o que lhe disse:

"Sim, vejo."

"Falta pouco. É só chegarmos lá e aí dormirmos esta noite. Na madrugada seguinte atravessaremos de canoa o Rio Maputo. Do outro lado do Rio é a Swazilândia."

Em Manzini despedi-me de Marito. Ele regressou, para continuar com a sua empresa de guia, a salvar a muitos que buscavam se escapar do grupo de Ferreira Raposo, ainda com poderes ilimitados.

Houve uns minutos de pausa. Quanto Suzana contava este episódio a Carambola, este levantou-se, ajeitou o pijama e ela soltou um suspiro de pasmo. Com um olhar atento na cueca branca de Suzana, o cérebro daquele, através de um fantasioso sacrilégio, resvalava-se a atravessar-lhe com o seu membro viril até ao mais fundo do vaso dela. Era o que ele desejava: investi-la com peso, os seus dotes de touro.

Ela apercebeu-se disto e, decididamente, apostou em explorar a debilidade do homem, que estava cegamente determinado a fazer amor com ela, ou melhor, a fodê-la, para ser consentâneo e leal com a palavra descaradamente usada por elà. Sem embargo, a mensagem que ela lhe passava era de que o desejava, mas regia-se agora por valores morais muito rígidos. Aparentemente, preferia ir lentamente, um dia de cada vez. Será por tal que ela prosseguiu, imperturbavelmente, enquanto ele voltava a sentar-se:

"Num passado não muito recente, Carambola, eu tinha como debelar a minha doença do calor das entranhas, sem prejuízo de atravessar dias, anos e séculos em jejum, sem preconceito de me guardar para quem não cumpria os seus deveres de esposo. Eu sou uma mulher casada com Mendes dos Remédios, mas a minha concepção do casamento mudou e consiste em me não tomar por propriedade de quem se apartou de uma vida em comum. Estou no mundo para viver a minha vida, não a vida de outrem. Mas a minha moral religiosa, da qual me rebelei, não apelava a nada disso. A Dona Raimunda, a minha mãe, transmitira-me ensinamentos e a moral do antigamente, o que rompi a sete pancadas.

No entanto, na cartilha das mães do antigamente elencavam-se os 'seis remédios' para o casamento sobreviver eternamente às intempéries, para resistir à erosão do tempo, entre chuvas e pragas. A minha mãe ensinou-me uma hierarquia de valores, que se deveria obedecer, pela seguinte ordem:

Primeiro remédio: Em casa mandava eu e em mim governava ele, assim e ponto final.

Segundo remédio: Era a motivação, ele podia me maltratar, porém, eu só podia chorar e lhe dar razão, para ele seguir me maltratando, o que significava que o amuleto da eternidade do casamento é a mulher fechar indiferentemente a boca, porque os homens, de tão débeis e de tão frágeis que são, não aguentam, nem estão feitos para suportarem as verdades, pois que a única verdade que sabem confessar é quando estão de pau-feito e exprimem a vontade de foder (não tenho outra palavra senão essa para os descrever).

Terceiro remédio: Era que devíamos enfrentar juntos e unidos todos os desafios, mas os méritos eram isoladamente dele.

Quarto remédio: É o defeito da genética, segundo a qual todas as mulheres são a costela de Eva, que nasceram para ser seduzidas, abrir as coxas e disporem-se-lhes pelo sexo, sempre que ao homem ocorrer tal ansiedade e luxúria.

Quinto remédio: É a sabedoria e a factura da idade, pela qual Dona Raimunda me apregoava em conversas triviais: Estás a ver filha, eu sou uma mulher honrada, me casei virgem, nunca troquei de homens como tu, porque fi-lo exactamente como a minha mãe me transmitiu, e já que tu não o queres contarás todos os homens do mundo, que passarão por tua cama e te cuspirão na rua, para caracterizarem a tua falta de honra."

Depois prosseguiu:

"O sexto remédio: É a determinação, o que significa, fosse eu optar por uma conduta de liberdade então a sociedade tratar-me-á com os nomes mais reprováveis."

Parou um pouco. Bebeu um pouco de água que estava sobre a mesinha da sala-de-estar. Olhou para o homem que lhe afagava as mãos. Sentia-se encharcada por dentro das entranhas, mas preferia prolongar um pouco mais o jogo erótico. Acrescentou:

"Espantosamente, Mendes dos Remédios também não procurou pela casa de banho, onde eu persistia a dispor-lhe coerentemente de mudas de roupas. Eu deixava-lhe o pequeno-almoço nas bordas da

portinhola de cima e este desaparecia ao fim do dia. Onde defecava era um enigma, pois pareceu esconder a verdade insondável de que conhecia os apartamentos debaixo daquele sótão, onde passou a morar.

Poderás estar a pensar, Carambola, porquê não lhe pedi o divórcio, em resultado do longo jejum que nos atravessava iam já tantos anos, para justamente agora afogar as minhas mágoas diante de um desconhecido, com este lençol de culpas?

Já nos habituáramos a esta esquisitice, também porque havia um tratado tácito. Tínhamos que levá-lo às costas. Como consentir a verdade que pretendeu mudar o curso da história e ensinar-nos a reconciliar-nos com o nosso enigmático quanto duvidoso passado?"

Chegados a este ponto cume, Suzana voltou à realidade. Viu-se diante de um espelho que lhe reproduzia com toda a autenticidade os sentimentos que corriam dentro da alma de Carambola, o que a inquietava. Tratava-se da curiosidade de ver desvendadas as pessoas dos terríveis inspectores "Homem sem Rosto", "Homem sem Coração" e "Homem sem Nome". Ela adivinhara do inconfessável interesse daquele por saber de quem se tratava na verdade ou seriam duas ou três pessoas diferentes. Também adivinhou da sua curiosidade sobre a biblioteca debaixo da cidade.

"Para ser-te sincera, Carambola, pedi ao meu marido que desvendasse o enigma à volta desses dois nomes, mas ele não me respondeu." — Adiantou ela, olhando-o bem no fundo dos seus olhos extenuados e penetrantes, o que a excitavam ainda mais a algo que ela tentava disfarçar, sem conseguir.

"Sabes porquê não te respondeu, Suzana?" — Ele perguntou-a rindo-se numa gargalhada selvagem.

"Simplesmente, porque os mortos não falam. Têm o mais de que se ocuparem, na ultra-tumba dos seus silêncios."

Suzana fez uma pausa. Levantou-se a custo do sofá, onde se sentara há mais de dez horas e, sem pedir licença, fez-se à casa de banho, caminhando descalça. Ele seguiu-a, passando pelo corredor lúgubre, daquele apartamento, em ruínas. Ainda a olhou detrás, estudando aquelas nádegas voluptuosas, que abanavam como medusas.

Era manhã, o sol crescia cintilante, o céu azul dardejava sobre o mastro das alturas. As árvores do Jardim de São Pedro de Alcântara inundavam-se de trilhas de pássaros, de pintassilgos e gaviões, de rolas e corvos, de cotovias e pardais, de gatos gordos e cães, à ilharga. A natureza inebriava-o. Hipnotizava-o. A trilha dos pássaros atraía-o, como um coro de sopranos. Ele seguiu-a pelas costas. Por um orifício da fechadura viu-a curiosamente despida, a banhar-se, a desfazer-se do sebo com uma esponja ensaboada. Apesar dos seus pouco mais de trinta anos de idade, tinha um corpo ardente, como o de uma adolescente, a zona do púbis e das axilas depiladas. Pensou que na sua idade não devia contas a ninguém sobre o seu desvio de moral.

Apartou-se, seguindo até à varanda. Lá de cima viu um quarteto de polícias, que mantinha a vigilância sobre o quarteirão. Era um homem livre, por isso, dirigiu-se à porta da sala, abriu-a cuidadosamente, para evitar ruído, e partiu ao encontro da sua família adoptiva, levando consigo algum documento que lhe parecera útil e interessante.

Enquanto cruzava tranquilamente a rua olhava por cima dos ombros a precaver-se dos polícias. Lembrava-se das sete noites anteriores. Tinham dormido juntos na mesma cama, um de caras para o outro, enquanto se enlaçavam os corpos, os dedos das mãos e as pernas, num abraço afectuoso, ela sentindo-lhe o sexo rijo, e ele, o vaso dela oscilando e latejando como asas de uma borboleta em arrulho, sobre o seu pijama, depois aquele corpo voluptuoso movendo-se, enchendo ardentemente a cama, com o esplendor de uma pomba de desejo. Falavam repetida e despudoradamente do quanto desejariam de fazer avassaladoramente amor, mas de repente adormeciam, de tão exaustos de viajarem pelo tempo.

Inquietava-o que nesta manhã como na noite e dias anteriores, ela, na prática, não se mostrasse tão entusiasmada, nem resoluta a partirem para um vis-à-vis, ou uma refrega, pondo uma pausa àquela charada que ela insistia em contar-lhe, enquanto a braguilha ardia-lhe de ter o sexo demasiadamente rijo.

Carambola era muito orgulhoso e obcecado nas suas emoções. Não se lembrava como ninguém de na sua vida sentir fome de mulher, como naqueles dias. Para o cúmulo, não era fome só de comida, mas daquele apetitoso corpo. Fome de amor. Fome de mulher na cama. Fome de beijá-la ardorosamente e de senti-la tremer como uma superfície gelatinosa.

Cá em baixo, a cada passada pelo passeio, o seu corpo ligeiramente alto movia-se desengonçado como uma folha fenecida, sem vida, ao outonal vento, e os seus pés chapinhavam numa espécie de rumor de água, na rua ainda silenciosa. Assim, a arrastar os pés alcançou o banco onde gostava de sentar-se. Nisto, o cão e o gato lhe saltaram para cima e desataram a fazer-lhe festas. Era o único laço social que o prendia à vida, desde que se libertara dos laços familiares.

Pensou que pelo tempo que estivera com a Suzana o seu mundo encolhera. Cria que no Campo de Ourique, por estas alturas, as intrigas seguiam-se umas às outras, atrás da cortina cenográfica, com uma galeria de personagens.

Não era para menos. Alertada por Ana Soares, já a filha, Marta, coagira à administração da CUF, sob ameaças veladas, a fornecer-lhe a direcção postal da mulher, que cria, amparava o pai. Formaram um sindicato de violência doméstica, e lá se fizeram prontamente à Rua São Pedro de Alcântara, n.º 38. Tocaram a campainha à casa de Suzana, que não lhes atendeu.

"O meu maior desejo é de perguntar àquela perua porquê não arranja um garoto desocupado para "fodê-la", em vez de andar com um homem que tem família." — A desbocada Marta disse-o literalmente alto e a bom-tom, enquanto tomava um refrigerante, ao balcão do Restaurante Camõns, à entrada da referida morada. Alguns dos presentes mostraram-se escandalizados com a expressão f..., mas disto ela nem pudor teve.

"Não só tem família, como deixou para trás uma filha por cuidar, em fase de estudante universitária, empresa por administrar." — Ana Soares corroborava, sem a censurar por aquela descarada falta de educação.

"Está claro que ele, como insolvente, fugiu para um mundo mais amplo e seguro, onde pode respirar. Pese embora, há que o desalojar de lá, senão se acomoda e nunca se põe de pé na vida." — Cristina espicaçava-as, potenciando a intriga. Deixaram o Restaurante Camõns e partiram na direcção do Jardim de São Pedro de Alcântara.

Marta era calculista. De olhos azuis-claros, tinha um olhar frio e uma atitude comercial. Pensava nos seus direitos, enquanto potencial herdeira, por isso era capaz de remexer o mundo todo, até à ultra-tumba dos templários, para protegê-los, removendo a mãe da potencial posição de cabeça-de-casal.

Marta tinha um largo historial. Sempre que o pai arranjava uma nova amante era motivo para ela meter afanosamente a colher, arrumando confusão. Ela fantasiava amealhar fortuna na transmissão de direitos autorais das obras policiais do pai, para grandes editoras e produtoras da Hollywood, por isso caso o pai viesse a cair inerte no jardim, nunca seria problema, senão quando este celebrasse uma união estável.

Estudava direito exactamente para posicionar-se melhor num eventual caso trágico, do pai. Marta não gostava de namorar. Apesar de em plena flor da idade, padecia de alergias aos namoros. Ou se namorava, a sua aliança era mais forte com a mãe, a qual fazia repetidas juras de que, não obstante o inferno e ao ostracismo que Carambola as sujeitava, com o seu modo de vida mundano, os dividendos seriam garantidamente repartidos, em igual fracção pelas duas. Por essa razão Dolores Carambola não abriu mão dos vários pedidos de divórcio do afamado e renomado escritor. Apesar da relação que se enfriara, à Dolores lhe convinha o tal estatuto, porque Carambola era educado e inteligente, a qualquer momento poderia dar a volta por cima da sua insolvência e voltar a erguer a vida à sua altura.

Mãe e filha, de mãos atadas, juraram resistir até ao fim. Embora soubessem que havia um novo potencial herdeiro, decidiram unir forças, para afastá-lo do concurso de herdeiros e legatários. Nisto, Ana Soares actuava como cúmplice e, por vezes, jogando para o lado de Carambola, como pau de dois gumes, apimentado ou avinagrando intrigas, por puro sadismo, de vê-las alegres ou a sofrerem.

Cristina, que era enfermeira da CUF, deixara-se corromper cegamente, participando da conspiração. Era esta prima de Ana e, como aquela, solteirona, cujo coração aproveitava um gato carinhoso e adestrado a fazer-lhe festas, o único que lhe escutava os suspiros e desabafos. Não fosse por tal que a tentavam corromper a cooperar com elas, injectando um sedativo ao pequeno e inocente Artur, a fim de matá-lo, antes que fosse tarde, porquanto Marta já conseguira evitar que o pai o perfilhasse. Corria um processo de prova de ADN, enquanto uma sentença de pedido de alimentos intentada pela caprichosa jovem Margarida obrigava--o a prover-lhe alimentos.

Manipuladora e intriguista por excelência, Marta contrapunha a vontade do pai e assim incitava-o a nunca assumir abertamente a paternidade, mesmo perante a confirmação daqueles testes, que, segundo ela, sempre dão positivos, limitando-se assim o desamparo de menores, no mundo. A solução, para ela, era o infanticídio.

Carambola já tomara nota dos acontecimentos que vivera naqueles dias intensos. Agora olhava para as copas das árvores, desfrutando da trilha sonora dos pássaros. De repente, voltando as vistas para baixo, distinguiu aquelas duas presenças sinistras postadas diante de si, como sombras de inamovíveis estátuas, que pressagiavam o mês de maio de 1974, como por um pesadelo, o arriar[112] de estátuas de heróis imperiais das praças públicas. O que lhe causara uma descompostura intestinal, que o submergira numa diarreia que lhe durou cinco dias e um forte cataclismo em seu coração dividido.

Sem embargo, aquilo era um consórcio de mulher e filha. As outras duas primaram pela aparente distância, como se não estivessem por dentro da intriga. Nunca iriam dar a cara, por isso, orando pelo sucesso, hipocritamente, aguardavam-nas dentro da Igreja de São Roque, aí ao lado.

"Bom dia, minha gente!" — Disse Carambola, com simpatia.

---

112 Fazer descer (o que estava suspenso ou levantado); abaixar.

"Bom dia, pai! O senhor é já um homem maduro. Chega de acreditar nas estórias da carochinha! Estas mulheres não querem nada consigo senão aproveitarem-se de ti." — Sem pestanejar, Marta partira directamente para o ataque. Era arrogante e a falta de carinho do pai a tornou estéril, um osso duro de roer, de igual forma no trato com os amigos e familiares, aos quais dirigia palavras sem escrúpulos.

"Antes do mais, digam-me, quem vos orientou a chegarem aqui?" — Perguntou ele, visivelmente surpreendido.

"As moscas sempre vão onde há cheiro." — Disse a rapariga, depois de reconhecer a tralha e a imundície que o rodeavam.

"Se pensam que vou regressar ao Campo de Ourique estão enganadas. Só me vou embora daqui debaixo do meu cadáver. Isso deixei no meu testamento." — Afirmou Carambola, com um adicional esforço para baixar a voz.

O tema do testamento, que lhes dividia, deixou a ambas muito preocupadas. Marta era quem tinha o poder da voz e exaltava. A mãe calara-se por limitações e porque bebera da progenitora os seis remédios para tornar o casamento eterno. Marta estava no terceiro ano e já estudara direito das sucessões, no primeiro semestre, com resultados melhores do que em qualquer outra cadeira.

Na Universidade de Lisboa o reitor propusera-lhe servir de professora assistente, depois de assinar o seu certificado de frequência, um sucesso marcado por noventa e nove por cento nas demais disciplinas, e cem por cento nos direitos das sucessões e de família. Os seus jovens colegas, não viam, senão como motivo do seu atrofiamento e de mulher certinha. Aos vinte anos era virgem, quando as demais mostravam-se a padecer de intermitentes comichões das entranhas e não deitavam o braço a torcer, desfrutando ao calor de amores tórridos, nos braços de colegas do último ano, como forma de demonstrarem a modernidade e que viviam adiantadas ao tempo.

Quando as duas partiram, Carambola adormeceu por algumas três horas, até ter a certeza de que elas estivessem, porventura, em casa ou no hospício. Logo que acordou, decidiu desaparecer, como uma barata entre as madeiras.

Entretanto, olhando desde cima, da sua varanda, preocupada, Suzana ainda o viu partir, mas sossegou-se com a manutenção das tralhas junto do banco do jardim. Assim, convenceu-se ela, de que provavelmente estaria a dar um breve passeio, enquanto terminava de ler o discurso e um manuscrito que levara consigo.

Parte VI

Os funerais de um livro de ouro
Ano de 1974

23

Este é o meu parecer: O anonimato de livros apelidados imorais como "A biblioteca debaixo da cidade" esconde uma complexa teia de programas iconográficos e de espionagem, que desvelam interesses e relações de poderosos, monstruosidades esquisitas, de que passei a compreender, pela sua exacta discriminação da verdade, fora das paixões. Os jogos de individualidades influentes falam mais alto, daí não estranho que se tenha enterrado O Querido Morto, um melancólico e isolado homem, incapaz de se interessar pelas coisas sociais comuns. Condenaram-no ao martírio, antes mesmo do seu último suspiro.

Debaixo da sola dos meus calçados está um inimigo: o tempo. Vindo eu de Lisboa, com outros navegantes, foi sobre o tempo e com transe de euforia que vagabundeei por aquela estranha cidade da África Oriental, bem arruada, com prédios altos, casas de madeira-e-zinco com hortas e fontanárias dentro e murais nas fachadas e um mar turvo com grandes correntes de água e navios em seu porto.

Perdoei a minha memória frágil, que ainda assim não é linear. Agora reavivou-se, entre as lembranças que pelas veias descem, com sabor recente das suas ruínas.

Fazia-se tarde. Saltei com os pensamentos no trabalho. Daí regressei à Editorial Além-mar, onde a minha secretária e co-sócia, Ana Soares, informou-me que, durante a minha ausência por África, tinha recebido a visita de Suzana Castelo Branco. Foi amável e simpática. A visitante contactara-lhe para informar-se sobre "A biblioteca debaixo da cidade" e também esclarecer-se das aventuras de que eu padecia, no meu último paradeiro.

Toda solícita, Ana não lhe escondeu que eu me encontrava na abundante África e voltaria no navio "Infante de Sagres", numa data já aprazada, que lhe fornecera ingenuamente. Informou-lhe ainda a Ana que era aquele um livro de bolso, com duzentas e setenta folhas, em papel amarelecido, no estilo pergaminho, mais vinte ilustrações de páginas inteiras, dos "Campos de Prisioneiros Políticos", condenados à prisão perpétua.

As trinta folhas iniciais foram escritas sob o título genérico: AS VISITAS CLANDESTINAS DE DOM BOTÃO. Discorriam sobre o protagonismo do sapateiro Felisberto Botão Mendes dos Remédios, devassado por uma levíssima poeira do chão, que lhe namorava o rasto, com os fantasmas caminhantes que me perseguiam. Colocava-o como um sobrevivente do tempo, que acende chamas do corpo com ilusórias lembranças, sem conseguir se desprender delas e dos gonzos em ruído.

Com assombro, a poeira atrás de si descrevia uma memória lúcida e o seu percurso, que deixou um rastilho naquela terra, pelo seu ser multifacetado, com habilidades de produtor de teatro, aderecista, actor, encenador e activista. Homem com algumas sombras negras. Evidências o davam como um dos mais arrojados mestres da sobrevivência e da hipocrisia.

O primeiro lugar que os meus pés pisaram foi a Beira, uma cidade fruto da teimosia dos seus fundadores, erguida sobre o pântano, uma terra embarrada, abençoada pela cortesia de um rio de águas marrons, dos seus mais devotos deuses fundacionais e um mar de águas pardacentas, que lhe banha, debaixo de um sol inclemente e fosforescente, do oriente.

Aqui me falaram os meus diversos convivas do próspero Dom Botão, que fora uma invenção da cidade, que posteriormente o exportou. O homem figurava entre os casos de sucesso, daqueles que recomeçando a nova vida na metrópole, sobrevivera com destreza e astúcia ao monopólio das grandes cadeias de supermercados de superfície locais.

Recolhi aí interessantes registos do negócio de Dom Botão. Estava num pequeno e estreito compartimento, com uma porta em madeira, um olho mágico encravado nela, donde via chegar as suas visitas, e por cima duas prestimosas janelas e do lado de fora uma campainha, que se devia tocar antes de se entrar. Atrás daquela porta colocara uma cortina em veludo avermelhado. Na parede um grande e amplo espelho, acomodado entre quatro vértices, de alto a baixo e de extremo a outro.

Os nomes de Dom Botão e de Dona Berta estão espalhados por todo o lado, como se fossem uma praga de gafanhotos, de nunca acabar, que inundavam os céus e a terra. Gozam do respeito amplo, que os tornaram dois cirurgiões da alma, merecedores de medalhas de heróis pelos elevados ofícios prestados à comunidade.

Contaram-me que nos derradeiros dias da sua vida aqui, nem mesmo por cima da dúvida que tal supunha, Dom Botão, como o tratam, mais do que os calçados, costurava os sonhos e corações de seus fregueses, numa demanda crescente e mágica. Em detalhes pequenos, mas à luz da esperança, mostrou que as suas mãos havia sido abençoadas por poderes divinos.

No hotel do meu acolhimento, eu estava perdido em meus pensamentos, quando um trabalhador, falando com o outro em surdina e todo ufano, lhe recordava da forma rica e profunda como o vira bater recorde de filas, com a clandestina e estranha clientela que o buscava. Surpresos, tomaram-no como um anjo que engraxava os calçados, acobertado de uma arte de diamante, com um pequeno e mágico trapo de cetim que parecia uma oferta dos céus. Nunca algo igual passara-se antes na história das memórias daquela cidade. Com um abanico de magia, Dom Botão levava personagens vagabundas e protagonistas da guerra civil a saírem do pó dos calçados, a desfilarem festivamente na vida real, levando o país ao conhecimento do mundo.

Agucei ainda mais o ouvido.

"Mas como conseguia?" — Perguntou o outro incrédulo e largando uma gargalhada.

"Resolveu o problema criando uma agenda, onde cada um dos fregueses marcava previamente o dia e a hora de atendimentos.

A sapataria parecia transformada num consultório ou agência de turismo." — Observou o colega de limpeza, que parou em seco.

A despeito, disse o orador, a coisa tornou-se muito mais complicada do que ele pensara alguma vez. Os turistas, nalguns casos, espiões disfarçados de funcionários da Sociedade das Nações, acediam aos caprichosos serviços do salão de Dom Botão, que à profissão de sapateiro, devido aos ingressos crescentes e a procura, acumulara a de engraxador.

"Este Dom Botão era um mágico. Só podia." — Comentou o receptor.

"Era mais do que isso. A sua sapataria transformou-se num posto onde se podia requisitar "Livros Proibidos". Reunia um grupo de leitores desses livros misteriosos, que se lhe dirigiam disfarçados de clientes. Inteligentemente, ele jogava com uma pequena colecção de livros, no local. Só para avaliar a sua genialidade, as suas audiências competiam com os sermões do padre Sorrentino." — Afirmou o pregador, que continuou a desfiar a estória, arrolando um sem número de engenharias daquele, após o que uma terceira pessoa se interpôs entre ambos, com voz ameaçadora, acusando-os de prestarem pouco trabalho, pelo que puseram-se a falar pelos cotovelos, logo que aquela se afastou. Não pude mais valer-me dos ouvidos.

Depois, com esforço, vim a saber que o colosso e charlatão Dom Botão, num caso raro e prodigioso, organizou um histórico banquete, bastante concorrido e mediatizado, com livro de honra, no qual empossara a esposa, no cargo de secretária particular e executiva daquilo que se transformara numa agência. Era ela quem geria as suas consultas. Com aquele poder discricionário, Dona Berta passou a receber telefonemas e a agendar atendimentos. No telefone, onde sempre estava, havia ininterruptamente uma ruidosa frequência de interferências, que lhe causavam redundância, na comunicação. Os homens do inspector Ferreira Raposo tinham-lhes na mira e escutavam-nos. Dona Berta era obesa e tinha, espantosamente, uma voz infantilóide:

"Para a data que pretende, meu senhor, na minha agenda o médico dos calçados tem o mês todo ocupado. Vou reverificar, se encontro um furo e lhe encaixo." — Era a prestimosa, solícita e afável secretária, que agia com toda diligência profissional e cobrava na hora.

Pousado o auscultador, logo o telefone voltava a tocar. Um dia, uma voz incógnita e contestatária surgiu do outro lado da linha, lançando um suspiro:

"Minha senhora, não há quase gente nesta cidade. Porquê da necessidade de marcar uma consulta prévia, para daqui a quinze, vinte dias, se a pode fazer hoje?" — Ao que voltava ela à carga, encolhendo os ombros e atirando a indiscreta resposta:

"Tenho a agenda entupida. Nunca se sabe, pode ser que entre os fregueses haja faltosos ou mortos-vivos. Não lhes podemos recusar os serviços."

"Aqui nesta cidade os direitos dos vivos se estendem aos mortos? Se tem a agenda entupida porquê não chama a Câmara Municipal para desentupir?" — Com a sua resposta insatisfatória, julgavam que ela mentia ou inventava.

"Pois a razão explica: A vida premeia cada um com a sua sorte, cada qual com o seu azar. Nesta linha, esta sapataria não mistura o pó dos azarentos com os dos sortudos. Não contagiamos os sãos com doenças de feiticeiros. Não pautamos pelo amiguismo e nem pelo nepotismo."

E como Dom Botão saíra daquela penumbra dos negócios, depois do casamento do filho, que ditara a sua ruína financeira? Mapeara a cidade, por isso sabia de cor e salteado o nome das ruas, o número das casas, a composição dos agregados familiares, os bens e haveres de cada família e seus historiais. Conhecia os seus sumidiços e escondidos habitantes, os nomes e apelidos destes. Todos lhe cintilavam à memória. Guardava um ficheiro com anotações particulares dos seus escassos cidadãos, como também a relação de bens e propriedades dos fugidos naquele êxodo apressado, causado por uma campanha de espólios liderada pelo lendário e mítico inspector da polícia, António Ventura.

Ventura branqueava a sua falta de escrúpulos roubando aos ricos, para dar aos pobres, roubando aos gatos para dar aos ratos. Como chefe da Polícia incorporou elementos da sua quadrilha, que à sua semelhança, beneficiaram de clemência, no Rabo de Peixe. Um dos seus súbditos e ajudante de campo era o afamado e generoso Zeca dos Telhados de Vidro, um delinquente de pequena estirpe, promovido a fiel depositário de um sem número de imóveis esbulhados aos burgueses. Dele tinha as chaves e brindara as dez amantes de Ventura, com parte das luxuosas moradias. As liberalidades do guardião da cidade, sem embargo, prosseguiram com a anuência de Ventura.

Zeca dos Telhados de Vidro trabalhava como um escravo, distribuindo chaves das riquíssimas e faustosas vivendas aos "pidescos",[113] não sem antes de as mobilar principescamente e as cobrir das mais caras tapeçarias. Quando os novos príncipes já estivessem nelas instalados, Ventura destacava equipas para lhes pendurarem valiosíssimos quadros nas paredes. Através das mesmas diligências oferecia-lhes envelopes cheios de dinheiro extorquido ao Estado e aos comerciantes e burgueses. A estes, Zeca extorquia também ouro e joias.

No meio do medo e arrepio instalados pela nova autoridade de Ventura, Zeca dos Telhados de Vidro era quem mais ladrava nas lojas da Rua Correia de Brito, também conhecida por "Rua de Istambul". Aqui propunha-se a comprar infinitamente roupas uniformizadas, para os presos, que remetiam às imagens de pijamas a raias de Auschwitz. Aos denunciantes que se queixavam de Zeca dos Telhados de Vidro, Ventura também ladrava e fazia promessas e vendas de hospedá-los numa cela escura, de modo que cediam as chantagens e conformavam-se com aquela conjura oportunista.

Naquele submundo, o espaço de liberdade reduzia-se para gente comum, e Ventura e Zeca dos Telhados de Vidro se converteram nos maiores libertinos da história, com pão na mesa, tabacos e bebidas caras, mais o futuro assegurado.

---

113 Linguagem informal para caracterizar um certo comportamento ou determinadas atitudes semelhantes às da polícia política (PIDE) do regime ditatorial que tivemos em Portugal até ao dia 25 de Abril de 1974.

24

Eu cruzara já a Rua Consiglieri Ennes. Parado no entroncamento, não estava seguro para onde me dirigir em concreto, se pela esquerda ou pela direita, quando um homem de meia-idade, de ar simpático e aspecto agradável, decentemente vestido, me fulminou, enquanto aquelas duas perguntas estavam suspensas naquele ar de basalto, que caía sobre os meus ombros suados. Ele me parou, provavelmente advertido da minha ruminante ignorância. Contive-me, não obstante transtornado por aquela brisa húmida e pesada, que me deixava com dificuldades de respirar, numa náusea que me levava a ver o mundo à roda. As fossas nasais estavam-me embargadas e eu respirava como um sapo, a plenos pulmões.

"Boa tarde!" — O homem cumprimentou-me com docilidade, no seu acento nortenho.

"Boa tarde! Meu nome é Grossman Lenn. Com quem tenho a honra de falar?" — Perguntei-lhe, com certa timidez.

"Chamo-me Bernardo, sou guia turístico. Certamente que busca pela sapataria de Dom Botão." — Afirmou.

"Como sabe, Bernardo?"

"Porque é um local de atracção turística. Pelo que vejo, o senhor é turista." — Disse tão zeloso da sua profissão. Dei o meu assentimento, meneando afirmativamente com a cabeça. Ele convidou-me a seguir-lhe. Assenti. Dez minutos depois chegámos a um local, naquela mesma rua, n.º 80, com o mostruário coberto com jornais antigos e as janelas de cima com cortinado azul. Aqui mesmo, paguei-lhe o preço solicitado e pusemo-nos a conversar, sentados na borda do passeio. Dele ouvi as estórias mais cómicas e surpreendentes da minha vida. Fizemos uma boa amizade.

Bernardo era o homem certo que encontrei, pois fora colega de Dom Botão, na Escola Primária António Enes local e cruzaram-se em muitos outros eventos sociais. Contou-me que Dom Botão era filho de Gabriel Mendes dos Remédios e Maria Laura Sardinha. Gabriel fora furriel militar das tropas imperiais, depois mecânico e lavrador. Era muito forte e violento. Batia muito na mulher e nos filhos, aparentemente ao mais pequeno motivo. Tinha o casal três filhos, incapazes de conterem aquela sua propensão pela violência, pois que aquele ostentava uma estrutura física robusta. Por tabela os filhos e a mulher, colocados numa fila indiana, recebiam suas inadvertidas bofetadas.

"Nem um pio." — Lhes dizia Gabriel, enquanto as lágrimas se lhes escorriam em jarros pelos rostos. Colocava o seu chapéu na cabeça para esconder a calva e desaparecia, ao trabalho. Era este intolerante e retribuía o carinho da família com violência verbal. Portava-se como um macho primitivo, com uma implacável e obstinada arrogância, desde que descobrira que Maria Laura Sardinha, professora de história do liceu, lhe era infiel com Camõns.

Todavia, um dia, farto de ver a mãe a ser espancada pelo pai, Dom Botão começou a pensar que ele devia empreender o papel de "homem da casa". Viu-se obrigado a defender a mãe. Desafiou o pai e sovou-o a socos.

Neste dia, o vento fazia remoinho e levantava o pó, que pusera em evidência uma ferida que lhe foi aberta pelo filho na testa. Infeliz por os demais terem assistido desgraçadamente o pleito e torcendo para aquela desdita, Gabriel contrapô-lo encarregando-o do sustento da família. Tinha Dom Botão vinte anos quando o pai abandonou a casa e deixando-o com o fardo da tutoria irmãos, demais a mais um deles nascido com atraso mental, coisa misteriosa de que nunca se falava, na família, nem por portas e travessas, mas dizia-se em surdina que ambos eram irmãos bastardos e tiveram uma relação incestuosa. Gabriel virou-lhes as costas e nunca mais ninguém o viu. Dom Botão passou a caçar gazelas durante a noite, na Savana. Vendia-as à Intendência Militar. Depois de amassar dinheiro, um dia mandou um *bouquet* de flores à Dona Berta, da qual se apaixonara, o que a fascinou. Beijou-a nos lábios e tão sôfrega como apaixonadamente, durante uma função de teatro, no Olympia.

Casaram-se rapidamente pela igreja, embora de antemão ele se mostrasse frio, calculista e supérfluo. Não tinha absolutamente nenhum princípio básico e desrespeitava os códigos sociais. Comprou aquele salão ao Gregório Mendes Aparecido e assim passou para o trabalho manual. Também nesta época voltou-se aos livros e Maria Laura foi quem o estimulou e ao Aparício, no interesse pela história literária.

Aparecido era pai de Rosa Aparecida, que, à calada da noite, aí dormia, num canapé. Com o compartimento fechado a sete chaves, ninguém sabia como ela entrava, com as suas más companhias. Demais a mais, só o Botão que sabia que ela desenvolvia aí actividades enigmáticas. Movia-se, disfarçadamente, durante a espessa neblina da madrugada, sem ninguém a desmascarar.

O engraxador e sapateiro Botão nunca fez algo diferente. Converteu a sua sapataria numa agência de formação de consciências, debaixo de um código, com fins de activismo puro e propagandísticos. Os seus interessem eram inconfessáveis.

Depois disso, a mimada Dona Berta viu-se privada das atenções que ele antes lhe oferecera. O que ele necessitava era de uma companhia para a velhice. O amor languidesceu ao fim de cinco anos e depois ela caiu numa aguda esquizofrenia.

Na gráfica da "Livraria Manuel Pessoa & Alice", com ajuda de Silvana, Dom Botão primeiro começou a imprimir panfletos, que os membros daquela comunidade da cidade negra afixavam, durante a noite, nos principais edifícios da cidade: "Luz e água para todos."

Depois, um folhetim, com toda a informação que rastreava, punha-a a circular por todo o lado, até ao país profundo, em seus arredores e na selva, onde as gaivotas de olhos e ouvidos colados às paredes de palha acediam às verdades insondáveis das suas mensagens, despertando a consciência das suas gentes.

Uma norma oficial caíra sobre ele e o restringira a manter no salão só duas pessoas, mas o obstinado e manipulador Dom Botão furava a lei e não se coibia de receber as almas vagabundas, mediante agenda prévia. Ele guardava esta atmosfera estranha e inapropriada no mais profundo da sua caixa de segredos.

Este estratagema permitiu a Dom Botão descobrir o paradeiro do filho desaparecido, na prisão da PIDE. Recebia aí muitos inspectores e generais à paisana. O sigilo era sua fortaleza maior. Uma marca da sua ética profissional. Muitos poucos contariam com o privilégio de serem eleitos como ele, para usufruírem das enormidades que ele sabia daquele mundo. Qualquer privilegiado acreditava que ele estaria ungido de prodígios e bons espíritos que o facilitavam. Criam que ele inventara uma sonda que lhe trazia notícias, pois naquela aura silenciosa ele contava com a eficiência de uma aparente estação de televisão e o "segredo do Estado" encerrava-se dentro de uma laboriosa crispação.

Era um tempo em que o telex e o telégrafo detinham o monopólio prévio das comunicações, mas limitavam-se a poucas vivalmas urbanas, como ele. Poucos, como a mulher, saberiam que para o sucesso da sua engenharia o dinheiro falava mais alto e, as personalidades que se opunham a António Ventura e ao Zeca dos Telhados de Vidro, ele remunerava muito bem, para deles obter a preciosa informação que buscava com toda a sua activa avidez.

Para que o não suspeitassem, Dom Botão adoptou docemente o cinismo e a malícia, afastou-se das velhas amizades e dos velhos amores. Num estratagema maquiavélico, dividiu os colegas entusiastas em grupos, géneros e subgéneros literários. Alguns pertenciam à ficção, outros à poesia. Havia também o grupo de romancistas. Isto apenas servia para iludir a vigilância e manter a aparência, pois lá dentro falava-se brevemente de literatura, mas partia-se imediatamente para o essencial, nomeadamente a guerra civil e os "Campos dos prisioneiros políticos" da PIDE.

Dom Botão podia ser apanhado a falar desprevenidamente por um ouvido indiscreto, mas sabia como mudar do assunto, colocando-se com toda a natural frieza e a falar como o decano professor José Dias, com toda a coerência. Isto enchia de magia os seus pupilos, que o ouviam com espectacular encanto.

Tudo corria amistosamente e sobre rodas, no meu trabalho. Bernardo, uma pessoa de agradável presença, mostrava-se com uns olhos brilhantes, quando me convidou a passearmos, naquele lúdico domingo. Fomos até às margens do Rio Chiveve, de águas revoltas. Mostrou-me umas antigas barcaças de recreio, todas oxidadas, que ainda assim teimavam em navegar o leito. Caminhámos sobre aquela ponte metálica de Eiffel, com duas linha férrea, por onde passavam comboios eléctricos e zorras, que zumbiam pelo mangal que bordeava o rio, como cavalos de ferro ou uma serralharia ambulante. O céu era azul e intenso. Parecíamos no paraíso, no meio daquelas frondosas árvores verdes-pálidas, com milhares de tocas nas margens, onde dois caranguejos se beijavam entusiasmadamente, ao lado de outros que faziam a desova. Enquanto víamos os peixes-gato e galinhas-de-rio, ele me disse que estava contente de nos vermos aí a sós. Prosseguiu:

"Era neste Rio de feitiços que as almas vagantes eram baldeadas, em canoas, como moscas e à sapataria de Dom Botão faziam-se, para oferecerem insuspeitas notícias. Tudo dentro de absoluto sigilo e, não sem deixarem de requerer uma rotineira visita dedicada a polimentos de calçados, que se retractavam como a ilusão e sonho acumulado pela poeira, porções de séculos de esperanças em futuros, em pós e cinzas desvanecidas por um homem vivíssimo, que apagava o rasto em pinceladas que enxameavam os céus com um pedaço de cetim e as calçadas do lugar".

Eu sentia-me feliz de escutá-lo. Não me irritava o tom ingénuo com que falava. Por um pouco pensei que estivesse a encenar uma comédia, mas abandonei esses maus pensamentos. Deixei-o prosseguir, sem interrompê-lo:

"Denunciavam caminhadas aqueles calçados que em menos de um quarto de hora brilhavam como um espelho côncavo e os devolviam a elegância do seu couro e reflectiam desde o chão o rosto feliz do seu dono ao rosto alegre e transpirado de Dom Botão, que segurando o pano de cetim transmitia eficiência e maestria no ofício. Até que numa esporádica e inesperada visita ao Dom Botão, irromperam ao salão o maldito

António Ventura e Zeca dos Telhados de Vidro, com escuso motivo de busca daqueles suspeitos."

"Quando foi isso?" — Perguntei-o totalmente absorvido por estas revelações. Disse-me ele fixando obcecadamente o rio e apoiando as mãos sobre o parapeito do muro de contenção, que faz paredes meias com aquele Jardim dos Namorados:

"Era um tempo em que o mundo corria ao reverso da pré-história, e as novelas e romances do século de ouro faziam sucesso. Os livros de literatura fantástica e de viagem eram um pretenso alimento de leitores sequiosos e sedentes de aventuras. No fim do mundo onde se encontrava, a sapataria era um incómodo para alguns, a outros era um espelho mágico dos prodígios. Era no tempo em que as boas e melhores notícias chegavam de boca em boca, que só uns poucos eleitos sabiam descodificar, depois continuavam a saltar de ouvido em ouvido, de rã em rã, depois de gaivota em gaivota, de iguana em iguana, até serem alcançadas pelo homem, pelo telex inventado pelo homem."

De repente, uma mulher de nariz refilão, usando um vestido de tecido de grinaldas do zelador Inácio, interpôs-se na nossa conversa. Insistiu em sentar-se entre nós. Despontara enigmaticamente daquela água esverdeada, sem que eu a visse.

"Que contente estou de ver-te Laurentino Carambola! Vamos, por fim, estar a sós e beijarmo-nos."

Era a voz dela, falando comigo como se fôramos namorados desde muito tempo e mexia as ancas, para chamar a atenção. Rejeitei liminarmente. Portanto, quando ela partiu para o seu caminho, Bernardo disse-me que fôssemos rapidamente daí. Que aquela era a famosa Rosa Aparecida. Brilhava no ar como uma escultura de ouro e, nua, expunha o seu corpo voluptuoso, as pernas esguias e esbeltas. Bernardo disse-me ainda que não a tocasse, pois que se o fizesse ela me arrastaria à água, para se divertir comigo, até à minha perdição debaixo do rio. Tive muito medo. Sentindo calafrios e a pele arrepiada convidei o meu companheiro a deixarmos o lugar e nos abalámos[114] a correr a sete pés.

114 Partir com pressa; ir-se embora.

25

Ainda na minha curiosidade infinita, eu desejava descobrir o labirinto da água destas histórias, naqueles vasos obscurecidos pelo tempo, procedentes do rio turvo e insosso.

Naquele princípio da tarde atravessei a cidade desértica, pela Rua Major Serpa Pinto, onde durante meses a fio, confidenciaram-me, não passava nenhum único carro, como também nenhum único caminhante e, salvo o sol que se derramava nela, podia-se grelhar pássaros calmamente sobre o seu alcatrão, feito uma caldeira, enquanto se contemplava as crianças a caçarem lebres, ao lado de pássaros que bordavam seus ninhos nela. As árvores que a marginavam estavam secas e tesas como molhos de lenha, por isso os pássaros migraram seus ninhos para o chão. O sol a pino asfixiava-me e queimava-me até ao ânus. Nem por isso, continuei a caminhar com absoluta paciência e tranquilidade de um turista.

Todo suado cheguei ao Restaurante Sol & Mar, na Rua Luiz Inácio, com um rico artesanato que rodeava e decorava a porta, que parecia a do convento de Padres Basílios. Limpei a cortina de suor que me sulcava o rosto e entrei. Encontrei uma mesa vaga e, antes de me sentar, olhei de viés a uma onda acolhedora de admiradores do fantástico, que me convidaram a sentar-me com eles.

"Sente-se connosco e diverte-se." — Assim voltaram-me a apelar em coro. Assenti.

Perguntado da minha curiosidade turística, menti-lhes, misericordiamente, que buscava por um tal Dom Botão, logo eles me disseram esse fechara há muito o negócio, de modo que sentindo a sua falta não tinham como senão fazer das suas conversas um recordatório à volta dele.

"Está à procura de um génio, o último que esta terra teve." — Opinião unânime de dois companheiros de mesa, com meios sorrisos entre zombeteiros e cúmplices.

Ofereci-lhes uma rodada de cerveja, para nos acercamos mais e os instigar a abrirem-se comigo. O "círculo de leitores", escondido debaixo da ideia de antenas humanas, preencheu imediatamente o centro dos episódios. Estavam sentados naquela mesa dois dândis. Um de casaco axadrezado e sapatos de verniz e outro de fato goiabeira, com grande poder de oratória e descrição, que se afirmaram amigos de infância e antigos colegas de escola do excêntrico Dom Botão.

"Quando a desertificação humana começou a tomar conta das cidades moçambicanas, imediatamente, a cidade da Beira encolheu-se. Depois começou a ser agredida por morto-viventes, que vagabundeavam nela, vindos não se sabe donde e à procura do que só eles sabiam. Ninguém parecia ter vontade de morar nessa cidade. Foi Dom Botão a devolver-nos esse orgulho." — Disse eufórico o de vestuário axadrezado, com óculos escuros e anéis dourados em todos os dedos.

"Antes não acreditáramos, mas de repente, os mesmos mortos-viventes mostraram qualidades antes inimagináveis às pessoas comuns". — Afirmou o de fato goiabeira, com unhas grandes e cabeleira *hippie*.

"E começaram a voar, sem pés nem cabeça, de dia e de noite. Não dormiam. Conduziam viaturas e frequentavam discotecas." — Adiantou aquele.

"Cruzei-me com o Dom Botão, que os patrocinava. Perguntei-o como aquilo era possível. Ele respondeu-me que era ele quem fazia toda a logística, para garantir aquele ir e vir, para que o vento que alimentava em corrente eléctrica a biblioteca ambulante jamais parasse e com ele atingisse os seus propósitos liberais." — Era o de goiabeira.

"É verdade. Dom Botão disse-me que para movimentar uma biblioteca é só alimentar homens com leituras, pegar num livro escrito há um par de anos e partilhá-lo. Isto espanta o pó que o encobre e trá-lo[115] num asseio à realidade presente, como acontece na "Casa dos Pessoa", onde a senhora bibliotecária trata do imenso caudal de livros, enquadrando-os por secções de interesse, porque, não raramente, os mortos não deitam mão sobre os livros sem criarem uma barafunda.[116] É uma das bibliotecas mais bem apetrechadas e organizadas que se conhece, no mundo." — O de roupa axadrezada pontualizou, soltando a seguir uma gargalhada.

"De facto, nós testemunhámos: naquelas sessões ao vivo ele iniciava-os com um rito. Lhes dava de comer osgas[117] e formigas. Tinha pessoas que se dedicavam a essas campanhas, trazer ao nosso meio livros banidos da circulação ou caídos na censura." — O amigo corroborou.

"Críamos nós que estas habilidades de Dom Botão lhe eram favorecidas por sacrilégios dos seus antepassados, que contactava, espiritual e ritualmente, por meio de médiuns." — Replicou o de casaco, com colorações.

115 Trazê-lo.

116 Confusão; algazarra; tumulto.

117 A osga-moura ou osga-comum é uma espécie de osga que é vulgarmente encontrada em Portugal. É uma osga de tamanho médio, atingindo cerca de 8,5 cm. Tem um aspecto achatado, com uma grande cabeça bem destacada do corpo, com olhos grandes e redondos, semelhante a lagartixa.

"O que vim a descobrir, até chegarem ao Rio Chiveve, o salão era só um estratagema, que hospedava os morto-viventes, pilotados por Dom Botão. Este, com a sua pele de ouriço, protegia-os e, depois de vagabundearem, os seus hóspedes vivo-mortos, como um tal Kandua, regressavam à procedência." — Atalhou um dos convivas, que levantou um rasto de curiosidade por aquele nome, Kandua.

"Eram ossos do ofício." — Era o outro, que acrescentou: — "No fundo, ele preencheu o lugar deixado em aberto pelos falecidos Camõns e Ângelo Pessoa. Dom Botão dirigia-se a Camõns com expressão de deferência, doçura e respeitabilidade que comovia até à náusea."

Aos olhos daqueles oradores e daquelas criaturas errantes, homens e mulheres alados, que se cruzavam nos céus, de um canto a outro da cidade, sem fazerem ruído nos gonzos, Dom Botão simbolizava um ideal, um ícone sagrado que havia sido eleito por Camõns, para trazer a luz feiticeira da esperança, no céu apagado daquela terra emersa na escuridão.

Dom Botão constituiu-se um reservatório dos sacrilégios. Tinha sessenta e oito anos e muito desejo de mudar o mundo à volta, semeando algodão nas nuvens, para vestir a sua gente, pois que naquele chão estéril as minas causavam mortes e lesões graves em imensas vidas. Ele desejava fazer dessa proposição uma nova profissão. Pelo menos era isso que evocava, falando divertidíssimo com os seus condiscípulos:

"Nunca desfaleçam do impulso de abrirem um livro. Só estes é que vos podem levar a levedar e voarem alto, com as suas asas, os livros soltam faíscas com os chispantes mistérios que se interpõem entre as suas voadoras páginas. O simples impulso com que os homens atingem os céus vem das coisas tangíveis, cá da terra, vem daquilo que alimenta suas almas e os tornam criaturas dóceis, amáveis e ricas em sabedoria, saudáveis e menos sofríveis."

Um dia, António Ventura e Zeca dos Telhados de Vidro irromperam pela sapataria adentro, torturam-no psicologicamente por umas horas. Dom Botão desenvencilhou-se deles, evocando que nunca estivera a par de nada que o restringisse a tê-los na sua posse, e, para atestar, chegou um cliente e ele convidou os dois inspectores a retirarem-se:

"Faz favor, deixem-me agora desempoeirar as páginas dos meus livros."

"Desde quando os calçados são livros?" — Perguntou-lhe António Ventura.

"Os calçados podem ser livros. Depende dos olhos que os veem e os leem. Há calçados que para mim têm a dimensão sociológica de uma gramática de latim, outros há que são puras enciclopédias vazias, quando os folheio e extraio uma mão cheia de nada e outra cheia de coisa nenhuma. Outros, porém, procedendo de lugares remotos, me chegam aos olhos, trazendo a mim o retracto dos mundos abundantes de fertilidade de quem os decalcou a pé, vagabundeou por recantos mais inacessíveis, à sede e à fome; são calçados orvalhados pelo cacimbo, recobertos pelo pó dos cadáveres. Portanto, se quiserdes prender-me então há de ser por esses calçados comuns."

António Ventura e Zeca dos Telhados de Vidro entreolharam-se, perplexos. Cabisbaixos não sabiam o que fazerem dele.

"Como não podemos prendê-lo, por escassez de provas, a partir de hoje fechamos essa sapataria por supostas actividades ilícitas e subversivas." — Disse António Ventura, tão terminantemente. Porém, Dom Botão decidiu que iria recorrer. Assim contrapôs-lhe, com uma parábola:

"Se alguém te rouba a pomba, e a come, não te deixa as asas; se alguém te rouba até as asas então com fome não te deixará em paz, não te deixa a possibilidade de te sentires um ser soberano; e aquele que não te dispõe dessa possibilidade, violenta-te, é cruel; Torna- te um ser sem-terra, sem lar, e força-o a procurar a paz, movendo-se na selva como um Leopardo Negro, com cautela; estará sempre alerta aos seus passos; não permitirá que te vergas,[118] ou senão, serás devorado ou subjugado..."

"Não estou para ouvir essa ladainha. É uma ordem superior e contra isso não há apelação." — Rematou Zeca dos Telhados de Vidro.

Dom Botão passou a atender na calada da noite. Os seus movimentos à calada nocturna eram perturbadores, pois repercutiam-se num olhar cuidadoso ao redor, com um apelo à cautela, da parte dos demais e aparentes vagabundos, que de tão pobres, procuravam por um futuro mais justo. Logo que os seus cúmplices deixavam o salão, cauteloso e prudente, Botão sacudia os pós, até ao mais ínfimo sinal. Para espantar os vestígios e iludir a vigilância, queimava a poeira, queimava as beatas de cigarros.

Destruía quaisquer pistas e suspeitas que lhe pudessem delatar e incriminar. Acto contínuo, saía pela porta de frente, para despistar, e voltava a entrar, para dar na dos fundos. Aí onde passara a morar. Duchava. Tomava a refeição e estirava-se, no canapé. O sono encontrava-o a ressonar.

Durante dias, descansei bastante, feliz com os prodígios da natureza, embalado docemente pelos cantos dos grilos e das cigarras. Dormi noite e dia, como uma sonhadora pedra sedimentar no mar, uma

---

118 Submeter, sujeitar; abater.

rocha de basalto, numa planura lapidada pelos raios de estrelas e as carícias das águas. Abstraía-me do foco em que vinha trabalhado, pondo a imaginação pelo mar de África, que seria a minha estrada de regresso e ouvindo fundas alegorias dos búzios desde a sua intimidade, com leopardos-do-mar, ouriços-do-mar, sobre a sua paisagem, algo inspirando uma matéria vulcânica, quase me empurrava ao precipício.

Eu desejava viver apenas sonhando e aluguei-me aos que desejavam sonhar, como eu. Não pensei nos míticos escritores, não porquê não os encontrei, ao procurar por suas tumbas, para lhes prestar as devidas homenagens. Também, muito menos voltei a pensar nas "caixas de velas", pois que eu desejava um espaço para insuflar uma lufada de ar fresco aos pulmões. Já me fartara de perguntar quem os tinha exumado? Para que fins? Onde os guardavam?

Perante tanta incerteza, tomei o exemplar do mapa-roteiro da biblioteca, que estava em minha posse e me divertia a ver como estavam registados as estantes e os nichos, como estavam divididas as secções, autores por países e áreas de saber, naquela que seria uma cidade escondida debaixo de outra cidade. Deste mapa-roteiro acordava-se uma caricatura do lugar. Dizia, pois, a Orquídea, num dos seus diários, que de todas as vezes que lá se fizeram em murmúrios, se lhe interpunham do chão e das paredes, também alguém a respirar a plenos pulmões, a intervalos, enchendo toda a cave. Ocorria-lhe um cheiro a mofo. O que a pasmava é que havia soltos alaridos de uma pessoa particularmente distinta, porque vez a vez esta libertava esses sinais de enfado. Gemebundo, produzia ecos. A princípio foi-lhe difícil acostumar, mas depois o Fernão tranquilizou-a. Isso foi há muito, muito tempo. Recordava-se, pela voz do namorado:

"Na cave que se entra através da porta contígua há um cemitério familiar, pois os mortos-vivos e os vivos-mortos são parte da biblioteca. A biblioteca está fechada a sete chaves. Podes ver rostos amourados nos umbrais das portas, abrindo e fechando-as, não te preocupes, só querem ver quem é a pessoa estranha. Os meus antepassados estão sempre em convívio. A bibliotecária vem duas vezes por semana."

Este testemunho encorajou-me a pedir ao Pedro que me deixasse aceder àquela cave, sem restrições. Ele tomou-me pelos braços e avançamos, eu atrás dele, como um cego, ele como um guia, acendendo luzes e abrindo as portas de par em par, ao fundo, onde emergiam luzes preguiçosas e embaciadas. Eu escutava ora vozes, ora o respingo do eco dos nossos pés, como se caminhássemos em chão oco ou mesmo sobre flocos de gelo. Eu parecia delirar. Contemplava-o, cheio de espanto, enquanto ele auto-superava-se, dos seus limites. Mostrou-me uma a uma as lápides, com inscrições de nomes dos seus ocupantes, nos subterrâneos.

"Este é o caminho do céu." — Disse.

"Há céu debaixo da terra?"

"Cada um encontra o seu céu onde quiser, seja no subterrâneo, seja no firmamento da terra, e sabe que fazer dele. A mim o céu está nos livros e não me compete ilustrá-lo."

"E porquê tem tantas tumbas aqui em baixo?"

Ele fez um gesto expansivo com as mãos:

"Há aqui milhares de livros. Uma biblioteca é um espaço franco que instiga tanto a vivos como a mortos, pela docilidade da sua paz subordinada ao silêncio. Aqui há impressores, revisores e editores. Esta é uma das nossas tradições: emendamos os livros, melhorámo-los e voltámos a editá-los; o processo de produção de livros é demorado, pode levar anos e até séculos, desde a sua concepção."

Não lhe disse nada. Continuamos por mais uma hora a caminharmos entre as secções, em grande cumplicidade. Por fim, com uma entonação de voz embargada na garganta, ele explicou-me:

"O último parente que aqui está enterrado é o Fernão. O Ângelo coitado dele..."

"Disseram-me que o Ângelo suicidou-se por uma Teresa de los Angeles, das Canárias."

"Pois, sempre lhe avisei para não se meter com mulher de dono."

"Ela não tinha marido."

"Não há mulher que não tenha dono. Mulher sem dono é noiva dos espíritos. Bom, deixemos isso para outro dia. Se quiseres aludir às ossadas refere-te a cinco 'caixas de velas', por favor."

Foi assim que eu me recordara das "caixas de velas", as mesmas, possivelmente, na posse da polícia aduaneira, como colchões, onde pela última vez, Deus depois de beber a sua cerveja, debaixo de inclementes estrelas, amou a sua musa, que o inspirou a criação do mundo. As velas eram como uma relíquia para exorcismar os meus fantasmas. Tentarei obter a colaboração de Suzana neste assunto, em vão. Pode ser que ela me responda com monossílabos, mostrando indisponibilidade.

Perdoar-lhe-ei pela impertinência.

Lembro-me. À minha saída da biblioteca, o bom do Pedro, com a sua voz contagiosa, fez-me prometer-lhe que nalgum dia lhe voltaria a visitar. O que assenti.

Lembram-se do burburinho causado na Beira pela baronesa Francesca Papini, no ano de 1941, depois de malograr no concurso de coroação ao coração do astronauta americano James Levy? Lembram-se que a baronesa referida não conseguiu transpor a barragem intransponível montada pela esposa de James Levy para chegar ao marido? O que a levara a tomar a tal providência, apenas na Beira, após Francesca ter aprontado aquela desfeita que muito magoou o Fernão?

Na manhã do último dia da minha estadia aí, estava eu no átrio da Esplanada do Restaurante da Estação. Todo descontraído, eu olhava o vazio, enquanto aguardava o comboio da minha viagem. Igualmente absorto, ouvia os tremores das linhas férreas sobre os carris e os assobios dos comboios, cortando inescrutavelmente o ar e aquela mancha de fumo que se desprendia cinzento sobre o céu azul. Alguns os esperavam, extenuados, nas plataformas.

Na mesa ao meu lado estavam sentadas Laura Papini, Isabel, Francesca Papini, Orquídea, mais o consorte da duquesa italiana, James Levy. A primeira, com limitado grau de sociabilidade, dado a sua fraca fluência em língua portuguesa, era morena, baixinha, olhos castanhos, simpática, visitava a cidade para conhecer o lugar onde nascera o amor de Fernão Pessoa por Francesca. Numa explicação sucinta e à parte, a filha bastarda de Levy, destapara o referido mistério:

"Senhor Carambola, como sabe, a minha mãe e o seu consorte cá estiveram naquele ano de 1941. O meu pai de sangue, Fernão Pessoa, jantava no Hotel Dom Carlos, e, quando foi a casa de banho, teve uma 'coincidência' amorosa com a baronesa, dama da corte muito chegada à princesa Helena de Montenegro, e aquela engravidou. Manteve o segredo até à sua saída da Beira, porquanto o astronauta era a sua fixação maior. Com uma espécie de ultimato, Helena chamou a minha mãe de volta à Itália, pois que a mulher do astronauta apenas a empatava. Levy não lhe pôde fazer sentir mulher. Quando a minha mãe chegou à Itália foi cumprindo a gestação na esperança de um dia surpreender Fernão."

Laura não conhecera o Fernão, mas não tem dúvidas de que o romance da mãe com o brilhante escritor é um episódio que lhe marcou na carne e o nome da cidade, fruto daquela "coincidência amorosa". Jamais a esqueceria. O encontro tinha sido patrocinado por Pedro Pessoa, na pretensão maior de juntar as netas, que se não conheciam.

Como se explicava a progenitura de Isabel? Carambola tentava desvendar, porque Orquídea nunca o desvelara. Carambola suspeitava fortemente que Isabel não fosse filha legítima de Orquídea pelo seu historial, pois os dados de nascimento daquela coincidiam com os da bebé desaparecida. Seria?

Laura, Francesca e James Levy partiram imediatamente, num comboio da Trans-Zambézia Railways, que os levou à Rodésia do Sul, na primeira classe, com todas as comodidades e luxos, para aí gozarem do desfrute de *Victoria Falls*.

Eu estava airado, no restaurante, a fazer tempo, para tomar o comboio da minha viagem por Sena. De súbito, passou uma rapariga linda, a qual me ative com um oscilante movimento de cabeça, a desfrutar da sua beleza, centrada nas ancas ambulantes. Segui-a com o olhar, até ela sumir, ao virar da esquina, onde havia um repuxo com uma escultura de pedra, deslumbrante como ela, até que suspirei e quase perdi a respiração.

Apanhado em falta, apercebi-me, com alguma indescritível vergonha, que alguém desvelara a minha insolente alma vagabunda. Depois, a mesma pessoa contar-me-ia que o melhor lugar para desfrutar do recorte daquele tipo de belas paisagens seria o Café Capri, onde ele tinha um lugar cativo, no gaveto, para ver as turistas rodesianas, mas, disse-lhe eu, já estava sem tempo. Uma estória surpreendente. O indivíduo, espantosamente, chamava-se Trucida. Pelo menos disso me garantiu: aquela era a Rosa Aparecida.

"Não é nada uma estória fantástica. Ela está em todo o lado e em lugar nenhum." — Afirmou aquele, não sem antes me exibir o seu Bilhete de Identidade.

De facto, assim encostava: Barttolomeu Trucida. Na verdade, ele preferia que lhe tratasse por Bartto, para não ofender os vivos. Bartto disse-me ter sido membro da comunidade criada por Camõns. Também fora testemunha ocular de uma pequena e velha discussão, que opusera o inspector António Ventura a Dom Botão, ao que se lhe seguiu um acto dramático, numa noite, quando o sino da Igreja do padre Sorretino tocava. Começou com o António Ventura a desmascarar o Dom Botão, por esse violar a ordem de encerramento do salão e exercer nele um franco proxenetismo.

Todavia, Dom Botão prometia denunciar a fraqueza do padre, pelo seu descarado erotismo e perversidade.

"Mas quem foi que lhe disse, inspector António Ventura?"

"Este negócio é como qualquer. Se não sabe, advirto-lhe que tem concorrentes, que me comunicaram dos mais fechados segredos."

Dom Botão lembrou-se que blindara as portas ao chefe dos correios, ao factor dos caminhos do ferro, ao professor da escola primária, ao coveiro e zelador Inácio Esperatudo, ao administrador da cidade, entre outros assíduos usufrutuários do espaço. Segundo Bartto, o inspector António Ventura, alertado, montou vigilância. Assim mesmo, numa noite, foi ter com ele ao salão, onde observou o canapé coberto com um lençol gris. Dom Botão comia tão ritual como avidamente, um prato de caracóis salgados e petiscava-os com rum. Ventura interpelou-o, pedindo-o que lhe rendesse contas, sem preâmbulos, com uma voz semelhante à de uma tormenta, que o mergulhou num pânico:

"Dom Botão, porquê precisas de ter um canapé aqui?" — Perguntou-o, mas aquele calou. Acto contínuo Ventura avançou com outra pergunta:

"Vi-lhe a negociar com uma suposta morta um assunto delicado, de aluguer desse canapé. Disseram que essa Rosa Aparecida atende só a turistas estrangeiros distraídos, com a sua alcoviteira mediação."

"Para lhe ser sincero, sou parente longevo de Vicente Pegado e este prosperou sobrepondo um negócio ao outro."

"Que negócios?" — Perguntou-o, franzindo a sobrancelha e com voz de um furacão.

Dom Botão não disse nada. As suspeitas o levaram ao extremismo e, por isso, António Ventura explicou-se:

"Sou o homem que fecha as portas da cidade e de manhã madrugo para abri-las. Deparo-me com bêbados, fantasmas, chulos e proxenetas a saírem extraordinariamente alinhados e exaustos dos seus aposentos."

"Esta cidade à noite é uma floresta. Depois do pôr do sol, floresce, como o corpo de uma adolescente e, por isso, como bom pai de família aconselho-lhe a ir com cuidado, antes de cometer o pecado capital de acusar-me de ser alcoviteiro." — Dom Botão murmurou com voz agonizada.

"Não é por acaso, senhor. Os mais audazes cuidam do fulgor dos feitiços da noite, para não caírem em tentações libertinas." — Disse o inspector Ventura, mostrando um sorriso de hiena, que lhe cobria o rosto, de orelha a orelha. Surpreendido, o outro gaguejou, encostando timidamente à porta:

"Não falemos dos pecados e não difamemos um ao outro. Até os céus o sabem: Sou um homem imaculado."

O inspector António Ventura observou o rosto avermelhado de Botão e investiu:

"Dom Botão, sem outra actividade remunerável, jamais iludirá a vigilância dos nossos serviços operativos. Podia-lhe actuar, mas uma vez que como e bebo às suas custas, isso pode-me sair caríssimo, na minha decisão. Eu introduzi um aparato de escuta neste salão e sei tudo o que se passa cá dentro."

Dom Botão ficou mudo, de tão frio e cruel. Nesta mesma noite o inspector Zeca dos Telhados de Vidro colocara-se de plantão, para vigiar-lhe os movimentos. Tendo-o na mira, andava para cima e para baixo da Rua Consiglieri Ennes, armado de pistola em punho. Por vezes punha os olhos na mira telescópica, apontada para a porta de Dom Botão, aguardando a circunstância oportuna, do flagrante delito. Identificou "estranhos movimentos".

O coração enciumado começou a ladrar-lhe. Era Rosa Aparecida elegantemente vestida, na companhia de dois amantes internacionais. O vigilante, uniformizado a militar, de que Aparecida não dera conta, trazia uma amargura na face por esta o ter desdenhado, num intuito e requisição aos serviços daqueles seus amores travessos. Zeca dos Telhados de Vidro manuseou a espingarda todo energético e disparou dois tiros certeiros, com os quais feriu os acompanhantes daquela, respectivamente pelo braço e pela perna. Rosa Aparecida derreteu-se.

Nunca foi achada, embora aqueles tivessem jurado a pés juntos que aquela era a dama de companhia preferida de todos estranhos à cidade e que aquele salão era agora usado como um bordel. Depois daquele incidente, Zeca dos Telhados de Vidro chamou o Ventura pelo rádio comunicador, quem acorreu em direcção à porta de Dom Botão. Chamou-o, a respirar a plenos pulmões. Quando o outro se fez ao umbral da porta, o inspector Ventura não podia começar senão de forma estóica e paciente. Denunciou-o: "Antes, o senhor dizia que não o podíamos acusar com base na fé, agora aqui estão as provas materiais."

"De jeito nenhum, aqui só há provas filosóficas e calúnias. Nunca a vi, nem nunca ouvi falar dela." — Dom Botão respondeu fria e secamente, após o que se aproximou daquelas vítimas com a voz estremecida e convidou-os a partirem, tendo lhes perdido perdão. Depois, viu gente vindo com a figura exígua de Aparecida. Voltando-se aos dois inspectores, acrescentou com falas mansas, sem se importar com nada: — "Vão-se, inspectores! Vão-se já daqui! A noite não está feita para vocês, pois de tudo que se passa à noite o Estado, que recolhe receitas, é o maior alcoviteiro."

Na casa de Dom Botão, recordo-me ouvir Bernardo me dizer, a frieza tornou-se-lhes endémica. Os beijos e carinhos entre os membros da família estavam rispidamente proibidos, pois ele cria que isso representava uma manifesta acção de debilidade humana e exposição da intimidade, que o comprometeria junto aos dois zelosos inspectores. E para atestar isso, na noite seguinte a do incidente, Dom Botão dormiu com os ouvidos abertos, no compartimento suspeito. Pretendia desfrutar daquela monumentalidade esquisita. Dona Berta estava acostumada às concupiscências amorosas dele com Rosa Aparecida e não podia contestar, pois que se ela reagisse ele a violentaria, deixando-a toda machucada, também aos filhos que tentassem intervir. Nisto Dom Botão saiu ao Gabriel.

No entanto, Bernardo ainda contou-me que Rosa Aparecida apareceu. Pagou-lhe uma propina. Ele tentou resmungar, mas não o fez, senão para apaziguar o seu peso de consciência. Fiquei a ouvi-lo até todos subirem a bordo do comboio da minha viagem, que voltou a assobiar pela terceira vez. Subi-o a custo, depois de correr uns vinte e cinco metros, com a minha mochila carregada a tiracolo.

Afinal era ainda jovem e capaz.

26

Castelo Branco cria, com toda a convicção, que em Lisboa movia-se num terreno neutro e seguro, mas cedo apercebera-se que os tentáculos do inspector Ferreira Raposo eram móveis e alargados, estendiam-se muito além das fronteiras de Moçambique. A sombra do sinistro inspector Ferreira Raposo expandia-se como uma presença omnipotente de uma forte praga que assolava todo o império.

Carambola sabia que, na sua partida da Beira, Castelo Branco despachara uma volumosa carga composta por "caixas de velas". Sem embargo, no Aeroporto da Portela, em Lisboa, Alfredo dos Matos, um proeminente chefe aduaneiro, tornar-se-ia um empecilho e embargaria o seu desalfandegamento.[119]

Ainda assim, Castelo Branco cria boamente que era um assunto passageiro e que o problema seria prontamente removido. Ignorava que apesar de transparentes as sombras perseguem as medusas, sejam para onde elas vão e que aquelas "caixas de velas" levavam já um sinal particular que as identificava, como também à sua destinatária Suzana. O desalfandegamento dependia da boa cooperação daquele homem, que dificilmente desprenderia dos tentáculos da boa vontade.

Matos parecia facilitar, mas de repente um empecilho o encalçava pelo pescoço, obrigando-o a recuar-se. O roteiro da encomenda de Castelo Branco esta-

119 É o nome dado para quando uma encomenda é retida pela alfândega em Portugal.

va definitivamente claro, mas a cada posto de trânsito estava sujeito a jogos escuros daqueles tentáculos, que uma vez o apanhavam pela cara e outra vez pelos braços e outras ainda pelos ombros, deixando-lhe dilacerado de coração e alma, que não suportavam as águas sujas em que Matos se movia. Era suposto haver alguém com ascendência sobre ele, que naquele jogo de sombras, o sufocado desde a penumbra, não lhe deixando espaço para a recepção daquelas "caixas de velas", pela Suzana.

Aqui começava-se a desvendar o enigma das "caixas de velas", que constituía outra monumentalidade da biblioteca debaixo da cidade. Estranhamente as "caixas de velas" que haviam sido expedidas junto ao acervo documental de Mendes dos Remédios caíram nas mãos da Brigada de Combate à Fraude e Evasão Fiscal. O acto contara com a mão firme do inspector David Truncado.

Carambola sabia perfeitamente que tinha entre mãos um caso delicado e deveria usar as imprescindíveis técnicas e métodos por si inventados, enquanto legendário detective. Os elementos de que se dispunha para desvendar o mistério das "caixas de velas" eram ainda vagos, mas lhe ressaltavam nos pensamentos as ideias seguintes:

i) O oficial de permanência em serviço no Aeroporto de Lisboa estava dentro do esquema, por isso deteve Castelo Branco por longas horas;

ii) Saiu em liberdade após responder em processo sumário;

iii) Fora acusado de contrabandear enormes quantidades de velas, para um mercado que o produzia em abundância.

A única certeza de que ele na altura dispunha era que, para alcançar limpidamente a verdade, o processo e o caminho não eram tão lineares como previra antes e isso significava que até Suzana recebê-las levaria algum tempo.

Carambola tinha algumas informações adicionais: o processo do seu desalfandegamento descarrilara porque o hipotético titular, o Comité Internacional da Cruz Vermelha, fora apenas um nome utilizado pelo importador, João Castelo Branco, para iludir o zeloso e sombrio Ferreira Raposo.

Em Lisboa, João Castelo Branco fazia procissões diárias às repartições aduaneiras, sem conseguir desenvencilhar-se do muro burocrático. Sem luz de fundo nem fulgor por trás das nuvens, não conseguira que o círio do "Homem sem Nome" que levava na mão o ajudasse a sair da escuridão. Embora tivesse beneficiado de aparentes facilidades na expedição da mercadoria, o seu levantamento, no destino final, contava com obstáculos, pelo que o zeloso inspector Ventura mandara armazenar as "caixas de velas" num armazém escuro, fechado a sete chaves. Nos cálculos e operações aritméticas de Castelo Branco o processo burocrático já se arrastava por mais de um ano. Castelo Branco se mostrava triste, por não ter ninguém que o apoiasse.

Era entre toneladas de tubos de ensaio, misturados com provetas, porcas, parafusos e aparelhos esquisitos, que se escondiam aquelas "caixas de velas", sobrecarregues à mala diplomática do Comité Internacional da Cruz Vermelha, onde também se escondiam sigilosamente os diários, documentos e demais fontes de estudos de Mendes dos Remédios.

Zeca dos Telhados lhe havia dado instruções sobre o que tinha de fazer. Castelo Branco era portador de uma credencial que o vinculava àquele organismo internacional. Rigorosamente a mala diplomática beneficiava de trânsito livre. Por isso, já no destino, quando lhe pediram que as abrisse, para oferecimento do contraditório, a princípio ele julgou que era um obstáculo comum e solúvel, por isso sorriu todo condescendente:

"São 'caixas de velas', meus senhores."

No aeroporto ficou como uma lata a que se tentava encher, com água a perder-se por todos os lados. O coração batia-lhe como um pêndulo ruidoso. Lembrava-se a todo o momento que, enquanto esquadrinhava o plano imediato, para se desenvencilhar da enroscada, um charco de lama com a sombra do inspector Ferreira Raposo havia caído sobre ele.

O "Homem sem Nome" andaria pela casa de cinquenta e dois anos. Barba longa e esparsa. Indumentária de cotim à militar. Dia e noite, não se depreendia daquele casquete, que escondia uma cicatriz aterradora. Nem quando fosse dormir. Diziam os mais metediços e mexeriqueiros que era um homem rabo de saia, com a particularidade de que nunca tirava aquele casquete, mesmo quando fazia amor, em sendo que este nunca caía, graças aos seus dotes de equilibrista, com que tentava oferecer o que tinha de melhor à sua amada.

Em parte, esta fora a razão do alegado e muito badalado pedido de divórcio proposto pela voluptuosa canária Teresa de Los Angeles, que se tornou parte do seu ADN, depois de a conhecer no Mira-Mortos. Com dois filhos, fruto de um casamento arrumado às pressas, quando só faltavam duas horas para aquela ser deportada, depois do encerramento daquele cabaré, a mulher não estava para passar o resto da vida a fazer amor com um homem em chapéu e peras.

Para Castelo Branco, foi um golpe de sorte encontrá-lo. A relação Castelo Branco e o "Homem sem Nome" vinha desde o jornal *Notícias da Beira*, onde ambos tinham sido colegas, como também nalgumas rotinas tumultuosas e festivos triângulos amorosos.

Na varanda deste jornal foi onde o travesso Castelo Branco viu pela primeira vez a Dona Raimunda passar na estrada. Ela saía da Catedral. O seu coração foi fulminado pelos raios chispantes da presença dela, que o deixaram cativo para sempre, das suas mãos.

O que trazia Castelo Branco de volta à terra? Foi o terceiro ponto da investigação de Carambola, por aquela cidade oriental de África.

Carambola tinha em sua posse um importante ficheiro de João Castelo Branco, mas difícil para ele era destrinçar onde começava a verdade e onde terminava a mentira, pois que pelo seu método impunha separar cuidadosamente o trigo do jóio e a parra da uva. Todavia, embora Branco não fosse o alvo principal da sua investigação, alguma coisa passava por lhe seguir as pistas.

Carambola rastreara-lhe a partir da sua missão enquanto enviado especial do secretário-geral das Nações Unidas. Nessa qualidade fora pisteiro[120] de um "Gulag", em Olivença. Qual era o fim desta missão, coberta pelo antigo fervoroso e ardente jornalista Castelo Branco? Suzana queixara-se às Nações Unidas do sequestro e assassinato sumário de Mendes dos Remédios, pelo Estado Novo, mas este desmentira-a. Coube-lhe então oferecer o ónus, e o Estado Novo estava em posição incómoda, para identificar o lugar em que o haviam enterrado.

Como por artes mágicas, as Nações Unidas fizeram um criterioso pente-fino dos candidatos a pisteiros dos "Gulag" e a selecção de Castelo Branco caíra como um número da sorte, na lotaria. A sua experiência de batedor de selvas fora uma vantagem. Estava entre as suas mãos acompanhar o enviado especial de

120 Que foi treinado para seguir pistas ou rastos.

Kurt Waldheim ao país africano. Coincidentemente, na Pérola do Índico, João encontrara o seu velho "colega de jornalismo", Zeca dos Telhados de Vidro, que fora para aí acreditado como censor.

No "Notícias da Beira", da noite para o dia e sem escrúpulos, Zeca dos Telhados de Vidro passou a chefiar uma secção da delegação da PIDE. Castelo Branco acreditava que no jornal cumpria só um estágio. Sem embargo, antes da partida para Olivença, Zeca dos Telhados de Vidro convidara-o a assinar uma trégua de paz, pois que sabia-o um velho apaixonado da Teresa de los Angeles. Primeiro puxou de seu maço de cigarros, sacou um deles e acendeu-o, após o que disse:

"Castelo Branco, não podemos continuar desavindos, por causa da Teresa, ainda mais agora que vamos juntos às matas, onde um pode matar o outro, nuns ajustes de contas, de que ninguém ficará a saber."

"Zeca dos Telhados, este assunto está enterrado. Esta mulher não pode levar três homens à cova." — O amigo insinuou estendendo-lhe a mão num gesto de paz, o que o outro anuiu com um aperto enérgico e um abraço que a selou.

"A mim certamente me levará, já nos separámos muitas vezes. Antes do Ângelo levou outros dois à cova." — Disse Zeca dos Telhados todo galhofeiro e folgazão, enquanto enterrava o chapéu e soltava uma baforada pelas narinas. Agora reforçara o disfarce com óculos escuros.

Castelo Branco ofereceu uma quantia gorda ao amigo, para que aquele lhe dispusesse de todas as facilidades, ao longo da jornada.

Motivado pelo suborno, Zeca dos Telhados passou a trata-o com excelência e Castelo Branco conduziu-os com responsabilidade exemplar.

Sem embargo, o acesso ao local de internamento de Remédios, na ponta mais a ocidente de Moçambique, não se fazia por estrada. Esta tinha sido esquartejada pela guerra civil. Havia pequenos atalhos recentemente abertos pelos presos. Devido à guerra civil, ambos os beligerantes haviam plantado minas ao redor do local e nas vias de acesso tradicionais. Olivença era aquela ilha, na terra.

A longa marcha foi ouro sobre azul. O grande obstáculo de Zeca dos Telhados era a sua barriga avantajada em relação a parte do corpo, que parecia em desacordo com a tortuosa caminhada. Pese então na casa dos cinquenta caminhava a passos trôpegos, sem conseguir vencer a dificuldade de caminhar, pelo que ficou na cauda do grupo. Os seus quatro guarda-costas revezaram-se, levando-o em ombros. Porque pesava mais que chumbo, convencionaram levá-lo aos pares, desta feita com os pés estirados. Encontraram limitações para levá-lo pelas costas, pois além do seu sobrepeso, a barriga avantajada de Zeca atrapalhava-os e carecia de uma lipoaspiração.

"Inspector Zeca, acabou combustível." — Alertaram-no ao fim de um desgaste físico tortuoso.

"Deixa-me que seja agora eu o teu *chauffeur*." — Era o Castelo Branco.

"Castelo Branco, não quero empinar-te ainda mais a coluna." —Protestou Zeca dos Telhados.

"Já me tiraste a Teresa e parte-ma de vez. Já não tenho utilidade. Desde que me separei dela essa coluna dobraçou-se-me pelo meio." — Castelo Branco troçou.

"Os amores de Teresa acabam assim: trôpegos e torpes, embalados em tumbas e infelizes." — O outro caçoou.

Magro como uma estaca de feijão, o turno de Castelo Branco prometia surpresas. Aquele peso de chumbo, naquela coluna doentia. Castelo Branco tentou desenvencilhar-se. A princípio progrediu, mas cinco quilómetros depois grunhiu, de tão exausto, a língua quase a cair-lhe da boca para o chão e o coração aos tombos, dilatando, pelos céus. O local era um misto de colinas e planura. Ruminavam inúmeras vozes de leões e elefantes.

Leopardos Negros cruzavam os seus caminhos e sem atacá-los olhavam-nos à ilharga. Mortificados pelo cansaço, algumas hienas olhavam-nos como se à espera do toque de queda, para se banquetearem deles.

Carambola pensou brevemente como o homem tinha sido tão desumano para ter colocado aí gente com esses animais predadores à volta. Mas deixou o raciocínio prosseguir.

Depois, atravessaram uma zona com muitas termiteiras, com triliões de formigas. Quando sulcavam o rio ao paladar dos ventos, as formigas caíam na água e os peixes comiam-nas. Do outro lado desse rio deixaram o barquinho, que os apoiara na travessia. Parecia-lhes ter sido oferecido por um xamã. Já o sol arrefecia e uma neblina se estendia para além das margens. Caminhando por atalhos serpenteantes e solitários, não demorariam mais de quatro horas até alcançarem o lugar do destino.

Posteriormente, Zeca dos Telhados o retribuíra com elevada generosidade ao antigo "colega". Castelo Branco tivera-o como verdadeiro escudeiro, que o facilitara em todos os postos de controlo, também na fronteira aeroportuária, nas quais a acção de Zeca dos Telhados fora enérgica, rasgando mandamentos e olhando a todos com dureza, também esvaziando todos os procedimentos burocráticos, na tramitação das ditas "caixas de velas".

A longa jornada de resgate de Mendes dos Remédios terminaria com Zeca dos Telhados a fazer-lhes companhia, até o enviado especial de Kurt Waldheim embarcar no último avião, que o levara de regresso ao chão europeu.

Lembro-me como se fora agora. Foi no seguimento daquela tortuosa empresa que Carambola se tropeçou no interior daquela terra de Olivença com um velho pisteiro, que fora elementar no resgate de Mendes dos Remédios.

"Bom dia, chamo-me Carambola. Busco por Kandua, o ressuscitado."

O velho anfitrião, com a sua amabilidade, respondeu-lhe:

"Sou o próprio Kandua, inimigo do medo e amigo dos ressuscitados. Que deseja de mim?"

"Estou seguindo as pistas de dois velhos amigos, que palmearam há muito por esta savana, um deles com disfarce no rosto, usava barba espessa, que parece este mato."

Kandua, volumoso e bigodento, solteiro por culpa própria e por desejar uma mulher idealizada e inexistente, lhe contestara, oferecendo-lhe um relato contraditório:

"Não eram dois. O Zeca dos Telhados parece-me que não acompanhou o Castelo Branco, que gostava de superlativar os adjectivos. Ah, conheci o último, disfarçado de um voluntarioso socorrista, na linha da guerra civil, nesta raia de Olivença, tentando, primeiro, regatear os filhos, emboscados pelos inimigos, Leopardos Negros, depois o genro. No primeiro caso, entrou em Olivença sem autorização das autoridades, por causa disso passou por momentos de pânico. Em grandes apuros entrou na igreja, pois que Tári denunciou-o ao exército imperial, que o perseguiu, dentro daquela igreja gótica, com uma cruz no alto do tecto. Ele estremecia, quase abrindo uma cova no chão, para se esconder. Arrependera-se da imprudência, mas logo desvaneceu-se do medo, pois que o tomaram por espia e depois deixaram-no seguir caminho. Ele caiu nas mãos dos Leopardos Negros. Simpáticos.

Convidaram-no a almoçar com eles e, quando aquele lhes disse que escrevia no *Notícias da Beira*, aliciaram-no. Estreitaram-se os laços. Todavia, ele jurou-lhes lealdade e ofereceu-se a colaborar na causa deles."

"Quem diz parece não tem a certeza. Mantenho eu que acompanhou." — Carambola foi agressivo nas palavras.

Carambola observou que, morando sozinho naquela mata, o amável e dócil Kandua tinha sede de conversar, o que o tornava emotivo e, por vezes contraditório, por isso pediu-lhe para abreviar a superficial oratória. Porém, Kandua convidou-o a acompanhá-lo até as imediações daquele rio, onde os Leopardos Negros aliados aos caçadores bateram-se fortemente com o exército imperial, até ao fim.

"Depois disso, por uns dias, os Leopardos Negros ocuparam Olivença." — Disse Kandua. Todo atencioso, ainda lhe assegurou com juras e fazendo cruzes com dedos atravessados na boca: — "Os filhos de Castelo Branco, todavia, estão vivíssimos, só que se transformaram em leopardos verdadeiros. Os leopardos nunca renunciam a sua leopardice, porque guardam a savana."

Aí, naquele triângulo, entre o rio, o lago e a terra, Carambola sentiu pela primeira vez o couro cabeludo se lhe arrepiar e o seu corpo sofreu uma irradiação sem precedente. Depois de uma reflexão pôs-se a cavar naquele mesmo chão, que os seus pés pisavam. Por mais de uma hora, como um louco, cavou à mão e encontrou uma vala comum, a metro e meio de profundidade. Aqui jaziam três caveiras, com crâneos desfigurados por balas. Observou-os com profundidade. Mediu meticulosamente as suas alturas com uma fita métrica. Estudou-lhes cuidadosamente pelas dentaduras com amparo de lupas e monóculos. Tomou as respectivas notas. Depois desta descoberta, encerrou a vala. Buscou dois paus e fez uma cruz, amarrando-os com um fio de caule de liana.[121] Espetou-a no chão.

Fotografou o lugar e, quando estavam prestes a partir, um bando de pássaros pousou no lugar e começou a silvar. Os pássaros estavam a seus pés e contemplaram-lhes com lágrimas, que lhes corriam pelos olhos. Durante a noite pensou muito naquela trilha sonora de pássaros, que lhe transmitira uma mensagem algo transcendental, que doravante aquelas almas descansariam em paz.

Na manhã seguinte, muito cedo, convocou Kandua a revisitar o lugar. Para lá se fizeram. Kandua seguiu-o atrás, a bambolear o corpo, como Carambola.

"Tenho a certeza de que os três que aqui jazem são filhos de Castelo Branco." — Deduziu, enquanto esquadrinhava o lugar a passos lentos.

"Porquê tem tamanha certeza?"

"Associo e intuo que são três pessoas da mesma família que morreram no mesmo local e à mesma hora, no mesmo dia."

"E isso é suficiente para fazer uma dedução?"

"O espaço em concreto de que me falou o Castelo Branco é esse. Encontrei cápsulas de balas entre a areia e tudo indica que foi uma batalha renhida."

"E se tal não encaixar."

"Não é possível que seja improvável, pois as provas factuais conferem-no. Aquelas aves são chamadas pássaros-do-mel. Quando entrei naquela igreja elas adivinharam a minha preocupação e me conduziram para aqui. Estes pássaros também são chamados indicador-grande. Têm uma relação intuitiva e instintiva com o ser humano."

"Acredito que sim." — Afirmou o outro.

---

121 Designação comum, extensiva às plantas trepadeiras e lenhosas, de ramos alongados, finos e flexíveis.

27

Numa esplanada do Restaurante Olivença cumpria-se mais um roteiro turístico. Aí teve o Kandua o prazer de almoçar com Castelo Branco, quando o sol rebolava alegre, no espaço celeste, como uma criança num anfiteatro, a brincar à espada e ao escudo. Ao seu novo anfitrião, Kandua, dera notícias desse encontro como uma lenda absolutamente inesquecível.

Todavia, durante aquele almoço com Carambola, Kandua não tirava os olhos dos pássaros, que pareciam iluminar a várias constelações da sua melancólica memória. Ele vigiava os céus. Carambola perguntou-o, sem hesitar:

"Porquê vive sozinho no meio dessa floresta?"

"Porque eu amo esses pássaros-do-mel e gosto de visitar os seus ninhos, olhá-los longamente, sem me preocupar com nada à volta. Desde que me desterraram para aqui, perdi vocação de morar numa cidade." — Disse mostrando-se todo conformado. Acrescentou que tinha aí a vida toda organizada, casa e livros, o que não o fazia sentir falta de nada. Para não apanhar tédio namorava os livros da "Geração Realismo Tropical". Qual era afinal a razão do desterro de Kandua?

Kandua ocultava de algo, que não quisera abrir. Castelo Branco descobriu que no passado aquele tinha sido professor de Mendes dos Remédios, no Liceu Pêro de Anaia, de quem supervisionara a tese, o que lhe saiu caro. Por aquelas alturas tudo o que ele se propunha a fazer dava resultados de ouro. Todos gostavam de estar ao seu redor. Com os olhos a brilharem-lhe de felicidade, foi naquele liceu, no baile de finalistas, onde viu Mendes dos Remédios bailar com Rosa Aparecida, cujo rosto Kandua bem conhecia e asseverara-o que Ferreira Raposo não se enganara quando atirou sobre as duas companhias dela.

Aparecida sempre esteve na mira telescópica da pistola do inspector Ferreira Raposo, de modo que tal lhe deu azo a recriação do respectivo rosto. Ele testemunhara-o no dia daquele incidente. Contudo, impressionado com a narração, Carambola perguntou-o com doçura na voz:

"É Kandua o seu verdadeiro nome?"

"Não. O meu verdadeiro é Osvaldo Guilherme da Cruz."

"Ouvi falar desse nome como um dos elementos do triângulo de literatas criados por Fernão Pessoa, mas fizeram-me constar que Osvaldo morreu."

"Osvaldo morreu lá na cidade. Aqui em Olivença renasci-me e o meu alter-ego é o Kandua."

Esta explanação permitiu a Castelo Branco desvendar o seu fantasma, pois que o sumiço de Osvaldo Guilherme da Cruz nada tinha a ver com o que se presumia actividades subversivas. Na morte dos pais herdara dívidas destes. Não tendo consigo apoio de primos nobres e ricos, a pouco de accionar-se a hipoteca fugiu misteriosamente, de tal modo que volvido anos o deram por morto.

Início de Janeiro de 1974. Algum outro milagre de ressurreição?

Os mortos sempre chegam. A caminharem firmemente ou a coxearem, entre os destroços da amargura, chegam, levando às costas os seus sonhos passados, alguns suas cartas de guia-de-marcha; chegam de carroças-de-burros. Nem que seja inventando engenharia, pelos bicos dos pés, para evitarem ruídos nos gonzos, chegam transpirados, com o suor a escorrerem-lhes pelos rostos, chegam a arrastar a dor e o sofrimento, no cais, na desesperante busca de remédio para curar a maleita que os tornou defuntos, à espera de serem desenterrados.

Como não lhe conhecia antes nenhuma sepultura, num espectáculo solidário e emocional, inventei-a em sua homenagem, aí naquele vaso do seu tamanho, na varanda, onde apareceu-me como uma borboleta, em fase de larva, com que ele mostrou-me estar de volta para casa.

(Eu falava com Carambola e este arregalou os olhos para melhor ver o vaso, do outro lado).

Lembro-me do velório, em que não o podia substituir completamente, adornei-o com aquelas açucenas nos pés, tílias, crisântemos e rosas pela cabeça e tronco. Flores que perfumavam a dor de uma morte, espantavam o ódio e exorcismavam as más recordações, tornando-o um morto tão carismático como proclive[122] à disputa, das minhas rivais. Dizem que os mortos descansam, mas não. Na escalada dos desafios quase intransponíveis, sujeitam-se a verdadeiras provas de superação.

Todas às sextas-feiras o padre Sorrentino lhe celebrava uma missa, diante daquela tumba, no que parecia um gesto banal e insignificante. Nas brumas da memória, lembro-me mais agora que, na evasão da realidade, os dois queimávamos candeias.

Era primavera. Dia dos Finados. O padre não viera ainda. Acendi um castiçal com velas e comecei a bailar-lhe para frente e para os lados. Em simultâneo rezava o rosário, em sua honra e pureza, quando de repente alguém me tocou a campainha, violando o

---

122 Com inclinação para a frente.

silêncio espiritual e sepulcral, em que me mergulhara, precisamente aquele momento mágico em que eu levitava nos céus, enrolada nos braços do meu charmoso morto, que me acarinhava.

Meu coração estremeceu, pôs-se aos saltos de tal modo que não saberei descrever, mas garanto-te, Carambola, quase parou-me, sacudido pelo estrondo, daquele ímpeto de bomba-relógio explosiva. Por fim, eu corava. Ele me disse assim, com o seu olhar inocente:

"Mulher, sou em próprio: Mendes dos Remédios, O Querido Morto."

Com o coração aos pulos, incrédula abri-lhe a porta e conduzi-o até ao vaso, em silêncio. Respondi-lhe assim:

"Estás a ver, esta tumba que estou a regar é tua. É daqui que devias ressuscitar."

"Só posso ter ressuscitado do vaso."

"Não diz disparates."

"Mil anos depois renasci destas flores que florescem."

"Sim, é uma impostura."

Parece-me que já lhe estava no ritmo da vida. Entrou pela sala adentro. Naqueles modos estranhos de quem chegou, esqueceu-se das regras da tradição. Nem um abraço meigo, nem um beijo que me molhasse os lábios sedentes de esquecer as tortuosas e amargas recordações. Um sacrilégio. Nem parece que estávamos há muito tempo separados. Me custava crer na razão de ser daqueles modos. Pareceu-me altivo. Arrogante. Frio como o gelo.

Não se dignou a procurar saber da minha saúde, nem da dos filhos. Sobrepassado deixou-me ferida nas asas. Avançou para o meio da sala e perguntou-me logo onde eu tinha deixado ficar os seus valiosos documentos. Com o dedo índice, mostrei-lhe a entrada do sótão, do lado da cozinha, e lá ele tomou um escadote,[123] que descansava ao lado, e lá se pôs a trepá-lo, fez-se ao lugar para nunca mais largar aquela floresta de papéis, conservada em cima.

Doravante, deixou-se lá estar, a dormir num colchão, transformando o lugar num esconderijo, fazendo de si um fantasma, com aquela sua arte de fumaça que desaparecia por um dos escapes de uma chaminé, para entrar noutro. Durante os dias que sucederam passou a ocupar-se desses papéis múltiplos, enquanto conversava com os seus anjos ocultos, mais heréticos. Hermético e misógino. Uma vez, após espreitá-lo, depreendi que uma luz feiticeira e poderosa se arrojava naquele espaço e o levara a ter visões.

Desconfiado da sombra do "Homem sem Nome", que monitorara a tramitação do espólio pelas alfândegas, com a sua cara malvada e de amigo nenhum, sendo esse imprevisível, era possível que Mendes dos Remédios guiasse por aquela luz feiticeira, para lutar contra todos os seus demónios.

Durante os seis meses seguintes, o céu submergira-o numa sombra cinzenta e a lâmpada do oculto permanecera acesa, indistintamente, de dia ou de noite, como se morasse no assento etéreo. Ora, isso me fazia recordar amiúde do dia em que cheguei para viver em Lisboa, como uma menina desprotegida, com uma roupa imprópria para aquela desconhecida temperatura, em terra estranha.

Mendes dos Remédios, não obstante, trazia outras frustrações. Não me procurou na cama gélida, nem me tocou nas mãos, nem as enterrou no meu peito, nas minhas ancas, como tu o fazes, ilustre escritor Carambola. Me senti desprezada, mais uma vez humilhada. Pese embora, não deixei o meu desencanto interferir na relação. Rezei o rosário, até perder a conta.

123 Escada portátil formada por duas peças que se abrem em ângulo.

Eu o teria permitido que fizesse tudo, que temperasse o meu corpo com a salsa e cominho do seu carinho, que o esquentasse em carícias, que o misturasse com todos os ingredientes contidos no amor, toda a especiaria consistida na saliva e no beijo, que enterrasses o seu sexo na minha terra gretada e sedente, na minha selva carente de suas oleosas sementes, pois que o casamento passa indispensavelmente por isso, pelas chispas ardentes, aquela fragrância maravilhosa e luminosa dos corpos celestes em viagem, em chamas pelas alturas, até ao desfalecimento.

Esta descrição despertou a virilidade de Carambola, que olhava em silêncio para os meus lábios com apetite de os possuir, supondo-os provocantes, enquanto explorava alguns pontos negros do meu corpo, a provocarem-lhe sede e fome de um tesouro dos céus, que eu escondia em meu próprio paraíso corporal. Uma palavra obscena acendia-me crua e derramava--lhe maliciosamente o peito: ele desejava foder-me (o termo era meu), mas de cada vez que ele mais se aproximava de mim, eu lhe repelia as mãos provocadoras, como quem dissesse que aquele não era o momento apropriado para as festas do colchão e a luz viril do seu membro apagava-se furtivamente.

Como Laurentino Carambola entra nessa história?

Ainda no início de 1974 Castelo Branco tinha uma discreta e vaga ideia de que toda essa trama de história fosse traduzida num romance. A história era tão enviesada, que ao falar com dois ou três escritores, todos eles encaixaram-na na ficção-científica. Não quiseram arriscar. Castelo Branco se tropeçou com Nogueira e este pô-lo em contacto com Carambola, que o ouvira até nos detalhes mais sórdidos.

Não hesitou em prometê-lo que a escreveria. Era para isso que ele vivia e não como um vagabundo que não queria trabalhar.

À partida, a ideia de Castelo Branco era fazer coincidir a publicação da obra com apelos de resgate de Mendes dos Remédios. Pretendia influenciar numa conspiração internacional, para denunciar os actos do inspector Ferreira Raposo e os seus acólitos, pela falta de respeitos humanos e abrir as selvas das prisões da PIDE, a razão da separação e destruição física e psicológica de milhares de homens e mulheres, do tecido social em desfasamento e numa espiral de degradação progressiva. Pretendia ele, com tal pressão, buscar alguma estabilidade futura para esse tecido social e outros, no grande império.

Para o caso Remédios tinham-lhe sido preparadas conferências, onde este deveria dar o seu testemunho vivo, com enfoque nas mais tristes verdades. Também se preparara em sua honra o lançamento de "A biblioteca debaixo da cidade", com uma ópera de Verdi.

Naquele frágil momento, David Truncado advertiu-o, à sua chegada, a ter cuidado com a língua, porque não desejava tirar-lhe um a um os dentes, fosse ele bater com a língua nos mesmos.

Porém, enquanto exercia o seu sacerdócio, Sorrentino estava aí para garantir que nem Remédios nem nenhuma outra pessoa denunciasse o trio "Homem sem Rosto", "Homem sem Nome" e "Homem sem Coração".

Ninguém imaginaria que aquele sacerdote italiano estava aí com uma agenda enigmática e insondável. Demais a mais lhe reconhecendo a lealdade à classe dominante e a sua intolerância aos iconoclastas, a Sorrentino, seria de estranhar que viesse a ser indiferente e neutral. Sorrentino era um insuspeito agente secreto, reciclado, durante a juventude, nas brigadas comunistas do seu compatriota António Gramsci.

No entanto, Castelo Branco recordava-se também que, à saída do Aeroporto da Portela, Remédios nãos falou das coisas em carne viva. Como nas famílias disfuncionais, isto era uma insignificância.

Remédios não brilhara como era suposto. Se emocionado ou se iludido com o papel do sacerdócio nesta operação, fora Sorrentino que levara o Castelo Branco à presença de Carambola. Sob o testemunho de Sorrentino, durante dezasseis horas, Carambola entrevistara Castelo Branco e escrevera incrivelmente o livro dentro de outras dezasseis horas. Noutras dezasseis horas ainda colocara os mecanógrafos, linótipos e impressores da gráfica a comporem-no e a imprimirem-no. Em dezasseis horas tudo ficara pronto.

Sem suspeitar, João tomou um exemplar de prova e ofereceu-o ao Sorrentino, para apreciá-lo. Uma outra prova foi aquela que caíra nas mãos de Nogueira. Sorrentino lera-a precatado[124] e avidamente em dezasseis horas e bufara a David Truncado, com todas as consequências e violências que daí advieram.

Neste contexto, foi então que Carambola convocou a imprensa e anunciou a sua greve de fome. Nogueira, a poucos dias de reformar, constava entre os directores de periódicos de grande notoriedade, que compareceram àquela conferência concedida na Editorial Além-mar e que lhe deram uma grande repercussão mediática. Foi o único que lhe fez perguntas:

"Porquê essa opção dura, limite, de castigar o seu corpo?"

"Porque sofri um dantesco e atroz assalto, eminentemente persecutório, que conta com a cumplicidade de agentes da PIDE, que defraudaram de todas as formas a um cidadão, a um autor, a um editor, a um

124 Que procede com cautela; precavido.

chefe de família, a um amante da liberdade, deixando-o totalmente na ruína. Pedi-lhes esclarecimento e fui confrontado com a resposta de que não posso provar, quando tenho a certeza e testemunhas insofismáveis. Levaram-me tudo: as maquetes, as ceras, as chapas de impressão e os chumbos. Tudo, tudo, tudo!" — Transmitiu num tom grave. No seu olhar havia sinal de desencanto e desespero.

Aquela greve teve suas implicações colaterais.

Na vertigem da vida, Carambola pode ter feito mais do que pôde. Não era a primeira vez que lhe aprendiam um título, mas no caso, David Truncado, agora transferido para a metrópole, cruzara-se com Suzana Castelo Branco e o pai desta numa das calçadas de Lisboa, recuperando-lhes as pistas perdidas, na Beira. Passou a segui-los.

Dos livros de Carambola apreendidos arrolavam-se já meia dúzia de títulos, com alegações diversas, como por sexismo e machismo.

Havia um senão. Todos esses estavam assinados com o seu nome próprio, o que lhe impôs arranjar aquelas duas centenas de nomes, para despistá-los. É o caso desse Grossman Lenn, um judeu-americano, que lhe apoiava.

Os fãs de Grossman Lenn, acreditando na probabilidade de se lhe devolverem as paletas de livros confiscados e conscientes da perseguição porque o autor passava, mobilizaram-se numa manifestação, que juntou mais de cem mil pessoas, na Praça do Rossio. Havia entre estes, além de curiosos, estudantes, carpinteiros, pedreiros e serralheiros. A brigada anti-motim da PIDE interveio a dispersá-los com gás-lacrimogénio e nisso mataram entre vinte e trinta revoltosos; os feridos oscilavam-se entre duzentos a quinhentos. A brigada teve que suportar os gritos dos amotinados:

"Assassinos! Criminosos da PIDE!"

Era o mesmo grito que se ouvia repetidamente das varandas dos prédios ao redor daquela Praça, com o pavimento banhado em rios de sangue.

Grossman Lenn resistiu até onde as suas últimas forças puderam aguentar. Um dia caiu, abruptamente, desamparado no chão, de um enfarte. O maior autor policial de todos os tempos foi socorrido. Sem embargo, sobrevivera. Não daria a partida por perdida. Posteriormente, recobraria novas forças. Chegará ao fim?

28

Ainda continuava em aberto o caso das "caixas de velas", que me transformara num mitológico vira-latas e obcecado detective, a vasculhar os nichos e gavetas dos cemitérios de Lisboa, a vasculhar lixeiras e tudo que me rodeava à procura dos restos mortais daqueles escritores fantasmas, cujos rostos, silenciosos, desenhavam-se nas nuvens da minha solidão.

No entanto, ontem a noite tive um pesadelo, no qual eu era um bebé de trinta anos, apaixonado por uma mulher quarenta anos mais nova. Eu caminhava a arrastar os pés. Levava uma cruz aos ombros e sujeitava-me a peregrinar, morto de cansaço, bêbado de sono, até ao Vale dos Caídos, acompanhado daquele anjo feliz. Acordei alarmado, meus pés tremelicavam ao sibilar dos pássaros.

À minha janela o sol floria como um belo girassol, debaixo de uma seiva vital de raios solares.

Vesti-me atabalhoadamente e saí de casa, disparado, sem dar por gente à minha volta. À chegada ao Aeroporto da Portela eu andava em espiral, como um louco, enquanto tentava acertar a secção sobre a qual recaíra a guarda das "caixas de velas". Andei de um canto a outro, conduzido pela sombra daquele anjo, sem conseguir achar a sala do "arquivo morto", onde pudesse consultar os registos históricos e as considerações de viagens antigas, no caso a que trouxera aquela valiosa encomenda.

No primeiro dia nada achei. O anjo com a aparência de Orquídea rogou-me paciência. Para a minha surpresa, ainda regressei um par de vezes e, apesar de sair sempre frustrado dos intentos, não verguei. Só mais tarde encontrei um livresco satírico, que tomei como um excêntrico e estrafalário diário de bordo do comandante da TAP, Carlos Margalha. Aceder a este documento não foi nada pacífico, pois configurava-se ao "Segredo do Estado". Tentei buscar compreensão para isso, mas ao fim de dias a fio de insistência, dei dois socos na mesa e, já quase a desistir, o anjo nomeou-me o caminho. Abriram-se-me as portas, antes franqueadas.

O acesso ao diário do bordo era um passo gigantesco na descoberta do mistério a que me propusera desvendar: "caixas de velas."

Sempre que me esbarrei com obstáculos, comentei-os com a Suzana e vi-me como quem se sujeitava ao calvário com a cruz, totalmente derrotado, por falta do seu apoio. Porém, me lembro. Suzana não se mostrara entusiasmada nem animada em avançar para esse campo hermético das "caixas de velas". Calava-se o tempo todo, o que eu não podia compreender, numa pessoa que trocara todas as confidências comigo. Antes que o desespero e a depressão me consumirem, pensei no preço a pagar por um trabalho longo, que se via a desmoronar-se, enquanto levava aquela pesada cruz, que me sujeitava a um caminhar errante, numa tortuosa e dolorosa calçada, sem saber para onde.

Com ajuda daquele anjo oculto, deambulei pela cidade, à procura de Margalha. Por surpresa, o anjo me aconselhou a dirigir-me ao seu apartamento, em Miraflores, Rua Brito Paes, n.º 45, R/C.

Recordo-me, numa sexta-feira de manhã tomei o eléctrico 15 A e desci em Algés. Dominado pela magia daquela, vim-me embora a caminhar a pé, até ao apartamento de Margalha. Depois de tocar-lhe a campainha, aguardei, em silêncio, a vez de ser atendido, sem deixar de me ater ao olho mágico da porta. Por detrás do olho mágico havia uma clareira. Durante dois minutos ninguém apareceu. Voltei a tocar-lhe a campainha, até que apareceu uma sombra de fantasma atrás do olho mágico. A porta não se abriu durante mais de cinco minutos.

Frustrado, andei às aranhas pelo parque da Pedreira dos Húngaros, pensando nas promessas das colheitas fartas e nas realidades indefectíveis, mas um augúrio dos deuses me dizia que, definitivamente, não podia acender os foguetes. Eu era já um fracassado e me converteria em mais um monumento dos verdugos.[125]

Naquela deriva, me entretive em outros fragmentos, a ouvir a trilha dos pássaros e a brincar com um gato gordo, carente, que se encrustou em meus braços, como um órfão avassalado pela solidão. Estava com saudades desses momentos calmos, das primeiras horas da manhã, com os pássaros e os meus parentes adoptivos, no Jardim de São Pedro de Alcântara.

Foi desde aquele parque que vi uma mulher de perfil sedutor a cruzar a rua e a aceder ao referido apartamento, depois de tocar a campainha. Pensei que Margalha, como solteiro, deveria ter a sua rotina taurina ou não seria ele aquele protótipo de glutão ibérico e charmoso, com uma longa lista de pretendentes por diferir. Para não me abrir a porta tudo me levava a crer que precisava de ver respeitada a sua privacidade, pois em nenhum momento marcáramos um encontro prévio e ele não perderia aquela mulher extraordinária para tratar-se com um vagabundo.

No jardim havia algumas castanheiras carregadas de frutos amadurecidos. No banco, debaixo de uma destas árvores em que me encontrava, dei a pen-

---

125 Indivíduo cruel, sem piedade. Pessoa que castiga ou inflige maustratos a outrem.

sar que talvez fora traído pelo anjo que me oferecera aquela localização. Desconfiei que me tivesse colocado em terreno inimigo, pois eu coleccionava um rosário de más recordações, no meu esforço de chegar à fonte, no abismo que escondia a verdade. Já caíra em semelhantes anormalidades, em mãos de sequestradores, que por umas quantas vezes, tendo-me em suas armadilhas, me agrediram e me torturaram, partindo-me as omoplatas e os fémures.

Lembro-me. Uma vez, para me arrancar uma confissão, os torturadores, divertidos e matreiros, ministram-me o "pentotal", conhecido por soro da verdade, com que pretenderam-me extrair confissões. Por fim, introduziram-me a parte pontiaguda do meu próprio bastão pelo ânus, que me deixou com sequelas e até hoje sangro-me. Sem embargo, ainda pude manter o equilíbrio oferecendo-lhes um falso historial. Enquanto as sequelas estavam frescas, procurei saber donde teriam partido as ordens para me maltratarem, ao que me segredaram, que fora do inspector David Truncado. Aí percebi que a sombra e os tentáculos do inspector Ferreira Raposo me tinham alcançado. Estava igualmente torcido como a Suzana e o Mendes dos Remédios. Por isso, tive vontade de me suicidar, por três vezes, mas fui desencorajado pelo anjo.

De súbito, pus a cruz do lado e o sono tomou imediatamente conta de mim. Lembro-me ainda que ressonava como uma pedra velha, num charco, quando uma castanha se desprendeu de um galho, caindo-me vertiginosamente na cabeça, o que me despertou, não sem antes me levar a pensar que padecia de um daqueles miasmas de velhos pesadelos, que periodicamente me visitavam.

Já passavam das onze horas da manhã. Era inevitável que eu insistisse. Voltei a tocar a campainha e alguém retrocedeu a contemplar-me pelo olho mágico. Acto contínuo abriu-me a porta.

Diante de mim estava um homem mediano, cabelos grisalhos e aparência afável e carismática. Convidou-me a entrar para o apartamento e me conduziu à sua sala de estar.

Depois das saudações da praxe, sem nenhum preâmbulo, esclareci-lhe que o procurava em casa porque no escritório da TAP, na Praça de Marquês de Pombal, me disseram que aí morava ele. Era evidente que lhe menti. Perguntado das minhas pretensões em concreto, disse-lhe que buscava apoio e colaboração, para identificar as cinco "caixas de velas", cujo rasto perdera-se. Com uma voz simpática e monocórdica, ele me disse assim:

"Eu próprio vi os volumes armazenados nas instalações da Polícia Aduaneira. Assisti à sua conferência pelos registos alfandegários, e ouvi da boca do inspector Truncado, que mostrava um *rictus* de infelicidade. Não eram velas, mas sim ossadas. Este caso já está encerrado. Posso-lhe adiantar que as ditas velas foram entregues à Dona Suzana Branco. Recordo-me mais ainda porque causou um grande alvoroço, onde fui suspeito de ter introduzido no território da metrópole uma indocumentada mercadoria, porque me simpatizei muito bem com o Mendes dos Remédios, antes do voo".

"Conhece o Mendes dos Remédios?" — Perguntei-o, todo entusiasmado e ansioso.

"Com certeza, meu senhor. Viajou no meu voo. Todavia, em miúdos estudáramos juntos na Escola Eduardo Vilaça, na Beira. Ele era aquele rapaz inocente e reservado. Viam-no como tonto e roubavam-lhe o lanche. Todavia, era o mais inteligente da classe."

Depois de o confirmar recordo-me também que ele desatou logo a contar-me como tinham sido os momentos que antecederam o voo, que o trouxera à Lisboa. Recordou-se que não tinha desejado ainda as boas-vindas aos viajantes. Um hipotético excêntrico passageiro, respeitoso, trajado de terno e gravata, descrito como “muito extravagamente vestido”, interpelou-o, no momento imediato ao seu embarque, na Primeira Classe. Era um antigo colega seu do liceu, de que não esqueceria nunca, nem pôde guardar distância. Saudaram-se efusivamente.

Recordo-me ainda muito mais que já me predispunha a sair, quando a mulher que entrara antes de mim naquele apartamento atravessara a sala de um extremo a outro, em cuecas, como uma sombra. Parecia impaciente e ansiosa de algo, instintivamente carnal, que deixara visivelmente a meio e com as virilhas a latejarem. Percebi que os empatava. Não pretendendo ser tomado como um estorvo, livrado daquela pesada cruz como a pedra de Sísifo, precipitei-me a dizer-lhe adeus e daí me abalei.

Suzana continuava a passar os dias emergida naqueles escritos, como se pretendesse desempoeirar a memória e encontrar fisicamente os autores, escondidos debaixo da caligrafia dos versos e das prosas que lera, como quem decalcasse o alfabeto, para lograr a descida às catacumbas, para uma vez aqui, despertá-los do sono das suas eternidades. Eu passava por baixo do patamar do n.º 38 da Rua São Pedro de Alcântara e via lá da passadeira aquela baderna de imóvel. O mesmo se passava com os transeuntes e os passageiros dos eléctricos que vinham empoleirados, lá da zona do Rato, que não deixavam de a contemplar, todos circunspectos e curiosos.

Num exercício de boca a boca, os grandes rebanhos ambulantes de veraneantes saberiam por um e outro traiçoeiro e interpostos amigos, que os ocupantes daquela moradia eram fiéis depositários de arcas literárias de grandes escritores universais, mas ignorariam as suas lutas e festas como a do nosso senhorio, Pedro Pessoa. É para aquela varanda sobranceira à maravilhosa Igreja de São Roque, construída pela Companhia de Jesus, que Suzana se assomava a contemplar a turbamulta; cá em baixo esse formigueiro humano ocupava o térreo espaço à frente do prédio, em pleno e ebuliente coração do Chiado, onde os alfarrabistas liquidavam um a um já as últimas relíquias, para darem lugar a luxuosos comércios, como também a uma nova feira de dança, música e folclore, com acordeões, bandolins, violinos e trajes tradicionais.

Se as tão afamadas como imbatíveis feiras de antiguidades e artesanato mostravam-se limitadas e decadentes, aos meus olhos, aquelas montanhas de papéis e caixotes sugeriam uma paradoxal inovação: A Feira dos falsificadores de histórias e dos mistérios insondáveis, em que se converteram, disputando a concorrência com outra turbamulta ainda, de guias transformados em impostores.

Nenhum lugar é capaz de ombrear com as clássicas feiras de que Lisboa é depositária única no mundo, senão ela rivalizando consigo mesma, com a Feira da Ladra, a Feira do Relógio, a Feira de Carcavelos, a Feira de Brandoa, a Feira da Mentira e a Feira das Promessas Falsas. Nestas se encontram desde as coisas mais úteis a banais, desde as mais imprevisíveis a diminutas, desde as mais risíveis a triviais, desde as mais ignotas a divinais. De tudo um pouco. Pela natureza e utilidade.

Oferecem vida. As feiras emergentes tendem a alguma posição e vocação inovadora: são as feiras dos digeríveis e descartáveis, onde se expõem as chinesas rosas de plástico, os recicláveis pratos e copos de papéis. Adequados ao gosto exclusivo de alguns fregueses, floresce a feira do elogio dos imbecis e impostores, a feira dos missionários e heróis, a feira dos torturadores e ladrões, a feira dos imorais e vacilantes. Quanto à Feira da Mentira, releva porque tornou-se uma forma de promover oportunismos, aparências e ganhar-se dinheiro fácil. Com imaginação posta de fundo, alguns feirantes da Feira da Mentira aplicam-se com tal sorte e amealham como se jogassem ao dardo, à roleta russa ou à cabra-cega. Apoiam-se na fantasia e na imaginação. Ancorados em novas cartografias e roteiros surreais e ilusórios, pescam a anzol num charco rico em cardume, no freguês distraído, com a bolsa entupida, disponível a abrir os seus cordões.

Na Feira da Mentira, uma rapariga gira e elegante, simpática, com sapatos altos, guia uma caravana de turistas. Estes ouvem-na contar, numa voz surreal e educada. Eu sigo-os atentamente, o dia inteiro:

"Esta é a Avenida Duque de Loulé 35, onde viveu Ulisses", "nesta Calçada de Carrige 74 morou Camõns quando veio pela primeira vez de África", "neste morro da Penha da França, nesta casa da esquina, costumava hospedar-se o Teotónio Machado, cruzando oceanografias com os seus contemporâneos".

Todos assentem. Saberão quem será Teotónio Machado? Escutam-na. Seguem-na com uma paciência de tal modo inédita e absolutamente incrível. Não é uma caricatura. Pelo menos novos nomes transpõem fronteiras. Coincidência ou não, no meio daquela anarquia, Suzana descobriu que já desfilavam perto de duzentos heterónimos de Fernão Pessoa, cada um com um lugar à sombra e que o identificava.

Havia nomes criados pela imaginação trocista dos seus inventores e impostores: por exemplo, Fabrício Torcida, Catruza Gorjão e Fabião Tranquim. Torcida era um fecundíssimo Fernão Pessoa africano, que arrastava os turistas a uma casa, como uma palhota tropical, nas dependências das Galinheiras. Gorjão era goês, nascido numa pacata rua de Senhor Roubado, Tranquim um amadorense, que se cria marciano, pois desaparecia com frequência do mundo, sem deixar rasto. De um metro e setenta de altura, laivos de cabelos brancos nas têmporas, os mesmos que fizeram uma italiana apaixonar-se perdidamente por ele e a procurá-lo, sem nunca o encontrar. Vertiginosamente. Autênticos. Inéditos. Ninguém lhes opunha.

Castelo Branco revia-se nesta espontânea prosperidade. Quando a pobreza ficara para trás, João Castelo Branco recordava-se do pai, que no antigamente vendia hortaliças de casa em casa. Ele não ia à escola e uma vez o pai surpreendeu-lhe a brincar no pinhal. Forçou-o a entrar no recinto da escola, onde a professora queixou-se das suas ausências às aulas, porque brincava com o Dom Botão. Mostrou-lhe as notas, péssimas. Ora, quando cresceu, tornou-se um aguadeiro e passou a vender água às Portas do Chaimite. Os avôs debandaram de um terreno pantanoso do Maquinino, para que se construísse a cidade. Eram os saloios da Baratã.[126]

Chegaram à Beira para recuperar e acabaram na área do Estoril. Ficara-lhes atrás um trauma, o medo à periferia, onde viveram sem luz nem casa. Na juventude, Castelo Branco ocupava-se do trabalho de sol a sol e alugava os braços nas obras, numa Beira em franco progresso e crescimento. Por incrível que pareça, feliz com a emergência dos novos inventores da história, Suzana chamava os cordelinhos e louros ao marido.

126 Relativo ou pertencente às regiões dos arredores de Lisboa, a norte do Tejo.

Parte VII

Entre a razão e o instinto
Ano de 1974

29

Numa noite de março de 1974 deixei-me estar à varanda que dava para a Rua São Pedro de Alcântara, suspensa e a olhar para os lados e para os céus, como um pêndulo de Foucault. O luar parecia uma fogueira cheia de ar chamejante com a sua humidade fumegante e, ao seu redor, uma galeria imensa de bailantes estrelas dançavam agitadas.

Eram oito horas da noite. Mantive-me muito calmamente, como a Lúcia Pessoa, que esperava, alegremente, a exitosa descida à terra de um anjo dos prodígios, com ouro que servisse para cobrir, por fora e por dentro, até ao firmamento, todas as ruas e casas, todas as igrejas e castelos, todos monumentos e praças, todos os arcos e cúpulas, torres e mansões da cidade, com desenhos exóticos de papagaios, sabiás e cacatuas, pela bênção do seu casamento.

Mas a minha fantasia estava ameaçada por um anjo diabólico que se interpôs, momentaneamente, ao estacionar o jeep da PIDE diante do meu apartamento, com quatro polícias com carabinas à cinta e uniformes a rigor, que dele desceram. Montaram um posto de controlo à porta do prédio, para me impedir de voltar a sonhar as maravilhosas fantasias que tingem a vida de cores da felicidade, como o meu sonho romântico, no qual eu despertara da cama, realizada, depois de comemorar as bodas de diamante de todos as minhas ansiedades eróticas com Mendes dos Remédios.

Não sei se por suposta desconfiança de que reuníamos pessoas estranhas em casa, se por um trabalho rotineiro, a mim as notícias mais remotas chegavam-me com os sonhos dos anjos dos prodígios e faziam-se realidade, de tal modo que na madrugada desse dia acordei com o meu vaso inundado de mel do amor e uma mescla de suor, lágrimas e emoção, também com um pedaço de frustração pelo espírito do anjo que reincidia a roubar-me, fazendo-me mulher, em delírios múltiplos.

Naquele sonho confuso misturava-se algo de rebeldia, ódio e perplexidade. Sonhei que o inspector Ferreira Raposo viera viver para Lisboa, pelo que ao acordar, sentei na borda da cama, a pensar. Era preciso pouco tempo para que todos aqueles sonhos viessem à luz das estrelas e encaixassem à realidade.

Depois de me deitar com a cabeça para cima, numa manhã acordei, esperançosa de uma confirmação do pronúncio.

Durante meses não sucedeu nada. Mas tarde, os sinais chegaram. Numa das vezes que saímos de casa, para um passeio, exigiram-nos documentos, mas iludimos o cerco e o zelo policial. Depois passámos a desviar-nos da trajectória, passando de loja em loja, para os despistarmos. E tal como sonhei, Ferreira Raposo monitorava agora directamente os agentes do campo, que nos seguiam o encalço. Neste dia, quando fechava a porta por fora, o meu enigmático vizinho, O Zé dos Apartamentos, interpôs-se diante de mim:

"Anda a polícia à sua procurava."

"O que ela pretende de mim? Não sou a mãe deles, para lhes dar a chupeta."

"A polícia quando busca não tem critério: busca apenas as suas presas como vendedores ambulantes que andam de domicílio em domicílio, no desespero de encontrar os fregueses, sem olhar a condição social, nem o laço de afinidade."

"Diz-lhes que morri."

Ele sorriu um sorriso gracioso e amarelo. Aconselhou-me a manter todo o cuidado, para não cair no logro deles. Parece que ele sabia algo sobre a minha vida, embora nunca tivesse intrometido nela.

Regressei prontamente à casa. Como humana investi toda a minha imaginação e todos e melhores meios possíveis que tinha à disposição, que nos proporcionassem segurança, no nosso espaço privado. Sem embargo, esquecêramos de que enquanto nos convencíamos de que estávamos a ludibriar a Polícia nos enganáramos a nós mesmos, pois que nas ruas e vias por onde passávamos havia mais de mil câmaras de vigilância humana, que caíam não em programas de computadores de reconhecimento facial, nem nas bases de dados ligadas aos cadastros dos cidadãos, nem no nosso ADN e sistema bancário, mas num cuidadoso e artificioso ficheiro manual organizado pela PIDE, e também, pela sua congénere, a DINFO.

Nós ignorávamos isso, de modo que acreditávamos que tudo corria de feição, melhor do que há quatro décadas. Sem embargo, o controlo fora montado para nos levar a cair numa cilada. Embora não tivéssemos uma fonte oficial que nos confirmasse, na verdade, os agentes da PIDE à paisana faziam dissimuladamente trabalho rotineiro, solicitando identificação a todos que eventualmente cruzassem a rua. Naquele sonho que há muito eu sonhara, Pedro Pessoa me aconselhara a pôr-me à vontade, porque usaria seus artificiosos meios para imobilizar qualquer tentativa dos agentes de nos neutralizar. Disse-me mais o Pedro Pessoa que tudo era compatível com as conjecturas que traçáramos, que já nos tinham identificado intuitivamente como portadores de documentos valiosos, subtraídos de uma dependência do Arquivo Histórico Ultramarino de Portugal, mas que a polícia não iria agir baseando-se em presunções, a menos que nos apanhasse com a mão na botija.

Não nos precipitaríamos à busca de um ponto para nos escaparmos, saída por via negocial, pois a mim aquilo cheirava a chantagem dos inspectores Ferreira Raposo e David Truncado. Era certo que ninguém na nossa pele daria o braço a torcer, pois isso significaria morrer à partida, depois de cerca de quinze anos de gestão do caso. O inspector David Trucado já tinha a sua estratégia montada, de modo que não entraríamos no jogo dele, por prudência e cautela.

Ele já fizera tudo para nos desgastar física e psicologicamente, mas tínhamos o moral em cima e estávamos determinados a resistir e a não darmos os braços a torcer, até ao fim.

Ferreira Raposo e David Trucando sabiam que éramos corredores de fundo, que corríamos com gosto, levando uma pesada pedra ou cruz às costas, para chegarmos mais longe.

Eu tentava compreender a razão por que nos últimos tempos eu não os encarava a sério, mas isso resultava de mais de uma década de reflexão meticulosa e profunda, sobre gente de que já conhecia e não me interessava. O perigo que corríamos era o de termos dentro de casa as provas contra nós.

Mendes dos Remédios veio até à varanda. Viu o espectáculo dos homens à paisana que estavam lá em baixo. Moveu torpemente os lábios e convidou-me a sair daí.

"Já arriscámos demais e obcecadamente a nossa vida." — Disse ele.

"Ferreira Raposo e David Truncado ao cá virem têm sede de sangue nas guelras, pois não nos largam os pés." — Afirmei afastando-me da varanda toda contrafeita.

"É que de cada vez que te pões à varanda eles te fotografam, fazem filmes. Se acaso Truncado estiver só informa ao seu superior que está a trabalhar, factura com isso e prolonga o nosso inferno." — Disse Mendes dos Remédios. Acrescentou: — "Era bom que eu morresse já de vez, para acabar com isso de uma vez por todas."

"Não pensa assim, meu amor. Esta equipa está habilitada a remexer em cadáveres, a comer a carne podre dos mortos. É a profissão da polícia digerir cadáveres, para extrair a mais ínfima e fútil matéria processual. Perante a polícia, não há morto que descansa em paz."

"David Truncado é um homem sem escrúpulos, meu amor."

"Um inspector de categoria baixa nunca se movimentaria com escrúpulo, pois cultivar-se significaria baixar de categoria no topo do organograma dos inspectores da PIDE."

Já na sala e sentados no sofá deslizei as minhas mãos pelo tórax dele. Ele parecia um homem diferente, muito atencioso e delicado. Parecia um anjo caído dos céus, com o qual eu sonhara várias vezes. Eu desejava-o na cama, para me conectar com o mundo divino, com o sol e as estrelas, através dele. Fazer uma loucura para me evadir de tudo o que me pesava da vida real, nesta selva. Ele pegou-me o peito e acariciou-o ardentemente, de modo que senti um explosivo vulcão dentro de mim, um riacho a crescer em mim, o que o levou logo a afastar-se de mim. Quase ao êxtase, eu reagi, com prudência:

"Vá, faz amor comigo, querido." — Há muito que não o tratava com termos caros.

"Não, não estou preparado."

"Vou-te tratar com carinho, não tremas."

"Não tremo, não."

"Um rio quando vê o mar dança, ginga o corpo para o encantar. Desde que o rio se aproxima do mar, este prepara para o receber, de braços abertos, faz de si um refúgio; acolhe-o para dentro das suas entranhas. Um rio, quero que o saibas, seduz com o seu corpo, atrai o mar ondulando as abdominais, abanando as ancas, com a sua sensualidade, com a sua sinuosidade, mas, por fim, confia o coração ao mar e se deixa engolir como a serpente de fogo que recebe a sua presa." — Disse-lhe depois de me acercar dele e de o beijar.

"Fazer amor é como uma imitação de ciclone. No fundo, essa forma de intimidade é reviver aquilo que nos deixa entre os corpos agitados."

Afastou-se ainda mais, depois de me pedir desculpas. No rosto dele lia-se alguma amargura. Alguma fraqueza fisiológica.

"Não fica triste, querido. Precisas de mais algum tempo."

"Eu amo-te." — Há muito que ele não mo declarava. Acrescentou: — "Nunca ninguém me tratou com carinho como tu. As mulheres que me desejaram só me queriam na cama, para as festas dos colchões."

Os olhos dele brilhavam como o vidro e pareciam em êxtase. Não arrumei escândalo. Guardei a compostura. Fomos dormir com a mesma distância física e psicológica. Durante a noite, e por muito, meu sexo agitava-se como asas de uma insatisfeita borboleta.

A noite caminhava para a sua agonia, num lago dos céus, onde uma a uma as estrelas caíam, crispadas, depois do baile do cisne negro. Dormíamos ainda quando, pelos bicos dos pés, dois homens fizeram-se pela casa adentro, depois de abrirem a porta com uma suposta chave-mestra. Lá desde o sótão ele tentou gritar, mas a voz não lhe saiu. A garganta estava-lhe totalmente obstruída. Eu dormia tranquilamente, ou imaginava que assim o fazia num colchão esponjoso de nuvens de flocos de algodão.

O sono costumava visitar-me o corpo, mas isso se dava muito esporadicamente. Era agora noite muito entrada e, vencida pelo cansaço de mil e uma noites mal dormidas, eu dormia como um pedregulho no meio do mar, com o corpo ao léu, como quem deixa uma janela aberta, ansiosa das festas do colchão.

No entanto, os dois intrusos, parados no corredor, concertaram brevemente, numa voz suave, o roteiro a seguir, após àquela operação de evasão ao nosso domicílio. Dirigiram-se para o quarto que me servia de escritório, depois de o convencionarem. Com a voz amarrada na garganta seca, o homem do sótão arrependeu-se por não se ter curado a tempo daquela espécie de tumor, daquele ictus, que lhe impedia de falar. Passava já de meio ano desde a última vez que falou, mas desta feita não conseguiu imitir som absolutamente nenhum. O homem do sótão tentou uma vez mais lançar um grito lancinante, para dispersá-los, mas, desafortunadamente, tinha a garganta totalmente penhorada pelo ictus. O homem do sótão tinha para si que aquelas duas vivalmas estranhas só poderiam ter-se feito àquela casa por absoluto erro de objecto. Ainda assim, precavendo-se, pegou num ferro de um metro e meio, que repousava ao seu lado, para agir em legítima defesa, caso o atacassem. Disso ele não tinha medo. Ganhara coragem na selva, para os lados de Olivença. Antes de agir, o homem do sótão supôs que poderiam ser turistas da moradia vizinha, que teriam usado uma chave que, acidentalmente, encaixara-se na nossa fechadura. De um momento para o outro O Zé dos Apartamentos comprara as residências dos dois pisos e as transformou-as numa hospedaria. Disso ele recordou-se.

Antes de tentar romper com aquele ictus, o homem do sótão ouviu os ecos de passadas dentro da casa, como se alguém chapinhasse em água de charco.

"Algum fantasma aqui dentro?" — Questionou para os seus botões.

Sem nenhuma resposta, naquele meio tempo, ele pensou, espontaneamente, que, para os supostos turistas invadirem o seu domicílio saberiam ao que vinham. De toda a forma, ele viu-se impossibilitado de me acordar, pois não podia chegar a mim sem passar por aqueles dois. O homem do sótão ainda me ouviu, espantosamente, a ressonar, absorto da presença dos intrusos, impotente para entrar em acção. A distância entre nós dois era de cinco metros. Por um pouco pensei que estava num pesadelo, mas já os dois estranhos tomaram para a sua parte os documentos que desejavam, o manual com o inventário daquela baderna toda.

"Deve ser coisa de bêbados." — O homem do sótão voltou a pensar. Continuei naquele sono profundo. Ainda na agonia daquela madrugada um galo cantou. A sua voz melancólica e obstruída na garganta chegava-me como se proviesse de baixo de uma pedra, em que o tinham entalado.

Na manhã do dia seguinte, O Zé dos Apartamentos gritou:

"Vizinha, abre a porta! Temos um problema."

Abri-a. Ele conteve o susto e não me disse nada de imediato:

"Acompanha-me, se faz favor."

Segui-o pelas costas, enquanto descíamos as escadas, até ao rés-do-chão. Saímos pelo lado dos fundos. No que eu não imaginara, lá em baixo jaziam dois cadáveres. Não os olhei pelas caras, pois tinham os rostos voltados para o chão.

"Que horror!" — Gritei descontrolada e repetidamente.

Eram 6:00 horas da manhã e aquele grito meu inundou o quarteirão todo. Assim, os vizinhos dos blocos de residências à volta fizeram-se às janelas e varandas a observarem a tragédia cá em baixo, no nosso átrio interior aberto.

Tentei contemplar à distância, se teriam sido mortos a tiro ou por violência física, mas não havia indícios. Não havia nenhum buraco de bala em seus corpos. As suas camisas e calças se conservavam em bom estado. Ambos traziam revólveres à cinta. Ainda que não fosse perita em medicina legal, tentei, empiricamente, identificar os meios usados na produção daqueles crimes, sem conseguir. O Zé dos Apartamentos me disse:

"Foram duas mortes violentas, vizinha."

"Como sabe?"

"Os dois têm as partes dos crânios quebrados."

"Crânios quebrados?"

"Sim, vizinha."

"Foram assassinados e o hediondo assassínio ocorreu na sua casa."

"Na minha casa?"

"Sim. Repara na direcção da janela e a posição onde estão os cadáveres. As paredes mostram por onde as vítimas escorreram. Há manchas de sangue gotejando desde a sua janela. Vejo daqui em baixo."

Nenhum dos mortos era o meu marido. Em parte, sosseguei-me. Voltei a olhar nos dois cadáveres. Ambos andavam na casa dos cinquenta anos. Suspeitei que O Zé dos Apartamentos pretendera meter-nos numa cilada, pois já há muito propusera comprar-nos o apartamento, mas não lhe cedemos.

"Agora ele encontrou um meio de nos incriminar, para ficar com todo o prédio." — Toda aflita disse eu, de mim para mim, desconfiada.

Olhando para o passado recente, certo é que nos levávamos muito bem. O simpático senhorio dos imóveis ao lado sempre me punha ao corrente da chegada de novos hóspedes. Como se tornara hábito, iludia a Câmara Municipal. Ele receava que as insuportáveis multas e coimas lhe caíssem em cima, por exercício de actividade clandestina de aluguer de quartos.

"Se a Câmara cai-me em cima é a minha ruína. Para não ficar depenado eu lhe informo e, de quando em vez, dou-lhe uma propina." — Um dia ele me prometera.

A cumplicidade funcionou. Sem embargo, a única divergência que tínhamos eram as suas insistentes e descabidas propostas de comprar-nos o apartamento, e sempre inflacionando a quantia, cinco a dez vezes mais altas que a proposta inicial. Ainda que tentadoras, mantivéramos firmes, em oposição ao negócio, pois o apartamento nunca deixara de pertencer a Pedro Pessoa.

Na minha paranoia, aquelas mortes só poderiam ser uma montagem dos sinistros inspectores da PIDE com a indispensável conivência de Zé dos Apartamentos, para acederem ao nosso apartamento. Tanto fugimos deste, para afinal, cercados pela pressão, acabarmos com os pés na argola. E se eu tinha razão, nem em parte.

O Zé era um homem mediano, vestia-se decentemente, com óculos sem aros, o que lhe conferia uma aparência inteligente e intelectual. Saíra da prateleira da humildade, prosperando ilicitamente. Da noite para o dia, comprou uma série de dez apartamentos, primeiro na vizinhança, depois um pouco por toda a cidade. Procedeu a voluptuosas reabilitações e iniciou com o aluguer dos mesmos.

"Se calhar a riqueza espontânea de O Zé dos Apartamentos procede deste tipo de chantagens e operações hediondas." — Pensei tudo isso perplexa e inamovível, ao pé daqueles cadáveres.

Voltei ao enigmático e insondável caso e pensei que provavelmente os dois jazidos no chão tivessem caído numa tentativa de escalamento ao apartamento. Desesperava-me que eu não tivesse ouvido nada. Nem dentro nem fora de casa, por isso, pedi-lhe licença e retornei ao apartamento.

Cá em cima, tudo parecia como sempre. Ainda assim, subi ao sótão e, uma vez lá, deparei-me com o Mendes dos Remédios todo repimpado e refastelado da vida. Perguntei-lhe se saberia daquelas tragédias. Ele desceu comigo e me levou até à janela:

"Fui eu quem os matou e lancei-os daqui para baixo. A PIDE que os venha recolher." — Respondeu com gestos, com ar de confiança e de quem não receia por nada.

Perguntei-o como aquilo teria sido possível. Ele contou-me, gesticulando:

"Quando levantei a cabeça da almofada, descortinei duas sombras que se moviam, perto do corredor, que dá para a sala. Não me movi. Vi uma luz centrípeta a iluminar as caixas. Só podia ser de uma pequena lanterna, conclui. Eles tentavam desencantar algo mais importante entre aqueles volumes esparsos pelo corredor. Logo que eles se dirigiram ao quarto do lado daquele que usas como escritório, desci cuidadosamente do sótão e golpeei-os eficaz e rapidamente em suas cabeças. Golpeei selvaticamente nos dois com um ferro que tenho lá em cima, no sótão."

"Identificaste as vítimas?"

"Não. No meio daquele escuro, apenas investi-os e, com medo dos fantasmas deles, não aguardei pela revanche. Lancei-os para baixo."

"Suspeito que sejam os inspectores David Truncado e Ferreira Raposo. São os mais brilhantes agentes da secreta, que nos seguiam. Não digo eu, mas as suas folhas de serviços e, também, é opinião do primeiro agente ao último da corporação."

"Para mim, é-me indiferente e insignificante."

"A PIDE virá a recusar qualquer conexão daqueles com o assalto ao nosso apartamento e te incriminarão."

"É-me indiferente. Tu dormias como uma pedra. À noite bebeste três garrafas de Vinho do Porto e começaste a cantarolar, aquela greve de sempre, sexo, sexo, como se houvesse falta de comida cá em casa. O resultado é esse. Eu não podia lutar contra dois homens armados. Foi a única forma de legítima defesa que encontrei: atacá-los à ferroada. Isso não pode continuar mais do que já foi."

Eram 8:00 horas da manhã. De súbito, a Polícia, chamada a intervir, por um dos vizinhos das imediações, bateu-nos a porta. Foi apenas para algemá-lo e levarem-no daí, para o Posto da PSP, na Avenida Almirante Reis.

Em pouco tempo vimo-nos rodeados de jornalistas. Não dei depoimento nenhum à imprensa, para salvaguardar a vida privada do meu Querido Morto e dos meus filhos. A notícia foi difundida pela imprensa.

Dez dias depois de o deterem preventivamente, pagamos uma fiança e mandaram-no aguardar averiguações em casa. Nos dias subsequentes, pelas contas do rosário, aguardei que me chamassem para declarações, mas em vão.

Para obstarmos a invasão ao domicílio, bloqueamos as portas com barras de ferros e reforçamo-las com cadeiras, geleira e guarda-fatos móveis, toda a pilha de substância que servisse de obstáculo à entrada do apartamento. Como se fora um *búnker*, um mosteiro, limitáramos a viver a portas de dentro. Um momento particularmente sombrio, pois eu desejava desfrutar daqueles dias monótonos a fazer amor com ele, ao que lhe não passava nada disso pela cabeça.

Meu marido mostrava-se agora mais voluntarioso a cooperar. A cada ruído estranho, enchia-se de pânico, porque cria que vivíamos em estado de guerra. Eu via-o desesperado, no sótão, e sacudia-me do silêncio, num sussurro, depois de recuperar a voz. Afinal ele sabia defender os seus interesses, com brutalidade, quando estes estivessem em causa:

"Suzana, tu estás a ouvir o mesmo que ouço daquele quarto?"

"Mendes dos Remédios, tu já tens voz?" — Afirmei toda divertida, embora a nossa vida se visse a cada dia mais deprimente e degradante, pois a imundície acumulava e não tínhamos como evacuá-la.

"É Deus quem voltou a restituir-ma. O ictus curou-se. Estava com saudades de falar-te." — Respondeu com perfeita disposição, jamais vista.

"Também estava com saudades de ouvir-te falar."

Numa noite, quando as reservas acabaram, caí num ataque de desespero e comecei a chorar. Disse-lhe:

"Mendes dos Remédios, tu és o homem cá em casa. A partir de hoje quero ver comida na mesa."

Primeiro mostrou-se espantando, mas ainda na mesma noite conformou-se e assentiu. Nos dias posteriores, sem sair de casa e sem ir muito longe, ergueu-se em mangas de camisa. Ele começou a abastecer a geleira e a dispensa. Trazia toda a classe de alimentos e alguma bebida. Fazia-o sem pedir dinheiro. Não sei onde ele o encontrava. Supus que Deus estava com ele, pois me confidenciava que resultavam das suas orações, Deus Todo-poderoso enviava-nos por intermédio dos anjos dos céus.

Adivinhando as minhas suspeitas, ele, que sempre se portara como um menino e marido inútil, mas muito honesto e incapaz de partir um prato, tranquilizou-me, com as suas palavras mansas e em sussurro. A sua voz ainda imitava um trovão:

"Suzana, não te preocupes com isso, porque já confessei ao padre Sorrentino de todos os males praticados e ele mos perdoou e deu-me ainda perdão em adiantado crédito, para todos os meus futuros pecados."

O seu papel protector me fazia recordar da nossa lua-de-mel, na qual ele me prometera, com juras de quem sentia honrado por me merecer:

"Vou-te amar até ao meu último alento, até ao último suspiro. Estarei sempre ao teu lado, nos momentos difíceis. Me maltrataram, me marginalizaram. Estou vivo graças a tua solidariedade e colaboração. Um homem que pensa nunca pode ser destruído, mas tão somente resistir, sobreviver até à agonia."

Em tudo isso guardei um silêncio cúmplice.

Recordo-me perfeitamente daquele mês e meio quase. Eu e o meu Querido Morto andáramos enclausurados e fora do foco das antenas humanas da PIDE, cujas sombras invisíveis perseguiam-nos, sem nos encontrarem, pois que a blindagem do apartamento os deixou completamente fora de hipótese de actuação. Saídos completamente dos radares da PIDE, iniciámos uma peregrinação, uma viagem ao nosso interior. Porém, não atendíamos aos telefonemas, como não falávamos por ele; não vaziávamos a caixa de correio.

Depois que lançámo-nos neste exílio interior não voltámo-nos a falar com os nossos filhos e parentes. Isso tornara-se um meio de arcaicas proposições. Recordo-me ainda que mantivemos um perfil baixo, enquanto vivíamos ao limite, sem quebrarmos o gelo, sem estilhaçarmos os pratos, nem causarmos frequência alguma de sons com os talheres, enquanto comíamos, deste modo passando a aparente mensagem de que morrêramos havia muito tempo e que as larvas já nos tinham tomado conta dos corpos e a carne dos nossos cadáveres apodrecidos, deixando-os em ossos, a florescermos dentro do imóvel.

Enquanto estávamos de molho, concordáramo-nos que O Zé dos Apartamentos não era ingénuo, nem manipulável, mas teria de tomar o seu devido tempo, até cair na realidade, de que nos tornáramos em duas carcaças de restos mortais.

Para começarmos, antes de nos enclausurarmos, deixámos-lhe um papel debaixo da porta, informando-o de que tomáramos uma decisão radical. Lamentavelmente. Vendêramos o apartamento e saíramos. Enfim, passáramos a morar na Vila de Santo António dos Cavaleiros, para lá de vinte quilómetros da baixa de Lisboa, onde nos acamparíamos, para todo o sempre, numa velha herdade, perto da madrinha Dona Alice e outros retornados que chegavam tão profusamente, naquele contínuo e amargo êxodo de África, tornando o lugar uma espécie de Éden.

Centráramo-nos em últimas medidas de precaução. Para a nossa defesa e protecção, encerráramo-nos por trás das janelas opacas, reforçadas com armários, cristaleiras, aparadores e estantes pesados, com mais de dois mil livros. Pesados ferros perpendiculares encaixados em suportes e encaixes da mesma matéria bloqueavam-nos as portas por dentro. A Polícia, querendo, teria de se sujeitar a uma investigação mais apertada, pois fazíamos tudo sem causarmos o mínimo de ruído, dentro de um rígido código de conduta, segundo o qual estávamos definitivamente obrigados a colocar as mãos ao redor dos pescoços, para pronunciarmos seja qual fosse a palavra.

Estávamos proibidos de tossir, ou senão, tínhamos de fazê-lo amarrando-nos pelos pescoços, para obstarmos a circulação do ar na traqueia e, com isso, contermos o ruído. Todas as caixas que estavam no chão do apartamento foram deslocadas para reforçar as janelas, de modo que se os bombeiros fossem chamados a intervir, encontrassem nisso a primeira barreira e obstáculo.

Sem renunciarmos a ténue linha que nos ligava à vida, passáramos a viver dentro de uma anarquia total, mas toda a documentação arrolada e classificada mantinha-se numa livreta singular. Estava em segurança.

Lembro-me ainda mais agora, que naqueles dias, sentados no sofá, O Querido Morto queixou-se:

"Suzana, a minha voz está a voltar a desaparecer de mim."

"É porque passaste muitos anos calado. A boca não gosta de silêncios prolongados e ao calares-te deixaste a garganta enferrujar-se. Sempre que falares tens de pensar que estás a lubrificar as cordas vocais."

Não me respondeu. Continuei:

"Já me apercebi disso, a tua voz soa-me por vezes a um chilrear de pássaro e também a um trovão."

"Se calhar me transformei mesmo num passarinho." — Disse ele sublinhando ainda com um gesto de cabeça.

"Tu és o remédio de ti mesmo. Esforça-te por curar-te."

Lembro-me que, com um grande esforço de memória, ele falara que antes disso não fora capaz de lembrar da carreira que o levara à decadência. Reconheceu que me tratara mal e a muita outra gente. Agora se lhe assomava mais esse incidente ao catálogo dos problemas. Olhei-o fixamente nos olhos e disse-lhe:

"Antes que um tumor maligno tome conta da tua garganta tens que lutar."

"Vou-me operar a mim mesmo." — Afirmou. Com notório esforço, começou a divagar sobre as suas vivências ao tempo da guerra civil. Decifrara códigos:

“O “Homem sem Rosto” é o Ferreira Raposo; 'Homem sem Nome' é o Zeca dos Telhados de Vidro e o 'Homem sem Coração' o David Truncado.”

“Sempre desconfiei o contrário.”

“Qual dos três mataste?”

“O 'Homem sem Rosto' e o 'Homem sem Coração'.

“Não estarás a confundir algum daqueles com o Zeca dos Telhados?”

“O Zeca dos Telhados de Vidro é o alter-ego de António Bolas.”

No Posto da Polícia de Segurança Pública, na Avenida Almirante Reis, o inspector Vaz José Pereira passeava, impacientemente, pelo seu gabinete, em movimentos rectangulares e sincopados. Saltitava os calcanhares, como se as pulgas de verão lhe afligissem até ao escroto. À frente da sua secretária sentava-se a Suzana, que falava incondicionalmente e sem importar-se com a sua elevada agitação, enquanto caminhava de um extremo ao outro.

Como começara ela a descrever-lhe a parte densa desta história de O Querido Morto, acusado de homicídio? Deitando mãos aos papéis, da forma como poderia ter acabado, também atravessando do purgatório ao inferno. Este inferno fora, ironicamente, uma anímica injecção de ar na sua vida, uma valiosa infusão de adrenalina, de que se escapara, graças a leituras dos papéis que nada lhe diziam.

A princípio fê-lo atabalhoadamente. Meteu algumas receitas de cozinha, com que acalentara a esperança de baralhar o investigador, ao que esse se mostrou indiferente. Vasculhou a memória. Do que Suzana tinha a nítida lucidez era a baderna daquela paisagem caseira: Por cima da geleira apinhavam-se milhares de páginas, anotações de Mendes dos Remédios, daquela existência prendida ao vazio do seu coração, ao abismo, donde procurava regateá-lo com uma corda, desde o fundo sem chão do poço.

Não sabia desde onde reerguê-lo e trazê-lo de volta à vida, mas esta não lhe parecia nem uma coisa nem outra. Algo doloroso, tormentoso, que a luz da sala-de-estar, onde passavam, iluminava com clareza e crueza críticas.

Suzana sentia os ombros doridos, de carregar a vida neles, mas não abdicou de levar a pedra até ao porto seguro. Dedicava-se a matraquear na máquina de escrever sem fim, com ruídos que engravidavam as noites, dos quais ela via fecundar a lua e passá-la de quarto minguante até encher-se toda, redonda, com aquela proeminência de grávida borralheira, prestes a dar o parto a essa história.

A Mendes dos Remédios, aquele fechar-se na biblioteca da sua vida, fora uma viagem ao coração do ser humano, que o deixaram descomposto, sem conseguir pôr-se de pé, nem gatinhar. Já iam para lá de quinze anos, de relato daquela trajectória, transformada quase no próprio retracto e biografia, quase um idílio e miragem. Não podia falar do seu cansaço, porque essa palavra não lhe soava comum, nem traduzia o real desgaste físico do corpo, do calvário que teimava em atravessar com esforço, com sacrifício, à busca de melhor dignidade possível, enquanto os verdugos riam-se deles às bandeiras desfraldadas.

Todavia, o gancho da sua história continuava na vertigem daquele tempo inesquecível e sensível, que lhe despertara a sensibilidade literária, enquanto eternizava uma geração de escritores realistas e modernos de primeira linha, que morrera, que trabalhara na ruptura histórica e na mudança de direcção e paradigma da mesma. Na sua cabeça, os pensamentos eram vários e confusos.

“Mas qual é a declaração que tem a apresentar em vossa defesa? Tem estado a dar muita volta.” — Trazendo-lhe a realidade lhe perguntou um impaciente e extenuado inspector Vaz Pereira, que tinha sobre a sua secretária as obras dos cinco ilustres autores de Mendes dos Remédios, extraídas dos respectivos ficheiros da organização. Eis o historial:

“Às 3:00 horas da manhã do dia do acontecimento Mendes dos Remédios surpreendeu as duas vítimas dentro do nosso apartamento. Ambos escalaram violenta e ilegalmente o imóvel, aparentemente pretendiam roubar a valiosa documentação e livros, de um estudo centrando nestes cinco escritores. O indiciado tem sinais que provam ter sido vítima de violências física e psíquica, tem traumas de prisões anteriores a que foi sujeito pelos inspectores Ferreira Raposo e David Truncado, dois inspectores mortos, que junto ao inspector António Bolas, deixaram atrás um rasto elevado e horroroso de vítimas, de entre as quais arrolam-se todos os cinco escritores, cujos livros tem sobre a mesa. O meu empregado doméstico conta-se como mais um dos assassinados em circunstâncias estranhas e cruas, deste grupo. Foi o trabalho desses inspectores da PIDE. Ferreira Raposo, também conhecido por António Ventura, entre outras identidades diferentes, tinha antecedentes criminais, incompatíveis e estranho para um servidor de Estado, a quem o consideram brioso.”

“Mas o senhor não pode provar.” — Afirmou Pereira.

“Para o senhor inspector ter esses livros sobre a sua secretária é porque está ao corrente de tudo e sabe do que estou a falar, desde o início ao fim.” — Disse ela com uma voz desafiadora.

“A prisão do seu marido prolongou-se por mais de uma semana porque foram encontrados em sua casa artigos que estas autoridades suspeitam serem provenientes de furto, do Depósito Museológico de Lisboa." — Acusou Pereira.

"Através de declaração selada e assinada por Pedro Pessoa foi provado que esses documentos eram objectos de doação desta personagem, por isso determinou o director da Polícia Judiciária, imediatamente a seguir, que Mendes dos Remédios fosse restituído à liberdade sobre termo de residência, enquanto o processo prosseguia à procura de indícios que o incriminassem." — Esclareceu ela, acrescentando: — "Durante o tempo em que Mendes dos Remédios esteve aqui detido lhe submeteram os agentes da PIDE a interrogatórios e, tendo o acusado respondido que nunca lhes pretendeu fazer mal, depois de algumas diligências, estes não encontraram indícios de premeditação e concluíram não haver enquadramento no crime de que era acusado."

Incrédulo, Vaz Pereira mandou o oficial das relações-públicas da PIDE entrar, para acareação. Chamava-se Alexandre Cunha Barral. Este entrou e acomodou-se numa cadeira ao lado de Suzana. Sem perca de tempo, Pereira leu o sumário das suas perguntas e as respostas de Suzana, além de um sucinto resumido do preâmbulo apresentado por esta. A seguir disse, com ar tranquilo, que nada havia a acarear e que os actos assim deviam seguir em conformidade ao Tribunal. Pereira encerrou a sessão.

No dia do julgamento, Alexandre Barral surpreendeu o juiz do Tribunal e a audiência, com uma declaração mais cortante que uma navalha:

"Os inspectores Ferreira Raposo, David Truncado e António Bolas dirigiram uma 'organização societária' vocacionada a tramas delictivos. A nossa investigação está perante provas inabaláveis de que aqueles se dedicavam a assuntos particulares, quando estavam ao serviço activo da PIDE. Cobravam 'dádivas ilícitas' a conta dos seus interesses, apoderavam-se de bens alheios como valiosas jóias e moedas convertíveis, em favor próprio e comum. Acediam a residências, a escutas telefónicas para se informarem das vidas privadas das suas vítimas, sem autorização prévia do superior hierárquico, resumindo-se numa forma ilegal de actuação e sem conhecimento superior. Já por algumas vezes tinham sido intimados internamente pelo chefe de Assuntos Internos dessas suas actuações ilegais."

"Mas estes três inspectores, ao que consta, receberam muitas vezes prémios por seus brilhantes trabalhos." — Espicaçou o juiz.

"Pelos altos serviços prestados contra o terrorismo dos Leopardos Negros, em Olivença, mas não por este assunto, em particular. Ferreira atraiu António Bolas porque este era director do Departamento das Operações. Toda a máquina operativa e repressiva era dirigida directamente por Bolas, que tinha o David como seu adjunto. Os três desenvolveram em todos esses anos um trabalho sujo contra o incriminado, com teorias conspiratórias e meias-verdades. Todos eles, acumularam casas, carros e dinheiro, fruto destas ilegalidades e extorsões. E disso ninguém se engana, porque há provas." — Elucidou Alexandre Barral.

"Senhor Barral, tem algo a acrescentar, para concluir?" — Perguntou o juiz.

"Os três eram inspectores de dia e à noite chantagistas e fizeram de uma instituição sua propriedade privada, praticando o terrorismo contra cidadãos indefesos."

O juiz absolveu o acusado.

Carta de Mendes dos Remédios a Castelo Branco "Damnatio memoriae".

Durante aqueles anos de reclusão, Castelo Branco tentou lutar para fazer publicar uma carta de Mendes dos Remédios no "Notícias da Beira", na qual ele relata os momentos fulgurantes da sua vida no céu, mas em vão, a mesma caiu nas mãos da censura da publicação. O autor do livro, Grossman Lenn, que não conviveu com a vítima, deu particular atenção às suas memórias porque tratava-se de um relato íntimo de uma viagem a outro mundo. Mendes dos Remédios não se poupou nem um bocadinho nos detalhes, por isso escarrapachou-os no seu testemunho.

Transcreve-se integralmente abaixo parte do relato, para que o mesmo sobreviva ao tempo, com autenticidade. Respeita-se a originalidade do mesmo, escrito em letra corrida e fluída, a sua linguagem sem adorno. Como se depreende, o enredo obedece com lealdade à primeira voz:

Caro Castelo Branco,

Quando partir para os céus encontrei-me logo no atraente "Campo de Prisioneiros Políticos". Ignoro a data, a hora e o local exacto. O que importa é que vou-te contar tudo, sem rodeios, para que o saibas e reproduzas no teu "Notícias da Beira".

Fui recebido pelo responsável daquele "Campo de Prisioneiros Políticos", chamado "Homem sem Nome". Um ser sem escrúpulos nem caridade, que na cidade usava botas e equipamento de cotim a militar. Quando visitava o campo mostrava que levava uma vida ostentosa, usando roupas espalhafatosas, no meio daquela miséria humana, onde não havia retretes nem divisões de camaratas de prisioneiras e oficiais.

Era ele que distribuía as tarefas pelos condenados, do acampamento. Introduzira a lascívia no inferno. Abusava das cativas, que, estupradas, volta-

-e-meia apareciam grávidas, no meio dos céus, entre Deus e anjos que circulavam divagantes entre nós. Abandonava-as sempre que subissem aos céus mulheres novas, o que causava surpresa até ao diabo, que andava há uma eternidade e esgotado das tentativas seduzir uma mulher, sem o conseguir.

A camarata da nossa reclusão naqueles céus chamava-se Terra das Almas Penadas. Aí expunham-se os pecados do "Homem sem Nome", que não caberiam no rosário de turquesas da minha mãe. Destruiu a terra em que nascera, destruíra a própria família. O que angustiava-me. Deixava-me atento.

Foi de praticar atrocidades e enormidades que o promoveram a mais um grau acima. Lhe conferiram o estatuto de quase um dignatário do Estado, pois que os "Campos de Prisioneiros Políticos" respeitam cada um a uma hierarquia paralela ao do próprio Estado. Embora o lugar não passasse de uma aparente posição militar, como em Olivença, a lei era uma rígida disciplina de ferro, com chicotada de manhã, à tarde e à noite. Aí tudo se impunha pela lei do chumbo, mas na cidade era algo aparentemente diferente.

Nós, os da Terra das Almas Penadas, reunimo-nos e rebaptizamos-lhe pelo nome "Homem sem Nome", alguém, um traidor soprou-lhe pelos ouvidos e lá ele reagiu:

"Isso não importa".

Era muito robusto. Desapiedado. Egoísta. Soberbo e invejoso. Caprichoso e irracional. Ambicioso e tenaz. Rancoroso. A vulgaridade do mal era o seu modo de vida. Foi a sua eleição. Mostrando o pior de um homem, o lado animal, que destitui o ser humano da sua condição de racionalidade. Parece coisa fantasiosa. Mais de dois mil presos na minha condição morreram nessas mãos. Vi com meus olhos. Ninguém lhe pedira nunca as contas. Também não as assumirão, para apagar os caídos da memória colectiva. Chama-se a isso "Dammatio memoriae".

Usando métodos ortodoxos vendaram-me os olhos, puseram-me sentado à frente deles, o que o fiz com muita coragem e resignação, causando admiração ao dito juiz de causa própria, "O Homem sem Nome". Como nos tormentos das diversas torturas que sofri, não confessei jamais coisa alguma. Quando o "Homem sem Nome" leu o meu processo e me acareou com o Esperatudo, não fiz caso nenhum.

Me interpelara, vociferante, com a pistola apontada para mim, num golpe de violência e imaginação que superaria a ficção de qualquer escritor bizantino:

"Onde o idiota do cientista foi buscar aqueles símbolos do terrorismo, para transformá-los em ícones?"

Era-me insignificante. Silêncio do meu lado. Isso: O Querido Morto, assim eles vociferavam-me. Era O Querido Morto, senta-te! O Querido Morto para cima, para baixo, deita-te, rebola! Ah! Eu pensava que vivia num mundo de zombies, um apartamento no inferno, para o qual fora transladado, no meio de outras pequenas criaturas sem nome, a duras penas, que eles amassavam a chicotes.

"O macambúzio d'O Querido Morto não fala?" — Vociferavam-me as outras subordinadas criaturas sem nome, enquanto acariciavam o cassetete, em clara demonstração de força e poder.

"O fantoche d'O Querido Morto tem saudades de Suzana. Então vem cá até à árvore, vai já fazer amor com ela." — Eram os mesmos algozes, agora galhofeiros, a caçoarem de mim, depois de me despirem a roupa e me colocarem nu, num vis-à-vis com a árvore.

Recebi muitas ameaças de me levarem à árvore para aí investirem-me com látegos, mostrei-me indiferente e forte. A árvore, sem copa, era como uma golilha, na clareira. Um pelourinho grosso. Despiram-me vezes sem conta diante dela, para o dito e fantasioso acto sexual nos céus, onde éramos indiferentes às mulheres. Sujeitaram-me a voltar-me de cabeça e joelhos para baixo. Apanhei muita sova um dia, enquanto o sol, feito uma grelha, dardejava sobre o meu tronco nu.

Noutro dia, voltaram-me a triturar. Como se me escamassem a pele, como se espremessem o óleo de copra em meu corpo suado, a látegos, até acabar todo o líquido, toda a vida que havia em mim, deixando-a em farrapos. Até eu morrer-me e ressuscitar--me. A pele transformada em fiapos, tiras dispersas como linhas de algodão em sangue, arrancadas às vísceras e às costelas, à força. Trapos. Cada vergastada produzira-me uma dor tal, que me levantava do chão, depois me embrutecia, no solo, com os pulsos e tornozelos acorrentados e a tremerem-me.

Perdi quase quinze litros de sangue nisso. Ao fim de meses o meu corpo era um deserto de sangue.

Mamããã! Mamããããããã! Ah! Eu gritava, jazido no chão, com a cara ocultada entre os braços, decidido a não me confessar, por insignificante que isso representava, pois que de nada adiantaria explicar alguma coisa. Isso ocorreu como se fosse num interminável pesadelo, de que jamais eu acordara e mergulhava-me continuamente como num infinito abismo, onde um leão me devorava a carne das entranhas, naquele incêndio infernal de pancadas, que me consumia a carne. Mas era a realidade.

Neste calvário que me levara anos a terminar, Esperatudo lavava-me cuidadosamente as feridas e eu reciprocamente as dele. Curávamo-las com resina de eucalipto, até sararem. Não havia nada que Esperatudo não estava disposto a fazer por mim, para me dispor bem. Ele era bondoso. Uma vez senti-me enfriado e ele pôs-me a sua mão na minha testa e acariciando-me os cabelos afirmou:

"Tens febres."

Cobriu-me imediatamente com manta. Buscou rapidamente uma mezinha e me deu de tomar. Pela noite ainda despertou e voltou a pousar-me com a mão na testa, a ver como eu me encontrava de febres. Nisto uma vez o surpreendi a praticar:

"Deus meu, desce dos céus; põe a Sua mão sobre o meu amigo e salve-o desta tormenta."

Me amava com verdadeira devoção humana. Disto depreendia eu, sempre que me via com aquela aura de melancolia. Não havia nada que ele não estivesse disposto a fazer por mim. Numa noite, na nossa escura camarata, fui ele quem baptizou aquele inspector por "Homem sem Nome", pois que só nos restava a ironia para sobreviver. Enfim, assentimos. Nos rimos da nossa própria desgraça e miséria. Era só o começo.

Parte VIII

Crónica de um amor contrariado

30

Na vida da família Remédios, como em qualquer outra, o amor está no centro de tudo, como os astros, à volta do sistema solar. Nisto, os corações gravitam em torno dos remotos amores, transformados num enigma, que se revela, numa cascata, iluminando gerações após gerações. São dos amores-perfeitos de que sempre se falam e nunca de outra coisa. Não se falam de histórias de amores contrariados e proibidos, que parecem sobrepor os verdadeiros dramas e tragédias, que ainda assim não impedia de fazer deles amores-perfeitos.

Isso tem um dominador comum: passa-se hoje em todas e quaisquer famílias, burguesas ou pobres, onde o que é imundície de amor tende a ser varrido para debaixo da cama e, sempre que se mostra a escapar, é de novo sujeito ao esconderijo, para se manter a indiscernível aparência e guardá-la por tempo indefinido.

Numa coisa os amores contrariados coincidem: são tristes e, dentro de uma família, entre os casais, dominam na sua conjectura secreta, no seu carácter monótono e perduram por todo o sempre, naquela sua estrutura funcional de conveniência, onde as palavras e episódios são diferidos por empréstimo por seus patriarcas.

A despeito da família referenciada, durante a minha estadia na Beira, Bernardo ofereceu-me um depoimento rico e impressionante, como um rosário de pérolas. Colo-o aqui, na primeira pessoa:

"Todas as histórias obscuras de amores contrariados são manifestamente conhecidas e aparecem à luz, pela mão de insignes e laboriosos narradores que as perseguem até ao mais ínfimo detalhe. O caso da história de Mendes dos Remédios é insólito. Durava mais de vinte anos e, no entanto, era totalmente oculta, pois que dela ninguém nunca chegara a inteirar-se.

Na Beira chegara-nos aos ouvidos como se fora pelos bicos dos pés e sem bater neles, nem nos tímpanos. Quando se lhes vasculhava dava-se com a certeza da sua pertença à memória colectiva e transmitiam-se de geração a geração, como heranças de mortos para os vivos. Uma das mais badaladas e comentadíssimas tinha como protagonistas o Gabriel Mendes dos Remédios e a Dona Maria Laura Sardinha. Esta mulher atormentada e assombrada por uma paixão de feitio juvenil a Camõns, ao qual jurara fidelidade até à morte, abandonava ciclicamente o lar, convertido num luxuoso hotel, de uma princesa de Astúrias. O marido transtornado e afundado num mar de desgostos, a chorava numa alcova escura, durante dias, até meses, sem parar. O caso controvertido dissipava-se e contava com a mão de dois mediadores, que a buscavam no Cine-teatro Olympia e a imploravam a pôr a mão na consciência.

Ao contrário do que se pensaria, a perversa Dona Maria Laura Sardinha não vinha da casa dos pais, onde se pensava que mantinha-se por decoro, mais saltava directamente da cama do seu antigo aluno, para a do Gabriel. Foi neste concurso de deserções e resgates que nasceram Teresa Aparecida e Rosa Aparecida, também outros irmãos desta, que Gabriel recusou-se a registar, imputando-os a frutos daquela libertinagem de Dona Maria Laura Sardinha com Camõns. Em parte, a causa e efeito da eterna violência, que assolou aquele casamento, durante a sua triste e longa existência.

Entretanto, Aparício fugia desgraçadamente de Rosa Aparecida devido àquele amor contrariado, que o perseguia, apesar de casado. Ele não queria nada com esse amor, que passou a aparecer-lhe luxuriosamente em sonhos e espíritos, impingindo-lhe forçosos orgasmos, exigindo-o contas de um vínculo efectivo e permanente, que lhe dispensava a necessidade de ter outra parceira. Rosa Aparecida beijava-o nos sonhos e besuntava-lhe o corpo com a sua saliva. E disso ele dava conta ao acordar, como também das juras delas que apareciam em sonhos:

"Enquanto não me aceitares, Aparício, te martirizarei a vida e eu e a Suzana vamos-te perder."

Logo após o seu casamento com Suzana, já ele o sabia que Rosa Aparecida não o iria deixar livre, nem lhes facilitar a felicidade. Já na adolescência, Rosa jurara-lhe que o amaria como homem que lhe estava pré-destinado, por todo o resto da vida. O apego e a fidelidade dela para com O Querido Morto chegavam a ser agoniantes, mesmo que pelo meio ela prosseguisse as suas aventuras, desfrutado de seus amores furtivos. Por via dos espíritos, Rosa Aparecida era quem o afugentava de Suzana e estava por debaixo da sua esterilidade. Era quem o instigava a separação de corpos entre ambos, embora sem o conseguir totalmente, naquela fútil e trivial guerra de rivais, naquela insondável luta desigual, que passara à eternidade.

Sem embargo, Mendes dos Remédios sabia que ambas tinham um grau de influência na sua vida, oscilando entre a possessão e o carinho, a submissão e a perdição.

Mendes dos Remédios encontrava compatibilidade no seu casamento com a Suzana, porque reconhecia-a formada, organizada, segura e com uma remota ascendência sobre si, tão relevantes para a sua veia intelectual. Na sua confusão de sentimentos e de mundo-além, mundo-aquém, a voz de Rosa Aparecida visitava-o, prometendo-lhe uma relação estéril. Transigia ligeiramente, embora sem deixar de lhe impor que preenchesse os seus défices de necessidades de afectos e emoções. Assim, amarrado por dois hipotéticos amores, disputado por um vendaval de loucuras, visitado por fantasmas que o envolviam naquele labirinto sem saída, aquela esquizofrenia avançava de tal modo que ninguém sabia explicar.

Naquela remota cidade a norte, enquanto varria o quintal do seu palácio em decadência, como era a sua prática quase diária, Maliwa, aquela princesa que casara uma jibóia depois de se enviuvar de David Truncado, dizia-se testemunha ocular e confirmava tê-lo visto em Olivença de mãos dadas com uma fulana e ao vento livre muitas vezes. Afirmava que numa noite de pesadelos, testemunhas tinham visto ela e o Aparício de costas, a caminharem, aí nas imediações do seu palacete. Ninguém a discrepou porque aí todo o pesadelo era mostra de facto consumado. Inquerida sobre o nome da intrusa, respondera:

"Rosa Aparecida!"

"Mas essa morreu num acidente de viação há mais de quinze anos." — Dona Berta contrariou-a.

Maliwa continuou a narração:

"Vinha da Boîte de Olivença, numa boleia. O motorista embriagado adormeceu ao volante. O carro precipitou-se e capotou numa ravina.

Na manhã seguinte os dois foram resgatados por uma grua, pois o carro depois de capotar sentou-se em cima dela, com as rodas para cima. Derretida, Rosa Aparecida ficou aí jazida como esparguete."

"Essa falecida só pode ter sido o alter-ego dela. Rosa Aparecida vive." — Kandua aclarou a Dona Berta.

"Não. Eu fui à vigília e ao funeral de Rosa Aparecida. Vi-a. Era bela, mas o rosto estava todo desfigurado, as maciças carnes do corpo destruídas, desprendia jarros de líquidos como lágrimas e sangue. Até fui lá para o confirmar, porque antes de morrer dividiu intimidades com o Botão e o João Castelo Branco, ao que parece, para destruir os nossos lares. Dentro do caixão ela me disse umas palavras, como quem promete um regresso, depois daquele teatro. A uma pergunta minha, fechou os olhos e nada mais disse." — Dona Raimunda confidenciara-o à sua comadre Berta.

"Pois, fica avisada que a Rosa Aparecida que enterrou só pode ter sido o alter-ego dela, porque a verdadeira, essa, continua de pedra e cal. Vive à grande e à francesa. Viaja pelo mundo. Não quer casar. Cada noite sai com um homem diferente. A Boîte Oceana é o lugar dela." — Sustentou ainda Maliwa afirmativa e taxativamente.

Apesar de idosa, com sulcos no rosto, Dona Berta tinha, porém, belas feições. Muito inteligente, preocupava-se com a dramática vida do filho e da nora. Dona Berta vestia roupas muito vistosas e colares de madrepérolas. Era agora coquete e muito adiantada à época em que vivia.

Não acreditava há muito no amor de Dom Botão. Em que amor ela acreditava? Quem era o homem da sua vida, que lhe andava a arrastar as asas? A quem ela seduzia?

Naquela sexta-feira, Dona Berta sentou-se numa mesa e tomou o seu "drink". Dançou com um homem que se envolveu com um disfarce, que estava sempre ao seu lado. No meio da dança, sem preâmbulos, foi despistando olhares atentos e perguntava se alguma vez aí alguém teria visto a afamada Rosa Aparecida, em companhia de um homem assim, as-

sim, assado e cozido. Alto. Corcovado. Olhos como os de um deus e palmas das mãos compridas e dedos delicados. Longe disso, ela parecia celebrar um ritual, levantando um prato cheio de nada e proclamando que daí em diante voariam os espíritos que se tinham vertido sobre a cabeça do filho, deixando-o livre.

"Nunca estes dois se fizeram aqui acompanhados." — Respondeu-lhe o gerente, olhando com suspeita para o homem que acompanhava Dona Berta.

Nunca havia unanimidade entre as testemunhas.

"Rosa Aparecida morreu há muito tempo e eu deitei-lhe areia com esta minha mão esquerda, sobre a tumba dela." — Vozes incrédulas e uníssonas nunca faltaram. Alguém dissertou num rosário coerente:

"Também ouvimos dizer que morreu, mas nunca o confirmamos, pois dizem terem-na enterrado, o que foi só uma farsa, para que Rosa Aparecida continuasse a viver em paz a sua glória e devota existência libertina. Há anos, no Cemitério Santa Isabel, pedi o coveiro Inácio que me mostrasse a tumba dela, mas este, encolhendo os ombros, disse redondamente que nunca tal existiu. Portanto, se um testemunho desses sai da boca de um zelador é porque, definitivamente, ela nunca morreu."

"Meus olhos viram-na baixar no túmulo." — Uma das vozes insistentes manteve a firmeza, apontando-o com os dedos índice e polegar. Perguntado sobre o local, não soube responder.

"O coveiro Inácio Esperatudo e a rede de coveiros conhecem todos os mortos pelas biografias próprias e de suas famílias. Nunca o confirmaram. O ser humano é estranho. Quando não pode enterrar alguém fisicamente, acciona a máquina de propaganda psicológica, borrando-o do coração e da alma, também do mundo, o que mostra uma absurda into-

lerância, porque a vida humana, que é tão preciosa, não pode ser disposta ao capricho de outro, apenas por uma insignificante conveniência, que pode ser superada entre vivos. Foi Dom Botão quem orquestrou o boato da morte de Rosa Aparecida, porque tentava manter o pulso sobre ela, sem o conseguir, quando esta tinha por alvo o filho, depois de ela o ter preterido." — Disse Dona Raimunda.

Tirando os rumores e as suspeitas, as vidas de Rosa Aparecida e Aparício estavam unidas como duas margens de um Rio. Cada uma em seu ofício, sem nunca se cruzarem, pois que pelo meio o fluxo da água corria, e, numa erosão prolongada, fluía, aumentando diametralmente a distância entre um e outro, porque se o amor avançava para o oceano, o mistério estava na espantosa velocidade do rio que corria para a fonte, desafiando o barro e a areia, desafiando os calhaus e a vegetação, sabendo de memória o segredo de Aparício, escondido há muitos anos, entre a correnteza arrastada com a galhada: Rosa era sua prima."

Ano de 1975

"Delirium tremens"

31

Depois daqueles dias de bebedeiras tenazes e loucas debaixo das límpidas estrelas, pus uma pedra sobre aquela vida desbordante, que me deixara refém e febril, a gemer na cama. Eu estremecia naquela tarde, quando visitei Pinto Nogueira, no seu palacete do século XIII, que parecia a clausura da Escada do Céu, pelo seu silêncio, com um homem isolado que mantinha o coração dilatado por um amor espiritual e universal.

Encontrei-o sentado numa espreguiçadeira, no pátio do seu jardim, onde o céspede formava uma fresca melena ondulante e havia um cachorro de porcelana, que me ladrava sem parar. Nogueira segurava um abanico com mão esquerda e, com a direita, folheava um álbum de fotografias a preto e branco. Sobre uma mesa ao seu lado descansava um relicário da defunta esposa, com a qual tinha sido muito feliz e cria seguir com ela naquele amor infinito, pelos céus. Desfrutava da vida nestas lembranças, visivelmente sereno e restabelecido do choque epiléptico que sofrera noutro dia, ao meu desembarque do "Infante de Sagres".

"Por vezes à noite viro-me para o lado onde ela dormia e só acaricio o ar. Já não há quem aqueça a cama. A morte da minha mulher deixou-me uma cova impossível de fechar na cama." — Deplorava o homem de mente liberal.

Os pássaros chilreavam nas árvores, sob aquele sol ténue e preguiçoso, que avançava a rastejar de barriga por atrás do Tejo. Nisto, falámos emocionada e longamente de outros assuntos. Desde os mais úteis aos triviais. Foi na sua sala-de-estar, enquanto bebíamos sumos e cafés, pois eu desejava sair do poço tenebroso em que caíra, sem beber a taça de *cognac* com leite, a receita que ele me oferecera, para me salvar daquele *delirium tremens* de que padecia, que me levara a atravessar em alegorias e falsas imagens de acontecimentos, que me deixavam absorto e a caminhar com as mãos pelo chão e a cabeça nas estrelas.

Nogueira era como minha caixa de salvação. Era a ele a quem eu recorria, para falar das minhas desgraças, desde que a minha mãe fora para a estrada dos céus. Nesse dia falei-lhe dos meus fracassos amorosos com a Suzana, pois nos que se me opunham a Dolores, agora interessada no divórcio, que corria os seus devidos trâmites, ele já os conhecia e me aconselhara a colocar uma pedra no assunto.

Nogueira tinha uma sala formosa e luminosa, com uma biblioteca devidamente organizada, contrastando com a de Suzana, totalmente em desordem e parecendo esconder um mistério insondável de defuntos.

Nogueira escutou-me com atenção e aconselhou-me a falar com o padre Sorrentino, mas lhe disse eu: "É absurdo. Não vejo de que me serviria tratar um caso de namoro com quem nunca namorou."

Ele era um homem de fé, mas ainda assim assentiu.

No calor da conversa, Nogueira divagou como um psicólogo. Como um mestre das artes mágicas do amor, disse-me ele que o corpo de uma mulher é uma enciclopédia, que se lhe devia manusear cuidadosamente, doseando-o e tocando-o, em circunstâncias próprias e observando-lhe a reacção a correr à sua própria pauta.

Provavelmente era problema de frigidez, de dor na intimidade dela. Para a levar a aceitar os meus desejos reprimidos, aconselhou-me ele a convidá-la ao cinema. Disse-me ainda que este era um dos truques infalíveis da juventude, que não duvidava, mas que antes deveria incluir no meu pacote de conquista uma visita a um museu de arte moderna, passear de um a outro alfarrabista, já que ela ama os livros antigos, levá-la a um restaurante às margens do Rio Tejo, tomar um aperitivo a pretexto de desfrutar do pôr do sol através da fabulosa e panorâmica vista sobre a imponente Ponte 25 de Abril.

"Tu és um artista e pessoa doptada de sentimentos. Podes dar largas à imaginação. Sabes que as mulheres maduras não só pensam na cama, mas numa companhia saudável e imprescindível para o resto da vida." — Disse-me Nogueira.

"E se isso não der certo?" — Perguntei-o.

"É porque estás a jogar insistentemente no escuro. No caso, salta do comboio."

"É o que me faltava, na minha idade faltar-me criatividade." — Disse-lhe com uma pícara ironia.

"Não te falta nenhuma criatividade, mas estás a pensar justamente numa coisa, que está na tua pele. Na história do amor ninguém é médico em causa própria. Cada um vai pelo risco próprio até descobrir o remédio e aplica-o como antídoto para as curas do amor, respeitando a parte dorida e as doses certas."

"Nogueira, devias abrir uma escola para dar aulas dessa matéria, de romance."

"Estou reformado... Nos dias que correm as coisas não funcionam como antes. A longevidade do amor passa por compreender que as mulheres são independentes, têm as suas eleições e predilecções. Querem sair do escuro, passear ao vento livre, tomar um ar, um sorvete da mesma taça do namorado e beijar debaixo de um farol de estrelas celestes, em pleno calçadão à beira do Tejo e perante uma multidão em reboliço. Querem ir a um espaço de diversão diáfano, estar ao lado do amado com a cabeça caída no seu ombro, se possível for, dançarem juntos uma salsa, ou outra música em passos duais, enquanto o namorado repete-lhe a música nos ouvidos: "Amo-te"... É vantagem quando a convidares a um *pub* a ouvir *marriage d'amour*, de Paul de Sanneville, e, de repente, animado, não sem antes pedires o seu consentimento, a tomares pela mão até ao centro da pista de dança, aqui pô-la a mover o esqueleto, sem a levares ao cansaço, nem a deixares perder a compostura, se falhar nos passos."

"Mas isso vai-me custar muito dinheiro. Tu sabes, Nogueira, sou um vagabundo, que para ir à África, penhorei a instalação da Editorial Além-Mar."

"Vou-te dizer uma coisa: em todo o incentivo que injectares no amor tens um retorno duplamente garantido." — Levantou-se. Circulou pelo quarto, voltou a cambalear, ressentido de uma hérnia na coluna. Trazia notas totalizando cem escudos, que mas estendeu: — "Aqui tens, amigo. Diverte-te."

No dia seguinte vesti-me a preceito e saí com a Suzana, na mesma perspectiva, de um velho gaiato. Fomos ao Jardim Botânico, tomei umas flores e ofereci-lhe, após o que tomámos um taxi, para o Restaurante Atriumm, na margem esquerda do Tejo. Sentámo-nos na esplanada e lá nos deixamos estar até ao pôr-de-sol, ela com a cabeça caída em meu ombro esquerdo, celebrava o momento com intensidade das estrelas. Já almoçáramos e agora ela tinha os olhos na ponte. Lembrei-me da Feira da Mentira e menti-lhe piedosa e descaradamente assim:

"Esta ponte me recorda no ano em que estive em San Francisco com a Celine."

"Também eu diria a mesma coisa: conheço a ponte dos livros e postais." — Agora visivelmente enciumada ela perguntou-me:

"Quem é a Celine?"

"Uma antiga namorada. Conheci-a com catorze anos e a desvirginei. Em suma, é uma antiga namorada que morreu no meu apartamento do Campo de Ourique."

"Estamos aqui os dois e tu pões-te a pensar na Celine. Não és um homem para uma única mulher. Devias-me convidar a sair, depois de tirares a Celine, a Dolores e outras da tua cabeça, seu velho gaiato."

"Perdão, por vezes tenho tido visões psicológicas irreais, que me parece um problema de manicómio. A Celine é uma personagem do meu livro 'A dama nua morta no meu apartamento'. Não sei porquê, mas tenho a mania e a propensão de pôr a viver as personagens dos meus livros. Escrevi o livro e acabei por ter um fraco por ela e sofro de amor por ela. Para mim, ela é aquela personagem que salta da página do livro e se mete aos beijos e abraços comigo, no plano real. Sinto até hoje a frescura do cheiro do seu perfume Água-de-Colónia."

"Ou porque me desejas provocar, lembrando-me que me conheceste plenamente nua, no jardim. Há muitos fantasmas a agitarem a tua cabeça." — Ela fervia de nervos e se lhe notavam as veias do pescoço tensas, debaixo da sua pele iluminada pelo sol.

Exaltava na voz. Não obstante, aproximei-me um pouco mais dela e ficamos colados, como se estivéssemos na mesma cadeira, sem deixarmos o ar ciumento passar entre nós. Lá estava o sol a cair aos nossos olhos, por detrás da ponte. Disse-lhe eu a meia voz, enquanto acariciava-lhe os dedos, sem conseguir disfarçar-me do tremor das mãos e do corpo:

"Custa-me muito sair desse livro, porque escrevi-o com sangue e corpo em vapor, com alma e coração. Mas fiquei envenenado pelo sangue de Celine. Fiquei, para sempre, com achaques da alma dela, por a ter morto e até hoje o rosto dela me visita em sonhos."

"Deves estar muito doente, tremes-te todo."

"Não. Tremo porque tenho medo que me deixes só."

"A tua idade já não é para teres medo de ficar só. Vê que encontrei-te no banco de um jardim e hoje aqui estás... Quando saíste em viagem, li muito dos teus livros. Um deles foi, exactamente esse, de Celine, uma personagem fantasma que resolveste transformar numa pessoa de carne e osso, que na estória é uma amante do teu alter-ego, John, 'rival' do alter-ego da tua mulher Dolores, que para acabar com os teus abusos, contrata assassinos, que acabam com a vida dela, numa altura em que estás na casa de banho a tomar banho, depois de teres feito amor com ela. Encontraste-a fulminada com cinco tiros e banhada numa poça de sangue, na cama onde cometeste o adultério e também a estupraste. Aí meteste-a num forno e cremaste-a para dissipares o cadáver, para nunca seres apanhado, porque tens a certeza de que não tens elementos para provares a tua inocência, nem a de uma acusação de estupro".

"A estória é exactamente essa, meu amor." — Disse-lhe eu, agora condescendente e orgulhosamente enternecido, fazendo-lhe simultaneamente uma careta nas costas.

"É a história de um amante cobarde, que repetiu a mesma coisa em minha casa, abandonando-me quando me senti segura e me meti na casa de banho, e pior, levando consigo algo que não te pertence, não é meu amor?" — Me disse ela. Me senti humilhado e, para a contrapor, chamei o caso à Feira de Promessas falsas:

"Meu amor, mais não é disso que viemos aqui tratar. Não vamos discutir. Quero-te dizer que sou um amante enamorado de ti e desejo casar contigo. Quanto ao de Celine eu devia mandar coser os meus lábios, para nunca mais voltar a falar dela."

Vi neste instante fortuito dois jarros de lágrimas a desprenderem-se-lhe dos olhos como uma cortina embaciada de fumo gris. Ela conteve-se e, finalmente, disse-me toda contrariada:

"Não é o momento adequado para falarmos de casamento. Tu sabes que te amo e estou para o que der e vier. Não quero forçar absolutamente nada."

"Mas aproveitemos para falar de uma outra coisa importante: noutro dia dei-te os dados que recolhi da vala comum de Olivença, onde estão depositados os teus irmãos. Confrontaste com os teus pais a informação?"

"Sim, são aqueles mesmos. As provas de ADN coincidem em tudo. Quando a guerra acabar vamos exumá-los para fazermos um funeral condigno."

"No dia 26 de janeiro de 1975, pelas 20:30, liguei a rádio Renascença, um programa "Memória da guerra de Olivença" e ouvi um antigo furriel, Xavier Atanásio, a falar de um excesso das tropas imperiais, em África. Que participara escandalosamente do assassinato de três jovens, suspeitos de servirem os Leopardos Negros, numa emboscada em que aqueles acabaram com a vida de Jeremias Truncado, irmão de David Truncado. As vítimas Pedrito Castelo Branco, Augusto Castelo Branco e Sansão Castelo Branco, chegaram disfarçados de soldados amigos e entraram em Olivença, estudaram os movimentos do respectivo administrador, tenente Jeremias, e atiraram-lhe a matar. Os três mais nada que teus irmãos."

"É verdade?"

"Sim, absolutamente."

"É uma teia. E isso mostra que David movia-se apenas por vingança e terror particular."

"Absolutamente. Não tem nada a ver com o Estado Novo, que, pese embora, tem os seus quês de criminoso e mãos banhadas de sangue. É por isso que teu pai nunca mais falou do caso."

"Post-mortem"

Ao candidato eterno a príncipe dos historiadores de língua portuguesa coube-me cobrir-lhe de velas acesas e rosas amarelas.

No dia 31 de dezembro de 1975, pobre de todas as grandezas e honras, pobre de todas as distinções e méritos, exalava O Querido Morto a sua morte, causada por frieiras, perda aguda de fala, depois de décadas de longos silêncios, agonias, tremores e ódio aos pais.

O quadro clínico acrescentava: *"Morreu virgem, primitivizado, no exílio português, sem sintomas de dor de chifres e espectáculos de coração, mas com desejo de iluminar a pátria."*

Não foi bem uma morte. Regressou para o além, onde sempre esteve com os mitos, reunindo-se à sombra das figuras grandiosas de Dom Caixote, Olívio de Eça, Camõns, Fernão Pessoa e Machado, cujos estudos que lhes consagrou, os imortalizaram como autores, afastados das inconvenientes cousas do mundo, como sempre foi, mantendo o afã da preservação da inteligência, desdenhando, como sempre o fez, libelos injuriosos que o davam como casado com os espíritos da chamada Rosa (Re)Aparecida. Dispensava um monumento.

No Cemitério dos Prazeres, o epitáfio do douto e virtuoso produzido na Beira rezava numa discreta lápide, perfumada com rosas:

"Se os meus amigos não me puderam visitar na prisão, visitem-me nesta sepultura."

Não se afira ao inventário como uma história meramente apariciana. O verdor e viçoso autor tinha já o livro na impressão, quando diante a documentação que rotineiramente analisava, caíra-me às mãos, entre outros, uma inédita carta, de grande mérito, do distinto Aparício a Esperatudo. Destinada à insignificância, aqueledeitara-a leviana e negligentemente no cesto de lixo, juntando-se a outras cartas nunca diferidas.

Posteriormente, caí numa onda depressiva. Ele falhara na sua adivinhação intuitiva e lenta, com que iludira os seus carrascos por mais de dez anos. A agravar a minha infelicidade achei entre as correspondências uma carta de Rosa Aparecida, que me encheu de ciúmes, deixando-me com o coração dorido, embora a morte daquele já se consumara, definitivamente.

Dias depois, quando voltei a mergulhar a mão no cesto de lixo, me chamou a minha particular atenção ainda um envelope almofadado, que continha uma medalha, com que, anos antes da sua morte a comissão eleita pela assembleia geral do Grémio dos Historiadores agraciara O Querido Morto:

"... Primeiro: abstêm-se de pronunciar sobre os excessos das partes intrínsecas; segundo: sem deixar de apreciar o patriotismo, agracia o primoroso investigador pelo seu pragmatismo ímpar e construtivista na invenção da definição dos mitos; terceiro: oferece a nação como uma ideia imaginária a partir da premissa histórica e da união simbólica entre nações com passados comuns."

Aquela maravilhosa primavera recebeu-me com o seu alucinante cheiro à verde vegetação das flores dos parques e das calçadas. Abri as janelas para arejar a casa e deixar a felicidade entrar, insuflar o vento do ar limpo nos pulmões e brônquios da casa, agora menos em reboliço.

O vento do sul vinha bravo sobre os telhados, golpeava-me os cabelos, vinha rente à janela, e chegava-me espantoso com aquela áurea espiritual e comovedora. Era um vento abençoado pelo redentor dos céus, suspenso lá ao alto, olhando-me como meu guardião espiritual, sobre os arcos dos prédios antigos e um farol de barcos no rio acima, que iluminava a casa aos hóspedes dos cruzeiros. A cidade estava num dos seus dias mais cálidos, abria as suas portas de par em par, mostrando-me as sete colinas que a protegem comovedoramente, e a catedral, também as igrejas, em tinta de fumo, dos frescos desenhados, por primitivas mãos sobre as paredes que resistem com todo o esplendor.

Convidei o Carambola a subir comigo ao sótão. Mostrei-lhe as cinco "caixas de velas" que estavam primorosamente sepultadas em nichos deste sótão transformado numa Casa de Espíritos. Ele abriu-as. Estavam seladas e esparsas pelo chão. As datas das mortes se identificavam:

†

Dom Caixote
Nascido 03/04/1918
Falecido 30/01/1946

†

Fernão Pessoa
Nascido 01/01/1919
Falecido 30/06/1964

†

Ruiz Camõns
Nascido a 01/04/1918
Falecido 25/11/1963

†

Olívio de Eça Quiróz
Nascido 09/08/1916
Falecido 08/08/1969

†

Teotónio Machado
Nascido 20/02/1917
Falecido 20/04/1973

Um dia, a agora retornada Dona Alice, mandou chamar a Suzana. À chegada à sua agora nova casa de Santo António dos Cavaleiros, Suzana deparou-a no seu estado moribundo. Minado por um ataque cardíaco, enfraquecido por uma intensa e produtiva actividade intelectual, também por intrigas com o antigo rival, Fernando Emiliano morrera dois anos antes, em África. Desde este infortúnio ela vivia só e não saía para a rua, senão em raras excepções, quando dobravam os sinos da igreja, para onde se fazia amiúde, para receber a comunhão, enquanto rezava o rosário em honra e pureza aos santos e bentinhos.

Sentia um vazio de sentido e desejava o mais rápido possível partir para o espaço celestial, para se unir com ele, curando-se assim daquela amálgama de dor. Desta feita, aquela mulher de palavras comedidas e que levara muitos anos a ponderar em lhe confidenciar mais uma prática de Ferreira Raposo, decididamente, por não haver motivos a temores, contou-lhe que aquele inspector lhe arrancara a máquina fotográfica e despojara-lhe de todos os negativos e fotografias que conservava na sua casa. Suzana perguntou-lhe apavorada e olhando-a dentro daqueles olhos grandes, prestes a se cerrarem, para sempre:

"O que esteve na origem daquele acto sinistro?"

Ela fez uma longa pausa, após o que começou a desenrolar um historial, com o seu conceito duro e desabrido de justiça, que trazia no centro o pároco da Catedral da Baixa: O padre italiano Benedito Sorrentino, de olhos escuros, cabelos ondulados, nariz anguloso, bigodes nos lábios superiores, pêra no queixo e sobrancelhas amplas, era um sofisticado e elementar Homem de Deus que se estava a desviar para a esquerda e das regras de clausura. Vergara ao carismático Ferreira Raposo. À frente de Ventura tornara-se penosamente como um réptil. Uma ideologia esquisita unia o padre ao presidente da Câmara Municipal da Beira, Balthazar Calado.

Este pouco parava em casa. Corrompido pelo cargo, Calado tornou-se infiel à mulher. Amiúde, justificando-lhe os palitos, dizia-se ocupado em inolvidáveis e indispensáveis reuniões, até à madrugada entrada. E quando volvesse à casa estava sempre calado. Calado de bêbado e feliz das suas esbórnias, com Teresa de Los Angeles, a viciosa e tórrida meretriz do Mira-mortos.

Sorrentino transformou-se numa marioneta, com uma discrição tal que os dois mais poderosos inspectores o tinham arrebanhado, virtualmente, como a uma ovelha, primeiro convertendo-o num dos ideólogos das suas causas, ao mesmo tempo colocando-o debaixo de suas chantagens, depois gozando do prejuízo de que Sorrentino costumava consolar viúvas e casadas dentro da sacristia. Os dois inspectores tinham as suas células infiltradas na Catedral da Baixa e outras paróquias.

Sem embargo, a lealdade de Sorretino aos Calado era falsa, pois que a sua carne enfraquecera e caíra em mãos da esposa do mesmo edil da cidade. Dele Ferreira Raposo tinha fotografias comprometedoras, que o provavam, ganhando a colaboração e a lealdade do infractor.

Assim, debaixo da tortura psíquica daquela equipa, Sorrentino confessou-se pai legítimo de Mendes dos Remédios. Por alturas do seu casamento com Dom Botão, Dona Berta estava há um mês grávida do padre.

"E como eu sei?" — Dona Alice perguntou de si para si, com aquele olhar grave e redondo, após o que respondeu: "Porque Dona Berta era minha vizinha na livraria e tudo desabafava comigo, como eu o fazia com ela; também porque adquiri o hábito de fotografar tudo e o meu espólio e máquinas caíram nas mãos da PIDE."

Sorrentino não teve palavras para justificar o delito retratado numa fotografia, em que beijava a esposa de Calado, espremendo-lhe o suco dos lábios e a saliva, mostrando-se com as bochechas em cova, tão perpétua e perenemente como no quadro "o beijo", de Gustav Klimt. As aventuras amorosas que experimentara o deixaram vulnerável, num drama insolúvel, consigo próprio. Forçaram-no a mudar de código, porquanto de início desejara apenas uma aventura passageira, mas com o seu carácter lascivo e bonacheirão era responsável por seduzir crentes femininas, começando com um simples acariciar dos pescoços e peitos, sujeitas que estas estavam a fazerem as provas dos colares com medalhões de santos e bentinhos, que lhes oferecia, a escuso interesse de as beatificar, quando pretendia chegar-lhes mais de perto. Dona Berta tinha uma rica colecção desses colares, em ouro e prata.

Sorrentino, vestido usualmente de hábitos de eclesiástico, com sotaina preta, anel e solidéu vermelho, nunca pareceu desleal à Igreja. A sua frouxidão pela carne permitira-lhe preservar dos seus jantares opíparos e opulentos almoços, regados de lautos vinhos, pois não lhe faltavam oferendas das suas favoritas. Tinha a convicção plena de que o único que devia fazer era sorrir e abraçar aos seus novos amos, para resguardar os objectivos pessoais e superiores, na Terra como no Paraíso.

Sorrentino, com aquela sua voz maviosa e agridoce, tributária de santidade, iludia os crentes que as coisas nunca tinham sido melhores até então, e que tal devia-se aos seus sagrados sacramentos.

Não só limitara àqueles acontecimentos. Há poucos dias da impressão de "A biblioteca debaixo da cidade", Sorrentino encontrava-se na metrópole. Vestiu apressadamente os seus hábitos de sacerdote e acorreu à casa de Castelo Branco. Este, que lhe tinha grande confiança, a julgar por seus modos fraternos e contactos prévios desde a Beira, sem adivinhar das suas secretas intenções e lealdades, acompanhou-o até à Editora Além-mar.

Ana Soares recebeu-lhes cortesmente e ofereceu-lhe um exemplar de prova. Sorrentino leu-o com avidez e parece que ficou escandalizado com o facto de o mesmo não se referir às coisas naturais, ao paraíso na terra. O livro não tratava as pessoas de Ferreira Raposo, Zeca dos Telhados de Vidro e outros protagonistas-chaves da história com a mesma idolatria e sublimidade com que ele os brindava. Tal que ele denunciou o escritor Grossman Lenn.

Acto contínuo, contou-me ela um outro segredo:

"Eu tinha imensa antipatia por Orquídea, mas um dia, estando a conversar com o Fernão, este me contara que em relação a Teotónio Machado foi ele quem abrira o campo das hostilidades. Quando Machado estagiava na gráfica, sob a direcção de Manuel Pessoa, Fernão arranjava artimanhas para deixar cedo a livraria e fazia-se à casa, afirmando-se adoentado, e lá tinha a Bernarda Carlota, à esperá-lo na cama. Durante anos Bernarda Carlota iludiu Machado, que uma vez, alertado, fez-se à nossa casa. Descoberta, Bernarda escapou-se, saindo pela janela. Machado ainda a viu a desaparecer por aquele terreno ermo do Campo de Golfo, acompanhado por seu amante. Esta cena foi o motivo que desatou a tensão de Machado com Bernarda Carlota. Machado contou-o a Orquídea e, a partir daqui, em solidariedade com os dois, todos os quatro escritores e amigos decidiram vingar-se de Fernão, transformando o quadro num paralelepípedo amoroso."

Para aquele ciclo de vinganças masculinas foi atraída a Dona Eugénia, a qual Orquídea lhe roubou a recém-nascida, assim que a informaram que acabava de dar a luz. Orquídea encontrava-se em Sena a tentar desvendar a misteriosa dama que namorava o antigo marido. Coincidentemente, ao tempo em que nasceu a bebé de Fernão com Dona Eugénia, Orquídea mentiu que gerara um bebé de sexo feminino, no hospital local. Mas já a Orquídea havia corrompido O Mosquito e foi este quem lhe entregou a bebés em suas mãos. Dona Eugénia nunca se conformou com a situação, mas não tinha total certeza.

Deste modo, desvendou-se que Isabel nunca fora filha biológica de Orquídea. Dona Alice isto contou-me. Surpreendentemente, Isabel, que se encontrava na sala, ouvira-a contar, passando à verdade do seu nascimento e progenitura. De súbito, Isabel abriu a porta do quarto e logo que Dona Alice lhe viu assomando-se fechou os olhos para sempre.

"Eu sei do que vocês estavam a falar." — Disse a adolescente Isabel.

"Não é mentira, não, o que ouviste. Veio da boca da tua avó. Mas agora a prioridade é enterrá-la, depois se discutirá o resto." — Disse-lhe eu.

Ainda a escutei tão desesperada, tão vazia de mim, que para me curar, nesta noite trágica, fiz amor com Carambola, que jamais voltou a sair do meu apartamento. É uma pessoa maravilhosa e a mais importante da minha vida, não só pelo seu carinho, como também por me ter ajudado a descobrir a mim mesma. Acompanhou-me, atenciosamente, ao enterro da minha madrinha.

Aproveitando-se do clima caótico e de agitação instalados em 7 de setembro de 1974 na cidade da Beira, o inspector Zeca dos Telhados, estando a par da existência de cem toneladas de ouro armazenadas na caixa forte do Banco Ultramarino de Moçambique local, alertou ao administrador da instituição do perigo que as mesmas corriam de caírem nas mãos de quadrilhas, de grupos de manifestantes e arruaceiros, que se juntaram na Praça do Município da Beira. Eram os dias do fim do império e o administrador do banco deu o seu assentimento.

O ouro, em barras, foi transportado em vinte camiões, até ao porto da Beira, para daqui ser evacuado para Portugal, no paquete "Infante de Sagres". Zeca dos Telhados e dois subordinados seus embarcaram neste navio e, ameaçando a tripulação a bordo, no alto mar desviaram do rumo inicial e foram parar aos Estados Unidos de América. Aqui ele tinha uma carteira de contactos, homens de negócios e bancários que o receberam como um rei.

Nos primeiros dias Zeca viveu os melhores momentos da sua vida e até sentiu-se mais confiante ao declarar o seu divórcio de Teresa de los Angeles, que se lhes juntara naquela aventura macabra.

Sem embargo, fê-lo para vingar-se. Nos primeiros anos de casamento Teresa de Los Angeles causara-lhe certo azedume ao tratá-lo como pobre. O homem guardara-lhe rancor, precisamente quando a sogra os visitou e o humilhou pelas mesmas razões. Teresa hospedara a mãe na casa familiar e aquela nunca mais se foi embora. A sogra detestava o modo de vida do genro, sempre ausente das reuniões e refeições familiares.

A divisão daquele tesouro foi a gota de água num casamento prenhe de desavenças e que transbordava, com os dois amantes a tentarem-se salvar, cada um por si. Teresa de los Angeles denunciou a sucessão de crimes praticados por Zeca dos Telhados e seus seguidores, que exterminaram toda a tripulação de "Infante de Sagres". Nesta tragédia morreu o capitão Casqueiro e a sua voluptuosa esposa Sandra Martins.

O ouro furtado foi baldeado num outro navio, no alto mar. O grupo o pirateou e igualmente exterminou todos os seus marinheiros.

Zeca dos Telhados, como a sua pandilha, foi condenado à prisão perpétua. Teresa de los Angeles conseguiu-se livrar e regressou às Ilhas Canárias, onde abriu várias casas de alterne e prosseguiu, inalteravelmente, com a vida luxuriante que levava, junto da mãe e demais parentes.

Posfácio

Todo posfácio carrega em si uma promessa impossível de ser cumprida. Digo mais: todo posfácio é uma ilusão.

Ao terminar o romance do autor moçambicano Adelino Timóteo, os leitores — embevecidos com a diversidade de personagens e com a trama repleta de reviravoltas e de mistérios que não se deixaram soterrar na biblioteca debaixo da cidade —, buscam, no posfácio, um adiamento da angústia prazerosa provocada pelo término da leitura, ou até mesmo o desvelar de uma revelação oculta nas páginas do livro; talvez uma explicação que permitisse concluir com mais segurança os insondáveis caminhos transpostos (pelo leitor/pelos narradores/pelos personagens).

Ledo engano. Nenhum texto sobre o livro vai dizer mais do que o livro em si, já dizia Ítalo Calvino em *Por que Ler os Clássicos*. Nenhuma palavra, depois de findada a leitura, vai trazer a tranquilidade que reside na conformidade e na aquiescência. O livro terminou e estamos todos desassossegados. E o posfácio não vai mudar isso.

O fato é que a trama de A biblioteca debaixo da cidade — que se revela ora pitoresca, ora apaixonada, ora suspicaz, ora crítica e denunciatória — não termina no ponto final. Ao longo dessas páginas, nas quais acompanhamos o desenrolar da (s) história (s), somos impregnados do absoluto mistério insondável da arte. E este nunca se revela por completo, pois assim permite que o leitor amplie significados, designe desfechos e sonhe futuros desconhecidos para os personagens. Desta feita, a obra de Adelino Timóteo continua reverberando depois de lida; não apenas pela multiplicidade de personagens, nos quais reconhecemos referências a escritores como Fernão Pessoa, Eça Quiróz, Dom Caixote e Camõns, entre outros; não somente pela variedade de histórias, que desvelam aos poucos as trajetórias pessoais que se vão definindo; também não só pelas capacidades imagéticas e metafóricas que podem ser depreendidas a partir da biblioteca, seus fantasmas e simbologias; mas, principalmente, por aquilo que está além da superfície da trama.

Existem aspectos latentes detrás de todos esses elementos: como se fora um *icerberg* que um olhar incipiente só vê como uma ponta de gelo, temos uma história maior capaz de reunir vivos, mortos, amantes, esposas, personalidades, bêbados, assassinos e mendigos, vinculados uns aos outros por seus próprios segredos, paixões e fragilidades. Nada é o que parece ser e não poderia ser diferente, já que a biblioteca subterrânea de livros proibidos alegoriza o imperscrutável que somos e que nem sempre podemos expor. As obras, tidas como transgressoras que estão escondidas — tal qual ocorre em O nome da rosa, de Umberto Eco —, colocam em evidência o real motivo de controle e censura por parte do governo colonial: o medo da liberdade representada por aquelas páginas. Eram tempos de guerra e de opressão. A presença criminosa da PIDE no romance é um espelho desses tempos.

Se de um lado sentimo-nos atordoados por diálogos de rigorosa precisão e crimes políticos, bem como pela variedade de episódios de adultérios, homicídios, mulheres sexualizadas e homens viris, de outro compreendemos — assim que finalmente assinamos o pacto ficcional, para citar novamente Umberto Eco – que existe um grande emaranhado entre a ficção narrada e a realidade, entre o real e o hipotético, o verossímil e o insólito. Assim, o que poderia ter sido significa tanto quanto o que realmente é, no enredo que se nos apresenta. Além disso, percebemos uma complexa trama de cunho detetivesco que perpassa as histórias dos personagens, bem como os singulariza. Como diria Eça de Queiroz na epígrafe da obra A relíquia: "Sobre a nudez forte da verdade, o manto diáfano da fantasia."

Ao acender um feitiço dentro dessas folhas, como diria Eduardo White, Adelino Timóteo nos convida a dar um sinuoso passeio por Beira e Lisboa, bem como a perpassar três décadas de história e ficção até o fim do colonialismo, em 1975. Além disso, torna-nos cúmplices de assassinatos, prostituição, pedofilia, injustiças, paixões, traições e outras anomalias do espírito. Mais: convoca-nos a perceber o que há na biblioteca debaixo da cidade e o que há na contraluz dessas páginas.

Se o leitor está insistindo neste posfácio é porque busca, de alguma forma, tentar prolongar o efeito hipnótico causado pela leitura. Bons livros desacomodam. Se o eco produzido por esse romance poderá levar ao caminho do céu, caberá ao leitor desvendar. Mas certamente é um caminho que valeu a pena ter percorrido.

"Há céu debaixo da terra?"

"Cada um encontra o seu céu onde quiser, seja no subterrâneo, seja no firmamento da terra, e sabe que fazer dele. A mim o céu está nos livros e não me compete ilustrá-lo". (TIMÓTEO, 2020, p.282).

Vanessa Riambau[127]

127 Vanessa Pinheiro é pós-doutora em Estudos Africanos pela Universidade de Lisboa. Professora associada da Universidade Federal da Paraíba, onde atua desde 2012 na graduação e na pós-graduação. Possui dois livros sobre a formação do cânone literário publicados em Moçambique e 10 livros críticos publicados no Brasil sobre literaturas africanas.

Fonte:
Noto Serif (título)
Georgia (texto)